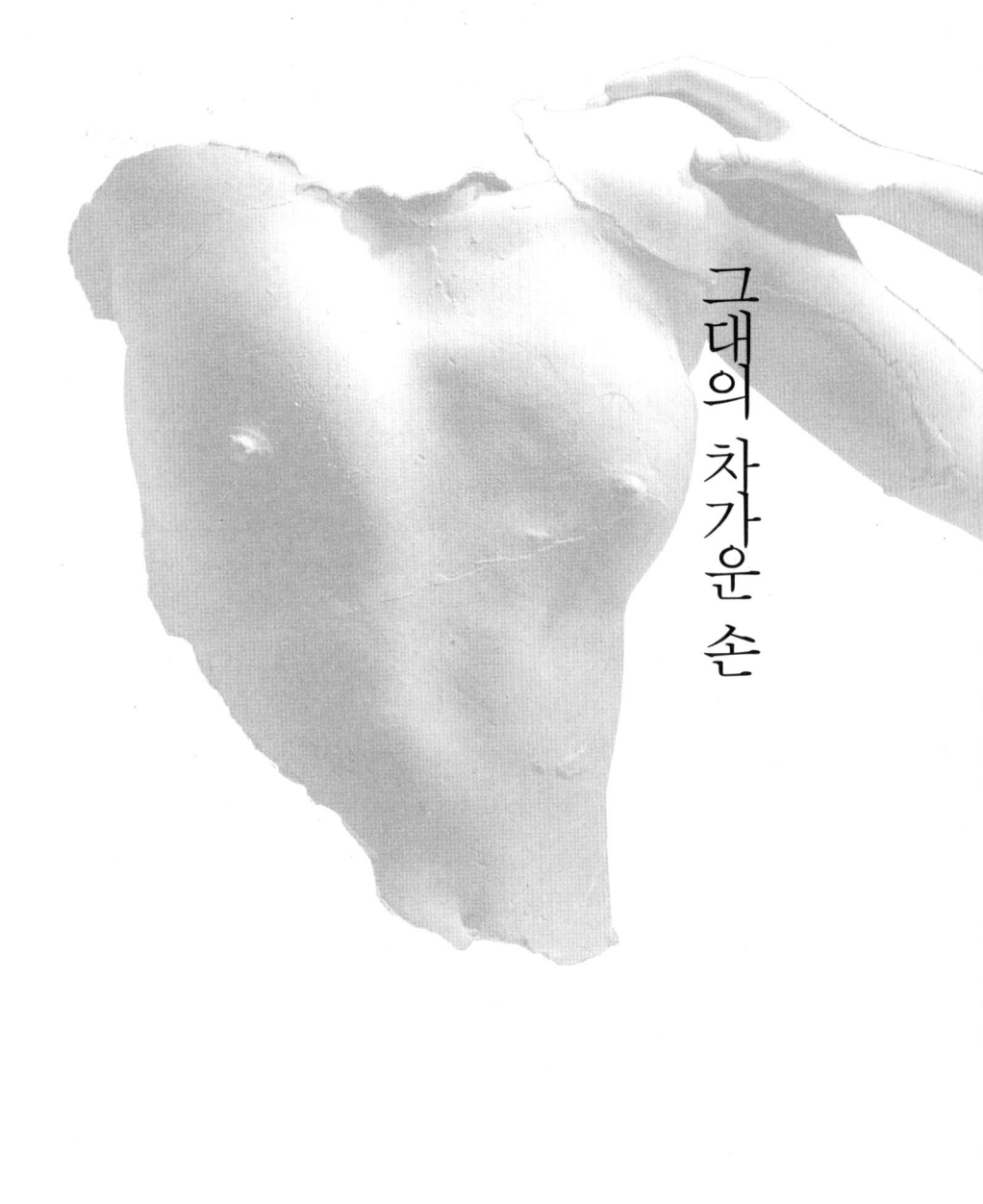

그대의 차가운 손

한강 장편소설

그대의 차가운 손

초판 1쇄 발행 2002년 1월 18일
초판 21쇄 발행 2024년 10월 24일

지은이 한강
펴낸이 이광호
펴낸곳 ㈜문학과지성사
등록번호 제1993-000098호
주소 04034 서울 마포구 잔다리로7길 18(서교동 377-20)
전화 02) 338-7224
팩스 02) 323-4180(편집), 02) 338-7221(영업)
전자우편 moonji@moonji.com
홈페이지 www.moonji.com

ⓒ한강, 2002. Printed in Seoul, Korea

ISBN 978-89-320-1304-7 03810

이 책의 판권은 지은이와 ㈜문학과지성사에 있습니다.
양측의 서면 동의 없는 무단 전재 및 복제를 금합니다.

그대의 차가운 손

한강 장편소설

문학과지성사
2002

그대의 차가운 손 | 차례

프롤로그 · **7**
그녀의 차가운 손—序 · **29**

1부 손가락 · 31
외삼촌 / 미소 / 침묵 / 진실 / 용기 / 내 웃음 / 그의 손가락

2부 성스러운 손 · 75
슬픈 얼굴 / 아름답다는 것 / 계시 / 외계인 / 괴물 /
추운 입술 / 관(棺) / 그녀의 눈 / 시간 / 흉터 / 비밀 / 증거 /
토끼의 눈 / 잔해 / 러닝 머신 / 행복 / 사랑 / 웃음 소리 /
침묵 / 연극 / 뭉개어진 얼굴

3부 가장 무도회 · 189
입술 / 거울 속의 여자 / 악몽 / 모형의 집 / 목소리 /
진짜와 가짜 / 더러움 / 천국 / 멀지 않은 눈 / 데드마스크 /
재회 / 따뜻한 손 / 막(膜) / 당의정 / 피로 / 껍데기와 껍질 /
껍질 벗기 / 네가 원하는 것 / 가면 뒤의 얼굴 / 내 손가락

에필로그 · **319**
작가의 말 · **328**

프롤로그

1

그를 만나기 전에 나는 우연한 기회로 그의 작품을 세 차례 보았다. 그가 특별하게 대중적인 조각가가 아니었다는 것을, 그리고 나 역시 조각에 특별한 관심을 갖고 있지 않았다는 것을 고려한다면 그것이야말로 특별한 일이라 할 만하다.

처음은 5년 전 늦은 봄 K시에서였다. 그때 K시에는 큰이모가 반신마비로 입원해 있었다. 내가 병실을 찾았을 때, 곱게 늙었던 그녀의 얼굴은 정확하게 반쪽이 마비돼 있었다. 나는 예전의 모습대로인 왼쪽 눈과 왼쪽 입술과 왼쪽 뺨만을 보며 이야기를 나눴다. 내가 일어서려 하자 이모는 갑자기 울었다. 반쯤 감긴 오른쪽 눈에서도 눈물이 흘러 일그러진 입술로 떨어졌으나, 그녀는 감각하지 못했을 것이다. 사촌언니가 엘리베이터 앞까지 나를 바래다줬다.

"여기까지 내려와줘서 고마워."

"고맙긴, 남남이야?"

나는 반쯤 웃었다.

"올해는 이상한 해야. 작은이모가 갑자기 그렇게 가시더니."

작은이모란 내 어머니를 말했다.

우리는 손을 맞잡았다. 말없이, 손을 놓지 않고 있을 때 딩동 소리와 함께 엘리베이터 문이 열렸다. 사촌언니가 먼저 손을 놓으며 한발짝 뒤로 물러섰다.

"잘 가."

"잘 먹어. 이럴수록 건강 지켜야지."

"나야 잘 먹지. 건강이 남아돌잖니."

사촌언니는 팔을 구부려 알통을 만드는 시늉을 했다. 어색한 미소가 그녀의 통통한 얼굴에 어렸다.

휠체어를 탄 사내와 링거 병을 든 여자 주위로 방문객들이 비좁게 어깨를 겹치고 서 있는 엘리베이터 안으로 나는 들어갔다. 엘리베이터 문이 닫히는 몇 초 동안을 기다리며 나를 배웅하는 대신 사촌언니는 이내 뒤돌아 병실 쪽으로 걸어갔다. 그녀가 고개를 돌리는 짧은 찰나 나는 그녀의 방심한 옆얼굴을 보았다. 나와 함께 있는 동안 드러내지 않았던 침통한 그늘이, 연갈색 물감을 입힌 것 같은 눈자위에 어려 있었다.

고속버스 터미널까지 택시를 타고 가야 할 일이었지만, 나는 택시 승강장이 바라다보이는 병원 로비의 긴 의자에 걸터앉아 창밖의 햇빛을 보았다. 밤샘 작업을 하다가 입원 소식을 듣고 새벽 버스로 내려왔으니, 피로가 몰려올 만한 시간이었다.

나는 눈을 뜬 채 잠들었던 모양이다. 정신이 들자, 열려 있던 눈으로 포스터 한 장이 들어왔다. 기둥에 붙은 'K시 출신 신진 작가 초대전' 포스터의 중앙에는 그다지 매력적으로 보이지 않는 긴 알 같은 대리석 조각의 사진이 인쇄돼 있었다. 참가자 여덟 명의 이름들이 한자로 박혀 있었고—포스터의 조야한 디자인과 더불어, 시대에 뒤떨어진 인상을 주기에 알맞도록 ─ 포스터 하단에 열거된 후원 단체들 가운데에는 이 병원의 이름이 끼어 있었다.

 이날 저녁 7시까지 넘겨야 할 원고가 남아 있었다. 월간지 마감을 사흘째 넘기고 있었고, 자동 응답기에는 이제 내 원고만 들어오면 된다는 ─ 전적으로 믿기는 어려운 ─ 담당자의 협박과 애원과 원망이 수차례에 걸쳐 녹음되고 있었다.

 어쨌거나, 오늘 밤에 부치든 내일 새벽에 부치든, 그게 그걸 테니까.

 수면 부족 때문에 깔깔해진 혀로 입술을 축이며, 나는 갑작스럽게 찾게 된 K시의 정경을 말끄러미 내다보았다. 잠이 부족할 때 사물들의 형상은 조금 기이해 보인다. 두뇌 회전이 둔해지는 대신, 정신이 멀쩡할 때는 모르고 지냈던 어떤 부위가 자극되며 낯설고 강렬한 감각을 느끼기도 한다. 그래서였을까, 나는 햇빛 속을 걷고 싶다는 충동적인 욕망을 느꼈고, 현관 앞에서 잠시 망설이다가 포스터의 약도에 그려진 대로 방향을 잡았다.

 어머니와 이모가 태어나 자랐다는 것 외에는 나에게 아무런 연고도, 추억도 없는 낯선 거리를 10분쯤 걸어 화랑에 도착했다. 햇살은 내 머리털을 뜨겁게 했고, 바늘이라도 한움큼 삼킨 것처럼 목이 따끔거렸다.

 평일 오전인 탓인지 관람객은 나뿐이었다. 방명록이 놓인 테이블 앞에 앉은 여직원은 무엇인가를 컴퓨터에 입력하고 있었으며, 무표정한 눈으로 흘긋 올려다보았을 뿐 내 존재를 괘념하지 않았다.

 이번 전시를 위해 막은 것으로 보이는 연회색 가벽을 향해 '입구'라는 큼직한 글씨가 대리석 바닥에 흰 종이 테이프로 붙어 있었다. 여러 개의 구두와 운동화 자국들이 그 글씨를 더럽혀놓았다.

가벽 옆으로 난 좁은 입구에 들어서자 다섯 채널의 비디오 설치 작품이 시야에 들어찼다. 연령과 성이 제각기 다른 사람들의 눈, 코, 입, 귀, 이마가 브라운관마다 껌벅거리며 약 3초 간격으로 교체되고 있었다. 새로울 것도 진부할 것도 없는, 요즘 유행하는 스타일이었다. 작품 옆에 붙은 제목과 작가의 이름을 보는 둥 마는 둥 하며 전시실로 들어섰다. 전시실의 내부는 어두웠는데, 실크 스크린과 대형 모니터를 이용한 설치 작품들이 많기 때문인 것 같았다. 마주 보이는 벽의 한 면을 거의 덮고 있는 실크 스크린을 향해 다가가던 찰나, 등골을 훑어내리는 섬뜩함에 나는 발을 멈췄다.

마치 보이지 않는 유령의 선득한 기운이 오른쪽 뺨을 스쳐간 것 같았다. 좁쌀 같은 소름이 목덜미를 타고 발끝까지 쫙 끼쳤다. 재빨리 그쪽으로 고개를 돌렸을 때, 나는 '그것'을 보았다.

'그것'은, 한 쌍의 남녀가 서로 몸을 기댄 채 어두운 코너에 주저앉아 손을 잡고 있는 형상이었다. 아니, 손을 '잡고 있었던' 형상이라고 해야 옳을 것이다. 희고 딱딱한 피부를 한 그들에게는 머리가 없었는데, 남자의 몸은 비교적 온전하게 남아 있었으나, 여자의 몸은 양쪽 어깨와 팔뚝이 뜯겨나가 있었으며, 다만 손만 한쪽 남아 남자의 무릎에 얹혀 있었다. 여자의 찢긴 어깨와 너덜너덜한 손목 사이에는 칠흑 같은 어둠뿐이었다.

나는 남자의 손아귀에 잡힌 여자의 흰 손을 뚫어지게 들여다보았다. 껍데기였다. 흔적에 불과했다. 이미 그것은 손이 아니었다.

나는 어두운 전시실의 회벽에 고딕체로 찍힌 설명을 읽었다.

장운형

껍질 벗기

Peeling off skin

Lifecasting 석고 FRP 1996

    라이프캐스팅이라면 석고를 부어 떠내는 작업을 말한다. 이를테면 데드마스크를 뜨는 방식이다. 그렇다면 살아 있는 사람에게 석고를 부어 저것을 떴다는 얘기였다. 나는 얼굴도 어깨도 팔도 없는 여자의 늘어진 아랫배를 보았다. 그랬구나. 나는 중얼거렸다. 그래서 저 살갗의 땀구멍과 잔주름까지 역력히 드러났구나. 나는 얼굴 없는 남자의 찢어진 목덜미 속을 보았다.

    그 안은, 시커멓게 비어 있었다.

    마치 벗겨낸 가죽을 기워놓은 것처럼, 작가는 조각조각 나누어 뜬 석고의 껍질들을 붙여놓았다. 필시 고의적으로, 섬세하게 이음선을 다듬는 대신 오히려 덕지덕지 석고를 덧이겨놓았다. 마치 거꾸로 솔기가 보이도록 박은 옷처럼. 프랑켄슈타인이 만든 일그러진 괴인간처럼. 폭사한 시체를 수습해 꿰매놓은 것처럼.

    나는 알 수 없는 한기에 떨며 그 인체의 껍질 속의 어둠을 내려다보았다. 그것은 수천 년 전의 미라와 같은 형상이었으되, 산 사람들의 미라였다. 숨막히게 조용한 전시실에서 그들은 너덜너덜한 손을 맞잡은 채 주저앉아 있었다. 그 손, 어깨에서부터 사라져 이제 곧 마저 한줌의 먼지로 흩어져버릴 것 같은 흰 손에 의지하여.

    생각에 잠겨 화랑을 나온 순간, 정오를 맞아 더욱 뜨겁게 이글거리는 남쪽 도시의 햇빛이 내 눈을 쏘았다. 두서없이 나는 몇 달 전 어머니를 염습할 때 보았던 매미 껍데기 같은 몸을 떠올렸고, 이모의 일그러진 반쪽 얼굴을 떠올렸고, 문득 생각했다.

    결국, 그 작가가 보여주려고 한 건 누더기 같은 껍데기가 아니라, 그 속의 컴컴한 공동(空洞)이었는지도 모른다.

2

 이듬해 9월, 점심 약속이 있어 인사동에 나간 적이 있었다. 마침 거리에 차량이 통제되고 몇 가지 행사가 펼쳐지고 있었다. 먹물을 뒤집어쓴 웨딩드레스와 난도질당한 듯 등짝에 칼집이 빽빽한 턱시도 차림의 신랑 신부가 짐짓 엄숙한 얼굴로 예식을 올리는 퍼포먼스를 지켜보다가, 시간이 좀 남아 종로 쪽으로 걸어갔다. 조선의 왕족들이 먹었다는 쌀과자를 즉석에서 만들어 파는 노점상과, 남녀의 성기 모양으로 회전식 빵틀을 제조해 색색깔의 빵을 구워 파는 미대생들을 지나자 거리 조각전이 열리고 있었다.
 따스하고 건조한 초가을의 햇빛을 받으며 나는 조각들을 구경했다. 기다란 통나무를 무한대(∞) 모양으로 깎아 만든 추상 작품 옆에서 나는 거대한 검은 손의 형상을 보았다. 길 옆에 선 공중 전화 부스와 키가 엇비슷했다. 언뜻 보아 그것은 평범해 보였다. 인체의 부분을 비정상적으로 확대해놓을 때 누구나 느끼게 마련인 흥미를 노린 작품이라는 정도의 인상을 받았을 뿐이다. 한데 지나쳐 가려는 내 발을 무엇인가가 멈추게 했다.
 손은 온 힘을 다해 주먹을 움켜쥐고 있었다. 그런데 그 자세가, 손바닥 쪽이 고스란히 위를 향하게끔 되어 있어서 어딘가 위태로워 보였다. 저토록 힘을 다해 쥐고 있지만, 어딘가 저와 같이 거대한 또 다른 손이 있어서 억지로 펼치려 한다면 고스란히 펼쳐지고 말 것 같았다. 그것은 아슬아슬한 결의처럼 보이기도 했고, 패배할 것을 알지만 고집할 수밖에 없는 굴욕 섞인 오기 같기도 했다.

　나는 손으로부터 천천히 물러섰다. 브론즈 위에 진회색 콜타르를 거칠게 개어 바른 그 손은, 좀더 떨어져서 보자 마치 잿더미 속에서 방금 건져낸 것 같았다. 불타버린 거인의 유해가 남긴 한 조각 뼈와 살의 덩어리 같았다. 그것은 무엇인가를 절실하게 말하려 하는 것 같았으나, 동시에 모든 것이 끝났다는 것을 확고히 증언하고 있었다. 정이 떨어질 만큼 건조한 정신이 느껴졌다.

　꽁지머리를 한 아르바이트 청년에게서 팸플릿을 받아들고 약속 장소로 가는 동안 나는 손을 만든 작가의 이름이 낯설지 않다는 생각을 했다. 그 이름을 어디서 보았는지 확실히 떠올린 것은 약속한 카페의 자동문이 열린 순간이었다.

　그러고 보니 벌써, 1년이 더 지났구나.

　나는 언뜻 그런 생각을 했고, 창가에 자리를 잡고 앉은 뒤에는 곧 그 괴상한 조각들에 대한 상념을 잊었다. 대신 K시에서 재활 치료를 받고 있는 큰이모와 그사이 만삭이 된 사촌언니의 얼굴을 떠올렸으며, 희곡을 쓰는 대학 후배 선영이 자신이 맨 스카프만큼이나 화사한 미소를 머금으며 카페에 들어서자 그마저 기억 한편에 밀쳐버린 채 함께 활짝 웃었다.

3

　다시 해가 바뀌고 이른 봄, 선영의 두번째 희곡이 무대에 올랐다. 초연이 있던 토요일 오후, 미리 초대권을 보내놓고도 그녀는 자동 응답기에 녹음해놓았다.

"와야 돼, 오늘 안 오면 평생 복수할 거야."

오랜만에 나온 대학로는 아직 쌀쌀한 날씨에 봄옷을 꺼내 입은 연인들로 붐비고 있었다. 미리 극장으로 가야 했겠지만 늘 가곤 하는 혜화 로터리의 서점에서 책을 뒤적이다 보니 어느새 시간이 빠듯했다. 초대권을 티켓으로 바꾸고 서둘러 소극장으로 들어가자 성장을 한 선영이 달려나왔다.

"선배, 안 오는 줄 알았어."

선영은 눈웃음을 지으며 단원에게 고개를 까닥하더니 쌓아놓은 프로그램 중 하나를 집어 내밀었다.

프로그램을 받아들며 나는 물었다.

"별로 떨지 않는 것 같다?"

그녀는 쾌활한 목소리로 대답했다.

"나, 자신감 하나로 먹고 살잖아."

그때 베레모를 쓴 노신사가 선영의 어깨를 질벅이며 인사를 했다.

"어머, 선생님!"

좀 전에 나를 보았을 때 그랬던 것과 꼭 같은 표정으로 그녀의 얼굴이 환해졌다.

"이따 끝나고 봐."

나는 웃으며 그녀의 팔을 두드려주고 극장으로 들어갔다. 휴대폰을 끄라는 안내 멘트가 흘러나온 뒤 얼마 기다리지 않아 극이 시작되었다.

극의 중반부에 접어들 때까지 나는 집중하여 줄거리를 쫓아갔다. 젊은 유부녀와 독신 남자의 사랑과 집착, 갈등으로 이어지는 이야기는 진부했으나, 절제된 대사에 무게가 있었고 주연 여배우의 연기가 좋았다. 그녀가 눈물을 쏟으며 남편에게 절규했을 때, 내 옆에 앉아 있던 40대의 여인이 손수건으로 눈언저리를 훔치는 것을 나는 보았다. 공연이 끝나고 선영을 만나면 이야기해줘야겠다고 생각하며 다시 무대를 향해 고개를 들었을 때, 나는 이상한 것을 보았다.

극 중에서 독신 남자의 직업은 조각가로 설정돼 있었는데, 실제로 작업하는 장면 따위는 없었던 그의 작업실에는—극이 끝날 때까지 그가 작업실에서 한 일은 여자와의 추억들을 회상하며 열정적으로 독백하는 일뿐이었다—소품으로 석 점의 조각이 배치돼 있었다.

나는 맨 앞줄에 앉아 있었으므로 그 중 내 눈길을 끈 한 점의 조각을 자세히 관찰할 수 있었다. 나는 한순간 연출가의 양식을 의심했는데, 주인공의 작품 세계라는 것은 거의 비중을 차지하지 않는 이 극에 그 소품이 전혀 어울리지 않았기 때문이다. 오히려 극의 흐름을 방해하기 꼭 좋을 만큼 이상한 느낌을 자아내는 조각이었다.

그것은 등신대 크기의 석고상을 절반으로 쪼개놓은 것이었다. 오른쪽과 왼쪽이 아니라 앞과 뒤로 잘라, 온몸의 윤곽이 죽은 데 없이 드러났다. 거칠게 절단된, 희고 두꺼운 윤곽선의 안쪽은 비어 있었다. 안이 비어 있던 석고상을 자른 것이다. 석고상의 머리 부분은 없었고, 통통한 다리는 모아져 있었으며, 약간 구부린 팔을 양옆으로 벌리고 서 있었다. 잠시 뒤 나는 그 발들이 긴장 없이 아래로 뻗어간 모양으로 미루어, 그 조상이 서 있는 것이 아니라 누워 있던 것을 일으켜 세워놓았다는 것을 알았다. 그리고 보니 조상을 세우기 위해 천장과 바닥에 피아노 줄이 연결되어 있었다.

나는 조상의 비어 있는 내부에서 눈을 뗄 수 없었다. 무엇인가?

무엇이 기이하게 느껴지는 건가?

찰나, 나는 머리를 둔기로 얻어맞은 듯한 충격을 받았다. 나는 착각한 것이다. 저것은 석고상을 자른 형상이 아니었다. 저것은, 저 안에서 한 육체가 방금 빠져나온 형상이었다. 석고상의 바깥 면이라고 생각했던 거친 윤곽선은 육체를 감싸고 있던 껍질이었다. 윤곽 내부의 선이 부드럽고 섬세한 인체의 굴곡을 고스란히 도치하여 드러내고 있다는 것이 그 증거였다. 유방의 옴폭 들어간 부분과 아랫배의 완만하게 들어간 부분, 동그란 무릎의 오목한 흔적과 불두덩의 경사. 육체의 살이 닿아 있었을 부분에 박힌 한줌의 터럭을 나는 보았다.

그것은 살아 있던 사람의 터럭이었다. 누군가, 살아 있는 사람의 몸을 뜬 것이다.

K시에서 보았던 조각이 그 위로 겹쳐진 것은 그때였다. 비록 포즈는 다르지만, 저것은 그 껍데기들을 감싸고 있던 또 하나의 껍데기였다.

껍데기를 품었던 껍데기.

신열에 들뜬 사람처럼, 나는 자신도 모르게 입 속으로 중얼거렸다.

나는 이후의 연극에 집중할 수 없었다. 지금까지도, 선영에게는 미안한 일이지만, 그 비극적인 연애의 주인공들이 어떤 결말을 맞았는지 모르고 있다. 두 차례의 커튼 콜이 지나갈 때까지 나는 그 조각만을 응시하고 있었다. 직접 확인하고 싶다는 생각뿐이었다. 저 조각을 만든 사람이 K시에서 보았던 조각의 작가와 동일인인가를. 동일인이라면, 왜 저런 껍데기들을 계속해서 만들어내고 있는가를.

4

그날 밤 선영을 따라 뒤풀이에 갔다. 낯선 사람들과의 술자리에 어울리는 것을 즐기는 편은 아니었으나, 무대 감독을 만날 수 있으리라는 기대에 이끌려서였다.

차와 맥주를 파는 자그마한 카페에서 일행은 세 개의 테이블을 붙여 앉았다. 선영이 나를 스태프들에게 소개하자 턱수염을 기른 연출은 나에게 연극을 본 소감을 물었다. 나는 잠시 망설이다가, 소품으로 쓰인 조각 한 점에 신경이 쓰여 후반부에 집중할 수 없었다고 솔직히 말해버렸다.

"그랬어요?"

연출을 비롯한 모든 스태프들이 눈을 둥그렇게 떴고, 무대 감독은 슬쩍 얼굴을 붉혔다. 구석 자리에 잠자코 앉아 있던 한 남자가 빙그레 웃은 것은 그때였다. 30대 후반쯤? 알이 작은 은테 안경을 낀, 호리호리한 키에 침착한 표정의 남자였다.

"어떤 조각 말씀이십니까?"

무대 감독이 물었다.

"무대 가장 왼편에 있던, 속이 비어 있는……"

연출이 소리 높여 웃음을 터뜨렸다.

"글 쓰는 분이라 역시 눈때가 매우시군요."

웃음 뒤의 눈매가 날카롭게 느껴졌다. 초면에, 연극을 관람한 소감이 당돌하고 무례하다고 생각했을 것이다. 그는 짐짓 유머러스하게 꾸민 어조로 구석 자리의 남자를 가리켰다.

"바로 이 사람이, 그 신경 쓰이는 물건을 만든 작잡니다."

"장운형이라고 합니다."

저음의 목소리가 낭랑했다. 나는 남자의 얼굴을 마주 보았다. 여전히 빙그레 웃는 얼굴이었다. 그 옆에 앉아 있던 무대 감독이 변명하듯 말했다.

"미리 준비했던 조각 석 점 중 하나가 오늘 운반 도중 깨지는 바람에, 장선배한테 급하게 부탁해서 한 점 얻었죠."

"초대권 두 장으로 유혹하더군요."

장운형이 느긋하게 말을 받자 좌중이 웃음을 터뜨렸다. 분위기가 한결 부드러워졌다. 진지한 성격으로 보이는 무대 감독만이 여전히 나를 보며 멋쩍은 미소를 지었다. 그는 말했다.

"그래서, 통일감이 떨어졌을지도 몰라요. 실은 줄곧 긴장했었습니다."

큰 제스처로 연출이 손을 내저었다.

"그런 소리 말아. 그 짧은 시간에 신통하게 잘 맞는 걸 찾았더라구. 아니, 오히려 더 좋던데. 깨졌던 작품도 등신대였고 포즈가 거의 같았지. 자유를 갈구하는 이미지 말이야. 두 팔을 양쪽으로 활짝 벌린."

나는 말을 이을 수 없었다. 깨져버렸다는 작품과 포즈가 얼마나 비슷한지 비교할 기회는 없었으나, 내가 장운형의 작품에서 본 것은 자유라는 어물쩡한 어휘와는 조금의 공통점도 없는 기이한 매혹이었다.

어쨌든, 그곳에 모인 사람들은 내 의견에 긴 관심을 보이지 않았다. 선영 역시 전혀 그 소품이 신경 쓰이지 않았다고 말해 나를 놀라게 했다. 무대 감독이 보여준 약간의 자책 외에, 결국 그 조각에 마음을 쓴 사람은 오로지 나뿐인 것 같았다. 떠들썩한 몇 차례의 농담이 지나간 뒤 사람들의 관심이 멀어지자, 나는 구석 자리에 앉아 있는 장운형이라는 사람의 얼굴을 차분히 살필 수 있었다.

그의 외양은 평범했다. 작품들의 섬뜩한 이미지와 연결될 만한 부분은 좀처럼 보이지 않았다. 아니, 다음날 저녁 다시 거리에서 만난다면 기억할 수 있을지조차 자신이 없을 만큼 특색 없는 얼굴과 옷차림을 하고 있었다. 약간 기름한 얼굴 윤곽과 평생 가야 찌푸리는 일이 없을 것 같은 반듯한 이마, 잘 웃는 사람의 눈가에 새겨지곤 하는 보기 좋은 잔주름이 호감을 줄 뿐이었다.

실제로 누군가가 그다지 재미없는 농담을 해도 그는 우렁우렁한 소리로 웃곤 했는데, 그것은 마치 웃어주는 것처럼 들렸다. 말하자면 큰오빠나 큰형이 동생을 대견해하며 웃어주는 것 같았다. 자칫 불쾌감을 줄 수 있는 태도인데도 그것이 시건방지게 느껴지지 않은 것은, 은근하고 덩어리가 큰 존재감 때문이었다.

그는 간혹 자신에게 질문이 주어질 때 미소 띤 얼굴로 성실하게 대응했으며, 나직하고 힘있는 목소리는 상대방의 마음을 약하게 하는 데가 있었다. 그러나 대체로 어떤 화제든 먼저 꺼내는 일이 없었고, 사람들은 그런 그를 따뜻하고 편안한 존재 정도로 느끼고 있는 것 같았다.

누군가 전화를 하러 갔다 오고, 누군가 화장실에 가고, 또 누군가들은 따로 할 얘기가 있다며 다른 테이블로 나가 앉다 보니, 12시가 가까워지자 분위기는 흐트러졌고, 목소리들은 커졌고, 누군가는 울기 시작했고, 누군가는 욕조에 몸을 담그듯 나른한 포즈로 소파에 파묻혀 줄담배를 피웠고, 누군가는 흥분해서 욕지거리를 내뱉고는 카페를 떠나버렸다.

그 소란스러운 이동의 와중에 마침내 나는 장운형과 마주 앉았다.
　나는 물었다.
　"K시 출신이세요?"
　취하지 않은 장운형의 입가에는 느긋한 미소가 물려 있었다.
　"어떻게 그걸 아시죠?"
　"재작년 봄에, 우연히 그곳에서 선생님 작품을 봤어요."
　"아, 그거요."
　장운형은 웃었다. 잔주름이 눈가에 잡혔다. 사람 좋은 이들에게서 흔히 볼 수 있는 겸손한 웃음이었다.
　"그런데 말이죠."
　거두절미하는 평소 성격대로 나는 물었다.
　"사람을 직접 뜨시나요?"
　"그렇습니다."
　재미있다는 듯 그도 거두절미하고 대답했다.
　"왜죠?"
　"네?"
　"왜 사람을 떠서 작품을 만드시는 거죠?"
　그는 대답 대신 웃었다. 매력적인 잔주름이 다시 눈과 입가에 잡혔다. 나는 따라 웃는 대신 그의 대답을 기다렸다. 도록에 인쇄되는 수준의 형식적인 설명이라도 좋으니 대답을 듣고 싶었다. 내 귀로 똑똑히 들어 이해하고 싶었다. 음악과 목소리들이 너무 시끄러웠으므로, 단 한 마디도 놓치지 않기 위해 나는 눈을 부릅뜨고 그의 얼굴을 응시했다. 한 조각 불꽃 같은 진실이 튀었다 사라지는 순간, 그 무서운 찰나를 놓치지 않기 위해.
　그는 짐짓 난처해하는 듯한 미소를 거두지 않은 채, 내 기대를 외면하며 말했다.

"관심이 있으신 걸 보니, 도움을 좀 청해도 되겠군요."

여전히 부드러운 어조였다. 주위가 시끄러운데도 목소리를 높이지 않아, 입술 모양을 잘 관찰해야만 말을 알아들을 수 있었다.

"모델 구하기가 어려워 애를 먹고 있습니다."

나는 장운형의 침착한 눈에서, 인사동에서 보았던 거대한 검은 손의 건조함을 보았다. 저 고요한 눈 속에 어떤 결의가 숨겨져 있는가.

"도와주실 용의가 있습니까?"

"네?"

이번에는 내가 난처한 얼굴로 되물었다.

"마침 딱 그만큼 마른 몸을 가진 모델을 찾고 있었어요."

나는 웃었다. 장운형은 빙그레 미소만 지음으로써 자신의 말이 진담이었음을 묵묵히 드러내고 있었다.

"싫습니까?"

터져나갈 것 같은 카페의 소음을 아랑곳하지 않는 그의 조용한 말씨가, 순간 내 목덜미에서부터 발끝까지 좁쌀 같은 소름을 끼치게 했다. K시의 캄캄한 전시실에서 느꼈던, 낯익은 떨림이었다. 땀구멍과 잔주름까지 역력히 드러나 있던 육체의 껍데기가 그의 얼굴 위로 겹쳐졌다.

"네."

군더더기 없이, 나는 그의 말씨를 흉내내듯 조용히 대답했다.

알았다는 듯 그의 입술은 여전히 미소를 띠었고, 눈빛은 평온했다. 큰오빠나 큰형의 그것처럼 사려 깊었다.

그러나 내 몸에 돋은 소름은 그때까지 가라앉지 않고 있었다. 그의 눈에 어린 완전한 고요는 내면의 평화가 아닌지도 모른다고, 알 수 없는 무시무시한 것 위로 덮어놓은 얇은 막 같은 것인지도 모른다고, 나는 그때 막연히 생각했던 것 같다.

5

낯선 목소리의 여자로부터 전화를 받은 것은 그로부터 다섯 달 가까운 시간이 흘렀을 때였다. 마침 나는 좀처럼 걸리는 법이 없던 감기를 앓으며 계간지 겨울호의 마감을 맞고 있었다.

"조각하는 장운형씨 아시지요?"

어깨와 턱으로 수화기를 귀에 붙인 채 나는 잠시 침묵했다. 모니터의 껌벅거리는 커서를 바라보다가 저장 버튼을 눌렀다. 작업의 긴장 때문에 신경이 좀 날카로워진 상태였다.

"예전에 한번 뵌 적이 있는데요. 무슨 일이시죠?"

"저…… 그분이 제 큰오빠예요."

미성은 아니지만 어딘지 진실한 데가 있는 목소리였다. 미열이 있는 이마를 감싸쥐고, 나는 잠자코 여자의 다음 말을 기다렸다.

"번거로우시겠지만 만나서 말씀드리고 싶은데요."

나는 복잡한 일, 특히 불필요하게 심리적인 에너지를 쏟아야 하는 일을 즐기지 않는 편이었다. 장운형이라는 사람이 강한 인상을 주었던 것은 사실이나, 동시에 어딘가 석연찮은 인상이었던 것도 사실이었다. 깊숙이 연관되고 싶은 생각은 없었다. 더구나 원고 마감이 코앞으로 다가와 있었다. 수화기를 막고 칼칼한 목을 다듬은 뒤, 나는 자세를 바로하고 정중하게 말했다.

"괜찮습니다. 그냥 전화로 말씀하세요."

수화기 속에서 잠시 정적이 흘렀다. 나는 흐트러진 머리털을 쓸어올렸다. 뜨거운 눈꺼풀을 주먹으로 두어 차례 문질렀을 때 여자의 목소리가 들려왔다.

"실은 지난 4월에, 오빠가 실종됐어요."

이제 내가 다시 침묵할 차례였다.

"갈 만한 곳, 만날 만한 사람은 모두 확인해봤어요. 딱 한 사람, 선생님만 빼고요."

"글쎄요. 저는,"

나는 그녀의 오빠가 '만날 만한 사람'으로 분류될 사람이 아니라는 것을 분명히 하려는데, 그녀의 말이 다급하게 이어졌다.

"오빠가 쓴 글이 있어요."

숨이 찬 듯 그녀는 말을 끊었다. 오빠처럼 신중하지는 않은 스타일인지 어느 사이 말씨가 격앙돼 있었다.

"그 글에 언급된 사람들은, 선생님만 빼고 모두 만나봤어요. 가장 나중에 전화 드린 건…… 선생님에 대한 언급이 가장 짧았기 때문이에요. 알아요, 제 말이 당혹스럽게 들릴 거라는 거, 하지만."

그녀는 전화기 옆에 있는 물이나 음료수를 마시는 것 같았다. 잠시 후 흘러나온 여자의 목소리는 한결 차분해져 있었다.

"오랫동안 오빠는 내가 잘 이해할 수 없는 사람이었어요. 이렇게 갑자기 사라져버리고 나니까, 더욱 알 수 없는 사람이었다는 생각이 들어요. 오빠의 글을 읽고 오빠를 이해하려고 애써봤어요. 저한텐 쉽지 않았어요."

그녀의 말에 조리가 없었으므로, 동시에 그녀의 목소리에서 진실이 느껴졌으므로 나는 갑자기 답답함을 느꼈다.

"선생님더러 오빠를 찾아달라는 게 아니에요. 선생님은 글을 쓰는 사람이잖아요. 읽어보시고, 그냥 생각나는 대로 아무 말이라도 해주세요. 아주 작은 단서나 설명이라도 좋아요. 설령 오빠를 찾지 못해도 좋아요. 내 인생에 오직 한 번이라도 오빠를 이해하고 싶은 것뿐이에요."

나는 그때까지도 그녀의 말을 잘 이해할 수 없었다.

"아까도 말씀드렸지만, 전 단지 우연히 몇 달 전에……"

그러나 그녀는 내 우물쭈물한 대답 위로 얼른 "고맙습니다"라고 말했고, 이내 전화를 끊어버렸다.

6

원고 마감이 닥쳐오면 나는 다른 사람이 된다. 걸음걸이가 빨라지고 혼잣말이 잦아진다. 엄청난 양의 음식을 먹어대고 낮에도 토막잠을 수차례씩 잔다. 평소 같으면 꽤 오래 기억에 남을 만한 사건들이 생겼다 해도 몇 분 지나지 않아 관심 밖의 일이 된다. 내가 나라는 사람으로서 거느려온 모든 기억이 죽고—즉, '내'가 죽고—내가 쓰는 소설과, 그 소설을 쓰는 나만 남는다.

더구나 나는 에너지가 부족한 사람이다. 에너지의 7, 80퍼센트만 여유 있게 사용해도 좋다면 다행이겠으나, 100퍼센트로도 모자라는 형편이다. 120퍼센트쯤의 에너지를 쥐어 짜내야만 소설 한 편이 완성된다. 고통스러울 것 같지만 그렇지만도 않다. 정신이 칼끝처럼 선연해지는 그 순간들. 머리는 어느 때보다 맑으며, 평소에 시원찮던 몸은 아슬아슬한 힘으로 팽팽하게 시간을 버텨준다. 나름으로 만족할 만한 '끝'을 만나기까지 그 긴장은 연장된다.

그런 형편이었으니, 그 얼굴 모를 여자에게서 온 통화를 염두에 두었을 리 없다. "조금만 더" "조금만 더"라고 담당자에게 사정해 가며 끈질기게 붙들고 탈고했던 중편 원고를 마침내 이메일로 부친 것은 원고 마감을 꼭 열흘 넘긴 자정이었다. 죽은 듯이 내리 잔 뒤 눈을 뜨자 오전 11시였다.

남의 것처럼 느껴지는 손을 짚고 몸을 일으켰다. 창가에 다가가 커튼을 걷었다. 그사이 기온이 많이 떨어졌는지 유리창 바깥에 성에가 끼어 있었다. 긴장이 풀린 탓일까. 그 동안 나은 것 같았던 미열이 다시 돌아와 있었다. 성에 낀 유리창을 멍하니 바라보다가, 어머니의 3주기가 돌아오고 있다는 생각을 문득 했다.

그때 초인종이 울렸다.

"누구세요?"

"등기요."

주섬주섬 옷을 추슬러 입은 뒤 도장을 꺼내 들고 현관 문을 열었다. 낯익은 얼굴의 우편 배달부였다. 출판사에서 보내온 두 권의 기증본과 초록색 테이프로 단단히 봉한 큼직한 봉투를 받아 안고 나는 문을 잠갔다. 묵직한 봉투의 겉면에 적힌 발신인의 이름을 읽었다.

장혜숙.

나는 그런 이름의 여자를 알고 있지 않았다. 신장 위에 놓인 가위로 봉투를 뜯자 겨자색 표지의 두툼한 스케치북이 나왔다. 후루룩 훑어보자, 달필의 흘려쓴 글씨가 거의 여백 없이, 마지막 몇 장만을 남겨두고 스케치북을 가득 채워넣고 있었다. 그제야 나는 그것이 누가 쓴 것인지 알았다.

7

나는 그 내키지 않는 스케치북을 봉투째 신장 위에 내버려두었다. 전화가 다시 걸려오면 그대로 돌려줄 생각이었다. 그것이 가장 옳은 방법이라는 판단이었다.

그러나 밤이 오기 전에 호기심이 나를 이겼다. 늦은 아침을 먹은 뒤 나는 밀린 빨래를 했고, 손가락 하나 디딜 데 없는 책상을 정리했다. 열이 오르는 이마를 감싸 쥐어가며 내친김에 원룸 아파트의 구석구석을 청소하고 나니 날이 저물고 있었다.

감기 탓인지 아무것도 먹고 싶지 않았다. 마감 내내 왕성하던 식욕이 사라지자 몸 한편이 허전했다. 오랜만에 텔레비전을 켜보았다가, 꺼버리고 라디오를 틀었다. 어느 주파수에 맞추어도 내가 듣고 싶은 음악은 나오지 않았다. 모든 소리가 귀에 거슬렸다. 열 때문이었을 것이다.

정적 속에서 나는 슬리퍼를 끌고 서성거렸다. 신장 앞에 서서 잠시 망설이다가, 손을 뻗어 봉투를 집어들었다.

스케치북을 꺼내 맨 앞 장을 펼쳤다. 긴 머리채를 흐트러뜨린 벌거벗은 여자가 태아처럼 몸을 웅크린 채 엎드려 있는 크로키가 눈에 들어왔다. 온 힘을 다해 틀어쥔 여자의 두 주먹이 바닥을 짚고 있었다. 그 아래, 예의 달필로 몹시 흘려쓴 글씨를 나는 읽었다.

그녀의 차가운 손.

나는 스웨터와 바지를 한 벌씩 더 껴입었다. 보일러의 센서 온도를 높이고 머리를 질끈 묶었다. 책상 앞에 앉아 스탠드를 켠 뒤 나는 다음 페이지부터 읽기 시작했다.

그녀의 차가운 손

序

"왜죠?"라고 H라는 작가는 나에게 물었다. 그 순진하고 당돌한 질문에 대한 답이 존재한다고 믿기라도 하는 듯이. 내가 무슨 말을 뱉어내든, 그것을 진실 그 자체로 받아들일 준비가 되어 있다는 듯이. 그녀의 눈은 마치 내 피부를 꿰뚫고, 내장과 혈관들을 꿰뚫고, 나 자신도 알지 못하는 영혼이라는 것을 들여다보고 싶어하는 것 같았다. 나는 그런 눈을 좋아한 적이 없다. 혐오하지는 않는다. 다만 애처로울 뿐이다. 온몸을 던져 진실을 믿고 보여주려 하는 부류의 사람들, 죽었다 깨어난대도 포커 페이스가 되지 못하는 사람들. 그런 사람들은 내 마음을 끌지 못한다.

다만, 카페에서 나와 택시를 잡아타고 집으로 돌아오는 동안 그 애처로운 "왜죠?"가 줄곧 내 뇌리를 맴돌았다. 구체적인 음색과 어조는 차츰 엷어지다가 지워졌다. 말한 사람이나 그 정황까지도 모두 지워져버렸다. 오로지 "왜"라는 한마디만 남았다. 나는 쓰게 웃었다.

왜?

왜 내 삶의 가운데는 텅 비어 있는가.

택시가 급커브를 틀었을 때 나는 펴고 있던 손바닥을 쥐었다. E의 매끄러운 몸뚱이가 내 손아귀에서 종잇장처럼 구겨지는 것을 느꼈다. H의 눈이 먹을 넣은 유리알 같았다면, E의 눈은 어두운 거울의 표면과 같다. 그녀가 보는 대상만을 고스란히 상대에게 되비쳐 보여준다. 거울 뒤에 있는 것이 무엇인지 나는 아직 알지 못한다.

골목 앞에 택시가 멈출 때까지 나는 E의 눈에 비친 내 얼굴을 생각하고 있었다. 그 얼굴은 아랫입술을 일그러뜨린 채 고요히 미소 짓고 있었다.

이제부터 내가 쓰려는 것이 무엇인지 나는 모른다. 그러나 이것만은 알고 있다. 이 기록은 결코 그 '왜'에 대한 대답이 아니라는 것을. 오히려 그 반대에 가까우리라는 것을.

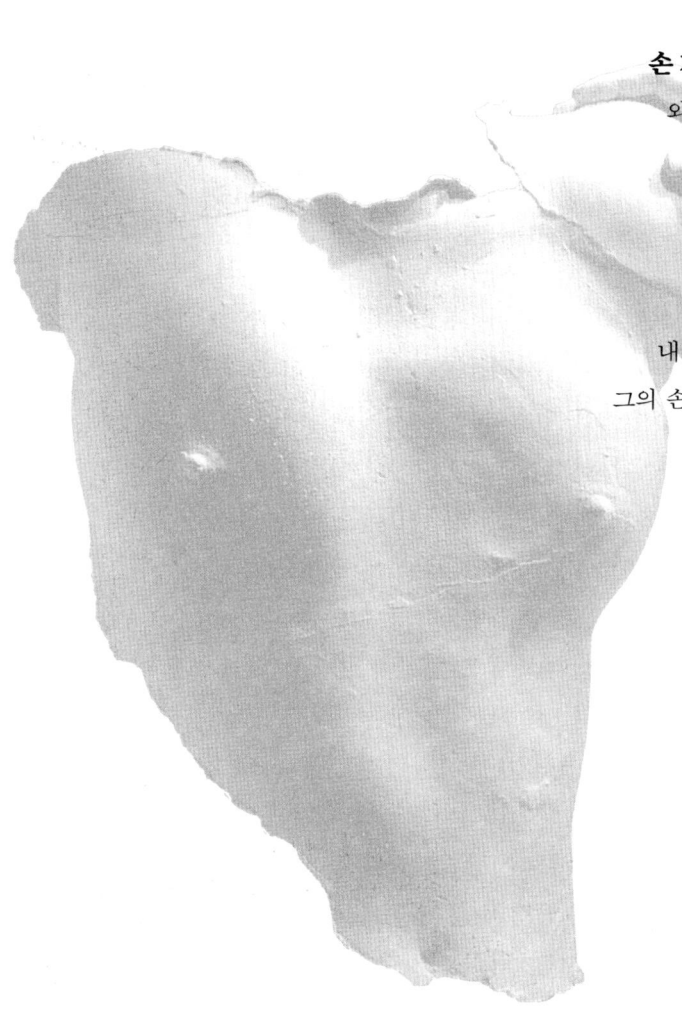

1부
손가락
외삼촌
미소
침묵
진실
용기
내 웃음
그의 손가락

외삼촌

첫 기억은 K시에서 시작된다. 지금은 광역시가 됐지만, 그때만 해도 시의 끝에서 끝까지 버스로 10여 분이 걸릴 뿐인 소도시였다.

내가 살던 집은 외가에서 지어준 한옥이었다. 방 네 칸에 긴 툇마루와 좌식 부엌이 있었고, 널찍한 마당에 사철 푸른 동백나무들이 심어졌으며, 자그마한 별채가 대문 옆에 딸려 있었다. 2층짜리 양옥들이 들어서기 전까지는 골목에서 개중 큰 집이었다.

피혁 공장을 운영했던 외조부는 대단한 재산가는 아니었지만 지역의 유지로 행세할 만큼은 형편이 풍족했다. 외조모는 다섯 아이를 낳았으나 위의 셋이 일찍 세상을 떠나, 두 남매―내 어머니와 외삼촌―만 남아 있었다. 하나뿐인 딸을 위해 외조부는 무엇이든 아끼지 않았다. 사립 K대학의 교수로 재직했던 사위 역시 어느 자리에서나 빠지지 않는 자랑거리였다.

반면, 공부보다 먼저 술과 싸움질을 배워 고등학교를 중퇴하고 만 외삼촌을 외조부는 엄하고 차갑게 대했다. 매질과 으름장, 너그러운 회유에도 불구하고 외삼촌은 마음을 잡지 못했다. 머리를 기르고 당구장과 술집과 검정고시 학원을 전전하다가 그는 징집됐다. 외조부가 미리 손을 썼다면 나은 자리를 봐줄 수도 있었겠으나, 외삼촌은 최전방에 배치됐다. 고생을 겪고 이번에는 꼭 마음을 잡으라는 외조부의 뜻이었다.

외조부의 기대는 절반만 적중했다. 외삼촌은 고생을 겪었으되 정도가 좀 지나쳤고, 그의 마음은 비틀리고 부서져 영원히 잡히지 않게 되어버렸다. 어느 날 그는 장전한 소총의 끄트머리를 철모로 덮어두고 휴식을 취했고, 다시 구보하기 위해 철모를 집었다. 그리고 오발된 탄환에 오른쪽 엄지손가락과 검지손가락의 윗마디들을 잃었다. 배상 따위는 받지 못했다. 대신 조기 제대를 위한 고의적 사고였다는 혐의로 군사 재판에 회부됐다. 무죄 판결을 받기까지 그는 18개월 동안 철창 안에 갇혀 있었다. 석방된 후로는 술추렴과 방종으로 평생을 보냈다.

외삼촌은 추한 얼굴의 소유자였다. 내 어린 여동생들은 웃고 있다가도 그의 얼굴을 보면 입을 비죽거렸다. 그가 안으려고라도 하면 자지러지는 울음을 터뜨리며 사지를 버둥댔다. "애들 좀 괴롭히지 말아, 징그러운 인간 같으니. 왜 애들이 당신만 보면 우는지 이유를 생각해봐"라고, 작부처럼 화장이 진하던 외숙모는 찌르듯 내뱉곤 했다.

여동생들뿐 아니었다. 만취한 그가 과도를 움켜쥐고 아버지를 쫓아 내달리는 장면을 목격한 여섯 살 이후, 나 역시 그에게 웃는 낯을 보인 적 없었다. 양말 바람으로 마당을 전력 질주하는 아버지의 셔츠 자락은 좀 전에 멱살을 거머잡혔다가 빠져나오는 바람에 세로로 길게 찢겨 펄럭이고 있었다. 호리호리한 키의 아버지는 순식간에 대문의 문턱을 넘어 달려나갔다. 좀더 작고 다부진 체격의 외삼촌도 그 못지않은 속력으로 뒤를 따랐다.

이게 대체 무슨 짓이야!

차가운 저녁의 공기를 가르며 어머니가 내지른 금속성의 비명을 나는 기억한다.

손가락 33

오로지 한 가지 그 외삼촌이 나를 매료한 것이 있었으니, 그것은 바로 그의 손가락이었다. 아니, '그의 손가락이었다'고 하는 것은 옳지 않다. 어른들의 대화를 엿들어 알고 있었을 뿐, 그 엄지와 검지손가락이 끊어진 오른손을 내 눈으로 직접 본 적은 없었다.

화병으로 시름시름 앓다 환갑 전에 세상을 떠난 외조모의 기제사며 명절은 물론, 술에 취한 그가 아버지와 어머니에게 행패 부리러 오던 숱한 밤들까지, 그를 만날 기회가 많았던 것을 생각하면 그것은 기묘한 일이었다. 어떤 손놀림으로, 어떻게 주의를 끌어 그는 그토록 자연스럽게 그 노출되기 쉬운 부분을 감출 수 있었을까.

외가의 제사가 있는 밤이면 나는 뚫어지게 그의 오른손을 살폈다. 그의 몸에 언제나 흐릿하게 배어 있는 역한 술냄새를 나는 묵묵히 들이마셨다. 그는 비틀거리며 향을 피웠고, 음복을 했고, 기분이 내킬 때면 내 무뚝뚝한 뺨을 쓰다듬기까지 했다. 그 일거수일투족을 뚫어지게 관찰했음에도 결과는 언제나 실패였다. 외가를 나설 때쯤 되면 나는 넋을 잃고 그의 거무스름한 얼굴을 올려다보곤 했다.

그 정밀하고 노련한 은폐의 솜씨라니.

거친 말씨, 증오에 단련된 눈빛, 매형에게 칼을 휘둘러댈 만큼 독한 성품을 가진 그 사내의 어디에 그렇듯 예민하고 완벽주의적인 구석이 숨어 있었던 걸까.

언제부턴가, 나는 누구를 만나든 저들 역시 뭔가를 솜씨 있게 감추고 있는 게 아닌가 의심을 품곤 했다. 머리털 속의 길게 꿰맨 흉터, 복사뼈 안쪽의 커다란 반점, 정교하게 제작된 의족 같은 것들을. 그들의 솜씨는 언제나 훌륭해, 그 부분들을 좀처럼 나에게 들켜주지 않았다.

그 미지의 은폐물들을 상상할 때마다 내 어린 몸은 은밀히 떨려오곤 했다. 그것들을 보고 싶었다. 그것들을 감싼 아슬아슬한 껍질을 벗기고 싶었다. 내 눈으로 직접 꿰뚫어보고 싶었다.

미소

내 첫번째 관찰의 대상은 어머니였다.

어머니는 뭉툭한 코와 가느다란 입술의 비례가 잘 맞지 않았고, 두껍게 쌍꺼풀 절개 수술을 한 두 눈은 어딘가 불안정해 보였다. 그러나 섬세하게 꾸민 외양 덕분에, 추하기보다는 그런대로 예쁘장한 인상을 주었다.

주말이면 우리집에 가끔 들러 담소를 나누고 돌아가곤 하던 치과 의사 내외는 언젠가 어머니가 부엌에 가 있는 동안 작은 목소리로 서로에게 말했다.

장교수님 사모님은 성격이 참 좋죠?

그러게, 늘 웃는 낯이야.

그 말은 사실이 아니었다. 내가 아는 어머니는 늘 웃는 낯의 사람이 아니었다. 손님들이나 아버지가 없을 때 그녀는 굳은 표정을 짓고 있을 때가 많았다. 나와 누이들, 그 무렵 함께 살던 막내고모, 별채에 묵었던 식모 아주머니에게 살갑게 말을 건네는 일도 드물었다. 막내누이가 매달려 무슨 말인가를 조잘대면 귀찮다는 듯 미간을 찌푸리곤 했다. 그럴 때면 통통한 볼 한쪽에 보조개가 패었는데, 지금까지 나는 찡그릴 때 보조개가 패는 사람을 다시 만나보지 못했다.

어머니는 냉정하다기보다는 동심이라는 것을 잘 받아들이지 못하는 성격이었다. 나와 누이들이 빚어내는 소란과 무질서, 크고 작은 실수, 바닥에 흘린 끈적끈적한 음식 따위를 그녀는 짜증스러워했다. 그렇다고 드러내놓고 늘 화를 냈던 것은 아니지만, 그녀가 힘들게 참아내고 있다는 것을 쉽게 느낄 수 있었다. 그녀가 진심으로 사랑했던 것은 아름다운 옷들과 장신구로 치장하고 나가는 부부 동반 저녁 모임들, 월말이면 여고 동창들과 함께 하는 시내의 백화점 쇼핑, 고데기로 손질한 앞머리를 손가락으로 돌돌 말며 쇼핑 카탈로그를 뒤적이는 시간 들이었다.

그러나, 내 기억 속의 모습이 아닌, 실제의 카메라로 찍힌 그 시절 흑백 사진들 속에서 그녀의 얼굴은 한결같다. 그때그때 머리 모양과 옷차림만 다를 뿐, 활짝 웃는 표정이 앨범을 넘길 때마다 똑같이 나타난다. 웃을 때 그녀의 눈은 가늘어졌고, 치열이 고른 윗니와 발그레한 잇몸이 환하게 드러났다. 오로지 웃기 위해 존재하는 얼굴처럼, 일단 웃으면 그녀의 얼굴에는 오로지 웃음만 남고 그 외의 인상은 완벽하게 사라져버렸다. 아무리 기분이 나쁠 때라도 마찬가지였다.

심지어 그녀를 끔찍이 아꼈던 외조모가 위독하다는 소식을 외조부의 인편으로 들었을 때에도, 그녀는 대문까지 그 피혁 공장 직원을 배웅하며 선선히 미소를 지었다. 그때 옆에 있었던 나는 은밀한 충격을 받았다. 그 웃음은 평소에 그녀가 짓곤 하던 웃음과 손톱만큼도 다르지 않았다. 똑같이 두 눈은 가늘어졌고, 눈꼬리와 입가에 선명한 주름이 잡혔고, 윗니와 붉은 잇몸이 활짝 드러났다.

처음으로 나는 그 얼굴이 탈 같다는 생각을 했다.

하얀 탈바가지.

웃고 있는, 딱딱한 탈바가지.

곧 그녀의 얼굴에서 웃음이 가셨으나, 그 섬뜩한 환영 같은 이미지는 내 뇌리 깊숙이 박힌 뒤였다.

이듬해에 내가 입학한 초등학교는 집에서부터 버스로 세 정거장 거리에 있었다. 아버지의 승용차로 통학시켰으면 했던 어머니의 바람과 달리 아버지는 나를 걸어다니게 했다. 될 수 있으면 아이들을 검소하고 엄하게 키운다는 것이 당시 아버지의 훈육 방침이었다. 어쨌든 나는 그 등하교 길을 좋아했다. 그때만 해도 도로에 차량의 통행이 많지 않아 공기가 상쾌했으며, 가다 보면 마음에 맞는 같은 반 아이들을 만날 수 있다는 것이 좋았다.

그해 가을 어느 날, 아침부터 하늘이 흐려 있더니 하교할 때쯤 부슬부슬 비가 뿌리기 시작했다. 마침 청소 당번이어서 시간을 지체한 것이 탈이었다. 책가방을 양쪽 어깨에 메고 친구 몇과 나와보니, 어느새 장대처럼 굵어진 빗살이 모래 운동장에 내리꽂히고 있었다.

어떡하지?

뭘 어떡해, 뛰자!

한 아이가 책가방을 머리 위로 올리고 뛰기 시작했다. 다른 아이가 뒤따라 달려나갔다. 나도 망설이다가 책가방을 이고 달렸다. 운동장을 가로지르고 나니 벌써 우리들의 옷은 모두 젖어 있었다. 목으로, 등짝으로 선득한 빗물이 흘러들어왔다. 알 수 없는 해방감에 나는 웃었다. 웃는 입술 안으로도 빗물은 흘러들었다. 빗물의 맛은 차갑고 맹송맹송했다.

야, 운형이 넌 뭐가 좋다고 웃냐?

너네 집이 우리 중에서 젤 멀잖아.

손가락 37

교문 맞은편의 문방구 처마에서 잠깐 비를 피하는 동안 아이들이 내 걱정을 했다.
야, 우리집 들러서 우산 갖고 갈래?
괜찮아.
나는 미소를 지으며 대답했다.
뛰어가면 우리집도 금방이야.
우리는 다시 책가방을 머리에 얹고 빗속으로 달려나갔다. 삼거리에서 고함을 지르며 작별 인사를 한 뒤 각기 자신의 집 쪽을 향해 내처 달렸다.
혼자 남은 나는 연신 헐떡이며 뛰었다. 뛰다가 지치면 처마에 몸을 숨겼다. 채 절반도 못 가서 나는 후회하고 있었다. 젖은 몸은 시간이 흐를수록 차가워졌다. 그렇게 집까지 가는 길이 멀게 느껴진 것은 처음이었다. 속옷까지 적신 빗물이 바짓가랑이 안으로 흘러내렸다. 운동화 속까지 물이 차올라, 젖은 땅을 디딜 때마다 찌걱찌걱 소리가 났다.
마침내 집 대문 앞에 다다랐다. 초인종을 누르자 한참 만에 아주머니가 우산을 받고 나왔다. 얄궂게도 그때쯤 빗발은 거짓말처럼 자박자박 순해져 있었다.
세상에, 이게 웬일이야?
아주머니의 눈이 휘둥그레졌다.
나는 이를 부딪치고 있었다. 어깨와 손, 무릎까지 떨려왔다. 아주머니가 씌워주는 우산을 받고 툇마루 앞의 처마 밑에 들어서자, 댓돌에 놓인 여남은 켤레의 신들이 보였다. 뾰족 구두들이 보였고 커다란 남자 구두들도 있었다. 떠들썩한 웃음 소리가 안방에서 들려왔다. 미닫이문이 열리며, 화장을 하고 긴 물색 원피스를 입은 어머니가 해사한 웃음을 입가에 머금은 채 걸어나왔다. 아주머니에게 뭔가 지시하려는 듯 바삐 부엌으로 향하다가 그녀는 나를 발견했다.

엄, 엄마. 다, 다녀왔습니다.

딱딱 소리내어 이를 부딪치며 나는 인사했다. 어머니는 내 앞으로 종종걸음쳐와 한쪽 무릎을 짚고 앉았다.

……이게 대체 무슨 일이니?

소리를 죽여 어머니는 역정을 냈다. 미간이 찌푸려지고, 통통한 뺨 한쪽에 샤프 펜슬로 찍은 것 같은 보조개가 패었다.

아주머니가 내 운동화를 벗겨주며 거들었다.

원, 아침에 일기 예보도 안 보셨나 봐요. 우산도 안 챙겨 보내셨더랬어요? 애 입술이 시퍼렇네.

나는 툇마루에 걸터앉아 젖은 양말 두 짝을 벗었다. 쪼글쪼글 부푼 발가락들이 발그레하게 얼어 있었다.

어머니는 냅다 내 손을 끌어당겼다.

네 방에 가자.

나는 당황한 채 물었다.

아, 안 씻구요?

어머니는 얼른 안방 쪽을 돌아보곤, 망설이고 있는 내 팔을 세차게 끌었다. 나를 앞세우고 마루 끝 내 방으로 걸음을 재촉했다.

내 방에 들어서자마자 어머니는 서둘러 문을 닫았다. 날씨 때문에 저물녘처럼 캄캄한 방에 형광등을 켠 뒤, 빗물이 떨어지는 내 옷을 벗기기 시작했다.

아무리 애라지만 미련하기도…… 하필 그렇게 비가 퍼부을 때 걸어올 게 뭐라니? 어디 가겟집 같은 데서 좀 피했다가 올 일이지. 사람들이 보고 뭐라고 하겠어? 아는 사람이라도 만났으면 어쩔 뻔

손가락 39

했니?

　속옷까지 발가벗고 알몸이 되자 견디기 힘든 추위가 몰려왔다. 체머리를 떨고 있는 나를 방 가운데 세워둔 채, 어머니는 오랫동안 서랍장을 뒤적거렸다. 마침내 속옷들과 옷가지들을 꺼내 내 발치에 던지며 말했다.

　어서 옷 입어.

　어머니는 뒤돌아보지 않고 문을 열고 나갔다. 방금 벗어놓은 내 옷에서 흥건히 흘러나온 빗물을 밟지 않기 위해 그녀는 발뒤꿈치를 치켜들고 있었다. 잠시 후 툇마루에서 아주머니를 부르는 소리가 들렸다.

　아주머니. 안방에 모과주부터 내놔야겠어요.

　나는 얼어붙은 몸 위로 옷들을 꿰어 입었다. 장롱에서 이불을 꺼내 몸에 돌돌 말고 누웠다. 형광등을 켜둔 채, 일어나서 불을 꺼야 되는데, 생각만 했다. 그러다 까무룩 잠에 빨려들었고, 간간이 나도 모르게 앓는 소리를 냈던 것 같다. 언젠가 아주머니가 들어와 걸레질을 하고 빨랫감을 가져갔던 것 같은데, 확실치는 않았다. 토막잠에서 깨어날 때마다 안방에서는 여러 사람의 말소리, 왁자한 웃음소리들이 들려왔다. 톤이 높은 어머니의 목소리도 섞여 들려왔다.

　몇 시쯤이었는지 모른다. 아랫목이 뜨겁게 끓고 있었고, 나는 온몸이 식은땀으로 젖은 채 깨어났다. 반쯤 몸을 일으켜보았다. 작은방의 네 귀퉁이가 가만가만 맴을 그리고 있었다. 갈증과 함께 목구멍의 통증을 느끼며 나는 일어섰다.

　벽을 짚으며 문을 더듬었다. 문고리를 잡아당기자, 놀랄 만큼 차가운 바람이 옷 속으로 파고들었다. 잠이 번쩍 달아난 나는 선득한 마룻바닥으로 한 발 내디뎠다.

툇마루 천장으로는 백열등이 밝혀져 있었고, 안방에서 마침 손님들이 나오고 있었다. 몇몇은 별채 옆의 화장실 쪽에서 마당 가운데로 걸어나왔다. 모두 집에 돌아가려는 모양이었다.

엉거주춤 마루 끝에 서 있는 나를 처음 발견한 사람은 어머니였다. 안방 문턱께에 서 있던 그녀는 급히 나에게 다가왔다. 허리를 수그려 내 헝클어진 머리카락을 다듬어주며 그녀는 조그만 소리로 물었다.

왜 나왔어?

어머니의 얼굴은 화가 난 것 같지는 않았다. 다만 초조해 보일 뿐이었다.

목이 말라서……

내 쉰 목소리는 남의 것처럼 낯설게 들렸다. 어머니는 속삭였다.

조금 있다 물 줄 테니까 들어가 있어.

구둣주걱을 들고 댓돌에 놓인 구두를 신던 한 중년 남자가 나에게 말을 건넸다.

운형이가 많이 컸구나.

안경을 쓰고 머리를 뒤로 올린 30대 중반의 여자가 목소리를 높여 물었다.

어머, 너 어디 아프니? 얼굴이 왜 그래?

어머니는 그녀를 향해 돌아서며 서글서글하게 대답했다.

글쎄, 감기에 걸렸지 뭐예요. 심하진 않아요.

고개를 돌려 나를 내려다보며 어머니는 말했다.

운형이, 인사해야지.

그때 나는 어머니의 미소를 보았다. 깊게 쌍꺼풀 수술을 한 그녀의 눈은 실낱처럼 가늘어져 있었다. 마치 입 안쪽에서 등을 켠 것처럼, 따스한 분홍빛 잇몸이, 치열이 고른 흰 이가 고스란히 드러났다. 그것은 그날 오후 그녀가 나에게 처음으로 지어준 살가운 미소였다.

나는 부신 눈으로 어머니의 흰 얼굴을 올려다보았다. 어지러웠으므로, 그녀의 얼굴은 까마득히 높이, 마치 천장의 백열등에 매달려 있는 것처럼 보였다.

……안녕히 가세요.

손님들을 향해 고개 숙여 인사하다 말고 나는 멈칫 어깨를 떨었다. 오한 끝의 진저리가 아니었다. 형언할 수 없는, 아마도 처음으로 경험하는, 일종의 공포와 같은 감정이 은밀히 치밀어 오르는 것을 나는 느끼고 있었다.

그후 오랫동안 나는 그날 밤 어머니의 얼굴을 잊지 못했다. 나는 그녀에게 두 가지 감정을 지닌 채 자랐다. 어머니이기 때문에 나에게 베풀어주는 것 ─ 먹여주고 입혀주는 것, 아프거나 다쳤을 때 간호해주는 것 ─ 들에 감사했으며, 동시에 누구에게도 설명할 수 없는 두려움을 느꼈다.

어머니가 누이동생들이나 나를 꾸짖다가 용서의 뜻으로 지어주는 웃음을 나는 믿을 수 없었다. 깜박 잊고 마음을 놓았다가도, 그 하얀 탈 같은 얼굴 뒤에 무엇이 있는가에 생각이 미치면 몸 한쪽이 서늘해졌다.

차츰 나는 실수하지 않는 아이, 어른스러운 아이가 되려고 애썼다. 그러나 실은 집요하게 눈치를 살피는 아이, 결코 진심을 드러내지 않는 아이가 되어갔을 뿐이다.

내가 어렸을 때, 사람들은 모두 어머니를 깔끔하고 예절 바르며 착한 사람이라고 했다. 깔끔하고 예절 바르다는 말은 맞았다. 그러나 착하다는 것이 무엇인지 나는 알 수 없었다. 지금도 그렇다. 사람이 착하다는 것이 무엇인지 나는 아직 잘 모른다.

침묵

아버지 역시 또 다른 착한 사람이었다.

대학에서 그는 존경받는 스승이었다. 설날이나 추석이면 제자들이 과일이며 쇠고기를 싸들고 찾아왔다. 스승의 날에는 카네이션과 선물 꾸러미들이 안방에 수북이 쌓였고, 밤늦게까지 전화 벨이 울려댔다.

어어! 그래, 넌 요즘 뭘 하냐.

'여보세요' 하고 차분한 목소리로 전화를 받은 뒤 얼마 있다가 터져나오는 아버지의 한마디는 언제나 똑같았다. 털끝만치도 의심할 수 없을 만큼 진실한 놀라움과 반가움을 담아 그는 외쳤다.

어어! 그래.

'물론이지, 널 기억하구말구, 정말 반갑구나, 오랜만이라 깜짝 놀랐구나.' 그 모든 말들이 함축돼 있는 탄성이었다. 열 통이면 열 통 조금도 다르지 않은 '어어!'이기도 했다.

집에서도 그는 성실한 가장이었다. 월급 봉투를 받으면 열어보지 않은 채 고스란히 어머니에게 건네주었고, 밤늦은 시각에 친구나 동료들을 몰고 들어오는 일 — 그 시절에는 흔했던 — 따위는 없었다.

전형적인 자수성가형이었던 아버지는 일찍 조부를 잃었고, 고등학교 평교사로 근무하던 시절부터 시골의 조모와 동생들을 부양해 왔다. 어머니와 결혼한 뒤, K대학의 재단 이사장과 절친했던 외조부의 힘으로 자리를 잡은 그는 곧 막내고모를 별채로 데려와 K대 부속 중학교에 입학시켰다. 그는 시골에서 홀로 사는 조모에게 매일 저녁 안부 전화를 했다. 고모에 대한 관심도 딸 이상으로 지극했다. 직접 숙제를 봐주기도 했고, 영어 성적이 좋지 않은 것을 염려해 일주일에 세 번 가정 교사를 들여주기도 했다.

아버지에게 득보다는 손해가 될 법한 사람들에게조차 아버지는 친절했다. 거절의 말을 하지 못했고, 거친 말씨를 쓰는 모습은 상상조차 할 수 없었다. 그런 아버지를 좋아하지 않은 사람은 외삼촌뿐이었을 것이다. 외삼촌은 술에 취하면 아버지를 '뱀 같은 새끼'라고 불렀다. 그러나 외삼촌은 누구에게도 이해받기 어려운 사람이었으니, 어머니조차 그 말을 귀담아듣지 않은 것은 당연한 일이다. 나 역시, 아버지에게 일종의 의심을 품게 되리라고는 상상조차 하지 못했다.

손님들이 방문할 때를 제외하면 대체로 우리 가족은 식사 시간에 말이 없었다. 제각기 국을 떠 넘기는 소리, 반찬을 씹는 소리, 젓가락이 교자상에 놓이는 소리 들이 고요히 섞일 뿐이었다. 음식이 싱겁다거나, 맛있다거나 하는 평은 드물었으며, 무엇인가를 건네달라는 부탁도 없었다. 어머니는 언제나 눈을 내리깐 채 단정히 숟가락질을 했다. 입을 다문 채 엄숙하게 음식을 우물거리는 아버지의 뺨은 가죽처럼 뻣뻣하고 질겨 보였다. 나는 그 침묵의 시간을 좋아하지 않았다. 아직 어린 누이들도 분위기에 압도된 듯 별다른 투정 없이 밥공기를 비우곤 했다.

그렇게 조용히 밥상을 물리고 난 어느 저녁, 아주머니가 부엌에서 설거지하는 동안 어머니는 옷장 문을 열었다. 아직 상표가 붙어 있는 옷 한 벌을 서랍에서 꺼내 고모에게 건넸다. 칼라와 밑단에 자잘한 프릴이 잡힌 꽃자주색 원피스였다. 고모는 그것을 대뜸 앞으로 밀쳐냈다.

왜 그러는 거예요, 아가씨?

마음에 안 들어요.

입어보지도 않고 마음에 안 든다면, 사온 사람 성의는 어떻게 해요?

그해 고모는 고등학교 졸업반이었다. 네모진 떡니가 큼직해 토끼 같은 인상을 주던 그녀는 그 떡니로 언제나 입술을 잘근잘근 씹고 있었다. 귀여운 얼굴에 어울리지 않게 그녀의 목소리는 플라스틱 그릇이 깨지는 것 같은 탁음이었다.

이거, 강희자 의상실 거야. 아가씨 피부나 이미지 맞춰서 내가 일부러 큰맘 먹고……

뾰로통한 얼굴의 고모를 어머니는 상냥하게 달랬다. 그러나 그 눈에 번득이는 차가운 노여움을 숨길 수는 없었다.

마음에 드시면 새언니가 입으면 되겠네요. 그러게, 비싼 돈 줘서 아까울 걸 뭐 하러 사셨어요?

당돌한 성격의 고모가 고분고분하거나 친절한 말씨를 쓰는 경우는 매우 희귀한 일에 속하긴 했다. 그러나 무엇 때문인지, 그날 그녀의 신경질적인 반응은 정도가 지나쳤다.

다, 오빠 보이려고 그러는 거 아녜요? 그러니까 내 방도 아니고 안방에서, 저녁 먹은 다음에 온 식구 다 모였을 때 기다려서 주는 거 아니냐구요.

어머니의 얼굴에서 미소가 걷혔다. 텔레비전을 켜려고 하던 큰누이가 조심스럽게 손을 멈췄다. 공깃돌을 만지작거리고 있던 작은누이도 어리둥절한 얼굴로 고개를 들었다.
아가씨, 나한테 왜 이러는 거야? 난 최선을 다하고 있어요. 밤이면 아무리 피곤해도, 공부하는 아가씨 생각해서 과일도 갖다주고……
어머니의 말을 자르며 고모가 쏘아붙였다.
누가 그딴 거 필요하대요? 새언니 들어올까 봐 공부도 안 되는 거 몰라요? 들어와선 내 방을 쓱 둘러보는 눈길이 얼마나 싫은지 알기나 해요? ……정말, 자기가 얼마나 기분 나쁜 사람인지 모르는 모양이지?
어머니는 화를 내지 않았다. 대신 핏기 없이 지질린 얼굴에 서늘한 경멸이 서렸다. 그것은 평소 고모를 보는 시선 아래에 언제나 깔려 있던 것이기도 했다. 새카만 손으로 옷자락을 잡아끄는 걸인을 내려다보듯 그녀의 눈은 고모를 혐오하고 있었다.
어머니는 그 눈길을 거두어 이번에는 아버지를 보았다. 그녀들 사이에 크고 작은 갈등이 있을 때면 언제나 그랬듯이, 아버지가 따끔하게 고모를 나무라줄 것임을 그녀는 의심치 않고 있었다. 의기양양한, 기쁨과 자랑이 어린 얼굴로 그녀는 턱을 쳐들었다. 아버지는 동요 없이 두 사람을 번갈아 바라보았다. 잠시 생각에 잠겨 있다가 그는 입을 떼었다. 숱이 많은 눈썹 아래, 그의 기름한 두 눈은 잔잔하고 고요했다.
대수롭지 않은 일로 너무 소란하군. 부끄럽지 않소. 딸 같은 시누이에게 그런 말을 듣고.
먹을 때와 말할 때를 제외하고는 언제나 단정하게 다물려 있던 어머니의 입술이 반쯤 벌어지는 것을 나는 보았다.
침착하게 아버지는 덧붙였다.
……그러고 보니, 지금까지 당신이 제대로 옷을 고르는 걸 한 번도 보지 못했어.
나도 모르게 침을 삼켰다. 모두가 동작을 멈춘 방 가운데에서, 그 소리는 내 귀에 유난히 크게 들렸다. 조용한 말씨가 더 무서울 수 있다는 것을 나는 그때 처음 알았다. 더 위력적이고, 더 잔인하다는 것을.
고모는 기다렸다는 듯 일어서서 미닫이문 쪽으로 걸어갔다. 문을 닫기 전에 조롱하듯 어머니 쪽을 돌아보았으나, 어머니는 보일 듯 말 듯 입술을 떨며 아버지만을 뚫어지게 바라보고 있었다.
아버지는 그것을 아랑곳하지 않은 채 앞주머니에서 파이프 담배를 꺼냈다. 담배에 불을 붙이는 동안 눈을 들어 어머니의 얼굴을 마주 보았다.
그 시선을 어떻게 설명해야 할까.
아마도 바퀴벌레나 쥐가 멀리서 지나가는 것을 보았을 때의 표정이 그와 비슷했을 것이다. 징그럽고 더럽지만, 굳이 눈길을 피할 것까지야 없다. 어차피 멀리 떨어져 있으니까. 바로 그런 침착하고 불쾌한 시선이었다.
땀 흘리며 쫓아가서 잡을 필요는 더욱 없다. 자신을 해칠 만한 거리가 아니므로. 다만 바라보는 것만으로 신경이 쓰이는 것뿐이다. 할 수 있는 일은, 그것들이 어서 자신의 눈에서 보이지 않게 되기를 기다리는 것뿐이다. 반쯤 찌푸린 눈으로, 입가에는 은은한 미소를 머금은 채.

이듬해 설날에도 아버지의 제자들은 무리 지어 갈비짝과 과일, 양주 따위를 싸들고 찾아왔다. 아버지는 얼굴 가득 너그러운 미소를 띤 채 그들을 맞았다. 어머니는 소반에 차를 내고 과일을 깎았다. 나와 누이동생들은 어머니 뒤에서 옹기종기 머리를 맞대고 퍼즐을 맞추고 있었다.

선생님을 뵈면 정말 장가들고 싶어집니다.

안경 쓴 남자가 말하자 아버지는 껄껄 웃었다.

그래, 너도 올해엔 노총각 딱지를 떼야지.

지금 이렇게 다섯 식구가 앉아 있는 모습을 보니, 성(聖) 가족 같아요.

옆에 있던 여드름이 많은 남자가 거들었다. 안경 쓴 남자가 장난스런 얼굴로 물었다.

어떻습니까. 사모님은 다시 태어나면 선생님을 또 만나고 싶으세요?

나는 재빨리 눈을 들어 어머니를 봤다. 그녀는 마치 아무 말도 듣지 못한 것처럼 사과 꼭지를 도려내고 있었다. 그 잠깐의 침묵이 나는 어쩐지 무서웠다. 이내 어머니는 해사하게 잇몸을 드러내며 웃었다.

예에.

그 대답의 마지못한 듯한 어조를 충분히 가릴 만큼 어머니의 탈 같은 웃음은 위력적이었다. 모두 웃음을 터뜨렸다.

아이구, 선생님. 정말 행복하시겠습니다.

여드름 많은 남자가 만면에 웃음을 띠고 아버지에게 물었다.

선생님은요? 선생님도 마찬가지 생각이세요?

그때, 아버지의 얼굴이 일순 전혀 다른 사람의 것으로 변하는 것을 나는 봤다. 마치 침을 흘리는 어린아이처럼 얼이 빠져, 그의 얼굴은 전혀 잘생기지도, 사려 깊어 보이지도 않았다.
 아주 잠깐의 일이었기 때문에 아무도 그것을 눈치 채지 못한 것 같았다. 그는 곧 눈을 내리깔았고, 미소를 지으며 고개를 끄덕였다. 누구와도 시선을 맞추지 않은 채였다. 이번에도 모두 웃었으나, 그 웃음들에는 좀 전과 달리 어쩐지 맥이 빠져 있었다.
 이상한 침묵이 수초 간 흘렀을 때, 아버지는 부드러운 목소리로 말했다.
 난 장가를 잘 들었지. 너희들도 여자를 잘 선택해야 돼. 애들 엄마 만난 걸 내 인생의 행운으로 생각한다.

 얼마 뒤, 외삼촌이 외숙모와 함께 찾아와 저녁을 먹었다. 고모는 설을 지내러 시골의 조모에게 가고 없었다. 아주머니도 고향에 내려가, 단출한 우리 가족만 남아 있었다.
 뱀 같은 새끼.
 반주가 과했던 외삼촌은 아버지에게 침 뱉듯 뇌까렸다. 아버지는 아무 반응도 하지 않았다. 어머니와 외숙모는 부엌에서 설거지를 하고 있었다. 동생들은 옷을 입은 채로 아랫목에서 잠들었고, 나 역시 옆으로 누워 눈을 감은 채 의식이 가물가물해지던 참이었다.
 날 그렇게 벌레 취급하지 말아. 최소한 난, 돈 보고 결혼하는 짓거린 안 했으니까.
 외삼촌은 끼득끼득 웃었다.
 귀신이란 건 없는 모양이지. 그 여자, 그리고 네놈의 아들새끼 그 핏덩이. 꿈자리엔 그 모자 귀신이 안 나타나나?

아직도 나는 그것이 꿈이었는지 생시였는지 확신할 수 없다. 잠시 후 떠들썩한 웃음 소리가 들려서 눈을 떴을 때 외삼촌과 외숙모는 외투를 걸치고 있었다. 나는 눈을 비비고 일어났다. 괜찮다고, 그냥 들어가 자라고 어머니가 말렸으나 나는 대문까지 그들 내외를 배웅했다. 외삼촌의 비틀거리는 뒷모습이 골목의 모퉁이를 돌아 사라졌을 때 어머니가 대문을 닫았다.

나는 고개를 들어, 어둠에 잠긴 아버지의 얼굴을 살폈다.

아무래도 꿈이었던 것 같았다. 그의 얼굴은 평온했다. 다만 좀 지쳐 보일 뿐이었다.

진실

그때뿐 아니라 지금까지도, 짓궂은 어른들이 아이들에게 즐겨 들려주곤 하는 농담이 있다.

사실 넌 주워온 아이란다.

저기 굴다리 밑에, 떡 파는 아줌마가 네 진짜 엄마란다.

아홉 살이 되던 봄 고모에게서 처음 들었던 이 농담을, 나는 어쩐지 농담으로 흘려듣지 않았다.

어쩌면 그 말을 듣기 전부터, 이따금 나는 실제로 이 집의 자식이 아닐지 모른다는 느낌을 받아왔었다. 마치 타인을 관찰하듯 가족들을 바라보았고, 그 증거를 어디선가 발견할지 모른다는 생각에 긴장하곤 했다. 나는 가능한 한 목소리를 낮추고, 키를 낮추고, 맛있는 반찬에는 아주 가끔씩만 젓가락을 대고, 간혹 절망에 빠지면서 어딘가 있을 나의 진짜 집을 상상해보곤 했다.

그러나 해가 바뀌어 3학년이 되고 조금 더 의식이 성숙해졌을 때, 나는 거울에 비친 내 이목구비를 찬찬히 뜯어보았다. 얼마 지나지 않아 내 얼굴이 아버지와 어머니를 거의 정확히 반반씩 닮았다는 것을 알 수 있었다. 흰 얼굴빛과 웃으면 가늘어지는 눈, 고른 치열은 어머니의 것이었다. 단정한 콧날과 입매, 호리호리한 얼굴형과 체형은 아버지의 것이었다. 말하자면 그 중 괜찮은 부분들만 골라 닮은 경우로, 특별히 미운 데도 없으며 특별히 잘생긴 것도 없는 평범한 얼굴이 되어 있었다.

그때 내가 느낀 것은 안도감이 아니었다. 오히려 가슴 한편이 서늘해져왔다. 이미 나는 오랫동안 이 집에 속하지 않았다. 이제 와서 나에게 진짜 집이 없다면, 나는 이 세상의 어느 곳에도 속할 곳이 없는 것이었다. 찾아갈 곳도 없었고 행복할 곳도 없었다. 긴장 어린 탐색의 시선을 접고 안도할 곳도 없었다.

나는 차츰 말없는 아이가 되었다. 어른들의 시선을 받으면 고개를 수그리거나 외면했다. 그들은 그런 나를 그저 철이 나는가 보다고 생각하는 것 같았다.

내 시력이 나빠지기 시작한 것은 대략 그 무렵부터였던 것 같다. 이유는 분명하지 않았다. 텔레비전을 많이 본 것도 아니고, 책을 특별히 좋아했던 것도 아니었다. 4학년에 올라가던 해 나는 처음 안경을 맞췄다. 까맣고 커다란 사각 뿔테 안경을 끼자 거울 속의 나는 전혀 나처럼 보이지 않았다. 내 얼굴이 다르게 보인다는 사실에 나는 만족했다. 대단한 변장이라도 한 양, 나는 아무에게도 나를 들키지 않을 수 있을 것 같았다. 남몰래 불안하던 마음이 어루만져진 기분이었다.

그저 잠시의 기분일 줄 알았는데, 시간이 갈수록 안경의 힘은 나에게 주술적인 것이 돼갔다. 안경을 끼지 않고는 사람들의 눈을 똑바로 바라볼 수 없었다. 반대로 안경만 있으면 누구를 만나도 두렵지 않았다. 도저히 그럴 수 없을 법한 급박한 상황에서도 안경은 힘을 발휘했다. 숨을 고를 수 있었고, 상황을 판단할 수 있었고, 여유를 갖고 사람들을 관찰할 수 있었다.

그 무렵 고모는 일식집 서빙 아르바이트를 시작했다. 아버지가 그토록 마음을 썼음에도 후기 대학까지 떨어진 고모는 재수를 준비하고 있었다. 공부에만 열중하라는 아버지의 강권을 아랑곳하지 않고 고모는 돈 버는 재미에 맛을 들였다. 첫 월급을 타 시골의 조모에게 내의를 사 부쳤고, 아버지에게는 넥타이를 선물했다. 그리고는 제법 꽁꼼땅꼼 돈을 모으는 눈치였다. 6개월쯤 지나자 아무도 고모가 모은 돈의 액수를 알 수 없게 됐다.

학원과 식당과 집을 피곤한 얼굴로 오가면서도 고모는 행복해 보였다. 그렇게 모은 돈으로 고모가 뭘 하려는지 나는 알고 있었다. 고모는 이 집을 나가 자립하고 싶은 것이었다. 대학 등록금이야 어쨌든 아버지가 대줄 테지만, 집을 나가는 것은 허락하지 않을 테니 몇 달치 하숙비라도 벌어놓자는 심산이었다. 고3 때부터 전화로 친구에게 속닥속닥 계획을 털어놓곤 하던 것을 엿들은 적이 있었다.

그해 여름은 비교적 늦게 시작됐다. 장마가 지나가고 뙤약볕이 난다 싶자 어느새 방학이 일주일 앞으로 다가와 있었다. 마침 그때 내가 그토록 애지중지하던 안경의 다리가 부러졌다. 세수하느라고 잠깐 평상에 올려놓았던 것을, 막내누이가 공을 주우러 달려와 엎어지더니 그만 손으로 짚어버리고 말았다.

산 지 얼마 안 된 안경을 다시 맞춰달라고 어머니에게 말하기가 어려워, 부러진 부분을 까만 테이프로 돌돌 말아 붙였다. 어린 마음에 아무도 눈치 채지 못할 거라고 생각한 것이다. 그러나 모두 그 안경을 보고는 웃음을 참지 못했다.

안경은 항상 주의해야 하는 물건이라고 하지 않았니?

어머니는 웃음을 거두고 나를 꾸짖었다.

알이 깨져서 네 동생 손이라도 다쳤으면 어쩔 뻔했어?

잠시 생각해본 뒤 어머니는 말했다.

곧 방학이니까, 방학 끝날 때 새로 맞춰주마.

아마도 그것은 내 부주의에 대한 그녀의 벌인 것 같았다.

해수욕이라도 갔다가 잃어버릴 수도 있는 일이니까.

나는 그저 얼굴만 붉혔을 뿐이다.

그날 밤 나는 국어 숙제를 하다가 고모가 쓰는 건넌방에 사전을 가지러 들어갔다. 고모는 몹시 열중한 옆모습으로 무언가를 다리고 있었다. 눈을 들지도 않고 그녀는 말했다.

응, 사전? 저기 책꽂이에.

나는 다리미판을 내려다보았다. 더러운 5백원권 지폐가 새 돈처럼 빳빳이 다려져 모락모락 김을 피우고 있었다. 세워놓은 다리미 옆으로는 그렇게 다려진 지폐들이 댓 장 쌓여 있었다. 고모의 무릎 곁에는 베개가 있었는데, 홑청이 약간 벌어진 모양으로 미루어 다다린 돈을 거기 넣어두는 것 같았다. 나와 시선이 마주치자 고모는 멋쩍은 듯 웃었다.

나는 고모에게 안쓰러운 느낌을 받았다. 말을 가릴 줄 모르고, 대수롭지 않은 일로 어머니와 부딪치곤 하는 고모를 나는 좋아하지 않았다. 그러나 다리미로 헌 돈을 빳빳이 다리는 데 열중한 그녀의 모습은 내 마음에 이상한 얼얼함을 새겨주었다. 넉넉한 오빠의 집에서 살고 있다고는 하나, 가난한 집에서 태어난 그녀에게는 처음으로 제 손으로 번 돈이 보물과도 같았던 것이다. 그래서 또래의 여자애들처럼 예쁜 옷도 사 입지 않고, 화장품도 사 바르지 않고, 저렇게 차곡차곡 다려서는 숨겨놓고 지내온 것이다. 묵직한 사전을 두 팔로 감싸안은 채, 나는 답례 삼아 씩 웃어준 뒤 건넌방을 나왔다.

그러고 나서 이틀쯤 지났을까. 내가 학교에서 돌아왔을 때, 툇마루에 앉아 무슨 이야기인가를 주고받고 있던 누이들의 얼굴이 나를 보더니 굳어졌다. 그 옆에 서 있던 어머니의 눈길도 이상했다. 무슨 일인가 있다고 직감했으나 알 도리가 없었다. '왜 그래?'라고 물어서는 안 될 것 같은 미심쩍은 공기가 마당에 흘렀다. 안경알 뒤에 초조한 마음을 숨긴 채 나는 내 방으로 들어갔다.

아버지가 퇴근했을 때 나는 언제나처럼 마당으로 인사하러 나갔다. 아버지만은 평소와 같은 눈으로 나를 보았다. 그러나 잠시 후 저녁 밥상에 앉자 아버지의 시선마저 차가워져 있는 것을 곧 알아볼 수 있었다. 더욱 이상한 것은 고모였다. 그녀는 아예 내 쪽을 돌아보지도 않았다.

밥상을 물린 뒤 설거지가 끝나자 아버지는 안방으로 나를 불렀다. 미닫이문을 열고 들어가자 아버지와 어머니, 고모가 나란히 앉아 있었다. 고모의 무릎 옆에는 홑청의 홈질 자국이 뜯겨나간 베개가 놓여 있었다. 그때에야 나는 사건을 짐작했다.

사실대로 말해봐라.
아버지의 물음은 엄숙했다.
네가 한 짓이냐?

어머니의 눈에는 의심이 서렸고, 고모의 눈에는 원망과 미움이 어려 있었다. 아버지의 눈빛에는 판관을 맡은 이다운 정의로운 냉기가 흘렀다. 이것이 만만치 않은 시험이라는 것을 나는 곧 알았다.
……아니요.
내가 진실을 말하자, 거기 있던 사람들은 모두 실망한 듯했다.
네 고모 말이, 너 말곤 그 돈이 어디 있는지 아는 사람이 없다는데?
아버지의 말씨는 조곤조곤했고 침착했다. 명치에 묵직한 통증이 느껴졌다. 두려움을 참고, 나는 정직하게 말했다.
전, 도둑질 같은 건 안 했어요.
다른 사람들을 속일 순 있다. 하지만 자신을 속일 순 없어.
아마도 제자들에게 많이 써본 듯한 엄숙한 표현이었다. 나는 그 말을 전혀 이해할 수 없었다. 자신을 속인다는 게 대체 무슨 뜻일까? 자신이라는 것은 바로 나를 말한다. 그런데 어떻게 나를 속이고 말고 한단 말인가? 나는 모든 걸 알고 있는데? 즉, 내가 훔치지 않았다는 사실을?
전, 정말 훔치지 않았어요.
나는 진심을 담아 말했다. 순간 어머니의 눈이 흔들렸다. 그녀는 동요하는 것 같았다. 한순간 내 진실을 믿으려 하는 것 같았다. 그러나 곧 그 검은 눈동자의 흔들림은 멈췄고, 그녀는 결국 내가 거짓말을 하고 있다고 판단을 내리는 것 같았다.
안경을 그렇게 새로 하고 싶었으면, 못 기다리겠다고 말을 할 것이지.
그녀는 아예 내 범행의 동기까지 미루어 짐작하고 있었다. 빠져나갈 구멍이 없었다.

바지 걷어라.

나는 아버지가 회초리를 꺼내는 것을 보았다. 지난해 낚시 여행을 갔다가 상징적으로 해다 놓은, 아직 한 번도 제 쓰임새대로 쓰인 적 없었던 마른 대회초리였다.

진실을 말할 때까지 맞는다. 네가 세라.

갑자기 웃음이 터져나올 것 같았다. 그러나 막상 획, 하는 소리와 함께 허공을 가르며 회초리가 살갗을 갈기자 그 웃음은 곧 눈물로 비져나왔다.

하나.

두울.

셋.

다리를 움찔거리는 나를 향해 아버지는 물었다.

네가 훔쳤지?

……아니요.

계속 세라.

네엣.

다섯.

나는 쓰라린 종아리를 손으로 감쌌다. 여지없이 손등으로 회초리가 내리쳐졌다.

여서엇.

네가 훔쳤지?

맞은 자리를 다시 맞을 때마다, 아픔 때문에 나는 숫자를 세기가 힘들었다. 하지만 대답할 수밖에 없었다.

아니요.

아버지의 입술이 일그러졌다.

계속 세라.

일곱.

여덟.

아홉.

열.

그때 문득 나는 시험해보고 싶었다.

네가 훔쳤지?

아버지는 이를 악물고 있었다.

나는 대답했다.

……네.

어머니의 입에서 짧은 한숨이 흘러나왔다. 내 안경알 너머, 어머니의 눈이 젖어 번들거렸다. 슬픔보다는 분함이, 자존심의 상처가 느껴졌다.

나는 덧붙였다.

잘못했습니다, 아버지.

그래.

아버지의 목소리에는 안도와 기쁨이, 그리고 이상한 허탈감이 실려 있었다.

반성하는 마음이 중요하다.

나는 침묵했다.

진실에는 용기가 필요한 거다. 늦게라도 용기를 냈으니 됐다.

고모의 얼굴에 생기가 돌았다. 그녀는 앙칼진 목소리로 다그쳐 물었다.

그 돈 어쨌니? 내 돈 어쨌어?

나는 고개를 떨궜다. 이제 다시 거짓말을 해야 했다. 미처 예상

못한 상황이었다. 어떻게 얘기해야 하나. 돈이 어디 있다고 해야 하나. 그러자 갑자기 참아왔던 울음이 왈칵 쏟아질 것 같았다. 아버지의 너그러운 목소리가 구원처럼 들려왔다.

됐다. 오늘은 그만 가서 자거라.

나는 내 귀를 의심했다.

……내일 아침에 얘기하자.

아버지의 앉은뱅이 책상에 켜져 있던 백열등의 따스한 빛을 나는 기억한다. 나를 겁주기 위해서였는지 형광등은 꺼져 있었다. 내가 종아리를 맞는 동안 어머니는 찌푸린 얼굴을 외로 꼬고 있었고, 고모는 눈을 커다랗게 치뜨고 있었다. 두 여자의 실루엣은 백열등의 빛을 역광으로 받아 죽은 듯 고요히 고정돼 있었다.

내가 '네'라는 말을 입 밖으로 꺼내놓는 순간 두 여자는 갑자기 마법에서 풀려난 듯 자세를 고쳐 앉았다. 죽은 것 같던 방은 활기를 되찾았고, 차갑게 일그러져 있던 아버지의 얼굴도 평소의 모습으로 돌아왔다. 아무것도 특별히 변하지 않았지만, 그 방의 공기 전체가 달라져 있었다. 이제 아버지가 '됐다, 오늘은 그만 가서 자거라'라고 하자 팽팽하던 공기는 더욱 느슨해졌다.

운형아.

네.

여전히 바지 자락을 들어올린 채 나는 대답했다.

……네가 용기 있는 아이라는 걸, 아버진 진작 알고 있었다.

나는 고개를 꾸벅한 뒤 바지를 내렸다.

미닫이문을 열고 나오자 방 안에서 속삭이는 소리가 들려왔다. 세 사람이 무슨 이야기를 나누는지 나는 궁금했다. 살갗에 박힌 홧홧한 통증을 느끼며, 절뚝이며 내 방으로 돌아왔다.

이제 나는 알 수 없었다.

나는 용기 있는 아이가 된 건가, 비겁한 아이가 된 건가? 끝까지 결백을 주장하는 것이 더 용기 있는 행동이었을까? 그러나 그것이 오직 나만 알고 있는 진실이라면, 나 말고는 아무도 만족하지 못하는 진실이라면 무슨 의미가 있는 것인가? 가령, 내가 오늘 밤 죽기라도 한다면 흔적도 없어져버리는 것이 진실 아닌가?

동이 트기 전에 나는 내 벙어리저금통을 털었다. 학교에 들어가기 전부터 모아왔던 것이었다. 손이 큰 외조부가 쥐어준 용돈이며 세뱃돈까지 고스란히 모아둔 덕택에, 세어보니 꽤 목돈이 됐다. 액수가 비슷해야 할 텐데. 그것이 가장 큰 걱정이었다.

그날 방과 후 은행에 갔다. 고모의 방에서 봤던 기억을 되살려 5백원권으로만 바꿨다. 아버지가 퇴근하자 나는 안방으로 갔다. 아버지는 마치 기다리고 있었던 듯 반가운 얼굴로 나를 맞았다.

내가 지폐 뭉치를 내밀자 아버지의 얼굴은 환해졌다. 꼼꼼히 침을 묻혀 센 뒤 그는 말했다.

좀 모자라는구나.

나도 모르게 긴장이 풀리며 한숨이 흘러나왔다. '많이'가 아니라 '좀'이다. 그렇다면 됐다.

어디다 쓴 거냐?

친구들도 나눠주고, 군것질도 많이 했어요.

나는 목소리에 진심을 실어 말했다. 그것은 내 귀에도 전혀 거짓말처럼 들리지 않았다.

모자라는 건, 나중에 돈 벌어서 꼭 갚을게요.

그래, 그런 자세가 중요한 거야.

아버지의 두꺼운 손이 내 머리를 쓰다듬었다.

손가락 59

워싱턴 대통령이 벚나무를 잘랐던 것 알지? 넌 큰사람이 될 거다. 난 확신을 갖고 있다.

나는 웃어야 할지, 울어야 할지 알 수 없었다.

그쯤에서 끝났다면 모두에게 좋았을 것이다. 그러나 그날 저녁 상 앞에 모든 식구들이 모이기를 기다려 고모는 그릇 깨지는 것 같은 목소리로 외쳤다.

이건 내 돈이 아니에요!

고모는 나를 노려보며 말했다.

내 돈은 내가 알아. 분명히 알아볼 수 있다구. 매일매일 내가 다리미로 다렸단 말이야. 이건 아니야. 어떤 지폔 너무 깨끗하고 어떤 건 너무 더러워.

안경을 끼고도 나는 차마 고모의 눈을 똑바로 볼 수 없었다. 곁눈으로 보았을 때 그녀는 이미 내 얼굴을 보고 있지 않았다. 대신 눈을 치켜뜬 채 가족들을 둘러보고 있었다. 예쁘장하게 쌍꺼풀진 그 눈 속의 의심과 적의를, 더 선명할 수 없을 만큼 솔직한 진실을 나는 읽었다.

진실이란, 저렇게 추한 것이로구나.

나는 입을 다물 수 없었다. 그때까지 나는 미처 생각 못하고 있었다. 내가 훔친 게 아니라면, 나머지 가족 중에 범인이 있다는 얘기였다. 누굴까. 동생 중의 누구? 어머니? 아버지? 아니면 사람 좋은 아주머니? 누군가가 어젯밤의 일을 낱낱이 보고 들으면서 끝까지 모른 척했던 것이다.

말해봐. 이 돈, 대체 어디서 난 거야?

고모가 다그쳤다. 식구들의 시선이 나에게, 나의 입술에 쏠렸다.

나는 머리의 피가 아래로 쏠려 내려가는 것을 느꼈다. 고모가 그랬듯이 나는 가족들의 얼굴을 차례로 둘러보았다. 그들 중의 누구라 한들, 나는 그 사람에게 적의를 품을 수 없었다. 단지 그는 나와 똑같이 비겁했을 뿐이다. 나와 똑같이 거짓을 말했을 뿐이다.

그날 저녁 나는 그 누군지 모를 사람의 거짓을 미워하지 않았다. 오로지 고모의 뻔뻔스럽기 짝이 없는 진실만을 환멸했다. 그 쓴 환멸을 나는 안경알 속에 숨겼다.

그날 밤 큰누이의 이마에 열이 끓었다. 며칠간 집안을 어수선하게 했던 도난 사건은 뜻밖에도 싱겁게 마무리되는 것 같았다. 열에 들떠 누이는 어머니에게 자신의 죄를 자백했다. 덕분에 나는 갑자기, 동생의 잘못을 덮어주려 한 성자 같은 아이가 되었다.

운형이는 조숙해. 늘 여느 애와 다르다고 생각했어.

누이들의 방문 앞에서 큰누이의 고백을 엿들은 아버지가 고모에게 말했다. 아버지는 내 머리를 쓰다듬었다. 고모도 어쩔 줄 모르며 미안한 표정을 지었다.

그러나 나는 그들에게 관심이 없었다. 다만 누이가 견딜 수 없이 애처로웠을 뿐이다. 자정 무렵, 누이의 이마가 40도를 넘기며 끓어올랐다는 어머니의 말이 내 열어놓은 방문을 통해 들려왔다. 그때까지 잠을 못 이뤘던 나는 어둠 속에서 몸을 일으켜 앉았다. 문을 열고 나오자 고모는 누이의 받아쓰기 공책과 그 속에 끼워져 있었던 것으로 보이는 지폐 뭉치를 들고 있었다. 고모의 얼굴은 제법 걱정스러워 보였다. 구역질이 났다.

오빠 미안해.

미안해 오빠, 내가 잘못했어.

그 고요한 툇마루에 울리는 어린 누이의 헛소리를 나는 들었다.

새벽이 되기 전에 누이는 병원에 실려갔다. 급성 폐렴이었다. 일주일이 지나 누이가 핼쑥한 얼굴로 집에 돌아오던 날까지 나는 아무 일도 없었던 듯 지냈다. 꼬박꼬박 숙제를 했고 밥을 먹었고 세수와 양치질을 했다. 그 일주일 동안, 처음으로 나는 어머니의 탈 같은 웃음을 어렴풋이 이해했다. 돌아온 누이의 흔들리는 눈을 마주 보았을 때, 나는 아주 오랜 시간을 살아낸 것 같은 기분이었다.

그뒤 한 달 가까이 그 아이는 내 얼굴을 똑바로 보지 못했다. 누이의 멈칫거리는 시선을 볼 때마다 나는 가슴이 답답해졌다. 누이가 바보 같았다. 내가 알게 된 것들을 그 아이에게 설명해주고 싶었다. 그러나 그것이 결코 타인에게 발설해선 안 되는 일임을 나는 직감으로 알고 있었다.

내가 알게 된 것이란, 진실이란 내가 조절할 수 있는 영역이라는 거였다. 실제로 무슨 일이 나에게 일어났고 내가 무슨 감정을 느끼는가는 중요하지 않았다. 일어난 상황에 가장 잘 맞는 행동을 하고, 그러고 나서 나에게 남은 감정의 찌꺼기들은 내가 처리해야 한다. 인내한다거나, 잊어준다거나, 용서한다거나. 어쨌든 내가 소화해낼 수 있으며—소화해내야만 하며—결국 내 안에서 진실이란, 존재하든 존재하지 않든 아무런 차이가 없었다.

물론 그때 내가 이와 같은 논리적 형태로 생각했던 것은 결코 아니다. 그러나 그 생각의 얼개만은 분명했다. 지구가 자전하면서 동시에 태양의 주위를 도는 것만큼이나 쉽고 명료했다.

누이의 참혹한 참회는 불필요한 것이었다. 그것만이 내 마음을 아프게 했다. 그후 나는 의식적으로, 무의식적으로 누이와 같은 사람들을 가까이하지 않기 위해 노력해왔다. 진실을 믿기 때문에 깊이 상처 입으며 쉽게 회복되지 않는 종류의 사람들. 그들의 삶은 나에게 소모적으로 느껴진다. 나로 말하자면, 착한 것이 무엇인지 모르는 것과 똑같이, 진실이 무엇인지 아직 모르고 있다.

용기

자신을 돌보지 않고 누이동생을 감싸준 용감한 오빠가 된 덕택에, 나는 방학이 시작된 지 얼마 되지 않아 새로 고급 안경을 맞췄다. 이번에는 연한 갈색 뿔테 안경이었다. 첫 안경처럼 알이 컸고, 테는 날큼하게 각이 져 있었다. 두번째 안경은 처음 것보다 더 마음에 들었다. 가족과 함께 해수욕을 갔으나, 워낙 조심스럽게 다뤘으므로 어머니의 우려처럼 잃어버리는 일 따위는 없었다.

새 안경을 끼고 학교에 가자 담임 선생이 바뀌어 있었다. 성실하고 야무졌던 여선생이 전근 갔고, 대신 40대의 남선생이 우리 반을 맡았다. 통상 학기가 시작할 때마다 반장 선거를 하지만, 그는 1학기 성적이 제일 좋은 나를 반장으로 지명했다. 복잡한 것을 무조건 싫어하는 성격인 것 같았다.

만일 선거를 치렀다면 나는 반장이 되지 못했을 것이다. 표가 아주 안 나오진 않았겠지만 나는 기본적으로 친화력이 없는 아이였다. 그러나 나는 성실했고 눈치가 빨랐으므로, 곧 담임 선생에게 신임받는 반장이 되었다. 일단 신임하자 그는 나에게 거의 모든 책무를 일임했다.

그 중 하나로 나는 '탐구 생활'이라고 이름 붙은 교재를 책임졌다. 담임 선생은 나에게 교사용 교재까지 주었다. 나는 분단장들을 시켜 숙제를 걷어오게 했고, 탐구 생활이 다 모이면 채점을 했고, 다시 교탁에 올려놓아 분단장들이 나눠주도록 했다. 숙제를 제출하지 않은 아이들의 이름을 적어서 선생에게 주면, 그가 하는 일이라곤 그 아이들에게 유리창 닦기나 변소 청소를 시키는 것뿐이었다.

그 일을 맡아 시작한 뒤 나는 숙제를 하지 않았다. 말하자면 나는, 숙제를 할 필요가 없다고 생각했다. 나는 그 답들을 이미 알고 있었다. 모든 일은 나의 감독 하에 이루어졌다. 굳이 '탐구 생활'에 답을 적어야 할 이유가 없었다.

나는 자습 시간이나 점심 시간을 이용해 빨간 색연필로 채점을 했다. 가끔 짝 아이가 "네 탐구 생활은?" 하고 물으면 나는 심상하게 대답했다.

응, 내 건 벌써 채점했어.

가을이 끝나갈 무렵이었다. 채점을 마친 탐구 생활들을 교탁으로 옮겨놓고 화장실에 다녀왔을 때, 나는 아이들의 시선이 생경하다는 것을 발견했다. 그것은, 언젠가 고모의 다림질한 돈이 없어진 날 밤 가족들이 나에게 던졌던 시선들과 흡사한 데가 있었다.

내 책상 위로, 서랍에 넣어뒀던 탐구 생활이 펼쳐져 있었다. 숙제란은 비어 있었다. 물론, 그 페이지뿐 아니라 처음부터 단 한 문제에도 답이 적히지 않았다. 내가 즐겨 그리던 그림 낙서가 여백을 온통 지저분하게 만들어놓았을 뿐이다.

넌 거짓말을 했어.

한 번도 보지 못한 적의를 드러내며 순한 얼굴의 짝이 말했다.

네가 반장이란 걸 이용한 거야.

건너 분단에서 일부러 넘어온 주근깨 많은 여자 아이가 팔짱을

긴 채 말했다.

　선생님께 말씀드릴 거야.

　뒷자리에 앉아 있던 통통한 남자 아이가 거들었다.

　나는 죄의식이나 수치심 같은 것은 느끼지 않았다. 초조한 마음을 드러내지 않기 위해 나는 입술을 다물었다. 이제 문제는 들키느냐, 들키지 않느냐였다.

　……넌 거짓말쟁이야.

　짝 아이는 그 일이 있기 전까지 나를 좋아했으며, 어느 정도 선망하기까지 했다. 뻐드렁니가 난 그의 얼굴에 어린 실망감을 읽자 나는 문득 웃음이 비어져나올 뻔했다. 누가 제일 먼저 문제를 제기했을까. 누가 먼저 내 서랍을 뒤져보자고 했을까. 내 탐구 생활을 발견하고 그악스런 손길로 숙제란을 점검한 사람은 누구였을까.

　다시 진실이라는 숙제가 나에게 떨어졌다. 발톱을 드러낸 고양이 같은 아이들 앞에서 나는 내가 해야 할 일이 무엇인지 알고 있었다. 경멸과 분노, 혐오가 뒤섞인 그들의 시선을 한 사람씩 마주 보며 나는 침착하게 말했다.

　내 숙제는 여기 없어. 공책에 있어.

　아주 가끔, 착실한 아이들이 책을 더럽히기 싫어서 공책에 따로 답을 적는 경우가 있었다.

　어딨어? 공책이 어딨어?

　집에 두고 왔어.

　뭐야? 거짓말!

　통통한 남자애가 쏘아붙였다.

　거짓말인지 정말인지 네가 어떻게 알지?

　나는 싸늘하게, 위엄을 갖춰 말했다.

담임 선생이 들어온 것은 그때였다. 아이들이 흩어졌다. 그들의 얼굴에는 동요하는 기색이 역력했다.

차렷.

열중쉬엇.

차렷.

나는 여느 때와 똑같이 정확한 발음으로 경례를 붙였다. 내 은밀한 내면이 쓸쓸히 불안에 떨고 있었던 것을, 나와 어깨를 맞대고 앉은 짝 아이조차 눈치 채지 못한 것 같았다.

그날 하교길에 나는 인적이 드문 모퉁이의 문방구에서 노트를 샀다. 저녁을 먹는 둥 마는 둥 하고 밤새워 숙제를 했다. 그때그때 했다는 흔적이 나타나도록 짬을 두어가며, 서투르나마 필적을 바꿔가며 석 달 치를 마치고 나자 새벽녘이었다.

물을 마시러 부엌에 가면서 나는 푸르스름한 새벽의 빛이 마당을 채우고 있는 것을 봤다. 가족들은 모두 잠들어 있었다. 안방도, 건넌방과 별채도, 어린 누이들이 자는 방도 고요했다. 나를 의심했던 아이들도 그 순간 모두 잠들어 있었을 것이다.

한기가 옷 속으로 스며들어오는 마당으로 나는 슬리퍼를 신고 걸어나갔다. 그 시간에 깨어 있어보기는 처음이었다. 나는 마치 나만의 것을 만지듯이 댓돌을 쓸어보고, 마당의 동백나무를 쓸어보고, 대문의 나뭇결을 쓸어보았다.

이상하게, 행복했다.

아무도 내 숙제를 의심하지 않았다. 짝 아이는 뻐드렁니를 드러내며 멋쩍게 "미안해"라고 말했다.

괜찮아.

흘러내리는 안경테를 치켜올리며 나는 유순하게 웃었다.

점심을 먹는 동안 주체할 수 없이 졸음이 쏟아졌다. 결국 밥을 남기고 화장실에 가서 머리를 감았다. 정신이 몽롱해서였을 것이다. 벗어놓았던 안경이 내 팔꿈치에 쓸려 떨어졌다. 물방울이 맺힌 오른쪽 유리알에 총 맞은 자국 같은 금이 갔다.

금이 간 안경을 끼고 나는 운동장에 나갔다. 젖은 머리칼 때문인지 바람이 선득하게 느껴졌다. 모든 사물 위로 금이 가 있었다. 비둘기 똥으로 얼룩진 벤치에 걸터앉았을 때, 까닭 없이 뱃속이 울렁거렸다.

……진실에는 용기가 필요한 거다.

아버지의 나직한 말이 금간 허공에 새겨졌다. 나는 입술을 비틀며 웃었다.

……남을 속일 수는 있어도 자신을 속일 순 없는 거다.

그 말은 여전히 우스꽝스러웠다. '속인다'는 동사와 '자신을'이라는 목적어는 도무지 어울리지 않았다. 그래서 속일 수 '없다'고 했겠지만, 감히 그 두 단어를 연결시킬 수 있었다는 것만으로 나는 그에게 의심을 품고 있었다. 아마도 그는, 그 두 단어를 그렇게 자신의 내면에서 연결했고, 이음새조차도 깨끗이 봉해 흔적을 남기지 않았을 것이다. 그래서 그 말을 나에게도 할 수 있었을 것이다.

미약한 구역질이 치밀어올랐으나, 그것이 유난히 따가운 가을 햇볕 때문인지, 졸음결에 먹은 점심 때문인지, 금간 안경알 너머로 보이는 부서진 세계 때문인지 나는 아무래도 확신할 수 없었다.

내 웃음

철저하게 안경 뒤로 나는 나를 가렸다. 가리지 않으면 버림받는다는 것을 알고 있었다. 추방되고 영원히 손가락질당하리라는 것을 알았다. 맨얼굴의 나를 보였다면, 미숙한 어린아이답게 행동했다면, 내가 정성과 지혜를 다해 빚은 탈 속에서 끊임없이 탐색하고 긴장하지 않았다면, 나는 결코 사랑받거나 칭찬받을 수 없었을 것이다. 나는 끊임없이 노력했다. 좋은 성적을 얻었고 순종적이었고 누구보다 야무졌다. 그 결과 누구에게도 버림받지 않았다.

다만 여동생들만이 내가 겁낼 필요 없는 존재들이었다. 나는 그들과 노는 것을 즐겼으며, 오로지 그때에만 마음의 평화를 느꼈다. 큰누이는 나보다 두 살 어렸고 작은누이 혜숙은 다섯 살 어렸다. 마냥 천진해 보였던 어린 그들에게도 나와 같은 불안이 있었을까? 내가 애써 그것을 숨기고 있었던 것과 꼭 같이 그들도 숨기고 있었을까? 그래서 내 집요한 관찰력으로도 그들의 불안을 읽을 수 없었던 걸까?

사실이 어찌 됐든, 어린 토끼들처럼 깡충대는 그들의 존재가 아니었다면 나는 유년 시절을 버텨내지 못했을 것이다. 도난 사건 이후로 나를 어려워했던 큰누이보다는 나이 차이가 벌어지는 막내가 나는 더 좋았다. 그 아이의 모든 것을 나는 알고 있었다. 그것만은 어느 정도 객관적인 사실이라고 느껴졌다. 그 아이가 태어나던 해 나는 여섯 살이었으니, 나는 그 어린 존재의 가장 처음부터 함께했던 것이다.

그 아이가 태어나던 날은 햇빛이 바삭바삭한 초가을의 일요일 오전이었다. 몇 달째 배가 불렀던 어머니는 그날따라 안방에 틀어

박혀 기척이 없었다. 며칠 전부터 함께 묵고 있던 외조모가 부산스럽게 대야에 물을 담아 들고 부엌과 안방을 오갔다. 중학생이던 고모는 툇마루에 걸터앉아 만화책을 넘기며 옥수수를 먹고 있었다.

재미있는 대목인지 킬킬 웃음을 흘리며 옥수수 수염을 뜯던 고모는 아버지의 나직한 나무람에 숨을 죽였다. 큰누이와 함께 마당에서 흙장난을 하던 나는 갑작스런 고요에 놀라 일어섰다. 일어섰다는 기억뿐, 그뒤 얼마나 시간이 흘러 몰래 댓돌에서 마루로 올라가 무릎을 꿇었는지, 문풍지에 구멍을 뚫고 엿보기에 이르렀는지는 기억나지 않는다. 아마도 아이 우는 소리를 들었을 테지만 그 역시 기억에 없다. 다만 문풍지를 뚫고 엿보았을 때, 어둑신한 방 안을 뒤덮고 있던 붉은 것에 소스라쳤을 뿐이다.

외조모가 무릎걸음으로 대야로 나아가 붉은 수건을 짜는 모습을 나는 봤다. 시뻘건 물이 뚝뚝 떨어졌다. 갓난아이의 모습은 보지 못했다. 유난히 시커멓게 보이던 어머니의 머리털, 그 아랫목의 질척질척한 어둠과 고요, 그 위로 엎질러진 듯하던 선홍의 색깔만을 기억할 뿐이다.

줄곧 말을 잃고 있던 그날 저녁, 고모는 나 역시 그렇게 태어난 것이라고 놀리듯 말해주었다. 나 역시 그렇게 어머니의 몸 속에 숨겨져 있었다고 했다. 내가 어머니의 가랑이를 찢으며 피를 뒤집어쓰고 태어났다는 것을, 이불과 요와 대야의 물을 붉게 물들였다는 것을 나는 받아들일 수 없었다. 납득하려 애쓰는 대신 나는 그날의 일들을 의식의 밑면에 묻어버렸다. 다시는 꺼내보고 싶지 않았다.

그러나 꼬박 7년이 흐른 이른 봄날 아침, 전혀 뜻하지 않았던 순간에 그 기억은 내 의식 위로 뛰쳐나왔다.

6학년에 올라가던 날, 나는 혜숙이를 학교에 데려가야 했다. 몹시 학교에 들어가고 싶어했던 누이는 일찌감치 옷을 차려입고 양지바른 대문 앞에 서 있었다. 사랑하는 막내를 위해 나는 가장 좋은 옷을 꺼내 입었다. 이제 앞으로 1년뿐이지만, 그 아이와 함께 조잘대며 학교까지 걸어다닐 거라는 생각에 나는 흐뭇했다. 모든 무장이 해제되고, 따뜻한 병아리를 가슴에 문지른 것처럼 몸이 부드러워지는 느낌. 내가 그 아이와 이야기를 나눌 때마다 갖는 남모르는 기쁨이었다. 내가 가방을 메고 댓돌의 운동화를 꿰어신는 모습을 지켜보며 누이는 나를 향해 활짝 웃었다.

오빠, 빨리 와.

누이의 또랑또랑한 목소리가 마당에 울려퍼졌다.

그 조막만한 흰 얼굴 위로, 느닷없이, 선짓빛 액체의 환영이 엎질러졌다.

나는 얼어붙은 듯 손을 멈췄다. 숨을 쉴 수 없었다. 발끝 하나 까딱할 수 없었다.

누이는 그 방의 어둑신한 아랫목을 알지 못했다. 자신이 얼마나 완벽하게 어머니의 자궁 속에 숨겨져 있었는지, 어머니가 어떻게 비명을 참았는지, 이 한옥집의 툇마루에 어떤 무서운 정적이 흐르고 있었는지 알지 못했다. 들먹거리는 머리가 피로 범벅이 된 채 그녀는 어머니의 음부를 찢으며 태어났다.

누이의 얼굴은 엷은 분홍빛으로 피어나 있었다. 어머니를 닮아 잇몸이 활짝 드러나는 그 아이의 미소가 사라질 때까지 나는 내 시선을 거두지 않았다. 아이의 사랑스럽고 무지한 얼굴 뒤에 숨겨진 피의 강물이 그 이른 봄날의 햇살 위로 흘러넘치는 것을 홀린 듯이 지켜보았다.

나는 어렴풋이 깨달았다. 내가 사랑하는 저 아이에게서조차 위안을 얻을 수 없는 날이 오리라는 것을. 저 해사한 미소가 어느 날 희끗한 탈이 되리라는 것을. 탈 아래에서 누이는 나이를 먹고 결혼을 하리라는 것을. 가랑이에 피를 흘려 아이를 낳으리라는 것을. 아니, 어쩌면 지금 이 순간도 누이의 얼굴은 조금씩 탈이 되어가고 있는지 모른다고 나는 생각했다.

왜 그래?

왜 그렇게 봐, 오빠?

마침내 누이가 겁에 질린 얼굴을 일그러뜨렸을 때, 나는 달려가 달래는 대신 위로의 웃음을 지었다. 누이는 위로받는 대신 울음을 터뜨렸다. 붉게 달아오른 눈꼬리로 눈물이 떨어졌다. 누이가 내 얼굴에서 무엇을 보았는지, 무엇이 그 아이를 울게 했는지, 어쩐지 나는 알 수 있을 것 같았다.

그의 손가락

그렇게 내 유년은 끝나갔다. 사춘기를 맞으면서 극적으로 무너진 것이 아니라, 조금씩 귀퉁이부터 엷어지며 탈색됐다. 유년의 어리숙하며 몽롱한 색조가 모두 탈색되고 나자 그 자리에는 아무것도 남지 않았다. 아무 색깔도 남지 않은 것, 그것이 나의 사춘기가 됐다.

초등학교를 졸업할 때까지 1년 동안 나는 한 달에 1센티미터씩 키가 자랐다. 변성기도 시작됐다. 겨울 방학이 가까워지자 나는 까칠한 얼굴로 맨 뒷자리에 앉아 물끄러미 창밖을 바라보는 날이 많아졌다. 칠판이 멀어졌으므로 안경의 도수를 높여야 했다. 내 방의 책상 서랍에는 버려진 안경알과 안경테들이 제법 모였다.

나에게는 친구가 많지 않았으나, 친하게 지내는 녀석들은 한 가지씩 특출한 재주가 있는 아이들이었다. 그것은 우연이 아니었다. 내가 미리 그들과 친구가 되어야겠다고 마음먹었던 때문이다. 그들에게 관심을 보여주고 격려하는 것만으로 그들은 나를 사려 깊은 아이라고 여겼다.

또한 그들은 나를 용기 있는 녀석이라고 생각했다. 그것은 사실이 아니었다. 만일 내가 용기 있는 행동을 했다면 그것은 용감해서가 아니었다. 겁쟁이로 보일지 모른다는 것을 집요하게 겁냈던 것뿐이다. 어쨌든 몇 번의 쌈박질을 치러야 했고, 한번은 코뼈를 부러뜨렸으며, 언제나 맞지 않는 옷 같았던 초등학교를 졸업할 때쯤 나는 본의 아니게 유명한 아이가 되어 있었다.

그리고 이듬해 내가 K중학교에 들어가던 3월, 외삼촌은 죽었다. 마지막 영하의 추위가 K시를 덮쳤을 때였다. 알코올 중독이던 그는 술에 취해 밤거리를 헤매다가 심장이 멈췄다.

심장이 멈출 때 무슨 소리가 나는지 나는 궁금했다. 잉태되었을 때부터 펄떡이고 있었던, 살아 있는 동안 그것이 과연 있는지조차 알 수 없을 만큼 일정한 리듬으로 진동하던 그것이 멈추는 순간 몸은 어떻게 반응할까. 그는 그 순간 무슨 생각을 했을까. 그에게 죽음이란 무엇이었을까.

나는 사흘 간의 결석계를 내고 외삼촌의 장례에 참석했다. 평생 방종 속에서 살았을 뿐 핏줄을 남기지 않은 외삼촌이었다. 외조카인 내가 상주 대신 두건을 쓰고 손님들을 맞았다.

뼈만 앙상하게 남은 늙은 외조부의 얼굴은 무표정했다. 어머니의 찡그린 얼굴은 좀 우울해 보였다. 1년 전 패물과 통장을 싸들고 집을 나갔던 외숙모는 어떻게 소식을 알았는지 흰 소복을 입고 나타났다. 까칠한 피부에 파운데이션을 짙게 발랐고, 루주를 바르지 않은 입술이 거무튀튀했다.

외조부를 보고 찾아온 조문객들이 많았으므로 장례는 강행군이었다. 밤낮으로 나는 몽롱한 졸음에 잠겨 있었다. 수백 명의 사람들에게 일일이 맞절을 하고 인사말에 정중히 답하는 일은 아직 성장 중인 나를 파김치로 만들었다. 고개가 앞이나 뒤로 꺾이려 할 때마다 혀끝을 깨물었지만, 이내 다시 덮치듯 졸음이 밀려오곤 했다.

그러나 입관하는 밤이 오자, 나는 언제 그랬냐는 듯 정신이 번쩍 들었다. 마치 단단한 벽처럼 느껴졌던 흰 병풍이 가볍게 걷어졌다. 입과 코에 솜이 틀어막힌 외삼촌의 시신이 드러나자 나는 시간이 멎은 것 같은 충격을 받았다.

거세게 내 심장이 뛰는 소리를 나는 들었다. 너무 거세게 뛰어, 마치 터져버릴 것 같았다. 나도 모르게 주춤 앞으로 나아갔다.

그때 나는 그의 손을 보았다.

그의 오른손은 엄지와 검지가 뭉툭하게 동강나 있었다. 다른 아무것도 없었다. 그저 잘려져 있었을 뿐이다. 힘없이 허공을 향해 펼쳐져 있었을 뿐이다.

누군가 그에게 주먹질을 한들, 욕설을 퍼부으며 그의 인생은 쓰레기였다고 단정 내린들, 그는 맞대거리를 할 수도, 멱살을 거머잡고 뒹굴 수도 없었다. 철저하게 그는 무력했다. 더 이상 오른손을 감출 수도 없었다. 모든 사람들의 시선이 그의 잘린 손가락을 능욕하도록 버려둔 채 그는 누워 있었다.

더 이상 자신을 방어할 수도 은폐할 수도 없는 것. 그것이 그때 내가 알게 된 죽음이라는 것이었다. 사무적인 얼굴의 장의사가 그의 몸을 염습하는 동안 나는 그의 손가락이 잘린 자리를 뚫어지게 내려다보았다. 진실은 불쌍한 것이었다. 저렇게 누추한 것이었다. 대대로 고이 물려받아온 보물이 실은 10원 한 장의 가치도 없는 가짜였다는 것을 알게 된 것처럼 나는 허전했다.

속았다.

나도 속았고 그도 속았다.

대체 저게 뭐였단 말인가? 다만 잘린 손가락일 뿐인 것을 두고, 그는 침묵 속에서 그토록 결사적인 곡예를 펼쳤던가.

외가의 선산까지 나는 영정을 들고 갔다. 햇빛이 좋은 날이었다. 외삼촌의 관 위로 흙삽이 부어졌을 때 아버지는 눈가에 번쩍이는 눈물을 손수건으로 닦았다. 나는 마치 낯선 이물질을 보듯 그 눈물을 올려다보았다. 눈물 역시 참으로 알 수 없는 것임을 그때쯤 나는 이미 알고 있었다. 놀랄 필요는 없었다. 이미 내 유년은 끝난 지 오래였다.

그해 여름이 되기 전에 외조부가 세상을 떠났다. 명이 짧은 외가의 내력대로, 내가 대입 시험을 앞두고 있을 무렵 어머니 역시 세상을 떠났다. 모두 죽고 나자 아버지는 적지 않은 유산의 수혜자가 되었다.

어머니가 아버지의 선산에 묻히던 날에도 아버지는 손수건을 꺼내 눈가를 닦았다. 핏발이 선 눈으로 그가 나를 올려다보았을 때 ─ 그때 나는 아버지보다 10센티미터쯤 더 컸다 ─ 나는 그 눈물의 몇 퍼센트가 진실일까 하는 따위의 의문은 갖지 않았다. 그저 바라보았다. 진실 따위를 캐내기 위해서가 아니라, 다만, 물끄러미 건너다보았다.

2부
성스러운 손
슬픈 얼굴
아름답다는 것
계시
외계인
괴물
추운 입술
관(棺)
그녀의 눈
시간
흉터
비밀
증거
토끼의 눈
잔해
러닝 머신
행복
사랑
웃음 소리
침묵
연극
뭉개어진 얼굴

슬픈 얼굴

L을 처음 본 것은 내 첫 개인전에서였다. 처음 화랑에 들어선 순간부터 그녀는 내 시선을 끌었다. 물론 나의 시선만을 끈 것은 아니었다. 함께 커피를 마시던 큐레이터도 잠시 말을 멈추고 그녀의 모습을 머리 끝부터 발끝까지 훑어봤다. 나와 동갑인 그는 그때 서른네 살의 독신이었고, 볼 때마다 다른 무늬의 화려한 스카프를 두르고 나타나는 감각적인 남자였다. 그는 L에게 약간의 혐오감을 느낀 것 같았으나, 그런 느낌을 노골적으로 드러내지 않을 만큼은 성숙한 사람이었다.

나의 경우는 그와 달랐다. 혐오감은커녕 조금의 불쾌한 느낌도 들지 않았다. L이 친구로 보이는 여자애와 어깨를 나란히 한 채 전시장을 둘러보는 모습을 나는 계속해서 눈으로 쫓았다. 무엇인가가 내 시선을 그녀에게서 뗄 수 없게 만들었다.

그녀의 키는 167센티미터 안팎이었으며, 몸무게는 아무리 적게 잡아도 100킬로그램은 되리라 여겨졌다. 화창한 봄날씨에 어울리지 않게 그녀의 거대한 티셔츠는 검은빛에 가까운 탁한 보랏빛이었고, 두꺼운 면바지는 더욱 칙칙한 진회색이었다. 아마도 특별한 상점에서 구입했을 그 옷들마저 그녀에게는 꼭 끼었다.

보통의 여체에는 그 굴곡이 급하건 완만하건 가슴과 허리, 엉덩이를 잇는 곡선이 있게 마련이다. 그러나 그녀의 몸에는 그런 곡선 따위가 존재하지 않았다. 기본 곡선 위로 군살이 붙어 불균형하거나 둔하게 보이는 차원을 넘어서서, 아예 전혀 다른 개체라는 인상을 주었다. 표준이라는 것이 무의미해지자—어차피 그것은 나에게 무의미했으나—그 몸의 새로운 윤곽이 흉하지 않았다. 오히려 신선하게 느껴졌다.

마치 순한 초식 벌레처럼 그녀의 몸짓과 걸음걸이는 느렸으며, 거대한 몸뚱어리 위에 얹힌 그녀의 얼굴은 몹시 작았다. 물론 턱이 두 개였고 볼도 처졌지만, 기본적으로 작은 두상이었다. 가장 놀랄 만한 것은 그녀의 눈이었다. 웃고 있는데도 마치 눈물에 번쩍거리고 있는 것 같은 그 두 눈은, 방금 차가운 연못에서 건진 까만 돌멩이들 같았다.

오래전부터 나는 처음 누군가를 만날 때 얼굴을 본 뒤 바로 손을 살피는 버릇을 가지고 있었다. 손은 제2의 얼굴이다. 손의 생김새와 동작을 관찰하면 그 사람이 얼굴 뒤로 감춘 것들의 일부를 느낄 수 있다. 마치 나름의 인격을 가진 독자적인 생명체처럼 손은 움직이고, 떨고, 감정을 발산한다.

나는 그녀의 커다란 팔뚝에 매달린 두 개의 작은 손을 보았다. 손만 떼어놓고 본다면 약간 통통하다뿐 그녀의 체구를 상상할 수 없을 것 같았다. 손들은 희었고, 섬세했고, 순수했다.

그녀의 친구로 보이는 여자가 나의 시선을 의식하고 흘끔 돌아보았다. 누구나 예쁘장하다고 할 법한 몸매와 얼굴을 가진 20대 초입의 여자애였다. 하지만 L의 옆에 서 있는 것만으로 여자애는 평범하고 초라해 보였다.

"뭘 그렇게 유심히 보는 거죠?"

큐레이터가 나에게 물었다. 나는 대답 대신 안경을 벗어 셔츠 자락으로 안경알을 닦았다. 큐레이터는 그때까지 L의 옆에 서 있는 날씬한 여자애를 눈여겨본 것 같았다. 풍성한 퍼머 머리에 꼭 붙는 청바지, 진한 화장. 그 여자애 역시 그의 마음에 든 것 같지 않았다. 나는 그가 커밍아웃하지 않은 동성애자이리라는 심증을 갖고 있었다. 그는 여자에게 반하는 법이 없었으며, 그가 드물게 약간의 호의를 표하는 여자들은 공통적으로 짧게 치켜 깎은 머리에 뾰족한 턱, 허스키한 목소리를 하고 있곤 했다. 그나마 연애로 이어지는 일은 없었다. 때로 그의 얼굴은 고독해 보였고, 그것은 여느 독신 남자의 쓸쓸한 얼굴과는 다르다는 것이 나의 판단이었다.

"잠깐 나갔다 오겠습니다."

나는 빙긋 웃으며 자리에서 일어섰다. 큐레이터는 선선히 고개를 끄덕였다. 그가 나에게 소개해주겠다는 애호가가 도착하려면 아직 20여 분의 시간이 남아 있었다. L과 그녀의 친구가 내 옆을 지나 출구 쪽으로 나가려는 찰나, 나는 그들을 불러 세웠다.

"시간 좀 내주시겠습니까?"

나는 똑바로 L의 얼굴을 보고 말했다. 그녀는 내 시선을 마주 보았으면서도, 멍한 눈길로 자신보다 약간 키가 작은 친구를 내려다보았다.

"왜 그러시는데요?"

톡 튀어오르는 공처럼 발랄하게 되물은 쪽은 L의 친구였다. 나는 그쪽을 보지 않고, 분명한 어조로 L에게 말했다.

"잠깐이면 됩니다."

"저…… 말씀이세요?"

그녀의 목소리는 거구에 어울리지 않게 가늘었다.

"괜찮으시겠습니까?"

그녀는 약간 짱구진 이마에 흘러내린 머리털을 쓸어올렸다. 머리숱이 적어, 작은 머리가 더 작아 보였다.

나는 그녀들을 앞세우고 화랑 건너편의 커피 전문점에 들어갔다. 그녀들이 처음 화랑에 들어섰을 때 그랬던 것처럼, 카페 안의 모든 사람들이 L을 잠시 주목했다. 공처럼 발랄한 목소리를 가진 여자애가 호기심에 가득 찬 눈으로 이편을 흘긋거리는 것을 아랑곳하지 않은 채, 나는 L과 따로 테이블을 잡고 앉아 통성명을 했다. 대학 2학년생인 그녀는 미술에는 별로 관심이 없었고, 마침 종로 쪽으로 저녁을 먹으러 가다가 심심풀이로 화랑들을 돌아본 거라고 했다.

"손이 예쁘단 말 많이 듣지 않아요?"

나는 부드럽게 물었다. L은 눈을 동그랗게 뜨고 나를 보았다. 마치 낯선 외국어로 된 질문을 들은 사람 같았다.

"제…… 손이요?"

더듬더듬 그녀는 느린 동작으로 자신의 두 손을 탁자 위에 펼쳤다. 비대한 팔뚝에 매달린 작은 손들은 그녀의 작은 얼굴만큼이나 부조화했다. 그녀는 어렴풋이 웃었다가, 마치 그 웃음이 스스로 징그러워졌다는 듯 얼른 얼굴을 굳혔다. 나를 건너다보는 그녀의 물기 있는 눈은 무언가에 겁을 먹은 것처럼 보였다.

"이번 전시가 끝나면 뜨는 작업을 시작해보려고 합니다. 미술 시간에 석고 뜨는 법 배우셨죠? 비슷한 방법으로 손을 뜨려고 합니다. 학생의 손이 바로 내가 찾던 손이라서요."

"손을, 석고로 뜬다구요?"

L은 책을 읽는 것 같은 어조로 조심스럽게 내 말을 요약하더니,

그녀의 둥근 무릎에 놓인 얇은 도록의 표지를 심각한 얼굴로 내려다보았다. '手話—손이 말하는 것, 손이 감추는 것'이라는 표제 아래, 브론즈에 검은 콜타르를 입혀 내가 제작한 거대한 손의 사진이 실려 있었다. 고개를 들어 내 얼굴을 보았을 때, 그녀의 눈은 내 말을 절반쯤 이해했다고 말하고 있었다.

툭툭, 소리가 나서 돌아보자 그녀의 친구가 지루한 듯 구두 끝으로 테이블 다리를 두드리고 있었다. 내 시선을 따라, L도 느린 동작으로 친구를 돌아보았다. 미안해하는 것 같은 눈이었지만, 그 시선에 보일 듯 말 듯한 자랑이 들어 있는 것을 나는 놓치지 않았다.

"그럼…… 제가 어떻게 하면 돼요?"

잠시 뒤 조심스럽게 흘러나온 L의 목소리였다. 나는 그녀를 마주 보았다. 여전히 슬픈 얼굴, 겁먹은 눈이었다.

아름답다는 것

적당한 모델료에 합의한 뒤 L은 매주 토요일 오후 내 작업실로 찾아왔다. 첫 주에는 낯선 남자에 대한 경계심 때문인지, 화랑에 함께 들어왔던 친구 O를 데리고 왔다.

"제 손은요? 제 손은 맘에 안 드세요?"

O의 반짝거리는 눈동자 속에는 장난기로 감춘 유혹의 기미가 있었다. 나는 담담하게, 깍듯한 경어로 대답했다.

"학생 손가락은 너무 가늡니다. 차가워 보이고, 힘도 없어요. 내가 원하는 건 좀더 에너지가 풍성한 손입니다."

O는 이내 생뚱맞은 얼굴이 되었고, 작업이 끝날 때까지 한마디

말도 꺼내지 않았으며, 다음 주부터는 모습을 나타내지 않았다.
"고등학교 때부터 제 룸메이트예요."
두번째 토요일에 L은 묻지 않은 대답을 길게 했다.
"중학교 졸업하구 대전에 있는 여고에 유학하면서 만났어요. 같이 대학 떨어지구, 같이 재수해서 서울로 왔어요. 이변이 없는 한, 누구 하나가 먼저 결혼할 때까지 같이 살기로 했어요."
내가 L의 말에 별다른 관심을 보이지 않자 그녀는 좀 의외라고 생각하는 것 같았다. 짐작컨대, 그녀 또래의 남자애들은 언제나 그녀에게 O에 대해 묻곤 했고, 자세한 이야기를 듣고 싶어했던 것 같았다.
나는 다만 침묵한 채 L의 오른손에 개어 바른 석고가 마르기를 기다리고 있었다.
"아프지 않아요?"
나는 물었다.
"점점 뜨거워져요."
그녀는 진지하게 대답했다. 석고가 굳으면서 피부에 일어나는 화학 반응이었다. 몹시 뜨겁게 느껴지지만, 화상을 입을 정도는 아니다.
"못 견디겠어요?"
"견뎌볼게요."
그녀와 나는 다시 침묵했다.
나는 그녀의 거대한 몸 위에 얹힌 작은 얼굴과 수그린 목덜미를 보았다. 석고가 굳기를 기다리는 동안의 이 침묵을 함께한 것만으로 나는 그녀에게 친밀감을 느꼈다. 그것은 그녀에게도 마찬가지인 것 같았다.

무엇인가가 은밀했다.

내가 그녀의 손을 더듬어 원하는 모양을 정확히 만드는 동안 그녀의 손은 미세하게 떨고 있었다. 매끄러운 손 위로 석고를 바를 때, 움직이지 않기 위해 힘을 주고 있는 그녀의 얼굴이 나는 마음에 들었다. 선량한 얼굴을 한 사람이 무엇인가에 집중할 때, 가장 밑바닥에 가라앉아 있는 진실이 드러난다. 근본적인 조심성, 숨죽임, 떨림 같은 것. 그 떨림에서 나는 처음 그녀를 보았을 때 감지했던 슬픔을 읽었다. 깊숙이 가라앉은, 그래서 일상 속에서는 전혀 드러나지 않는, 그저 착한 마음으로만 읽힐 뿐인 고통의 흔적이었다. 짓눌림, 혹은 스스로 짓누르는 어떤 것.

침묵을 깨고 L이 물었다.

"제 손이 O의 손보다 더 예뻐요?"

"손 말고 다른 것도 더 예뻐."

나는 웃으며 반말을 했다. L이 웃음을 터뜨렸다. 엷은 역정이 실린 웃음이었다. 혼잣말처럼 그녀는 말했다.

"듣기 좋은 말만 하시는 분이니까."

나는 다시 경어로 물었다.

"그 친구가 더 예쁘다고 생각해요?"

"우리가 같이 다니면, 처음엔 다들 날 보구, 그 다음엔 한참 동안 O를 쳐다봐요. 나랑 있으면 갠 더 반짝반짝 빛이 나는 것 같아요."

그녀는 문득 고개를 들어 내 작업실을 찬찬히 둘러보았다. 자그마한 쪽창 한 쌍이 천장 가까이 뚫려 있을 뿐이어서, 낮에도 형광등을 켜고 지내야 하는 반지하의 공간이었다. 낡은 싱크대와 먼지 낀 일인용 소파, 너저분하게 널린 작품들, 오래된 작품들 위로 유령처럼 씌워놓은 비닐들과 천 쪼가리들을 눈여겨본 뒤 그녀는 다시 나를 보았다.

"아저씨, 혹시……"

석고가 완전히 마르기 전에 나는 끌을 가져왔다. 손바닥과 손등이 만나는 선을 따라 절개해 떼어내려면 지금 선을 내야 했다. 집중하여 손의 양쪽에 절개선을 냈을 때 그녀는 더듬더듬 물었다.

"혹시…… 변태 아녜요?"

내가 웃을 거라고 생각했던 모양인지 L은 입술을 실룩거리고 있었다.

나는 웃지 않았다. 그것은 씁쓸한 말이었다. 무엇이 씁쓸한지 생각을 정리하는 동안 나는 약간의 구역질을 느꼈다. 그것은 유년 시절부터, 무엇인가가 내 의식을 충격할 때마다 나타나는 신체적인 반응이었다.

내가 남과 다르게 보고 생각한다는 것은 스스로 잘 알고 있었다. 남들이 모두 진짜라고 생각하는 것을 집요하게 의심했고, 남들이 모두 만족하는 것들에 만족하지 못했으며, 남들이 전혀 아름답지 않다고 생각하는 것에서 아름다움을 발견했다. 보이고 들리고 냄새를 풍기고 만져지는 모든 것들의 안쪽을 꿰뚫어보기 위해 나는 안간힘을 썼다.

그랬다. 정말 나는 변태인지도 몰랐다. 그것은 아무래도 좋았다. 그러나, 이 스물한 살의 여자애가, 단지 자신을 예쁘다고 말했다는 이유로 나를 환자로, 혹은 위험한 인간으로 주목했다는 사실이 나를 씁쓸하게 했다.

서른 살을 넘기도록, 명색이 조각을 업으로 삼은 사람이면서도, 나는 그때까지 아름답다는 게 무엇인지 모르고 있었다. 무엇인가가 내 감정의 전극을 건드릴 때 나는 그것을 아름답다고 느낀다.

정신이 번쩍 들고, 혈관들이 살아나며, 때로 누선이 자극되기도 한다. 그러나 그렇게 내 마음을 건드리는 것들은, 보통의 사람들이 말하는 아름다움과 같을 때보다 다를 때가 더 많았다. 이상하다고 일컬어지는 것, 모두가 꺼리는 것일 때도 있었다.

지금 내가 L을 아름답다고 느낀 것은, 그녀가 어딘가 기괴하고 꺼림칙한 존재이기 때문인가? 나는 천천히 그녀의 얼굴을, 몸을, 손을 들여다보았다. 그렇지 않았다. 여전히 그녀는 아름다웠고, 내 가슴의 전극을 건드렸다.

나는 잠자코 그녀의 손에서 석고를 떼어냈다. 피부가 당겨지며 아팠을 텐데, 그녀는 내색하지 않았다. 어리다면 어린 나이인데, 통증을 참는 일에 익숙한 것 같았다.

L이 세면장에서 비누로 손을 씻는 동안 나는 작업실 바닥에 깔았던 신문지와 남은 석고 반죽, 연장들을 정리했다. 갓 뜬 손의 형상이 고스란히 담긴 석고 조각을 조심스럽게, 방석을 깐 탁자 위에 올려놓았다.

"제 손이네요?"

경탄에 찬 L의 목소리가 들려왔다. 출입문 쪽으로 놓인 책장을 향해 그녀의 시선이 던져져 있었다. 그제야 그녀는 지난 주에 처음 떴던 손이 정교하게, 자신이 잡았던 포즈대로 되살아나 있는 것을 발견한 것이다.

손들은 기도하듯이 앞으로 모아져 있었다. 새끼손가락만은 다른 손가락들로부터 자연스럽게 벌어졌고, 마주 댄 손바닥의 중심은 얇고 작은 물건을 품은 것처럼 오목하게 부풀었다. 처음 느꼈던 성스러운 인상대로 잡아보게 했던 포즈였다.

"살아 있는 것 같아요."

L이 나지막이 중얼거렸다.

"내 손톱. 내 주름. 솜털 자국."

그녀가 서 있는 것만으로 통로는 비좁았다. 그녀의 등에 어깨를 스쳐 나는 세면장으로 들어갔다. 세면대의 물을 틀어 손을 씻고, 집중한 탓에 땀을 흘렸던 얼굴을 씻었다.

"……그런데."

L의 나직한 목소리가 작업실의 침묵 속으로 가라앉았다.

"이제 내 게 아니네요."

나는 고개를 돌려, 그녀의 둔중한 몸이 비좁은 작업실 가운데에서 마치 팽창하듯 버티고 서 있는 것을 보았다. 꼭 끼는 거대한 바지와 티셔츠를 찢고, 그녀의 몸은 이 지하 작업실의 천장과 벽들을 무너뜨릴 것만 같았다. 그녀가 고개를 돌렸을 때, 그 선하고 슬프고 작은 얼굴의 부조화가 다시 한 번 내 가슴을 쳤다.

무엇인가 숨겨져 있었다. 끔찍한 무엇인가가. 그 숨겨진 것 위로, 저 아이는 저렇게 이상스러운 아름다움을 가졌다. 순간 나는 그녀에게 애정을 느꼈다.

애정이란 그렇게 쓸쓸한 것이다. 한순간 강렬하게 찾아들지만, 의지할 만한 물건은 못 된다. 곧 변형되고 때로는 퇴색되며 영영 휘발되어버리기도 한다. 그때까지 나는 한 번도 어떤 여자에게 사랑한다는 말을 해본 적 없었다. 다만 애정을 느낀다고 했다. 그것만이 나에게 정직했기 때문이다.

보풀이 일어난 수건으로 나는 손과 얼굴의 물기를 닦았다. 그녀의 손에 묻었던 물기가 축축하게 남아 있었다.

"미술하는 사람들은, 다 아저씨처럼 가난, 아니…… 검소하게 살아요?"

그녀가 내 낡은 수건을 보고 있는 것을 나는 알았다. 나는 웃으며 고개를 끄덕였다.

"소수를 빼놓곤, 거의 그런 편이죠."

알아들었다는 듯 그녀는 고개를 끄덕였다. 그리고는 갑자기 미소를 지으며 말했다.

"아저씨, 나한테 말 놔두 되는데."

나는 그녀를 따라 웃었다. 숱이 적은 앞머리가 흘러내린 그녀의 좁은 이마가 활짝 펴졌다.

계시

오랜 시간이 지난 뒤 "왜 사람을 뜨는 거죠?"라고 H가 물었을 때 나는 입을 다물었다. 그러나 "어떻게 해서 사람을 뜨게 되었느냐"고 그녀가 기술적으로 질문했다면 좀더 친절하게 반응할 수 있었을지도 모른다.

중학교에 들어가 처음 맞은 조소 시간에 내가 빚고 싶었던 형상은 손이었다. 거머쥔 주먹을 빚어, 죽음보다 더한 것이 찾아온다 해도 그 안에 든 것을 드러내지 않을 강한 악력을 불어넣고 싶었다. 내가 만들고 싶었던 것은 결코 탄로나지 않는 비밀, 결코 진실이 새어나오지 않는 껍질이었다.

땀을 흘리며, 나는 온 힘을 다해 찰흙 덩어리를 주무르고 매만졌다. 그 흙덩이에 내 열기, 고독감, 은밀한 상처, 간절함을 불어넣어 완고히 봉하고자 했다. 내가 생각했던 형상에 접근하지 않았다고 느껴질 때마다 그것을 뭉개어버렸다. 꼬박 2주가 지나고 과제물

제출 시간이 돌아왔으나 나는 아직도 새 흙덩어리를 주무르고 있었다.

"지난 시간에 만들고 있던 건 어떻게 한 거냐?"

멋으로 턱수염을 완전히 밀지 않은 미술 선생이 나에게 물었다. 나는 침묵했다. 지난 시간에 만들었던 건 물론이고, 매일 하나씩의 찰흙 덩어리가 쓸모없이 메말라서 쓰레기통으로 처넣어졌다.

"고개를 들어봐라."

왜 그때 내 눈에서 눈물이 흘러내렸는지 나는 모른다.

무력함 때문에 나는 화가 났다. 그토록 간절히 원했음에도 이룰 수 없다는 것에 화가 났다. 사춘기에 들어선 이후 나는 한 번도 타인 앞에서 약한 모습을 보인 적 없는 사내애였다. 모든 노력에 대한 반증처럼 내 눈물은 뜨거웠다. 나는 자신을 경멸했고, 머릿속을 떠나지 않는 거머쥔 주먹의 이미지를 증오했고, 그것을 실현해내고 싶은 내 간절한 마음이 고통스러웠다. 그 미술 선생의 겉멋 들린 얼굴을 주먹으로 후려치고 싶을 만큼 고통스러웠다.

뜻밖에도 미술 선생은 나를 꾸짖지 않았다. 대신 방과 후에 미술실에 들르도록 했다. 두 주먹을 움켜쥐고 미술실에 들어섰을 때, 그는 굵은 팔뚝 위로 와이셔츠 소매를 걷어올린 채 붉은 흙을 이기고 있었다.

"왔구나."

그의 수염에 흙 반죽이 튀어 있었다.

"내일부터 늘 이 시간에 와라."

나는 그의 얼굴을 똑바로 노려보았다. 싫습니다, 라고 짧게 끊어 말해야 한다고 생각했다.

그러나 나는 그렇게 하지 않았다. 대신 미술부에 들었고, 방과 후와 주말이면 미술실에서 시간을 보냈으며, 종내는 예고에 진학 했다.

조각의 어떤 점을 좋아하느냐고 누군가 물어오면 나는 간단히, 손을 믿을 수 있기 때문이라고 대답하곤 했다. 두 손으로 뼈대를 세우고 흙을 주무르는 순간만은, 모든 것의 껍질을 꿰뚫어보기 위한 집요한 긴장으로부터 자유로울 수 있었다. 열띤 신체적 몰입을 필요로 하는 그 예민한 작업을 나는 사랑하고 있었다. 결국 나는, 내가 빚어내는 삼차원의 견고하고 육체적인 형태들을 통해서만 간신히 이 세상과 연결되어 나가고 있었던 것인지도 모른다. 아니, 어쩌면 나에게 조각이란, 해독할 수 없는 생의 비밀들을 두 손으로 빚어냄으로써 마치 그것들을 체득한 것처럼 느끼게 하는 일종의 최면요법 같은 것이었는지도 모르겠다.

다행히 나에게는 재능이 있었다. 실기 점수가 당락을 좌우하는 미술대학에 큰 어려움 없이 진학할 수 있었다. 극도로 민감한 인간 군상들이 모인 대학 시절을 별다른 어려움 없이 통과해나올 수 있었던 데에는, 어떤 관계나 자극에도 좀처럼 흔들리지 않는 과묵한 기질의 도움이 컸을 것이다.

병역과 대학원을 마친 뒤 나는 오랫동안 미뤄놓았던 과제에 마침표를 찍듯 손의 형상에 몰두하기 시작했다. 그 실현되지 못한 이미지는 사춘기 이후 줄곧 의식적으로 멀리했던 주제였으나, 그때쯤은 더 이상 나를 가위눌리게 하지 않았다. 손이 또 다른 얼굴, 또 하나의 독립된 몸이라는 것을 그때쯤 나는 알고 있었다. 사람이 살아 있을 때 손은 독자적으로 살아 있으며, 사람이 죽을 때 손은 손으로서 자신들의 죽음을 맞는다는 것을 알았다.

수지침의 교재에서는 손이 인체의 축소판이라고 가르친다. 중지의 끝마디에 얼굴이 그려져 있고 손바닥에는 장기들의 부위가 표시돼 있다. 손등은 등허리, 손목 부위는 항문과 회음이다.

혀와 눈이 달린 얼굴과는 달리 손은 정확한 말을 하지 않는다. 말하려 하지만 말할 수 없다. 마찬가지로, 가리려 하지만 역시 다 가리지 못한다. 얼굴보다 위험하기도 하지만, 어찌 보면 얼굴보다 교묘한 탈이다. 말할 필요가 없으므로 얼버무릴 필요도 없다. 침묵하면 그만이다. 정지해 있으면 그만이다.

첫 개인전에서 나는 서로 다른 크기와 재질의 손들을 제작해 전시했다. 불끈 쥐었건 느슨히 쥐었건, 무엇인가를 손아귀에 감춘 형상들이었다. 가련하기 짝이 없는 진실들을 손아귀에 감춘 손, 펴기만 하면 탄로나버릴 손이었다. 탄로나버릴 초라한 손금, 볼품없는 운명을 숨긴 아슬아슬한 탈들이었다.

전시는 그럭저럭 성공적이었고, 놀랍게도 개중 몇 점은 콜렉터들에게 팔려나가기도 했다. 그러나 나는, 만족한 표정과 제스처 뒤로 불안을 숨기고 있었다.

오래전 나를 가위눌리게 했던 마음속의 형상은 90퍼센트쯤 실현된 것 같았다. 그 점만 놓고 본다면 만족할 수도 있었을 것이다. 그러나 내 작품들에는 어쩔 수 없이 '내'가 배어 있었다. 최대한 절제하여 숨겼음에도 드러나는 나의 감정, 노력, 나의 개인사를 나는 읽었다. 그것은 마치 내 발치에 누운 내 시체를 똑똑히 내려다보는 악몽과도 같았다. 누군가 그 손들을 일일이 펼쳐 내 손금을 읽을 것 같았다. 내 삶의 텅 빈 중심을 들여다보고 말 것 같았다.

사람들은 내 작품에 손맛이 있다고 했다. 장인적 기량이 보인다고도 했다. 나는 힘을 다해, 하나의 작품이 내 손을 떠나는 최후의 순간까지 작업에 매달렸다. 내 손들은 정교하게, 때에 따라서 담대하게, 그리고 빠르게 움직여주었다. 하지만 '솜씨'만으로 모든 것을 가릴 수는 없었다.

그러나, 가리려 한다면 무엇 때문에 작품을 제작하는 것인가? 침묵하면 그만 아닌가. 손을 멈추고 있으면 그만 아닌가. 보여주면서도 집요하게 숨기고자 한다는 것은 어떤 모순인가.

그 모순을 알처럼 품은 채 나는 초조하게 화랑을 지키고 있었다. 만나야 할 사람들을 만나고, 격식을 차린 자리에서 술을 마신 뒤 작업실로 돌아갈 때면 바람이 피부 속으로 스며드는 것 같았다. 거의 알몸이 된 것 같았다. 얇고 올이 성긴 피륙 하나로 간신히 맨몸을 덮고 있는 것 같았다.

그러던 어느 날, 그러니까 L이 친구와 함께 화랑에 들어서기 전날, 바지 호주머니에 두 주먹을 찌른 채 밤늦은 골목길을 걷던 내 뇌리에 짧은 빛처럼 무엇인가 스쳐갔다.

진짜 손을 뜬다.

타인의 손을 직접 떠내는 것이다. 물론 라이프캐스팅은 내 손으로 하므로, 나의 '솜씨'는 힘을 발휘할 것이다. 어느 정도 내 감정을 불어넣을 수도 있을 것이다. 그러나 그것은 어쨌든 타인의 손이다. 내 손으로 직접 빚어 만든 조형물과는 비교할 수 없이, 내 체온과 냄새는 결코 빨려들어가지 못할 것이다.

그것은 계시와 같았다. 더 이상 절묘할 수 없는 지점이었다.

처음 L의 두 손을 떠서 네 개의 조각들을 봉합했을 때, 나는 그 계시가 정확히 무엇을 뜻했는지 깨달을 수 있었다. 나는 석고 조각의 이음새를 과장했다. 누구나 그 빈 공간을 들여다볼 수 있도록 손목 쪽의 입구를 바깥으로 부풀렸다.

손은 완벽하게 재생되어 있었다. 오직 한 가지, 그 안의 비어 있는 공간을 제외한다면, 누구라도 만져보고 싶을 만큼 정교했다. 잔주름과 손톱, 가느다란 핏줄과 뼈의 잔가지들까지 고스란히 드러났다. 그 동안 내가 혼을 불어넣어 빚어냈다고 믿어왔던 어떤 형상들보다 강렬하게 그 손은 실재하고 있었다. 어떤 생명을, 숨결을 훔쳐 감쪽같이 내 것으로 만든 듯한 전율을 나는 느꼈다.

그러나 뻥 뚫린 손목의 입구로 들여다보이는 캄캄한 공동 속에는 혈관도 근육도 뼈도 없었다. 그것은 철저하게 본질이 제거된 공간이었다. 그 때문에 그 손에서는 체온이 느껴지지 않았다. 무엇인가가 섬뜩했고, 차가웠으며, 비인간적이었다.

나는 손들을 책장에 올려놓고 일인용 소파에 몸을 파묻었다. 온몸에 긴장이 풀리는 것을 느꼈다. 조각을 시작한 사춘기 이후 처음 느끼는 안도감이었다. 처음으로 나에게는 마음놓고 숨을 공간이 생긴 것이다.

그 지점에서 나는 만족했다.

L이 아니었다면 그쯤에서 끝났을 것이다. 손을 라이프캐스팅하게 되리라는 것을 그전에 예상하지 못했던 것과 같이, 사람의 몸뚱이를 뜨는 작업에까지 나아가게 되리라는 것은 나 자신도 미처 예상하지 못했던 일이었다.

외계인

L은 토요일마다 내 작업실에 드나들며 손을 떴다. 깍지 낀 손, 금방이라도 무엇을 내리칠 듯 분노한 손, 할퀴려 하는 손, 구걸하

는 손, 관능적인 손, 용서를 비는 손, 생각에 잠긴 손, 경솔한 손, 절망한 손, 지친 손, 에너지가 넘치는 손들을 나는 순서 없이 뜨고자 했다. 그녀는 거구에 어울리지 않게 감수성이 풍부하여, 내 설명에 맞춰 놀랍도록 기민하게 손에 감정을 드러냈다.

L이 다시 찾아오는 토요일까지 나는 그 석고 조각들에 다시 석고를 부어 정교하게 그녀의 손을 재생하고, 필요에 따라 물감을 입히고, 일부를 찢고, 찢은 자리를 과장하는 따위의 작업을 했다. 그해 봄 내내 나는 그녀의 손들 속에서 잠들었다. 아침이면 책장 앞으로 걸어가 거기 진열된 손들에게서 조용히, 혹은 격렬하게 스며 나오는 음악을 들었다.

때 이르게 찾아온 여름 날씨에도 L은 반소매 옷을 입지 않았다. 살찐 사람은 더위를 탄다는 통념대로 그녀는 비 오듯 땀을 흘렸다. 그러나 결코 소매를 걷으려 하지 않았다.

"그렇게 입고, 덥지 않아?"

내가 물었을 때 L은 불쾌한 얼굴로 대답했다.

"난 여름이 싫어요."

L은 "몸을 드러내는 게 싫으니까요"라고 친절하게 덧붙이지 않았으나, 나는 그녀의 말을 곧 이해했다.

마침내 장마가 지나고 불볕 더위가 시작되자 그녀는 처음으로 팔꿈치까지 내려오는 반소매 옷을 입고 나타났다. 그녀의 팔뚝은 물론 비정상적으로 굵었으나, 옷 속에 숨겨져 있었을 때 상상할 수 있었던 모습 그대로였으므로 나는 특별한 관심을 표하지 않았다.

그러나 그녀는 우울해 보였다. 회전하는 선풍기 옆에서 작업을 끝낼 때까지 한마디 말도 꺼내지 않았으며, 내가 묻는 말에는 건성으로 대답하거나 아예 무시했다.
"아저씨."
작업이 끝나고 손을 씻은 뒤 그녀는 말했다.
"아저씨는 내 손만 좋아하죠?"
나는 웃었다.
"그게 무슨 얘기지?"
"내 손만 뜨잖아요. 내 몸에서 유일하게 예쁜 부분이 그거라서…… 그래서 그런 거 아녜요? 손만 떼놓구 보면, 나 같은 애의 일부분이라곤 짐작할 수조차 없을 테니까. 아저씬 단지 내 손이 필요한 것뿐이에요. 괴물 같은 나머지는 필요 없는 거죠."
나는 담담한 음성으로 대답했다.
"그렇지 않아."
"거짓말 말아요."
"전에도 얘기했지. 거짓말이 아니야. O보다 네가 더 예뻐."
그녀는 코웃음을 쳤다.
"거짓말이 아니라면, 왜 다른 부분은 뜨려구 하지 않아요?"
나는 웃었다.
"원한다면, 지금이라도 떠줄 수 있어. 어떤 부분부터 뜨면 좋을지 얘기해봐."
나는 끌을 들고 가볍게 허공 위로 흔들어 보였다. L의 얼굴이 심각했으므로 나는 얼굴에서 웃음을 거뒀다. 그녀는 정확한 발음으로, 한 음절 한 음절에 힘을 주어 물었다.
"아저씨, 정말 변태예요?"
처음과 달리 진정한 의심이 실린 목소리였다.
"글쎄."

나는 선 채로 대답했다. 두번째 받은 질문이지만, 그 질문은 여전히 내 입맛을 씁쓸하게 했다.
"······그렇게 생각해본 적은 없어."
나는 덧붙였다.
"외계인이라고 생각해본 적은 있지만."
나는 미소를 지었으나, L은 여전히 진지했다. 억지로 웃어주는 미소조차 짓지 않았다.
그 진지함 때문이었는지도 모른다. 잠시 망설이다가, 알 수 없는 힘에 이끌리듯 나는 천천히 이야기를 시작했다. 아무에게도 그런 식으로 들려준 적 없었던 이야기였다.

"······어렸을 때부터 나는 동물들이 나오는 다큐멘터리를 즐겨 봤어. 인간은 숱한 동물들 중의 한 종일 뿐이라는 진실을 거기서 배웠지. 인간이 만물의 영장이니 하는 말들을 나는 믿기 어려웠어. 이를테면, 도마뱀들이 우리의 말과 행동을 이해할 수 없듯이, 우리도 도마뱀들을 이해할 수 없는 것뿐이라고 생각했지. 그들이 보기엔 우리도 징그러운 짐승일 뿐이라는 생각이었어. 생각해보면, 태어나고 섹스하고 죽어가는 따위의 중대한 인생사들은 기실 가장 동물다운 행위들이라고, 누군가가 그 비슷하게 써놓은 책을 읽기 훨씬 전부터 확신하고 있었지.
예고를 졸업해 미술 대학에 들어갈 때까지 난 여자 친구를 사귀어본 경험이 없었지만, 여자에 대한 환상 같은 것은 전혀 가지고 있지 않았어. 학번을 이웃한다는 이유로 가깝게 지냈던 S라는 친구가 있었는데, 그 녀석은 서양화과의 2학년 여학생을 짝사랑했지. 과연 눈에 띄게 예쁜 얼굴을 가진 여자애였어.

하지만 나는 이상하게도, 그 여자는 물론 미술 대학에 다니는 어떤 여학생들에게도 특별한 관심을 가질 수 없었어. 그 코스모스처럼 청순한 여자의 이목구비가 이 문화에서 예쁘게 보인다는 건 인정할 수 있었지만, 그 이목구비를 '예쁘구나' 하고 느끼기보다는 자꾸만 뜯어보게 되는 거였지.

세 개의 눈을 가진 외계 생물의 형상을 상상하며 우리가 끔찍하다고 여기는 것처럼, 그 세눈박이 외계인들은 우리를 끔찍하게 여기겠지. 아마 누가 누군지 구별도 잘 못 할 테지. 우리가 어렸을 때 흑인과 백인들을 누가 누군지 구별 못 했던 것처럼. 하물며 그중 누군가가 아름답다고 느낀다는 건 불가능한 일 아닐까.

어느 날 나는 S와 함께 미술사 강의를 들으려고 대운동장을 가로질러 가다가 그 여학생을 봤어. 그녀는 친구와 함께 교정의 앵두나무에서 가지째 앵두를 따서, 자신의 발그레한 뺨 옆으로 흔들어가며 한입씩 깨물어 먹고 있었어. 그 해맑은 표정에 넋을 잃은 친구의 옆에서, 나는 그 눈부신 흰 블라우스 아래 숨겨진 그 여자의 육체를 생각하고 있었어.

오해하지 말아.

내가 상상한 건, 정확히 말하자면 생물 시간의 해부도에서 보았던 불그스름한 내장들, 그리고 그 안에서 부지런히 점액이 되어가고 있을 앵두알이었어. 결국 여자애의 대장 속에 똥으로 담길 그 물컹한 즙에 대한 상상은, 그녀가 깜찍하게 흔들어대는 꼭지만 남은 앵두 가지를 보자 더욱 또렷하게 내 눈앞에 그려졌지.

그때 쓴웃음을 물면서 난 생각했지.

이 세상에서, 난 외계인과 다를 바 없구나.

그런 식이었으니, 나에게는 사랑하는 여자 따위는 존재하지 않

성스러운 손 95

앉어. 아니, 남녀노소를 통틀어 존경하는 사람도 경멸하는 사람도 존재하지 않았어. 나이를 더 먹었거나 평판이 높거나 세력을 가졌다는 따위는 의미를 가질 수 없었지.

아무리 위대하고 아름다워 보이는 이들도 언젠가는 병이나 죽음, 혹은 이익과 체면이 걸린 사소한 문제 앞에서 치명적인 약한 면들을 드러내고 만다는 걸 나는 알고 있었어. 안쓰러워 보일 만큼 속물적이던 이들도 어느 순간에 이르러 자신만의 고귀한 면모를 드러내는 걸 목격하기도 했지.

오로지 직접 사람들을 관찰한 뒤에 갖게 되는 결론만을 나는 믿었어. 멀리서 오래 보는 것도, 가까이서 잠시 보는 것도 쓸모없었지. 다만 끈기 있게, 직접 들여다보는 것만이 유효했어. 가까운 이가 고백하는 험구나 칭찬들도 곧이듣거나 맞장구치지 않았어. 마찬가지로 어떤 인쇄된 경구와 진리도 내가 체득하기 전에는 의심했지.

나에게 애인이나 절친한 친구가 없었던 것은 당연한 일이지. 아마 있었다면 더 부담스러웠을 거야. 이따금 연애를 겪었지만 그건 종종 애정보다는 호기심에서 비롯된 관계였고, 호기심이 마비될 만큼 서로에게 익숙해진 뒤에는 관계 자체가 마비되는 걸 경험하곤 했지.

다만, 그 여자들의 이름이나 얼굴보다 기억에 남았던 것은 그녀들의 살집이야. 마르면 마른 대로, 살이 붙었으면 붙은 대로, 내 손길이 닿았던 그녀들의 몸 구석구석, 폭신한 부분과 딱딱한 부분…… 집요하게 치골이 부딪히던 감각, 목줄기의 가느다란 뼈대를 따라 만져지던 섬세한 혈관의 느낌 들을 나는 좋아했어.

또 나는 그녀들이 숨기고 있는 것들을 좋아했지. 각질이 굳은 팔꿈치, 미처 소제하지 못한 발톱, 엄지발가락에 두어 올 돋아난 길고 검은 털, 불두덩 옆으로 불거져 나온 이상한 모양의 사마귀 따위…… 그런 것들을 눈을 감은 채 어루만지곤 했지.

그녀들이 목숨을 걸고 나를 사랑해주지 않은 것은 다행한 일이야. 손가락으로 꼽을 만한 몇 개의 싱거운 해프닝이 있긴 했지만, 뭐든 오래가지 않았어. 열정도, 따라서 고통도 없었지. ……앞으로도, 언제까지든 그렇겠지."

나는 잠시 입을 다물었다. 침묵하고 있는 L에게 나는 물었다.
"……이해할 수 있겠니?"
L은 좀 멍해 보였다. 눈을 크게 뜨고, 입을 반쯤 벌린 채 내 얼굴을 올려다보고 있었다. 갑자기 최면에서 풀린 듯 그녀의 눈이 반짝 감겼다 떠졌다. 그녀는 말했다.
"조금."
"조금?"
"아주 조금."
"지금도 난, 아무리 예쁜 여자를 봐도 마음이 흔들리지 않아. 기껏해야 아, 모두 예쁘다고 생각하겠구나. 그 정도지. 네 친구 O를 봤을 때 그랬던 것처럼."
L은 천천히, 태엽이 거의 다 풀린 인형처럼 고개를 두 번 끄덕였다.
"그렇군요."
아주 오래된 것 같은 침묵이 흘렀다. 그녀의 숨소리와 내 숨소리, 맹렬하게 선풍기가 회전하는 소리 들이 조용히 서로 몸을 섞었다. 환기가 잘되지 않는 작업실의 후텁지근한 공기를 나는 천천히 들이마셨다.

심상한 목소리로 L이 물었다.
"아저씨, 배 안 고파요?"
대답을 기다리며, 그녀는 주섬주섬 손수건과 부채 따위의 소지품들을 비닐 숄더백 안에 쑤셔넣었다. 나는 대답하지 않았다. 불필요한 말을 많이 하고 난 뒤의 피로감 때문이었다. 식사나 여흥보다는 휴식이 필요한 주말 오후라고 나는 생각했다.
"나랑 같이 밥 먹을래요?"
"좋지."
나는 진심과 다른 대답을 했다. 석고로 범벅이 된 흰 실내화를 벗고, 탁자 밑에 밀쳐놓았던 구두를 꺼내 신었다.
"나, 여기 있다 가면 항상 배고팠어요."
먼저 일어서 있는 그녀의 키가 실제보다 커 보였다.
"그런데 왜 한 번두 같이 밥 먹자구 안 그랬는지 알아요?"
"왜지?"
"나랑 같이 밥 먹으면, 사람들이 다 아저씨를 쳐다볼 거예요."
서랍에서 지폐 몇 장을 꺼내 호주머니에 찔러넣은 뒤 나는 일어섰다. L의 눈을 묵묵히 건너다보았다. 언제나 그렇듯, 방금 세수한 사람처럼 눈시울이 젖어 있었다.
"아저씨가 이상해서가 아니라, 내가 밥 먹는 게 징그러워서죠. 괴물 같은 게 처먹는구나. 저렇게 처먹으니 저렇게 되지. 다들 그런 생각 하거든요. 저 새낀 뭐야, 멀쩡한 놈이 뭐가 좋다구 저런 괴물하고 같이 다니는 거야?"
나는 반응을 보이지 않았다. 아니야, 라고도, 그럴 리가, 라고도 하지 않았다.
"그래도 괜찮아요?"

그녀에게는 오로지, 이 질문에 대한 내 대답만이 중요했을 것이다.
나는 간결하게 대답했다.
"그래."
그날 저녁 나는 L과 처음 밥을 먹었다.
L의 말대로 식당에 앉아 있던 모든 사람들이 그녀를 쳐다봤다. 그녀의 생각은 기우가 아니었다. 그 시선들에는 분명한 혐오가 어려 있었다. L은 초조해 보였고, 그 초조함이 더욱 그녀의 식욕을 자극하는 것 같았다. 거구의 에너지를 충전하기 위해서라고는 하나, 그녀는 너무 많이 먹었다. 공깃밥을 두 그릇 추가로 시켰고 모든 반찬들을 싹쓸이했으며, 다시 채워주기를 부탁한 반찬들까지 깨끗이 먹어치웠다.
그날 밤 그 식당의 분위기를 나는 기억한다.
L의 씹는 소리. 무엇인가 성스러운 의무를 이행하는 듯 몰입한 그녀의 얼굴. 손님들은 점점 줄어들고, 여전히 끝나지 않은 그녀의 식사. 쉴새없이 흘러내리는 그녀의 땀. 등짝이 널따랗게 젖은 거대한 검은 티셔츠. 아무도 귀기울여 듣지 않는 텔레비전 소리. 이편을 흘긋거리는 종업원들의 슬리퍼 소리. 속닥이는 소리. 숨죽인 웃음 소리. 서로의 어깨를 치는 소리. 전화 벨 소리. 태연한 하이 톤의 '여보세요.' 다시 침묵. 신제품들을 광고하는 현란한 성우들의 목소리. 그 모든 소리 아래, 끝없이 이어지는 그녀의 씹는 소리. 삼키는 소리. 숟가락과 젓가락과 물컵이 달그락거리는 소리.

식당을 나서자 밤공기가 차가웠다.
식당의 형광 불빛을 등진 L의 거대한 그림자와 내 호리호리한 그림자가 과장된 채 차도까지 드리워졌다.
"뭘 타고 가지?"
"지하철."
L은 짧게 끊어 말했다.
그토록 많은 음식을 먹었음에도 그녀는 전혀 배불러 보이지 않았다. 만족스러워 보이지도 않았다. 대신 피로하고 쓸쓸한 음영이 그녀의 눈두덩, 뺨, 두 개로 겹쳐진 턱에 드리워져 있었다.
우리는 어깨를 나란히하고 버스 정류장을 향해 걸어갔다. 그녀는 마치 화가 난 것처럼 입술을 굳게 다물고 있었다. 신호등이 없는 횡단 보도를 건너 정류장 표지판 아래에 이르렀을 때 그녀는 갑자기 선언하듯 말했다.
"……처음부터 이랬던 건 아녜요."
나는 침착하게 물었다.
"무슨 얘기지?"
"아저씨, 처음부터 그랬어요?"
L의 눈에는 마치 불이 댕겨진 것 같았다. 푸르스름한 불이 이글거리는 것 같았다. 그 몸의 압도감 때문이었을까, 마치 그녀가 나를 벽 쪽으로 밀어붙이고 '어서 말해'라고 낮게 다그친 것 같은 위협감을 나는 느꼈다.
"처음부터 외계인이었어요?"
오랜 버릇대로, 나는 반사적으로 중립적인 대답을 했다.
"글쎄."
L의 눈의 광채가 실망의 빛과 함께 사그라지는 것을 나는 보았다. 좀더 성의 있는 대답을 해야 했다. 나는 입술을 열고, 나직한 음성으로 말했다.

"……아마 아니겠지."

"나두요."

갑자기 긴장이 풀린 듯, 그녀의 대답은 몰아쉬는 숨에 섞여 거칠게 굴러나왔다.

"나두 처음부터 괴물이었던 건 아녜요."

L은 어깨에 매달려 있던 검은색 비닐 숄더백에서 지갑을 꺼냈다. 토큰을 꺼내는 줄 알았는데, 주민등록증 뒤쪽에서 사진 한 장을 끄집어내 나에게 건넸다.

열네다섯 살쯤 되어 보이는 여자 아이의 상반신이 거기 찍혀 있었다. 여자 아이는 웃고 있었고, 볼이 약간 나왔으며, 가슴이 풍만했다. 발육이 빨리 되긴 했지만 얼굴에 어린 티가 났다. 표준이라고 일컬어지는 관점에서 본다면 살을 좀 빼야겠으나, 통통하고 귀여운, 평범한 몸매였다. 그것이 L의 얼굴이라는 것을 알아내는 데에는 많은 시간이 필요하지 않았다. 그녀의 선한 눈매, 숱이 적은 머리털, 작은 얼굴이 고스란히 거기 있었다.

"귀엽구나."

나는 빙그레 웃었다.

"중학교 땐가?"

L은 대답 대신 물었다.

"어때요?"

"귀엽고 예쁜데."

나는 미소를 지으며 대답했다.

"이 웃음이 어떠냐구요."

갑자기 나는 그녀가 무슨 대답을 원하는지 알 수 없어졌다. 그녀는 내 손에 들려 있던 사진을 빠른 손놀림으로 빼앗아서 지갑 속에 넣었다.

　수분의 침묵이 흐른 뒤 버스가 왔다. 버스에 오르기 전 L은 나에게 말했다.

　"생각해볼게요."

　"뭘?"

　"손 말고, 몸을 뜨는 거요."

　버스가 떠나고 나자, 그녀의 중량감만큼 내 옆자리는 텅 비어 있었다. 작업실까지 걸어 돌아가는 동안 나는 그 사진 속의 웃음의 어떤 점이 특별했던가를, 그녀가 원한 대답은 무엇이었을까를 생각해내려 했다. 피로 때문이었을까. 아무것도 떠오르지 않았다.

괴물

　L의 몸을 전체적으로 뜨려면, 석고가 마르는 길지 않은 시간에 맞추어 혼자서 작업한다는 건 불가능했다. 바르는 건 천천히 해도 괜찮지만, 신속하게 떼어내지 않으면 살에 석고가 엉겨붙어버릴 것이다. 예전에 아르바이트로 입시 지도를 해준 적이 있으며 이제 내가 다니던 대학의 대학원생이 된 여자 후배 B에게 오후 시간을 내줄 수 있는지 전화로 물었다. 다행히 그녀는 그러겠다고 말했다.

　"누구의 엄명이라구요?"

　누구에게나 친절한 성격의 B는 넉살을 떨었다.

　B와 함께 작업을 바로 시작할 수 있도록 준비를 마친 뒤 30분이 지났을 때 L이 도착했다. 그녀가 약속 시간에 늦은 것은 처음 있는 일이었다.

마침내 문을 노크하고 들어온 L은 수줍은 듯도 하고 울음을 터뜨릴 것 같기도 한 어색한 웃음을 물고 있었다. 일주일 사이에 더 살이 붙은 듯, 얼굴이 전체적으로 부어 보였다.

"어서 와."

나는 말했다.

"정말 괜찮겠니?"

L은 고개를 끄덕였으나, 아무것도 바르지 않은 입술이 희끗하게 질려 있었다.

"어색하면, 우리도 다 벗을까?"

준비해둔 농담을 꺼내자 그녀는 다소 신경질적인 웃음을 터뜨렸다.

"저 사람은 뭐예요?"

"말했잖아. 작업을 도와줄 사람이 필요하다고."

"아저씨 혼자 하면 안 돼요?"

"혼자선 어려워."

"하긴, 내 몸이 아저씨 두 배니까, 사람두 하나 더 있어야겠죠."

누군가를 공격하듯 L은 쓰게 뱉었다. 자신도 통통한 편인 B가 너스레를 떨었다.

"학생 다 뜬 다음엔 나도 뜰 건데?"

밝고 유머러스한 B의 기질이 L에게 전달된 것 같았다. L의 얼굴에서 긴장이 누그러지며 엷은 미소가 실렸다.

L이 뒤돌아서서 옷을 벗는 동안 B가 석고를 개었다. 이윽고 L은 흰 면 팬티 하나만을 걸친 채 나를 향해 뒤돌아섰다. 그것만은 벗지 않으려는 듯 굳은 얼굴이었다. 그전까지 한 번도 본 적 없는 크

성스러운 손 103

기의 나신이 거기 우뚝 서 있었다. 온몸에 풍선들처럼 부풀어 오른 지방 덩어리들을, 수겹의 뱃살과 출렁이는 허벅지를, 그 표면을 따라 무수한 흰 지렁이들처럼 갈라져 있는 살갗을 나는 보았다.

"마저 벗어야지."

침착하고 부드러운 나 자신의 목소리에, 나는 기묘한 미안함과 쾌감을 함께 느꼈다.

마지못한 듯 그녀가 팬티를 벗어내리자, 마침내 그 살덩어리의 기묘한 형상이 완성되었다. 꽉 끼는 팬티의 고무밴드와 바지의 후크 자국만이 벌겋게 남은, 놀랄 만큼 허옇고 물컹물컹한 몸이었다.

"이리 앉아보겠니?"

여러 장을 잇대어 두 겹으로 깔아놓은 쌀포대를 나는 가리켰다. 여름철이라곤 하나, 맨바닥이나 다름없는 콘크리트는 몹시 차갑게 느껴질 것이다. L은 망설이다가 무릎을 안고 쌀포대 위에 앉았다. 다리를 펴라는 나의 주문에 어색한 듯 무릎을 폈다. 그녀는 살이 보이지 않게 두 다리를 붙이려 했으나, 허벅지의 살 때문에 불가능했다.

"준비됐지?"

L은 나와 시선을 맞추는 대신, 고개를 쳐들고 눈을 반쯤 뜬 채 눈꺼풀을 깜박거리며 지하 작업실 천장의 형광등을 올려다보고 있었다. 마치 집도의라도 된 것처럼, 나는 냉정한 음성으로 B에게 나이프와 헤라를 청했다.

손을 뜬 경험으로, 어떤 종류의 이형제든 디테일을 훼손한다는 것을 나는 알고 있었다. 로션조차 바르지 않아야 모공 하나하나가 극사실적으로 살아난다. 떼어낼 때 다소 고통스럽더라도, 피부 자체가 품고 있는 유분에만 의지할 생각이었다.

석고액이 살에 닿을 때마다 조용히 소스라치는 그녀의 몸을 느끼며 나는 목 아래에서부터 천천히 발라갔다. 그녀의 따뜻하고 물렁물렁한 육체가 차가운 석고액 속에 묻혀갔다.

"아뇨, 거긴 제가 할게요."

굳이 원했으므로 나는 그녀가 손을 뻗어 자신의 샅에 석고액을 바르도록 두었다.

"그렇게 하면, 글쎄……"

"뭐요?"

"나중에 그게, 많이 뽑힐 텐데. 아플 텐데."

"아저씨가 한다구 달라져요?"

"그래도 좀 낫지. 그렇게 덕지덕지 발라놓으면 곤란해."

"괜찮아요."

그녀는 내 손이 자신의 음부 쪽으로 다가오는 것이 가장 큰 재앙이라도 되는 듯 눈동자를 불안하게 굴리고 있었다.

"이제 좀 뜨거울 거야."

목 아래에서부터 양손과 양발 끝까지 모두 석회 반죽 속에 묻힌 L이 눈을 치켜떴다. 이 여자애의 눈이 이렇게 생겼던가? 촉촉하던 물기가 마르고 나자, 불안에 사로잡힌 듯 데굴데굴 구르고 있는 눈동자들이 고양이 눈처럼 작아 보였다.

"알아요, 손 떠봤잖아요."

그녀가 볼멘소리로 대답했다.

"훨씬 힘들 거야."

"안다니까요."

큰소리쳤던 것과는 달리 시간이 지날수록 그녀는 괴로워했다. 손을 떴던 경험으로 미루어 참을성이 많은 성격인데도, 줄곧 입술을 벌린 채 숨을 몰아쉬었다. 체면적이 넓으니 고통이 극심할 것이다.
"얼마나 더 있어야 돼요?"
그녀가 헐떡이며 물었다.
"나, 데는 거 아녜요?"
그녀는 고개를 내젓고 싶은 것을 억지로 참는 듯 이맛살을 찌푸린 채 가쁜 숨을 쉬고 있었다.
"많이 뜨거워?"
"다음에 아저씨두 해봐요, 어떤가."
그때 나는 L의 눈물을 보았다.
언제나 눈시울이 젖어 있다고 생각했었지만, 정말 우는 모습을 본 것은 처음이었다. 흐느끼는 소리도 없이, 눈물이 흘러내린 윗입술을 아랫니로 짓씹으며, 원망이 어린 젖은 눈으로 그녀는 나를 올려다보고 있었다.
내가 만들어준 고통 속에서 그녀는 울고 있었다. 나에게는 그녀에게 해줄 수 있는 것이 없었다. 기껏 할 수 있는 일은, 오히려 석고가 잘 굳을 때까지 고통을 연장시켜주는 것뿐이었다. 석고에 파묻힌 그녀의 몸 위로, 마치 그 거대한 흰 더미에 잘못 얹혀진 것처럼 그녀의 조그만 얼굴이 솟아 있었다. 그녀가 입술을 질겅거릴 때마다 그녀의 처진 뺨이 흔들거렸다.
석고가 다 마르자 나와 B의 손이 바빠졌다. 최대한 빨리, 그리고 정교하게, 미리 그려뒀던 절개선을 따라 석고를 끌로 도려냈다. 팔은 앞, 뒤, 아래, 위 네 부분으로, 다리는 허벅지와 무릎의 다양한 곡선에 맞춰 각 일곱 조각으로, 가슴과 배는 되도록 넓게 이음새 없이 벗겨냈다. 무수한 잔털들이 함께 뽑혔으므로, 그녀는 미간을 찌푸리며 신음했다. 음부 부분을 떼어냈을 때 그녀는 비명을 질렀다.
"아악!"
"아플 거라고 했잖아."
검은 터럭 수십 올이 박혀 나온 석고 조각을 보자 그녀의 얼굴은 벌겋게 달아올랐다.
"미안해."
조심스럽게 석고 조각을 내려놓으며 나는 미소를 지었다.
"그런데, 이렇게 되니까 더 사실적인데?"
그녀는 웃지 않았다.
L이 세면장에서 몸을 씻는 동안 B는 쌀포대를 치우고 주변을 정리했다. 40분여의 집중과 긴장이 약간의 피로감을 안겨주었다. 내 티셔츠와 작업복 바지, 팔뚝은 물론 머리카락까지 흰 석고 범벅이었다.
각기 다른 길이와 모양으로 떠져 나온 석고 조각들을 나는 정리하기 시작했다. 혹이 매달린 듯 처진 겨드랑이, 자루 같은 젖가슴 따위가 마치 갈가리 찢긴 사체처럼 흩어져 있었다. 그녀의 성스러운 손 두 짝을 찾아 든 순간, 나는 그 소리를 들었다.

그 소리를 어떻게 설명할 수 있을까.
흡사 짐승의 소리 같은, 분절되지 않은 비명이 세면장의 얇은 베니어판 사이로 터져나왔다. 비명은 점점 굵어지고 커졌다. 작업실 천장을 무너뜨릴 듯한 굉음으로 높아지더니, 느닷없이 급강하며 울부짖는 소리로 바뀌었다. 괴물이라는 것이 정말 존재한다면, 그것의 울음 소리가 바로 그랬을 것이다.
나는 잰걸음으로 걸어가 문고리를 잡아당겼다. 문은 안에서 잠겨 있었다.

"문 열어봐!"

울음 소리가 갑자기 누그러졌다.

"어서, 문 열어봐."

나는 문을 두들겼다.

"어서 열어!"

좀 전의 통곡만큼이나 무서운 침묵이 문 건너에 도사리고 있었다. L이 숨을 고르는 소리를 나는 들었다.

"옷 좀 입구요."

L의 낮은 목소리는 마치 추운 사람처럼 떨려나왔다. 뜻밖에 침착한 음성이었다. 나는 B를 돌아보았다. 흰 석고가 묻은 B의 얼굴이 해쓱하게 질려 있었다. 같은 여자라는 것 때문인지, 그녀는 경악과 함께 일종의 책임감을 느끼는 것 같았다.

"제가 얘기해볼게요."

나에게 속삭이더니 B는 내 앞에 섰다.

부스럭거리는 소리, 뭔가가 — 아마도 후크나 지퍼 같은 것이 — 벽에 쓸리고 부딪히는 소리들이 얼마간 들려온 뒤 L은 문을 열고 나왔다. 얼굴이 더욱 부어 보였고, 몹시 추운 듯 어깨를 떨고 있었다.

"울고 나면, 원래 추워요."

B는 다정하게 말하며 L의 어깨를 감싸안으려 했다. 흠칫하며 L은 반사적으로 그 손길을 피했다. 아랑곳하지 않고 B는 밝게 말했다.

"아마 나라도 울었을 거예요."

L은 핏발이 선 눈을 부릅뜬 채 B를 쏘아보았다. 눈두덩이 붉게 부풀어올랐지만, 낯빛은 시체처럼 창백했다. 당황한 B가 짐짓 명

랑하게 제안했다.

"우리, 다 끝났는데 포장마차에서 한잔하는 거 어때요?"

L에게서 반응이 없자 그녀는 내 쪽을 보았다. 구원을 청하는 듯 난처한 눈이었다.

의식적으로 느긋하게 나는 대답했다.

"정리는 이만하면 됐어. 지금 나가지."

석고투성이의 작업복 바지는 그대로 입은 채 나는 티셔츠를 갈아입었다. B는 예의상 다른 데를 보고 있었지만, L은 여전히 충혈된 눈으로 나를 바라보고 있었다. 그 형언할 수 없는 강렬한 눈빛을, 나는 그후 오랫동안 잊을 수 없었다.

추운 입술

수요일 저녁에 L은 연락 없이 나를 찾아왔다. 언제나처럼 토요일 오후에 그녀를 보리라 생각했던 나는 조금 놀랐다.

"내가 없었으면 어쩌려고 그랬어?"

쑥스러운 얼굴로, 그 쑥스러움을 숨기려는 듯 부러 태연한 어조로 L은 문 앞에서 대답했다.

"뭐, 그냥 돌아가면 그만이죠."

그녀는 대뜸, 지난 토요일에 떠낸 자신의 몸이 어떻게 됐는지 궁금해서 왔다고 변명하듯 말했다. 그때까지 나는 하반신만을 이어 붙여놓고 있었다. 상체와 팔을 재조립하는 좀더 까다로운 과정이 남아 있었다.

L은 작업실 중앙의 신문지 위에 놓인 자신의 엉덩이와 다리, 두

발을 물끄러미 내려다보았다.
"재미있어요?"
그녀는 무뚝뚝하게 물었다.
"응?"
"이런 일이, 아저씬 재미있어요?"
던지듯 물었을 뿐, 그것을 보러 왔다면서도 그녀는 그다지 오래 시선을 두지 않았고, 별다른 흥미를 표하지 않는 것처럼 보였다. 대신 나에게 말했다.
"아저씨. 나랑 나가서 술 먹을래요?"
지난 토요일 저녁 B와 함께 세 사람이 술을 마셨던 포장마차에 들어갔다. L이 들어가 앉은 것만으로 비좁은 공간은 꽉 찼다. 지난번에 그녀는 술만 마셨을 뿐 안주에는 손도 대지 않았었다. 그래서 나는, 그녀에게 원래 안주를 안 먹는 버릇이 있는 거라고 짐작했었다. 그러나 이번에는 안주로 시킨 오뎅과 곰장어 따위를 5분도 안 되어 남김없이 해치워버렸다.
"왜, 그땐 안 먹었던 거지?"
"그냥."
오뎅 국물을 벌컥벌컥 들이켠 뒤 그녀는 짧게 뱉었다. 조금 있다가 마지못한 듯 덧붙였다.
"그 언니 때문에요."
"그 친구가 맘에 안 들었어?"
"그런 게 아니구. 내가 먹는 걸 그 언니가 보는 게 싫었어요. 아저씨만큼 친한 것두 아니구."
그녀가 뜻 없이 뱉은 '친하다'는 말이 나를 놀라게 했다. 그 말이 누군가의 입에서 그토록 순수하게 흘러나오는 것을 나는 오랜만에 들었다.

　L은 술을 많이 마셨다. 많은 양의 안주를 먹다 보니 그만큼 안 마실 수도 없었을 것이다. 자정이 가까워오자 그녀는 좀 취한 것 같았다.

　"아저씨. 나, 한 번 더 내 껍데기 보구 싶은데."
　"그걸 껍데기라고 하니?"
　"그럼, 내 껍데기 아니면 뭐야?"
　그녀는 비틀거리며 일어섰다. 만류에도 불구하고 술값을 지불했다. 포장을 걷고 나오면서 그녀는 다리로 삼발이 의자 두 개를 넘어뜨렸으나, 그것을 전혀 의식하지 못했다.

　작업실의 불을 켜려고 하자 L은 "켜지 말아요"라고 했다. 반지하 작업실의 높고 작은 창을 통해 골목 건너편 연립 주택의 불빛들이 희미하게 새어들어왔다. 그녀는 석고로 뜬 자신의 하반신을 바라다보았다. 그것의 표면은 희끄무레했고 내부는 컴컴했다. 내가 이따금 밤에 깨었을 때 보았던 것과 같이 괴기스럽고 섬뜩했다. 나는 오랫동안 어둠 속에서 그것을 바라다보며, 그녀가 흡사 짐승처럼 토해냈던 울부짖음을 겹쳐 듣곤 했다. 그 거대한 육체의 껍데기를 누덕누덕 기운 자국마다, 알 수 없는 짓눌린 고통이 뭉쳐져 있는 것처럼 느껴졌었다.

　"아저씨."
　마치 누군가 엿듣기라도 하는 듯 L은 나에게 속삭였다. 그녀에게서 술냄새와 여름밤의 물컹한 살냄새가 훅 끼쳐왔다.
　"손 좀 줘봐요."
　나는 의아했으나, 어둠 속에 희끗하게 드러난 그녀의 표정이 진지했으므로 손을 내밀었다. 그녀는 두 손으로 내 오른손을 잡았다. 작고 섬세한, 수차례 뜨는 작업을 통해 구석구석 만지곤 했던 그녀의 손아귀 속에 내 손은 싸안겼다.
"지난 며칠 내내 이 손 생각을 했는데."
L의 목소리는 아주 가늘어, 마치 목구멍 위쪽에서만 살짝 새어 나오는 것 같았다.
"꼭 한 번만 잡아보구 싶었어요."
내 손을 붙잡은 채, 그녀는 어지러운 듯 비틀거리며 일인용 소파에 앉았다. 나는 엉거주춤 그녀의 앞에 서 있었다.
"내 몸을 보여준 거, 아저씨가 처음이에요."
나는 어둠 속에서 고개를 끄덕였다. 짐작했던 바였다. 그러나 그 다음의 말은 짐작하지 못했다.
"……그 새끼는 한 번두 내 옷을 벗긴 적 없었어요. 바지 내리구 팬티 벗기기만 바빴지…… 나한텐 거기, 사타구니만 있는 것 같았어요."
L의 손바닥에는 축축한 땀이 배어 있었다.
"엄만 내 말을 안 믿었어요. 그럴 만도 했어요. 난 고작 열네 살이었구, 그전부터 엄마 재혼을 싫어했으니까. 갖은 거짓말로 그 새끼 흉을 보곤 했으니까. 엄만 내 말을, 더 형편없는 거짓말이라고만 생각한 거죠. 오히려 욕을 하고 나를 떠밀었어요."
그녀의 얼굴과 손은 석고상처럼 희끄무레하게 빛을 발하고 있었으나, 짙은 색의 티셔츠와 바지, 검은 운동화는 어둠 속에 파묻혀, 마치 그 컴컴한 껍데기의 텅 빈 내부 같았다.
"엄만 간호사라 삼교대를 했거든요. 엄마가 나이트 근무를 하는 날이면 난 친구 집에서 자구, 되도록 집에 있지 않으려고 애썼어요. 하지만 잠깐 집에 들러서, 얼른 옷 갈아입고 밥 먹고 나가려고 막 준비하고 있으면, 우리집 열쇠를 갖고 드나들던 그 새끼가 귀신같이 알고 들어오는 거예요. 지금도, 문 따는 소리…… 달그락달그락 열쇠 부딪치는 소릴 들으면 나도 모르게 소스라쳐요.

 하지만, 정말 무서운 건 그게 아니었어요. 일을 저지르구 겨우 십 분 뒤에 엄마가 들어와도 그 새낀 태연했어요. 오히려 안절부절못하는 건 나였어요. 아무 일도 없었던 듯이 두 사람은 다정스레 웃고 떠들었죠. 내가 울부짖건 말건, 좀 전에 당한 일을 말하건 말건 엄만 믿지 않을 거란 걸 내가 더 잘 알았죠.

 수면제를 먹구 죽어버릴까. 그 새낄 죽여버릴까. 엄마까지 셋이 먹는 밥에 독을 넣어서 다 같이 죽어버릴까. 아침에 눈을 뜨면 숨이 막혔어요. 자주 악몽을 꿨죠. 내가 숨을 쉬질 못하고 데굴데굴 길바닥을 굴러도 사람들은 태연한 얼굴로 내 앞을 지나가는 거예요. 사람들의 눈동자가 꿈속에서 막 확대돼서 보이는데, 그 눈동자 속에 비친 내 얼굴은 아프긴커녕 생글생글 웃고 있는 거예요.

 언제부턴지 몰라요, 입에 먹을 걸 물고 있으면 마음이 편해진 게…… 쉴새없이 먹어댔죠. 나중엔 열쇠 소리가 들리거나 말거나 처먹구만 있었어요. 살이 찌기 시작했죠. 한 달에 10킬로씩 불어난 것 같아요. 그래도 그 새낀 지치지도 않았어요. 40킬로가 불고 나니까 드디어 날 괴물 쳐다보듯 하더군요. 실제로, 허벅지가 너무 굵어져서 억지로 파고들기도 어려웠겠죠. 그 새끼가 날 더 건드리지 않으니까 좋았어요. 난 계속해서 먹었고, 살은 계속 불어났죠."

 맞은편 연립 주택 1층의 불이 꺼졌는지, 작업실은 더욱 어두워졌다. 처음에 목 아래의 남색 티셔츠부터 텅 비어 보이던 그녀의 모습은 이제 거의 희끄무레한 데가 없이 어둠에 풀어져 있었다.

"나는요."

그녀의 목소리는 가장 의미심장한 비밀을 고백하는 듯 조심스러워졌다.

"이 세상에서, 먹는 게 제일 좋아요. 음식이 내 엄마구요. 내 힘이구요. 내 모든 거예요. 따뜻해지구, 배가 부르구, 너무 맛이 있어요."

L은 여전히 내 손을 자신의 손아귀 안에 쥐고 있었다. 나와 눈을 맞추지 않은 채, 자신의 하반신을 뜬 석고 껍데기를, 아니, 그것이 놓여 있는 쪽의 어둠을 내려다보고 있었다. 그녀는 나직이 나를 불렀다.

"아저씨."

내 대답을 기다리는 대신 그녀는 속삭이듯 말했다.

"지난번에 나 뜰 때요."

나는 그녀의 말을 좀더 잘 듣기 위해 조심스럽게 바닥에 앉았다. 그녀의 수그린, 어둠에 잠긴 얼굴을 가까이서 올려다보았다. 다행히 울고 있거나 하지는 않았다. 빛이 비낀 탓인지 오히려 보일락 말락 미소 짓고 있는 것처럼 보였다. 평화롭고 편안한, 마치 좋은 꿈에서 깨어난 아이 같은 얼굴이었다.

"또 한 번 강간당하는 기분일 것 같았어요."

"그런데?"

그녀는 숨을 들이마셨다.

"포근했어요."

더욱 낮게 그녀는 속삭였다.

"아저씨 손길이요."

함께 작업실에 들어온 뒤 처음으로 그녀는 시선을 돌려 내 얼굴을 똑바로 내려다보았다.

"나한테는 거기…… 끔찍한 거기밖에 없었는데, 아저씨가 두 손으로 내 몸을, 구석구석 다 어루만져서, 따듯하게, 깨워주는 것 같았어요."

그녀의 목소리가 너무 낮았으므로, 나는 숨소리조차 크게 낼 수 없었다.

"며칠 밤을 잠도 못 자면서, 아저씨 손을 생각했어요. 그 손…… 그 손을 한 번만 내 손으로 만져보고 싶다구."

나는 그녀의 손에 잡혀 있지 않은 왼손을 가만히 들어올려 그녀의 뺨에 얹었다. 무엇인가를 깨뜨릴까 저어하듯 내 손은 조심스러웠다. 그녀의 얼굴을 끌어 소리 없이 입술을 맞추었다. 어째서 나는 알지 못했던 것일까? 그녀의 입술은 오래전에 흘러내린 눈물로 반쯤 젖고, 반쯤 말라 있었다. 몹시 추운 사람의 입술처럼 진작부터 푸르르 떨고 있었던 것을, 나는 내 입술을 대보고서야 알았다.

"춥니?"

나는 물었다.

"아니요."

그녀는 숫제 이를 부딪히고 있었다.

나는 그녀의 티셔츠 속으로 가만히 한 손을 밀어넣었다. 땀이 식은 배와 젖가슴의 겹쳐진 살덩이가 싸늘하고 미끄러웠다. 그녀에게 잡혔던 손을 마저 빼내 티셔츠 속에 넣었을 때, 그녀의 입술에서 긴, 습기찬 한숨 소리가 새어나왔다.

관(棺)

그날 밤을 시작으로 L은 종종 늦은 저녁 내 작업실에 찾아왔다. 그녀의 육체는 한없이 너그러운 부피로 내 마른 육체를 감싸주었다. 그녀의 몸은 측량할 길 없이 깊어, 내 몸을 넣고 있으면 어디까지 더 들어가야 하는지 알 수 없었다. 어느 곳에 손을 뻗든 떨림으로 퍼져나가는 부드러움, 상하기 직전의 과일 같은 물컹함과 비릿함, 리드미컬하게 출렁거리는 살덩이들의 양감. 단지 한 여자와의 섹스라는 것이 믿기지 않는 감각의 향연에 나는 빠져들었고, 차츰 익숙해졌다. 다시는 정상적인 몸매의 여자와 섹스를 할 수 없을 것 같았다.

주섬주섬 옷을 입고 나면 L은 밖에 나가 뭘 좀 먹자고 하곤 했다. 그녀가 즐겨 간 곳은 늦게까지 문을 여는 던킨 도너츠였다. 오랫동안 심사숙고해서 빵들을 고른 뒤 ─ 사실상 그건 의미가 없었는데, 결과적으로 그녀는 진열돼 있는 모든 종류의 빵을 먹었기 때문이다 ─ 그녀는 가게가 문을 닫을 때까지 서너 개의 쟁반을 비우곤 했다.

L이 먹는 모습을 지켜보고 앉아 있다가 나는 말을 건넨 적이 있다.

"다시 보고 싶은 게 있어."

"뭐가요?"

입 안에 초콜릿 볼 세 개를 쑤셔넣은 채 그녀는 물었다.

"그때 나한테 보여줬던 사진."

"아, 그거."

그녀는 여전히 입을 우물거리며 숄더백의 내부를 더듬어 지갑을 꺼내더니, 내 눈앞으로 사진을 흔들어 보였다.
"열네 살 때, 살찌기 직전에 찍었던 사진이에요. 내가 원래부터 뚱뚱했느냐구 묻는 사람들이 더러 있거든요. 그럴 때 보여주려구 갖고 다녀요."
나는 손을 뻗어 그것을 건네받았다. 예전에 보았던 대로였다. 사진 속의 소녀는 통통했고, 귀여웠으며, 생기 있는 웃음을 입에 물고 있었다.
"이 사진 보면 다들 이쁘다구 그래요. 웃는 얼굴이 귀엽다나. 웃기죠, 그때 이미 지옥이었는데."
입술에 묻은 초콜릿을 함부로 손바닥으로 닦으며 그녀는 말했다.
"웃음이란 게 얼마나 웃기는 가짠지, 사람들은 모르니까."
그 말을 뱉으며 L이 지어 보인 그 찰나의 미소 역시, 만일 말의 내용을 듣지 않았다면 더없이 평화롭고 편안해 보였을 것이다. 음식만이 자신의 힘이라는 고백대로, 초콜릿 볼을 먹고 있는 그녀의 눈은 생기롭게 반짝이고 있었다.
무엇 때문이었을까. 그때 문득 나는 L이 내 분신이라고 느꼈다. 오래전, 어린 시절의 어느 때 잃어버렸는지 모르는 나의 일부라고. 혹은, 그 일부가 오랜 시간 떠돌다가 그녀의 저 거대한 살 속에 숨었는지도, 깊숙이 형체도 없이 파묻힌 뒤 잊혀졌는지 모른다고.
자정이 가까워지자 점원들의 손이 바빠졌다. L은 쟁반에 깔린 흰 기름종이에 묻었던 땅콩 크림을 손끝으로 쓸어 그 손가락을 빨며 일어섰다. 그녀가 빈 쟁반을 카운터에 갖다주는 동안, 나는 식은 커피가 반쯤 담겨 있던 종이컵을 비우고 쓰레기통에 던져넣었다.
어두운 밤거리를 걸어 L을 택시에 태워 보냈다. 함께 자취하는 친구를 의식한 탓인지, 그녀는 내가 집 앞까지 바래다주기를 원하지 않았다. 그녀가 탄 택시가 사거리에서 우회전해 사라질 때까지 나는 호주머니에 주먹을 찌른 채 서 있었다.

무엇이 이렇게 쓸쓸한가.

문득 나는 자신에게 물었다.

그 동안 만났던 어떤 여자에게서도 이런 정체 모를 쓸쓸함은 느껴본 적 없었다. 그렇다면 이건 무엇일까. 어떤 결말의 징조일까. 어떤 낯선 환멸이 나를 기다리고 있을까.

언젠가 L과 함께 저녁을 먹었던 식당에 셔터가 내려지고 있었다. 반소매 남방 셔츠를 입은 내 팔뚝에 여름밤의 서늘한 바람이 감겼다. 내 구두가 보도 블록에 부딪히는 낮은 소리에 귀를 기울이며 나는 걸었다. 큰길이 끝나고, 골목이 시작되고, 층계가 나타나고, 그녀의 손을 뜬 흔적들로 온통 어지럽혀져 있는 내 작업실에 들어설 때까지.

L이 찾아오는 저녁이면 내 작업실에는 세 개의 거대한 덩어리가 존재했다. L과, 그녀를 떴던 틀집과, 거기 새로 석고를 한 겹 부어 재생한 그녀의 껍데기까지. 나는 그 껍데기의 어깨부터 배꼽까지 길게 찢었고, 찢어진 자리를 거칠게 강조했으며, 젖가슴은 외과 수술의 흔적처럼 너덜거리게 했다.

앞뒤로 반이 잘린 틀집은 절단면을 맞추어 한몸으로 붙여 세워놓았는데, 그것을 살짝 떼어 안을 들여다보면 고스란히 L의 몸이 담겼던 자취가 살아 있었다. 둥글고, 겹쳐지고, 처진 살덩이들의 미끄러운 면들을, 생생히 돋아난 살의 터럭들을 들여다보고 있자면 나는 문득 거기 들어가고 싶어지곤 했다. 고개와 허리만 조금 수그리면 내 호리호리한 몸이 완전히 안길 수 있을 것이다.

어느 저녁, L의 벗은 겨드랑이에 손가락을 넣은 채 나는 말했다.
"나중에, 저걸 내 관으로 쓸 거야."
"정말?"
겨드랑이가 간지러운 듯, L은 반쯤 웃고 반쯤 찌푸린 얼굴을 했다.
"저런 무덤 안에서 죽어 있으면 편안할 것 같아."
"아저씨, 웃겨."
L이 투덜거렸다.
"이럴 땐 진짜 외계인 같다니까?"
나는 그녀의 숱 적은 머리칼을 쓸어올리고, 좁은 이마에 입을 맞췄다. 여전히 그녀는 반쯤 웃었고, 반쯤 찌푸리고 있었다.

그녀의 눈

대학원을 졸업하던 해에 내가 직접 짰던 소나무 책장에 L의 라이프캐스팅한 손들이 차츰 늘어갔다. 꼭 20점이 되던 날, 앞으로 그 책장에는 그녀의 손들만을 놓기 위해 다른 잡동사니들을 모두 정리했다.

아침에 눈을 뜨면 가장 먼저 L의 틀집과 껍데기가 보였고, 씻기 위해 세면장으로 가려면 그 손들이 보였다. 그러니, L과 함께 있지 않은 때에도 그녀의 존재감은 내 그림자처럼 늘 함께였다. 날씨가 좀 선선해지면 다시 한 번 몸을 뜨자고 우리는 약속했었다. 그녀의 거대한 틀집과 껍데기가 한 벌씩 더 생긴다면 작업실은 더욱 비좁아질 것이다. 이런 식으로 나간다면 좀더 넓은 곳으로 옮겨가야 할 일이었다.

그것이 때 이른 염려였다는 것을 알기까지는 오랜 시간이 걸리지 않았다. 9월로 접어들자 더위는 아침저녁으로 한풀 꺾였고, L의 출입이 뜸해진 것도 그즈음부터였다. 손을 뜨는 토요일에만 나타나는가 싶더니, 그나마 전화 한 통으로 못 온다고 하는 때도 있었다. 심지어 작업을 하러 와서도, 작업이 끝나기 무섭게 얼른 손을 씻고는 쫓기듯 돌아가곤 했다.

추석 연휴를 보낸 뒤 맞은 첫 토요일 오후, L은 마치 작업을 하지 않을 사람처럼 내 앞에 우두커니 서 있었다. 짙은 보라색 티셔츠의 긴소매를 걷어올리려고 하지 않았고, 가방도 내려놓지 않았다. 망설이는 듯한 얼굴로 그녀는 나를 내려다보았다. 한쪽 무릎을 세우고 앉아 석고액을 개고 있던 나는 손을 멈추고 일어섰다. L에게 소파를 내준 뒤, 간이 의자를 끌어다 마주 앉았다. 마지못한 듯 그녀는 소파에 엉덩이 끝을 걸쳤다.

"무슨, 할 이야기가 있어?"

담담하게 나는 물었다.

L의 마음이 나에게서 멀어지고 있다는 것을 나는 짐작하고 있었다. 마음의 변화란 누구에게나, 언제건 일어나게 마련이다. 오히려 영원히 나에게 집착하는 편이 더 괴로울 것이다. 그러나, 어쨌든 나는 아직 그녀와의 관계를 좋아하고 있었으므로, 그녀의 변화는 나를 쓸쓸하게 했다.

"나, 앞으로 여기 안 올지두 몰라요."

예상했던 대로였다.

"미안해요."

L은 내 얼굴을 살피는 기색이었다.

"괜찮다."

내가 선선히 대답하자 L은 미소를 지었다. 특유의 순수함 덕분에, 그녀는 완전한 안도감을 느낀 것 같았다.
"실은 나, 좋아하는 사람 생겼거든요."
L은 얼굴을 붉혔다. 상대는 같은 과에 복학한 남학생이라고 그녀는 말했다. 그녀의 설명을 듣자 짐작할 만했다. 큰 키, 이목구비가 뚜렷한 얼굴, 담배를 꼬나 무는 예민한 손, 멋진 목소리.
"그 사람을 보면 가슴이 막, 터질 것 같아요. 이런 기분은 정말이지, 태어나서 처음이에요."
L의 얼굴이 조금 어두워졌다.
"그런데, 내가 그 사람 좋아한다는 걸 O가 소문내버렸어요. 나쁜 계집애. 얼마 전에 그 사람하구 마주쳤는데, 날 딱 보는 눈빛이 말예요."
"어땠는데?"
"징그러워하더라구요, 날."
조용히 나는 L의 열중한 얼굴을 바라다보았다. 내가 구석구석 어루만졌던 그녀의 맨몸을 떠올렸고, 미끄러운 피부의 거대한 표면적, 거대한 껍데기에 대해 생각했다.
"나, 앞으로 여기 안 와요."
그것은 조금 아까 그녀가 했던 말이었다. 이번에는 좀더 결의가 들어간 말씨라는 점만 달랐다.
"이제부터 다이어트할 거예요. 휴학하구, 다음 학기에 놀랄 만한 모습으로 그 사람 앞에 나타날 거예요. 그 사람 눈빛두 그때쯤은 달라져 있겠죠."
L의 얼굴은 진지했고, 차라리 결연했다. 그녀가 그토록 확신에 차 있는 모습을 나는 처음 보았다. 이 아이에게 이런 결단력이, 강

성스러운 손 121

한 의지가 있었나.

"아저씨가 그랬죠. 내가 예쁘다구. 살이 찐 다음부터, 난 한 번도 내가 예쁠 수 있을 거란 생각을 못 해봤어요. 그런데 아저씨한테 예쁘다는 말을 들으니까 행복했어요. 믿어지지 않을 만큼요. 나도 모르게 자신감두 생겼구요. 하지만 이제는 달라요. 내 욕심이 지나친 건 아니겠죠. 그 사람 말예요. 그 사람이 나한테 예쁘다구 말해주면, 그날 죽어도 좋을 것 같아요."

"그렇구나."

짐짓 실연당한 사내의 쓸쓸한 얼굴을 지으며 나는 고개를 끄덕여주었다. 그녀는 스물한 살이었다. 커다란 몸에 가냘픈 마음을 가진 소녀였다. 그녀의 사랑이란 건 뭘까. 자신을 향해 혐오의 눈길을 쏘아 보냈던 남자애, 그 소년의 껍데기를 사랑하는가.

잠시 후 그녀의 거대한 몸이 떠나자, 작업실은 예전보다 넓고 헐겁게 느껴졌다. 나는 그녀를 위해 문을 열어주었을 뿐, 더 이상 배웅하지 않았다. 그녀가 얼른 나에게서 벗어나고 싶어한다고 느꼈기 때문이다. 그 짧은 헤어짐의 절차조차 그녀에게는 지루하고 갑갑했던 것이다.

다음날 새벽 3시쯤 나는 목이 말라 잠에서 깨었다. 불을 켜고 찬물 한 잔을 마신 뒤, 나는 뜻 없이 작업실을 서성거렸다. 그러다가 문득, 언젠가 농담 삼아 말했던 대로, 고개를 웅크리고 L의 틀집 속으로 들어갔다.

나는 그녀가 잡았던 포즈대로 다리를 뻗고 앉았다. 틀집은 안락하였다. 누군가 틀집의 앞면을 끌어다 붙여주기만 하면 관(棺)은 완성될 것이다. 어쩐지 편안한 마음이 되어, 나는 그녀의 등이 닿

앉던 실팍한 곡선 위로 몸을 기댔다. 잠을 청하듯 눈을 감았다. 그러자 내 감은 눈 위로 겹쳐진 것은 L의 눈이었다. 언제나 젖어 있는 것 같던 그녀의 말간 두 눈이 어룽어룽 내 이마께에서 흔들리고 있었다.

얼마 뒤 조심스럽게 틀집 밖으로 나오고 나자 나는 이상한 홀가분함을 느꼈다. 누구든, 자신의 관 속에 미리 들어가본 사람이라면 비슷한 기분을 느낄 것이다.

낡은 일인용 소파에 몸을 파묻은 채, 나는 눈을 감고 묵묵히 아침을 기다렸다. 지난 몇 개월 동안 나의 공간에 버티고 있었던 L의 육중한 양감이 떠나갔음을, 나는 담담한 마음으로 받아들이려 애썼다. 염려했던 환멸은 없었다. 그것이 나에게는 가장 다행스러운 일이었다.

물론, 3년이 지난 뒤 그녀를 우연히, 그렇듯 예상치 못한 모습으로 다시 만나게 되리라고는 결코 짐작하지 못한 채였다.

시간

L이 떠난 뒤에도 나는 뜨는 작업을 계속했다. 작업실에서 두 정거장 거리에 있는 홍대 앞의 거리를 늦은 오후부터 서성거리며, 지나가는 여자들을 주의 깊게 바라보곤 했다. 얼굴이나 차림새를 의식적으로 염두에 두지 않고 순수한 몸의 형태만을 관찰하다가, 뜨고 싶은 몸을 발견하면 조심스럽게 접근했다. 잡지나 텔레비전에 종종 등장하는 멋진 몸매는 흥미롭지 않았다. 평범하고 불균형한, 그렇기 때문에 오히려 벗겨놓고 보면 낯설게 보이리라 짐작되는

몸이 내 마음을 끌었다.

　대부분은 펄쩍 뛰며 나를 정신병자나 범죄자로 취급했지만, 간혹 흥미를 보이는 여자도 있었다. 홍대 앞이라는 공간의 특수성이 일조했을 것이다. 물론, 흥미를 보였다는 것은 기껏해야 좋은 징조쯤에 불과했다. 낯선 여자를 설득하여 옷을 벗게 하고, 급기야 자신의 알몸뚱이를 떠내도록 허락하게 만드는 일은 결코 간단하지 않다. 이를테면 어깨가 넓고 앞가슴이 거의 없던, 깡마른 소년 같은 몸매의 한 여자를 설득하기까지는 100일 이상의 시간이 걸렸다. 어렵사리 받아낸 전화 번호를 매일 밤 두드린 지 꼬박 석 달이 지난 뒤에야 "생각해볼게요"라는 모호한 대답이 떨어졌다.

　그런 실랑이 끝에 몸을 떴던 여자들 가운데에는 나에게 개인적인 관심을 표한 이들도 있었다. 하지만 어떤 여자도 L만큼 특별하지는 않았다. 나는 애써서 그녀들을 거부하지는 않았으나, 지속적인 관계로 이어지는 일은 드물었다. 내 생각에는, 어쨌거나 그들에겐 자신의 알몸을 뜬다는 행위가 단 한 번뿐인 충격적인 체험이기 때문에, 그 특수한 상황에서 일어난 낯선 감정을 나에 대한 감정으로 오인하는 것 같았다. 나는 그 점을 이용하지 않았으므로, 그녀들은 곧 떠나갔다.

　그녀들이 떠나간 뒤에도 그녀들의 껍데기는 내 작업실에 남았다. 제각기 벌거벗은 몸을 열어보인 채 무엇인가를 중얼거리며, 때로 신음하고 소리치고 있었다. 거기 생명처럼, 혹은 죽음처럼 배어 있는 그들의 비밀스런 숨결을 나는 사랑했다.

　그해 겨울에 가진 두번째 개인전은 첫번째보다 규모가 작았다. 여덟 평 남짓한 전시실에 L의 손들만을 전시했다. 턱이 뾰족하고 이마에 붉은 여드름이 돋은 30대 초반의 큐레이터는 '생사의 중간 지점을 건드리는 손들'이라는 제목의 글을 써서 도록에 넣었다.

왜 그녀는 L의 손들에서 그런 느낌을 받았던 것일까. 내가 L의 손과 눈을 볼 때 느꼈던 이상한 슬픔과 성스러움을 그녀도 느꼈던 것일까. 어쨌거나 그 작품들에 배어 있는 그 미묘한 기운이 L의 것인지, 아니면 내가 받은 느낌이 불어넣어져 재현된 것인지는 확실치 않았다. 그것은 내가 처음부터 계획했던 불분명함이기도 했다.

작품들의 크기와 라이프캐스팅이라는 점 때문에 L의 손들은 소품으로 취급되었다. 별다른 주목도 없었다. 사고자 하는 사람이 몇 있긴 했으나, 깨지기 쉬운 석고 FRP라는 점을 주지시키고 나면 이내 돌아섰다.

이듬해 가을에 가진 개인전에서는 L의 껍데기와 틀집을 중심으로 그 동안 떴던 여자들의 몸을 전시했다. 온전히 몸 전체를 뜬 것은 L뿐으로, 다른 여자들의 몸은 상반신이나 하반신, 가슴과 허벅지, 골반을 찢어 벽에 매달거나 바닥에 엎드려놓았다.

그 전시회의 반응은 나를 조금 놀라게 했다. 여러 건의 인터뷰가 지나갔고, 잡지마다 리뷰가 실렸으며, 전시장은 마지막 날까지 붐볐다. 모임에 나가면 모르는 사람이 말을 붙여왔다. 처음으로 나는 시기라는 것을 받아보았다.

그러나, 인체의 껍데기 따위를 괴기스럽게 집 안에 걸어놓으려 하는 사람은 없었으므로, 여전히 나는 가난했다. 수효가 늘어가는 너덜너덜한 껍데기들로 작업실은 터져나갈 듯 비좁았다. 그나마 계약 기간이 만료되자 집주인은 전셋값을 올렸고, 나는 겨울부터 과외 아르바이트를 다시 시작해야 했다.

어쨌든 나는 그렇게 나아갔다. 해가 한 번 더 바뀌었고, 나는 팔리지 않는 껍데기들을 계속해서 제작했다. 여자뿐 아니라 남자들도 모델로 썼다. 한 사람뿐 아니라 두 사람이 어깨를 맞대거나 끌어안은 채로도 떴다. 팔과 팔을 교차하고, 살과 살을 교차했다. 아이디어는 끊기지 않는 실타래처럼 밀려왔다. 깊은 밤에 문득 눈을 뜨고 어두운 탁자를 더듬어 스케치북을 펼치는 때가 잦았다.

때로 L이 생각날 때가 있었다. 그녀의 눈과 손이, 출렁거리던 살덩이가, 가는 음성과 투박한 말씨가 그리워지기도 했다. 그리고 그 그리움은 시간과 함께 차츰 엷어졌다. 특정한 이미지, 강렬했던 기억들만을 남겨놓고 사소한 디테일은 거의 잊혀졌다. 시간이 더 지나자 그 특정한 기억들과 이미지마저 조금씩 흐릿해졌다.

시간이란 그런 것이다. 기억의 살과 내장을 조금씩 조금씩 썩게 만들고, 흔적을 없애며, 마침내 흰 뼈 몇 줌만 남게 만든다. 그렇게 내 안에서 L의 기억이 쓱쓱 그린 밑그림처럼 단순해졌을 무렵, 나는 그녀를 다시 만났다.

흉터

오후의 종로에서였다. 그녀가 바짝 내 앞으로 다가왔을 때까지 나는 그녀를 알아보지 못했다. 그녀는 찌푸린 얼굴로 골똘히 생각에 잠겨 있었다. 나뿐 아니라 어떤 사람에게도 눈길을 주지 않은 채 그녀는 매우 빠르게 걸어왔다. 그녀의 머리가 내 어깨 옆을 스쳐간 순간, 나는 얼어붙은 듯 멈춰섰다.

"……L?"

반신반의한 채 나는 그녀의 이름을 불렀다.

그녀는 우뚝 걸음을 멈추고 나를 돌아봤다. 속보 때문인지 그녀는 약간 숨을 헐떡이고 있었다. 잠시 흐릿하던 눈동자가, 나를 알아보았는지 일순 반짝였다.

"아하."

그녀는 짧게, 비아냥거리듯 내뱉었다.

"외계인 아저씨구나."

그녀의 목소리는 전에 없이 경쾌했고 톤이 높았다.

"오랜만이네요."

그제야 나는 L의 모습을 제대로 살필 수 있었다.

L은 모델처럼 날씬하지는 않았다. 체중은 55킬로그램쯤? 키가 큰 편이니 나름대로 균형 잡힌 몸매였다. 체구뿐 아니라 얼굴도 예전과 비교할 수 없을 만큼 달라져 있었다. 턱만은 약간 부은 듯 살이 붙어 있었지만, 볼이 처지지 않았으며, 가늘어진 목에는 주름 한 겹 없었다.

그 거대한 자루 같은 살덩이들은 다 어디로 간 것일까? 분명한 질량감과 촉감을 가졌던, 내 손과 온몸으로 수없이 어루만지고 치대었던, 구석구석 남김없이 석고를 발라 고스란히 껍질을 떠냈던 살들은 이제 없었다. 내가 그녀라고 생각했던 그녀의 몸은 이제 완전히 다른 형태가 되어 있었다. 긴 다리와 팔, 가슴과 허리, 엉덩이를 잇는 여성적인 곡선이 생경했다.

무엇보다 달라진 것은 L의 옷차림이었다. 언제나 걸치고 있던 탁하고 진한 빛깔의 커다란 티셔츠 대신, 그녀는 베이지색 카디건과 같은 색 울 셔츠를 걸쳤고, 유행에 맞춰 아랫단이 넓은 타이트한 청바지를 받쳐 입고 있었다. 그리고 처음 보는 장신구들이 눈에 띄었다. 그녀는 귀를 뚫었고, 목걸이와 반지를 했으며, 민감한 디자인의 팔찌를 끼고 있었다.

　L은 잠자코 내 침묵을 지켜보며 서 있었다. '나, 어때요?'라고 묻는 듯 그녀의 입술 끝은 비스듬히 말려 올라가 있었다. 그 표정은 좀 전의 말씨와 마찬가지로 비아냥거리는 듯한 느낌을 주었는데, 그것은 그녀에게 일종의 습관이 된 것 같았다. 그녀는 그 동안 무엇을 그렇게 비웃으며 살아왔던 것일까.

　"많이 변했구나."
　"내가 그랬잖아요. 변할 거라구."
　"어디 잠깐 들어가서 차 마실까?"
　"나, 바쁜데."

　나는 그녀의 목소리에서, 예쁜 여자들이 흔히 자신의 구애자들에게, 혹은 습관적으로 모든 남자들에게 내보이는 오만과 허영, 힘의 과시를 읽었다.

　그러나 솔직히 말하자면, 나는 L의 모습에 매혹되지 않았다.
　예전부터 오밀조밀했던 그녀의 이목구비가 그 몸매 위에서 더욱 돋보이긴 했으나, 그녀의 얼굴에는 생기가 없었다. 어깨까지 늘어뜨린 머리칼은 마른 시래기처럼 뻣뻣했고 끝이 갈라져 있었다. 마치 무엇엔가 쫓기는 듯 그녀의 얼굴은 짜증스럽고 황폐했으며, 말씨와 제스처는 은밀히 공격적이었다.

　무엇 때문일까.
　L이 내 수첩에 휘갈겨 써준 전화 번호를 받아들고, 나는 물끄러미 그녀의 메마른 눈을 들여다보았다.

　그래, 속력.
　나는 생각했다.
　속력이 변했다.

예전의 L은 거구를 움직일 때 한없이 느릿하고 조심스러웠다. 그 느린 동작의 속력에서 비롯한 느린 말씨, 느린 감정, 느린 기억의 방식이 내 누선을 건드렸는지도 모른다. 그 속력이 그녀의 얼굴에 이상한 성스러움과 슬픔을 불어넣었는지도 모른다. 나로 하여금 오랫동안 응시하고 싶도록 만들었는지도 모른다.

이제 그녀는 전혀 다른 여자, 평범하고 정상적인 여자였다. 다만 이상한 점은 그녀가 예전보다 행복해 보이지 않는다는 것뿐이었다.

우리는 헤어지기 전에 악수했다. 반가움이나 애틋함 따위는 없는 형식적인 악수였다. 손을 놓기 전에 나는 그녀의 오른손을 일별했다. 단지, 지난 3년 동안 이따금 내 의식의 밑면을 건드리곤 했던 그 손의 형상을 한번쯤 확인해보고 싶어서였다.

그때 나는 그녀의 손등에서 이상한 것을 보았다.

검지손가락과 엄지손가락 사이에 검붉게 찢어진 흉터가 있었다. 상당히 깊은 상처였다. 마치 아물려 할 때마다 다시 그 자리를 다쳐, 마침내 좀처럼 지워지지 않는 흉터가 되어버린 것 같았다.

그녀의 손은 여전히 희었고, 연했고, 포동포동했다. 그 부드러움이 흉터에 찢겨 은밀한 고통의 피를 흘리고 있는 것 같았다. 마치 다름아닌 그 흉터가 그녀의 영혼을 무너뜨리고, 그녀의 아련한 속력을, 우아함을 파괴해온 것 같았다.

팔랑팔랑 손을 흔든 뒤 빠르게 앞으로 나아가는 L의 뒷모습을 지켜보며 나는 우두망찰 서 있었다.

가던 방향으로 걷기 시작하며, 나는 생각했다. 3년이 지난 지금도 L의 손은 여전히 아름답게 느껴졌다는 것을. 무엇인가가 내 마음의 전극을 다시 건드렸다는 것을. 그 잔혹한 이빨 자국 같은 흉터가, 내 의식의 어딘가에도 날렵하고 은밀한 흔적을 남겼다는 것을.

비밀

나흘에 걸쳐서 나는 L의 전화 번호를 아홉 번 눌렀고, 결국 통화가 되지 않았다. 예전에 함께 자취했던 친구 O라고 기억되는 발랄한 목소리의 여자애가 꼭 한 번 전화를 받았다.

걘 새벽에 나가서 밤에 들어와요.

O는 신경질적으로 물었다.

걔 휴대폰 번호 모르세요?

가르쳐주시겠습니까, 라고 나는 정중히 부탁했다. O는 단호히 거절했다. 아마도 그런 전화를 많이 받아본 듯했다.

휴대폰 번호를 안 가르쳐줬다면, 가르쳐주기 싫어서 그랬겠죠.

나는 이번에는 주소를 물었다.

주소는 왜요?

뭐 좀, 보내드릴 게 있어서요.

O는 망설이다가 주소를 가르쳐주었다.

그날 밤, 허름한 부동산 중개소에 물어 찾아낸 L의 자췻집 앞에서 나는 그녀를 기다렸다. 알 수 없는 일이었다. 그런 행동은 10대에도 해본 적이 없었다. L의 손을 다시 펼쳐보고 싶다는, 두 눈으로 그 흉터를 꿰뚫어보고 싶다는 욕망이, 내 생활의 초연함, 어떤 경우에도 무리수를 두지 않는다는 오랜 원칙을 뚫고 끈질긴 부력으로 떠올라 있었다.

골목은 어두웠고 인적이 드물었다. 과자와 음료수 따위를 파는 모퉁이 상점의 불빛은 골목 입구까지만 비쳐들어왔다. 시멘트를 바른 비좁은 길 양쪽으로 구식 함석 지붕들이 처마를 맞대고 있었다. 어디선가 간혹 길들지 않은 고양이들의 울음 소리가 들려왔다. 어느 집에선가 들려오는 그릇 달그락거리는 소리, 텔레비전을 크게 틀어놓은 소리, 어린아이가 칭얼대는 소리 따위가 바깥의 정적을 더욱 고요하게 했다.

자정이 가까웠을 때에야 나는 상점의 불빛을 등지고 골목으로 걸어 들어오는 한 여자의 모습을 보았다. 그녀가 L이라는 것을, 나는 오랫동안 사람의 몸을 관찰해온 눈썰미로 곧 알아보았다.

순간 내가 L의 자췻집 건너편의 어두운 처마 밑으로 몸을 숨긴 것은, 그녀가 무엇인가를 먹고 있었기 때문이었다. 그녀가 단순히 군것질 거리를 우물거리며 걸어오고 있었다면 굳이 그렇게 피할 필요는 없었을 것이다.

어둠에 가려 그녀의 얼굴 윤곽은 잘 보이지 않았다. 거리 때문에 정확히 무엇을 먹는지도 알 수 없었다. 우적우적 씹는 소리와 덩어리를 삼키는 소리, 비닐 포장을 뜯고 입 안에 쑤셔넣는 소리들이 자정녘의 고요에 숨가쁜 균열을 일으켰다. 가까이 다가올수록 그 소리는 격렬해졌다. 마치 누군가에게 빼앗기기라도 할 것처럼 안간힘을 다해 비닐 봉지를 움켜쥔 채, 한움큼씩 삼킬 때마다 상체를 비틀거리며 그녀는 걸어오고 있었다.

열중한 L은 나를 보지 못했다. 자췻집 대문 앞에 이르자, 그녀는 선 채로 큼직한 검은 비닐 봉지 속에 담긴 나머지 음식들을 남김없이, 채 10분도 안 되어 목구멍으로 넘겼다.

예전에 나는 그녀가 먹는 모습을 많이 보았지만, 이처럼 난폭하게, 많은 양을 짧은 시간에 먹는 것은 처음 보았다. 처음 들어간 빵이 채 넘어가기 전에 닭튀김이 들어갔고, 그것이 채 씹히기 전에 프렌치 프라이가 들어갔다. 이어 비스킷이, 포테이토칩이, 새우깡이 기다리고 있었다. 그 모든 것을 한 번에 소화시켜버리겠다는 듯 그녀는 고개를 뒤로 젖힌 채 1리터들이 청량 음료를 한 번에 비웠다. 그녀의 입 속에 밀물처럼 빨려들어간 음식들의 냄새가 좁은 골목의 정체된 공기 속으로 번졌다. 땅콩 크림과 튀긴 닭이 허공에서 엉키고, 모카 케이크와 감자칩, 환타와 요플레가 뒤섞였다.

L은 음식들을 포장했던 비닐이며 기름종이 따위의 쓰레기들이 담긴 검은 비닐 봉지를 가능한 한 작게 뭉친 뒤, 대문 앞에 놓인 꽉 찬 쓰레기 봉투에 억지로 쑤셔넣었다. 그리고는 숄더백에서 손수건을 꺼내 공들여 입술을 닦았다. 속이 거북한지 다른 손으로는 명치께를 쓰다듬고 있었다. 그녀는 손수건을 핸드백에 넣었으며, 바지 주머니를 더듬어 열쇠를 꺼냈다. 허리를 숙인 채 그녀는 키 낮은 철제 대문 안으로 사라졌다.

그제야 나는 맞은편 집의 컴컴한 처마 아래에서 한발짝 걸어나왔다. 그녀가 사라진 철제 대문 앞에 서자 어쩐지 현실감이 들지 않았다. 방금 내가 보고 들었던 것들은 아무래도 생시의 일이 아닌 것 같았다. 비좁은 골목의 어둠과 정적이 문득 냉정하고 을씨년스럽게 느껴졌다.

이제 어떻게 할까.

L의 자췻집의 골목 쪽 창에서 새어나오는 소리를 들은 것은 망연히 20여 분의 시간이 흐른 뒤였다.

"미친년!"

어두운 창을 향해 다가간 순간, 창 안쪽의 형광등이 진저리를 치며 밝혀졌다. 커튼 안으로 거칠게 어른대는 그림자들을 나는 알아볼 수 없었다. 첫 고함 소리보다는 작게, 그러나 매우 빠르게 뿜어

저 나오는 두 여자의 앙칼진 목소리들도 분별해 들을 수 없었다.

난폭한 드르륵 소리와 함께 미닫이 창문이 열렸다. 나는 재빨리 벽 끝으로 물러섰다. 화장품과 향수 병들과 가죽 외투, 스웨터들, 몇 권의 책과 속옷가지들이 골목으로 내던져져 뒹굴었다.

"나가."

몇 시간 전에 통화했던 여자애의 떨리는 목소리였다.

"당장 나가. 더 이상 네 얼굴은 쳐다보기도 싫어."

어둠 속에서 조심스럽게 몸을 돌려 창 안에 서 있는 여자애의 옆얼굴을 보았다. 오래전에 만난 적 있는 O가 확실했다. 방금 울었던 것처럼 그녀의 눈은 새빨갰고, 얼굴은 신경질적으로 일그러져 있었다.

"돈 갚을 생각은 할 필요 없어. 기대도 안 하니깐."

열릴 때보다 더 세찬 소리를 내며 창문이 닫혔다.

닫힌 창문 옆의 차가운 벽에 기대어 떨어진 물건들을 내려다보고 있던 내 눈앞에 L의 예쁘장한 스웨이드 구두가 멈춰섰다. 눈에 보이게 그녀는 소스라쳤다.

"누구세요?"

L은 어리둥절한 얼굴로 나를 올려다보았다.

"……아저씨?"

아직 켜져 있는 창문 안쪽의 형광등 빛을 받아, 그녀의 충혈된 눈은 마치 흰자위에 금이 간 것처럼 보였다. 내가 대답하기 전에 창이 캄캄해졌다. 어둠 속에서 L은 허리를 굽혔다. 쌀알이라도 주워 담는 듯, 오랜 시간에 걸쳐 흩어진 속옷가지와 화장품, 샘플 로션 따위까지 꼼꼼히 커다란 숄더백에 주워 담았다. 숄더백에 들어

성스러운 손 133

가지 않는 겉옷들은 차곡차곡 자신의 어깨에 걸쳤다.

"지금 보니까, 아저씨야말로 변했네."

쪼그려 앉은 채, 마치 혼잣말을 중얼거리듯 그녀는 무뚝뚝하게 말했을 뿐이었다.

"⋯⋯쿨한 사람인 줄 알았더니."

오른쪽 어깨에 숄더백을 메고, 왼팔에는 댓 벌의 옷가지를 걸쳐 든 채 L은 앞장서서 골목을 걸어 내려갔다. 모퉁이 상점에 셔터가 내려지고 있었다. 언젠가, 이런 밤이 또 있었다고 나는 생각했다. 밤이 늦었고, 그녀와 함께였고, 어느 가게의 셔터가 내려졌고, 정적 위로 찬 바람이 감겼다. 지금처럼 낯선 쓸쓸함이 나를 약간 놀라게 했었다. 꿈이었는지 기억이었는지조차 이제는 확신할 수 없었다.

큰길에 이를 때까지 L은 뒤를 돌아보지 않았다. 여전히 숱이 적은 머리칼이 감싸고 있는 작은 뒤통수를 보며, 믿기지 않도록 가냘파진 어깨에 그 머리칼이 흘러내린 것을 보며 나는 뒤따라 걸었다. 도로는 어두웠고 텅 비어 있었다. 버스 정류장에 다다랐으나, 버스가 다닐 시간은 이미 지나 있었다. 숄더백이 무거운지 오른쪽 어깨를 두어 번 들썩이더니 L은 갑자기 뒤돌아섰다.

"아저씨, 옛날 살던 데 그대로예요?"

비아냥거리는 듯 말려 올라간 입꼬리, 오랜 환멸에 둔탁해진 눈빛을 나는 보았다. 뺨으로 흘러내린 머리를 쓸어올리는 그녀의 오른손에는 여전히 찢긴 상처가 있었다. 내가 그 손을 눈여겨보자 L은 처음으로 당황했다. 비밀이라도 감추는 듯 재빨리 바지 호주머니에 찔러넣었다.

증거

나는 그녀에게 묻지 않았다. 오랜 친구였던 O에게 왜 그런 수모를 당해야 했는지, 밤늦은 골목길에서 홀로 그토록 많은 음식을 먹어야 했는지. 무엇에 그토록 지쳤으며, 초조히 쫓기는 얼굴인지.

다만, L을 내 침대에 재운 뒤 일인용 소파에 웅크리고 잠들었다 일어난 아침 나는 물었다.

"그 동안 학교는 졸업했겠구나. 지금 하는 아르바이트는 어떤 거지?"

"아직 두 학기 남았어요. 지금은 휴학 중이에요."

L은 짜증스러운 어조로 대답했다. 네까짓 게 무슨 상관이야, 라고 그녀의 눈은 노골적으로 쏘아붙이고 있었다.

"벌써 졸업을 했을 텐데 아직 두 학기가 남았다니, 휴학을 오래 했던 모양이구나."

그녀는 뺨과 이마, 눈두덩에 두껍게 덧바르고 있던 콤팩트의 플라스틱 뚜껑을 소리내어 닫았다.

"복학은 언제 하지?"

L의 말없는 항변을 무시한 채 나는 물었다. 고등학교 담임 교사 같은 노파심에서가 아니라 순전한 호기심에서 나는 물었고, 그렇기 때문에 대답을 얻기 위해 집요할 수 있었다. 그녀는 내 눈을 똑바로 들여다보았고, 그것을 이해한 것 같았다. 얼굴에 어려 있던 짜증이 가시며 그녀는 피식 웃었다.

"학곤, 살 뺄 때까지 안 가요."

L은 화장품 주머니에서 립스틱과 립브러시를 꺼냈다. 화장하는

그녀의 모습은 낯설었다. 티슈에 입술을 닦은 뒤 입술을 오므렸다 폈다 하는 동작을 나는 보았다. 금방이라도 거울 속으로 빨려들 듯 그녀는 몰입해 있었다. 자신에 대한 만족과 불만이 함께 드러난, 무자비하고 냉정한, 판관 같은 눈빛이었다.

"내가 보기엔."

나는 미소를 지으며 말했다.

"지금도 날씬한데."

"날씬하다구요?"

그녀는 경멸에 찬 어조로 내뱉었다.

"이렇게 얼굴이 부었는데?"

L은 지갑 속에서 사진 한 장을 꺼냈다. 나는 오래전에 보았던 그녀의 사진을 기억하고 있었다. 통통한 얼굴의 귀여운 여자 아이가 카메라를 향해, 그녀가 가짜라고 불렀던 미소를 활짝 짓고 있는 사진이다.

"젠장. 10킬로 다시 빼야 돼요. 10킬로. 더 이상은 안 바래요."

L이 나에게 건넨 사진은 오래전의 그 사진이 아니었다. 거기에는 깡마른 여자의 전신이 찍혀 있었다. 소매 없는 흰 마 원피스를 입었고 머리는 치렁치렁했으며, 가느다란 팔에는 짙은 보랏빛 유리 팔찌가 걸려 있었다. 그녀는 지금보다 훨씬 예뻤다. 큰 키와 마른 얼굴, 그 얼굴에 떠오른 미소를 나는 오랫동안 들여다보았다.

"어때요?"

"탤런트 같구나."

L은 만족한 것 같았다.

"빌어먹을, 요요란 놈 때문에."

그녀는 사람의 이름을 적대적으로 부르듯 '요요'라고 말했다. 그것은 우스꽝스럽게, 그리고 앳되게 들렸다.
"아침 먹을까?"
나는 여태 담요를 감은 채 웅크리고 있었던 일인용 소파에서 몸을 일으켰다. 소매를 걷고 싱크대로 다가가 일단 얼굴을 씻고, 계란 두 개를 꺼냈다.
"됐어요."
"계란, 싫어하던가?"
"원래 아침 안 먹어요. 양치질도 해버렸는걸."
L은 새초롬한 얼굴로—그것 역시, 예전에는 한 번도 본 적 없는 표정이었다—팔짱을 낀 채 내가 방금 빠져나온 일인용 소파에 걸터앉았다. 프라이팬을 불 위에 올려놓은 채 나는 그녀의 옆얼굴을 바라다보았다.
만일, 닷새 전 내가 인사동에 들르기 전에 우연히 종로통을 걷고 있지 않았다면 나는 L을 만나지 못했을 것이다. 만일 내가, 어젯밤 알 수 없는 힘에 이끌려 그녀의 자췻집 앞을 배회하지 않았다면, 영원히 L과 엇갈리고 말았을 것이다. 바로 어제가 L이 그 집에 들어간 마지막 날이 되었으므로.
그러고 보면, 그녀가 이 아침 나의 작업실 소파에 앉아 있다는 것은 지극히 우연한 일에 지나지 않았다. 그녀의 냉담한 침묵과 뽀로통한 표정은 그것을 웅변하고 있었다. 이런 하찮은 우연 따윌 대단하게 여길 생각은 말아요.
반쯤 익은 달걀을 접시에 옮기며 나는 말했다.
"당장 갈 데가 없으면, 방을 얻을 때까지 불편한 대로 여기서 지내도 좋아."
L은 코웃음을 쳤다.

"나, 아저씨한테 신세질 생각 없어요."

"공짜가 싫다면, 예전처럼 손을 뜨면 어떻겠니? 모델료 대신으로 여기 묵는 거라면."

거친 동작으로 그녀는 자리에서 일어섰다. 아까부터 그녀가 쏘아보고 있었던 것이 무엇인지 나는 그때에야 알았다. 작업실 중앙에 놓여 있던 거대한 껍데기를 향해 그녀는 성큼성큼 다가갔다. 날씬한 허리를 곧게 편 그녀가 앞에 서자, 그 껍데기가 그녀의 것이었다고는 믿어지지 않았다.

"이거, 전시했었죠?"

"전시회에 왔었니?"

"신문에서 봤어요. 다른 작품두 많이 있을 텐데 요거만 사진으로 나왔더라구요."

L은 지그시 아랫입술을 물었다.

"알아요?"

뭘? 하고 되묻지 않은 채 나는 그녀의 짜증스러운 옆얼굴을 응시했다.

"나, 저거 때문에 더 열심히 다이어트했어요."

'저거'라고 L은 말했다. 예전에 그녀는 그것을 '내 껍데기'라고 불렀다. 지금처럼 손으로 함부로 가리키거나 금방이라도 부숴버릴 듯 노려보지 않았다.

"저거, 없애버리면 안 돼요?"

나는 조용히 물었다.

"어째서?"

"증거니까. 내가 저런 괴물이었다는."

껍데기를 바라보는 그녀의 눈이 일순 번쩍였다.

"안 돼."

엄숙하게 나는 대꾸했다.

"그건 내 관이야."

그녀가 웃으리라는 것을 알고 한 말이었다. 짐작대로 그녀는 웃었다. 시니컬하게, 입술을 일그러뜨린 채. 그 껍데기를 향하고 있던 적대감으로 가득 찬 눈빛을 돌려, 나에게로 똑바로 쏘아 보내면서.

토끼의 눈

L은 작업실 한쪽에 자신만의 공간을 만들었다. 침대를 모서리에 붙인 뒤, 그 옆으로 동네 슈퍼에서 얻어온 큼직한 라면 박스를 놓았다. 라면 박스 안에는 자신의 전공 책들이며 속옷가지를 채웠고, 그 위에 거울과 화장품, 향수 병, 매니큐어 따위를 늘어놓았다. 침대 밑으로는 모서리가 둥근 은색 정사각형 저울을 밀어넣었다.

O가 말했던 대로 L은 아침 일찍 나가서 밤에 들어왔다. 오전 9시부터 오후 2시까지는 버거킹에서 카운터를 보고, 밤 11시까지는 비디오 렌털 숍에서 일한다고 했다. 비디오 숍은 연중 무휴였으며, 버거킹은 토요일과 일요일에 쉬었다. 그러니까 유일하게 짬이 나는 때는 그 이틀 간의 오전뿐이었다.

"나 피곤하니까 빨리 해요."

3년 만에 나에게 손을 맡긴 일요일 아침, 그녀는 신경질적인 목소리로 불평했다.

그녀의 손은 예전처럼 표정이 풍부하지 않았고, 석고액을 바르는 내 손끝에 예민하게 반응하지도 않았다. 무엇보다 달라진 점은 그 손들이 차갑다는 것이었다. 여전히 포동포동하고 희고 연하여 아름다웠으나, 그 아름다움은 생기 없이 냉랭하게 늘어져 있었다.

지나가는 말처럼 나는 물었다.

"이 상처는 웬 거지?"

그녀는 대답하지 않았다. 자신도 모르게 손이 움찔한 것을 의식하곤 지레 태연스럽게 큰소리를 쳤다.

"빨리 좀 하라니깐요. 갑갑해 죽겠는데. 끝나면 바람이나 쐬고 와야겠어요."

그날 자정 무렵, L이 비디오 숍에서 들어오기 전에 잠들어 있던 나는 세면장에서 들려온 소리에 눈을 떴다. 베니어판 문 한 장을 통하여 밤의 정적 속에서 또렷하게 울려온 그것은 분명한 토악질 소리였다.

그녀는 오랫동안 토했다. 30분은 족히 걸렸을 것이다. 변기에 물 내리는 소리가 수차례 들려왔고, 양치질하는 소리가 마지막으로 들렸다. 딸그닥, 소리와 함께 세면장 문이 열리며 백열등을 등진 그녀의 캄캄한 모습이 나타났다. 세면장 앞의 책장에 비스듬히 기대 서 있는 나를 발견하곤 그녀는 놀랐다.

"속이 별로 안 좋아서요."

어둠에 잠긴 그녀의 얼굴을 관찰하기 위해 나는 그녀에게 한발 짝 다가갔다. 그녀는 재빨리 한발짝 물러섰다. 이곳에 온 지 일주일 만에, 금요일 밤에 이어 벌써 세번째 토악질이었다.

"토하니까 좀 낫니?"

"이제 시원해요. 다 나았어요."

다음날 아침에도 그녀는 나와 밥을 먹지 않았다. 식사를 거르는 대신 그녀는 당근 반쪽을 강판에 갈아서 먹었다. 티스푼으로 당근

즙을 떠먹는 그녀의 얼굴이 파리했다. 튀어나온 광대뼈 아래 푸르스름한 그늘이 져 있었다.

"정말 토끼같이 먹는구나."

"이것도 50킬로칼로리나 돼요."

"우유라도 먹지 그러니?"

나는 들고 있던 우유 팩을 유리잔에 기울였다.

그녀는 화들짝 놀라며 고개를 저었다.

"우유 한 컵은 125킬로칼로리예요."

"그럼, 두유 팩도 하나 있는데."

그녀는 두려움이 섞인 시선으로 나를 올려다보았다. 마치 내가 권한 것이 독약이라도 된다는 듯, 지질린 음성으로 그녀는 잘라 말했다.

"모르세요? 두유는 우유보다 칼로리가 더 높아요."

나는 웃었다.

"모든 음식의 칼로리를 외고 있는 거니?"

내 시선의 씁쓸함을 의식한 듯 그녀는 명랑하게 말했다.

"난 하루에 한 끼만 먹으면 충분해요. 더 먹으면 거북하고 무거워."

그녀는 냉장고에서 자신이 사서 넣어둔 미에로화이바를 꺼냈다.

"그건 우유보다 나은 모양이구나."

"이건 30이에요."

한 병을 단숨에 비운 뒤, 그녀는 아침이면 늘 그랬던 것처럼 침대로 다가갔다. 허리를 굽혀 침대 아래에 놓인 저울을 꺼냈다. 마치 신중한 의식을 치르듯 그녀는 저울 위로 올라가 섰다. 덜거덕거리는 소리와 함께 바늘이 좌우로 움직이는 동안 그녀는 숨을 멈추고 서 있었다. 그녀의 짧은 한숨 소리가 들려왔다. 저울을 침대 밑으로 밀어넣은 뒤, 그녀는 침대에 걸터앉아 화장을 고쳤다. 숄더백을 메고는 총총히, 인사 없이, 내 얼굴을 마주 보지도 않은 채 문을 열고 나가버렸다.

다음주 금요일, L이 버거킹의 주급을 받아 돌아오는 밤, 나는 집 앞 골목에 주차된 지프 차 뒤에 몸을 숨기고 있었다. 늦가을의 바람이 쌀쌀했으므로 조끼 파카를 걸치고, 내가 내쉬는 숨이 어둠 속에서 드라이아이스처럼 피어오르는 것을 지켜보았다.

내 예상은 적중했다. 그녀는 상체를 비틀거리며 모퉁이를 돌아 걸어왔다. 그녀가 커다란 검은 비닐 봉지 안에서 쉼 없이 무엇인가를 꺼내 입 안으로 밀어넣는 동안, 역겨운 튀김 기름 냄새, 달착지근한 청량 음료의 냄새가 밤공기를 타고 내 후각을 자극했다. 작업실로 들어가는 층계 앞에 서서 그녀는 10여 분에 걸쳐 비닐 봉지를 남김없이 비웠다. 밤의 정적 속에서 그녀의 집중한 뒷모습은 고독해 보였다. 삼키는 소리, 씹는 소리, 비닐 뜯는 소리, 다 먹고 난 비닐을 구기는 소리. 턱으로 흘러내린 음식물을 후룩 들이마시는 소리.

그녀의 모습이 작업실 안으로 빨려들어간 뒤, 나는 시차를 두고 뒤따라 계단을 내려갔다. 열쇠로 문을 열기 전에 토하는 소리를 들을 수 있었다. 꺼윽꺽, 질식하는 듯한 신음이 뒤섞여 흘러나왔다. 양변기에 물이 고이기 무섭게 그녀는 물을 내리곤 했다. 토사물의 양 때문일 것이다. 계속해서 물을 내리지 않으면 변기가 넘치는 것이다.

숨 넘어가는 소리, 토사물 쏟아지는 소리. 몸부림치는 양변기. 콸콸 넘치는 세면대의 물줄기. 영원히 그치지 않을 것 같던 소리들의 간격이 조금씩 벌어졌다. 차츰 잦아들었다. 마지막으로 몸을 뒤틀며 양변기가 콰르륵 소리를 냈다. 범람하던 내장이 멈추고, 쏟아지던 물줄기가 멈추고, 경련하던 목구멍이 멈췄다. 남은 것은 침묵뿐이었다.

긴장 어린 침묵을 깨며 이 닦는 소리가 들려왔다. 좀 전의 소음 덕분에 밤의 지하 작업실은 비현실적으로 고적하게 느껴졌다. 적요 속에서 그녀의 칫솔이 사각사각 이를 갉고 있었다. 양칫물 뱉는 소리. 다시 물소리. 부스럭부스럭 옷매무새를 다듬는 소리.

세면장 문이 열리기 전에 나는 작업실의 형광등을 켰다. 예상 못한 빛에 놀란 듯 휘둥그렇게 치켜뜬 그녀의 눈이 붉었다. 그때 나는 알았다. 그날 O의 눈은 격렬한 감정 때문에 붉었고, L의 충혈된 눈은 눈물 없이 금이 가 있었다. 그것은 토악질한 토끼의 눈이었다.

"속이, 너무 안 좋아요."

당혹스런 정적을 서둘러 깨며 그녀는 태연하게, 그러나 내 안색을 넌지시 살피며 말했다. 대답 대신 나는 천천히 고개를 끄덕여주었다.

"옷 좀 갈아입을게요."

침대를 향해 돌아서는 그녀의 뒷모습을 향해 나는 말했다.

"토하지 마라."

잠시 멈칫했을 뿐, 마치 아무 말도 듣지 못한 듯 그녀는 베개맡에 개켜놓은 체크 무늬 잠옷을 펼쳐들었다.

"토하지 마라."

나는 다시 말했다.

"그렇게 해서 죽은 사람을 몇 알아."

그녀는 당돌한 얼굴로 뒤를 돌아보았다.

"속이 안 좋아서 토한다구 죽어요? 암도 아닌데?"

그녀의 꾸며낸 놀란 표정을 나는 응시했다. 그만 하자, 나는 입 속으로 말했다. 추궁한다는 것도, 변명한다는 것도 피곤하고 쓸쓸하구나.

"불 좀 꺼줄래요?"

마치 내 앞에서 처음 옷을 벗는 사람처럼 그녀는 수줍게 말했다.

"나, 옷 갈아입을 거예요."

스위치를 등 뒤로 한 채 나는 잠자코 서 있었다.

"불 끄라니까요!"

갑작스럽게 그녀는 표독한 소리를 질렀다. 내가 미동도 하지 않자, 그녀는 씨근덕거리며 내 앞으로 다가왔다. 내 어깨를 억지로 밀치고 불을 끄려 했다. 뜻대로 되지 않자 이번엔 내 가슴팍을 손톱으로 쥐어뜯으려 했다. 나는 그녀의 손목을 거머쥐었다.

"놔! 이거 안 놔?"

날카로운 고함 소리가 내 고막을 찢었다. 나는 그녀의 손목을 밀치며 놓았다. 예전의 그녀는 이렇지 않았다. 이렇게 난폭하고 불행한 아이가 아니었다.

"농담하는 거 아니다. 가깝게는 내 미대 동기 중에도 죽은 애가 있었어. 요즘 드물지 않은 병이야. 마리아 칼라스, 카렌 카펜터 얘긴 너무 케케묵었지."

한 발 물러서더니, 여전히 씨근덕거리며 그녀는 쏘아붙였다.

"웃겨. 이제 보니 아저씨, 잘난 척도 할 줄 아네."

나는 침묵했다. 입술을 다문 채, 그녀가 내 침묵을 견디지 못하고 폭발하는 과정을 지켜보았다.

"O나 아저씨나 똑같아. 비싼 음식 처먹구 토한다구, 제까짓 것들이 날 죄인 취급하는 거지."
 그녀의 파릇한 입술이 일그러지며 꿈틀거렸다.
 "니네들이 나에 대해서 뭘 알어? 내 인생에 대해서 뭘 아난 말이야. 뭘 알고 제 맘대로 처지껄이는 거야!"
 끝이 갈라진 머리털을 거칠게 쓸어올리는 그녀의 손은 수전증 환자처럼 떨렸다.
 "그래, 내 돈 버는 거 죄다 먹는 데루 간다. 등록금두 못 모았구 버스비만 겨우 남아. 젠장할, 그래봤자 내 돈이야. 내 돈 내가 쓰는 거야. 죽어두 내가 죽구 아퍼두 내가 아퍼. 알아들어? 가만히 내버려두란 말이야! 날 좀 내버려둬!"
 실지렁이 같은 핏줄들이 꿈틀대는 그녀의 목줄기를, 복서처럼 허공을 휘젓는 주먹을 나는 보았다. 선명하게 핏방울이 맺힌 상처를 보았다.
 그런 거였다. 상처가 채 아물기 전에 또 목구멍으로 손을 밀어넣은 것이다. 다름아닌 그녀의 이빨이 다시 자신의 손을 찢고, 붉은 피와 함께 식도 아래의 모든 것이 뒤집혀 나왔다.
 "알잖니."
 조용히, 정적을 울리는 내 목소리와 쌔근대는 그녀의 숨소리를 의식하며 나는 대답했다.
 "난 널, 가만히 내버려두지 않은 적이 없었어."
 나는 그녀의 붉은 눈을 들여다보았다. 무엇을 생각하는지 알 수 없는 텅 빈 검은자위와, 토하면서 흘린 생리적인 눈물 때문에 수없이 금이 간 흰자위를.
 "원한다면 언제든지 여길 나가도 좋아. 하지만 토하지는 마라. 네가 여기서 죽는 건 싫다."

잔해

날이 밝기 전에 나는 무시무시한 굉음에 눈을 떴다. L이 묵기 시작한 후부터 따로 써왔던 접이식 간이 침대에서 놀라 몸을 일으켰다. 다급히 계단을 뛰어올라가는 발소리가 들렸다. L의 침대 옆으로 작은 스탠드가 켜져 있었다. 그녀의 모습은 보이지 않았다. 나는 형광등을 켰다.

환하게 밝혀진 작업실의 허공으로 잔 눈발 같은 흰 가루들이 분분히 날리고 있었다. 잔해라고도 부를 수 없을 만큼 처참하게 부서진 L의 껍데기가, 아니, 껍데기의 흔적이 바닥에 납작하게 흩어져 있었다.

저렇게 산산조각내려니 좀 전의 무시무시한 소리가 난 것이다. 상대가 이미 죽은 줄 알면서도 계속해서 탄환을 쏘아대듯, L은 자신의 껍데기를 향해 망치를 휘둘렀다. 그녀는 그것에게 진정한 살의를 품고 있었던 것이다.

L의 짐들은 모두 라면 박스에서 끄집어내진 채 침대 위에 어질러져 있었다. 아마 그녀는 옷을 차려입은 뒤 짐을 꾸리고 있었고, 무슨 까닭에선지 충동적으로 일을 저지르곤 달아나버린 모양이었다. 내 반응을 두려워해서인지, 아니면 자신의 살의가 나에게까지 겨누어질 것을 두려워했던 것인지는 확실치 않았다.

망연히 나는 껍데기의 잔해 앞에 서 있었다. 그것은 내가 가장 좋아했던 작품이었다. 이제 그런 몸을 가진 그녀는 이 세상에 존재하지 않으니, 영원히 다시 만들 수 없을 것이다. 슬라이드 사진이 남았다곤 하나 부질없는 일이었다. 그러나, 이것이 깨지지 않았다고 해서 부질없지 않았겠는가. 다만 내 관이라고 불렀던 틀집까지 그녀가 잊지 않고 부숴버린 것이 씁쓸했을 뿐이다.

가루약 같은 석고 분진들이 완전히 가라앉기를 기다려 나는 그 납작한 무덤 같은 잔해를 카메라에 담았다. 간혹 완전히 부서지지 않은, 어느 부분이었는지 전혀 짐작할 수 없는 조각들을 따로 모아 상자에 넣어두었다. 나머지 잔 조각과 가루들은 오랜 시간에 걸쳐 100리터들이 쓰레기 봉투에 쓸어넣었다. 밀걸레를 빨아다 구석구석 닦고 나자 들창이 환해져 있었다.

얼굴과 손을 씻을 생각도 하지 않은 채 나는 탁자 앞에 앉아 쉬었다. 탁자 위에는 지난 일요일에 뜬 L의 두 손이 가지런히 놓여 있었다. 냉랭하게 늘어진, 오른손등의 상처가 그대로 드러난 손이었다. 그녀의 손톱이 있던 부분을 쓸어 만져보았다. 이상하게도 양파 껍질처럼 약하고 말랑말랑하게 느껴졌던 손톱이었다. 긴장과 거부감 때문이라고 생각했던 그 차가운 손의 떨림은, 그녀의 병 때문이었을까.

나는 그녀가 반토막 남겨놓은 당근을 강판에 갈아 마셨다. 냉장고를 뒤져 미에로화이바 두 병을 찾아낸 뒤 그 역시 한 번에 마셔 버렸다. 달착지근한 맛 때문에 오히려 갈증이 심해졌다. 생수 병을 꺼내 병째 벌컥벌컥 들이켰다.

쓰레기 봉투를 내다 놓는 김에 작업실의 쓰레기들도 치워버리기로 했다. 그녀의 침대 아래 놓인 쓰레기통을 종량제 봉투에 비웠다. 몇 개의 알약 껍데기들이 떨어졌다. 상표를 읽어보자 수면제인 듯했다. 텔레비전에 광고가 나오곤 하던 변비약 껍데기도 눈에 띄었다.

토하는 것도 모자라, 하제를 먹는구나.

세면장의 쓰레기통까지 비운 뒤, 거대한 종량제 봉투를 단단히 묶어 들고 나는 계단을 올랐다. 대문 앞에 그것을 부려놓은 뒤 손을 털었다. 차가운 공기를 허파 깊숙이 들이마셨다.

그녀가 돌아오리라는 것을 나는 알고 있었다. 언제가 될지 정확하진 않지만, 그리 오래 걸리지는 않을 것이다.

곧 겨울이 오는가, 하고 나는 중얼거려보았다. 숨을 고르며, 내 입술에서 피어오르는 흰 김이 허공에서 고요히 사라지는 것을 지켜보았다.

오후에 택배 회사의 배달원이 문을 두드렸다.
뭡니까?
무슨 가전 제품 같은데요.
수취인은 L의 이름으로 되어 있었다. 나는 전표에 내 이름을 적고 사인을 해주었다. 보내는 사람의 이름은 언뜻 낯설어 보였으나, L의 룸메이트였던 O라는 것을 곧 기억해낼 수 있었다.

사람의 몸뚱이만한 박스를 문 앞에 세워놓고 그는 떠났다. 작업실에는 빈 공간이 별로 남아 있지 않았으므로, 나는 문턱에 걸터앉아 칼과 가위로 박스를 해체했다. 그 안에서 나온 것은 뜻밖에도 건장한 크기의 러닝 머신이었다.

달리 둘 데가 없었으므로 나는 그것을 다시 박스 안에 집어넣었다. 어깨에 짊어지고 계단을 올라가 대문 안쪽의 벽에 붙여놓았다. 있는 듯 없는 듯한 호인들이라곤 하나, 늘그막의 주인 내외는 얼굴을 찌푸릴 것이다. 하지만 그녀가 돌아오기를 기다릴 수밖에 없는 일이었다.

계단을 내려오다가 문득 돌아보니, 바람에 펄럭이는 종이 박스 안으로 은색 알루미늄 손잡이가 희끗희끗 오후의 햇빛에 반짝이는 것이 보였다.

L이 달아난 지 사흘째 되던 아침, 조끼 파카를 걸치고 바람을 쐬러 나간 대문 앞에서 나는 그녀와 맞닥뜨렸다.

L의 몰골은 끔찍했다. 토한 지 얼마 되지 않은 것 같았다. 옷을 입은 채로 토사물을 물로 씻어냈는지, 목부터 가슴까지 스웨터가 흠뻑 젖어 있었다. 감지 않은 머리카락이 땀에 젖어 두피에 달라붙었고, 젖은 어깨가 율동하듯 떨고 있었다. 젖은 가슴을 감싸쥔 손가락들도 건반을 두드리듯 경련했다. 뺨에는 붉은 실핏줄이 터졌고, 다리는 곧 고꾸라질 듯 휘청거렸다.

"왜 안 들어오고 있어?"

그녀는 적대감과 분노, 증오와 고통이 뒤섞인 눈으로 나를 쏘아보았다. 나는 잠자코 뒤돌아서서 계단을 내려갔다. 반쯤 내려가다가 고개를 돌리자 그녀의 모습이 보이지 않았다. 다시 계단을 올라가보았다. 그녀는 모로 나동그라져 있었다. 뺨의 터진 실핏줄에 모래알이 엉겼다.

L의 옷을 벗기고 침대에 눕힌 뒤 따뜻한 물수건으로 얼굴과 몸을 씻겼다. 그녀는 의식을 잃지는 않았다. 다리에 피가 통하지 않아 넘어진 것뿐이었다. 그녀의 눈에서 눈물이 쉴새없이 흘러내렸다. 슬픔이나 후회의 눈물이 아니었다. 그녀의 표정은 마치 짐승과도 같은 순수한 공포를 드러내고 있었다.

"어디서 잔 거지?"

"비, 비디오 숍에서. 오, 오늘 아침에 주인한테 들켜버렸어. 이젠 있을 데도 어, 없어."

성스러운 손 **149**

이를 부딪치는 그녀의 몸 위로 담요를 덮고 히터를 틀었다.
"여, 여기가."
그녀는 경련하는 손으로 자신의 심장을 가리켰다. 그 손등에는 다시 핏줄이 터진 생생한 상처가 새겨져 있었다.
"여기가, 터, 터질 것 같아. 길에서 토, 토했어. 춥고, 아, 아팠어. 주, 주, 죽을 것 같았어."
붉게 금이 간 그녀의 눈을 나는 보았다.
"아, 아저씨. 주, 주, 죽을 것 같아."
나는 그녀의 손을 잡았다.
"이제 괜찮다."
담담하게 나는 말했다.
"괜찮을 거야."
내 건조한 기질이 도움이 되는 때도 있는 것이다. 담요의 온기 때문이기도 했겠으나, 그녀의 경련이 차츰 수그러들었다. 그녀의 눈물이 그치고, 금이 간 눈이 감기고, 입술의 떨림이 멈출 때까지 나는 그녀의 차가운 손을 말없이 쥐고 있었다.
"손이 너무 차구나."
그녀가 잠들기 전에 나는 혼잣말처럼 말했다. 그녀가 속삭였다.
"무서워."
나직하게 그녀는 할딱였다.
"무, 무서워요."
그녀는 간절한 떨림으로 내 손을 끌어당겨 자신의 가슴에 품었다.
쌔근대던 숨소리가 차츰 규칙적으로 잦아들었다. 들숨과 날숨에 따라 조용히 들먹이는 가슴이 내 손으로 고스란히 전해져왔다. 내가 조심스럽게 손을 빼자 그녀는 소스라치며 허공을 움켜쥐었다.

수초가 지난 뒤, 그 손의 긴장이 느슨해졌다. 가슴이 규칙적으로, 완만하게 들먹거렸다. 숨소리가 고요히 잦아들었다.

러닝 머신

"어딜 가는 거지?"

다음날 오후, 물 빠진 헐렁한 청바지에 보풀이 일어난 낡은 스웨터를 입고 나가는 L을 나는 붙잡았다.

"잠깐, 나갔다 오려구요."

"아직 열이 안 내렸어."

"5분이면 돼요."

10분이 지나도록 그녀는 돌아오지 않았다. 퍼뜩, 근처 상점들을 돌며 먹을 것들을 사고 있는 것이라는 생각이 들었다. 나는 입던 옷 그대로 현관 문을 열고 나섰다. 이 상태에서 다시 폭식을 한다면 위험할 수 있다. 식이 장애의 가장 비참한 종말은 심장 마비다. 일체의 음식을 먹지 못하는 거식증이든, 초인적인 양의 음식을 먹고 토하는 폭식증이든 최종적 위험의 수위는 비슷하다. 나는 다급히 두 계단씩을 한꺼번에 밟아 올라갔다. 그러나 계단을 채 올라가기 전에 그녀의 모습을 보았다.

대문 틈으로 비껴 들어오는 오후의 햇살을 받으며 그녀는 러닝 머신의 상자를 벗겨내고 있었다. 혼자서는, 더구나 현재의 체력으론 힘이 드는지 연신 손을 들어올려 얼굴의 땀을 닦아냈다.

"지금, 뭐 하는 거야?"

"아저씨, 미안해요."

열중한 얼굴로 그녀는 말했다.

"나 조금만 도와주면 안 돼요?"

그녀의 간곡하고 열에 들뜬 부탁에 따라, 나는 다시 그 건장한 기계를 메고 지하 작업실로 내려갔다. 몇 점의 작품을 포화 상태의 창고에 밀어넣고 나자 침대 옆에 공간이 생겼다. 그녀는 플러그를 꽂은 뒤, 마치 자신의 몸에도 플러그가 꽂혔다는 듯 기계적으로 러닝 머신 위를 달리기 시작했다.

"안정해야 할 때야."

"누워 있으면 칼로리 소모가 안 되잖아요. 모두 다 살로 간다구요."

그녀는 연신 숨을 헐떡이며 고개를 흔들었다. 나는 달리고 있는 그녀의 이마를 짚었다.

"아직 뜨겁다."

"괜찮아요."

그녀는 잘라 말했다.

"날 좀 내버려둬요."

나는 쓰게 웃었다. 그녀를 윽박지를 수도 있고 때릴 수도 있고, 침대에 묶어놓을 수도 있었다. 그러나 내버려두는 것 외에는 방법이 없었다. 나는 그것을 알고 있었으므로, 그녀를 그냥 내버려두었다. 달리기의 리듬에 따라 규칙적으로 흔들리는 그녀의 머리칼을 향해 나는 물끄러미 시선을 던져두고 있었다.

달리다가 심장이 멎고 싶다면, 그렇게 하렴. 목숨과 바꾸어도 좋은 것이 너에게 있다면, 그것도 좋은 일이다. 힘으로 막는다면 너는 더 힘차게 튕겨져 나오겠지. 울부짖는 용수철처럼, 너는 꼭 그렇게 하겠지.

스웨터 소매로 목덜미의 땀을 닦으며 그녀는 일인용 소파에 앉았다. 다리가 몹시 후들거리고 있었으므로, 앉았다기보다는 쓰러졌다는 편이 알맞은 표현일 것이다.

나는 흰 쌀밥을 공기에 퍼서 식탁에 놓았다.

"이게 뭐예요?"

"몰라서 묻는 거니?"

그녀는 멍하니, 마치 지상에서 가장 낯선 물건을 보듯이 쌀밥을 내려다보았다. 쌀밥에서는 흰 김이 너울너울 피어올랐다. 그녀의 침묵과 저녁의 정적 위로 흰 김은 끝없이 높이 오르려 했고, 채 오르기 전에 찬 공기 속으로 흔적 없이 흩어졌다. 고요한 춤과도 같이, 비명과도 같이, 쓸쓸한 노래와도 같이. 숨결과도 같이. 침몰하고 또 생성되는 집요한 생명과도 같이, 영원히 되돌아오지 않는 젊음, 더럽혀지지 않은 유년과도 같이. 무섭게 투명한 물, 더욱 투명한 시간과도 같이. 우리의 입술을 다물게 하는, 적요만 남게 하는 시간과도 같이.

그 적요 위로 나는 L이 침을 삼키는 소리를 들었다. 마치 물을 마시는 것처럼 그녀는 목울대를 떨며 침을 삼켜댔다. 그녀의 눈에 김 같은, 자취를 스스로 숨기는 눈물이 서렸다가 이내 지워졌다.

"난 짐승이에요."

소리를 가리려는 듯 L은 입을 막으며, 건조한 음성으로 중얼거렸다.

"침이 흘러요. 음식만 보면 콸콸 흘러요. 침샘이 부어서 평소에도 아파요. 먹지 않아두, 먹을 것 사진만 봐두, 냄새만 맡아두. 어떨 땐, 얘기만 들어두."

나는 그녀에게 숟가락을 쥐어주었다. 그녀는 멍하니, 여전히 침을 삼켜대며, 역시 지상에서 가장 낯선 도구인 듯 그것을 바라보았다. 마침내 그녀는 밥을 한덩이 퍼서 입 속에 넣었다. 우물거리는 그녀의 입술이 핏기 없이 질려 있었다. 나는 냉장고 문을 열었다. 지난 주에 반찬집에서 샀던 콩자반을 꺼내 식탁에 올려놓았다. 그녀는 고개를 저었다.

"나, 안 먹어요."

마치 꾸지람을 염려하는 어린아이처럼, 그녀는 내 시선을 피하며 변명했다.

"칼로리 땜에 그런 게 아니라."

그녀는 피식 웃었다가, 이내 그 웃음을 삼켜버렸다. 방금 삼킨 쌀밥 한덩이가 날카롭게 목구멍을 훑기라도 한 것 같았다.

"이가 아파서요. 부드러운 것밖에 못 먹어요. 정신없이 먹을 땐, 딱딱한 건 그냥 삼켜요."

아마도 습관적으로 떨리는 손으로 그녀는 다시 밥 한 숟가락을 떴다. 이번에는 김치를 주었는데, 그녀는 역시 고개를 저었다.

"그것도 못 씹어요. 나, 이빨 모조리 빼버려야 되는 건지도 몰라."

그렇다면 그녀에게 줄 수 있는 음식은 열무김치 국물뿐이었다.

"신 걸 먹으면, 식욕이 더 도는데."

쓴 약을 먹는 아이처럼 그녀는 그것을 억지로 입에 떠 넣었다.

"나중에 알았어요. 토한 다음에 바로 이 닦으면 안 된대. 뭐라더라. 위산이 치약하고 합쳐져서 이빨이 상한다나. 그래두 어떡해. 냄새 나는 게 싫은데. 토할 때마다 열심히 닦았죠. 그럼 안 된다는 거 안 다음에도 계속 닦았어요. ······이젠 노인이나 다름없게 됐죠. 다 끝났어요."

그녀는 숟가락을 내려놓았다. 나는 더 먹어, 라고 말하지 않았다. 대신 잠자코 그녀가 남긴 밥을 밥솥에 비웠다. 그녀는 입술을 다문 채, 멍한 눈으로 나의 움직임을 바라보고 있었다.

그녀가 처음으로 원했으므로 나는 그날 밤 그녀와 나란히 침대에 누웠다. 잠들기 전에 그녀는 어둠 속에서 말했다.
"……그럴 땐 말예요."
그녀의 음성은 낮았고, 그녀의 머리칼처럼 끝이 갈라져 있었다.
"내가 먹는 게 아니구, 음식이 날 먹는 것 같아요. 난 그냥 정신없이, 미친 듯이 삼켜지는 거예요. 머리가 날아가버리고 없는 것 같아. 다 사서 먹기까지 한 시간도 걸리구, 두 시간도 걸려요. 어떨 땐 대낮에 야구 모자를 눌러쓰고, 약속 장소로 갈 때까지 길거리에서 먹은 적도 있었어요."
"무엇무엇을 먹었는지 기억도 안 나겠구나."
침묵보다 나을 것 같아 나는 대꾸해주었다. 모로 누운 채, 그녀의 윤기 없는 머리칼을 뜻 없이 귀 뒤로 넘겼다.
"아니, 정확히 기억해요. 어제 아침 같으면, 파리크라상에서 고구마 파이, 애플 파이. 그 옆에 작은 조각 케이크 가게에서 치즈 케이크, 모카 케이크. 비디오 숍 옆에 새로 생긴 지하 대형 매장에서 곰보빵, 생크림빵, 슈크림 볼, 외제 초콜릿. 베스킨 라빈스에서 아이스크림. 주제에, 그것도 저지방 무설탕만 골라서. 그러곤 돈이 떨어지니까 슈퍼에서 초코칩, 미스터 빅, 매운 맛 새우깡, 양파깡, 피자 맛 감자칩, 산도, 카메오, 오레오, 그리고 마지막으로 부드러운 몽쉘통통."
갈라진 음성으로 그녀는 음산히 웃었다.
"토하다 가슴이 아픈 바람에 다 못 토했어요. 다 살로 갔겠죠. 조금 달리긴 했지만, 그걸론 턱도 없을 거야."

길게 이어지는 그녀의 음성이 마치 자장가 같았으며, 타인과 체온을 나누며 잠든 것이 오랜만이었으므로, 나는 새벽녘까지 잘 잤다. 인기척에 눈을 떠보니 머리맡의 스탠드가 밝혀지고 그 위에 수건이 씌워져 있었다. 내 옆에 그녀는 없었다. 반쯤 몸을 일으키자, 어둠 속을 달리는 그녀의 캄캄한 실루엣이 보였다.

아침이 올 때까지 그녀는 달렸고, 걸었고, 또 달렸다. 어디로도, 어느 먼 곳으로도 데려다주지 않는 길, 러닝 머신의 끝없는 벨트 위를, 쉬지 않고, 나직이 헐떡이며, 영원히.

행복

L을 위해 나는 처음으로 잡곡밥을 지었다. 늘 먹던 백미에 현미 찹쌀과 차조, 수수와 흑미를 사다 넣었다. 오랜 폭식과 구토 탓에 L에게는 위장 장애가 있었다. 한 숟가락을 넘길 때마다 메스꺼움과 위의 통증으로 괴로워하며 어렵사리 반 공기씩을 비우곤 했다.

세 끼의 밥을 먹는 일이 그렇게 어려울 수 있다는 것을 나는 처음 알았다. 위장 장애는 부차적인 문제에 불과했다. L은 밥을 무서워했다.

"잡곡밥은 다이어트 식품이기도 해."

내가 위로했을 때 그녀는 침울하게 대꾸했다.

"이 칼로릴 다 소모하려면, 이 동네를 스무 바퀴는 돌아야 할 거예요."

그녀의 폭식과 구토는 결코 쉽게 고쳐지지 않았다. 서서히 횟수가 줄어가기는 했다. 일주일에 두 번, 일주일에 한 번. 어떨 때는 한 주가 그냥 지나가기도 했다. 간혹 악화되어 연달아 사흘이나 나흘씩 폭식을 하기도 했으나, 그것은 그녀가 알 수 없는 이유로 돌발적인 우울 상태에 빠졌기 때문인 것 같았다. 길게 본다면 어쨌든 그녀는 회복되어가고 있었다. 폭식을 한다 해도 토하지 않으려고 노력하기 시작했다는 점이 그 증거였다.

먹을 것에 대한 조절력이 약간이나마 회복되고 나자 그녀는 치과 치료를 위해 돈을 모으기 시작했다. 위장 상태는 여전히 좋지 않았지만, 비정상으로 발달됐던 침샘이 가라앉기 시작했다. 턱선이 정상이 되자 그녀의 얼굴은 더 작아 보였다. 물론 가슴과 아랫배, 어깨와 팔뚝에는 구토할 때보다 통통하게 살이 붙었다. 그것이 그녀에게 가장 큰 고통이었다. 저울추가 65킬로그램을 가리킨 날, 그녀는 잠들 때까지 나에게 한마디 말도 건네지 않았다.

거리에 색전등이 밝혀지고 캐럴이 울리며, 어디선가 쏟아져나온 걸인들이 영하의 날씨 속에 어슬렁거리던 무렵, 비디오 숍에서 밤늦게 돌아온 L은 씻지도 않고 탁자 앞에 우두커니 앉아 있었다.

"피곤하니?"

나는 읽고 있던 잡지를 내려놓고 소파에서 일어섰다.

"우유라도 줄까?"

"……아저씨."

L은 눈을 내리깔고 있었고, 목소리는 침울하게 가라앉아 있었다.

"나, 다시 다이어트하고 싶어요."

나는 그녀에게 들어 보였던 우유 팩을 냉장고에 다시 들여놓았다. 밝고 생경한 조명을 뿜어내는 냉장고 문을 닫았다.

"……다시 다이어트하면, 나, 죽을까?"

나는 탁자 맞은편으로 일인용 소파를 끌어다 그녀와 마주 앉았다.

"그렇겠죠? 나, 죽겠죠?"

"왜 그런 말을 하는 거지?"

그녀의 왼손이 꼼지락꼼지락 자신의 오른손의 상처를 어루만지고 있는 것을 나는 보았다.

"자꾸만 오빠 생각이 나요. 자꾸만."

눈을 내리깐 채 L은 말했다. 내가 알기로 L에게는 오빠가 없었다. 나는 비스듬히 소파에 몸을 파묻고, 깍지낀 손으로 턱을 고였다.

"오빤 날 좋아했어요. 진심이었어요. 난 알아요. 그게 진심이었다는 거. 오빠한테서 사랑받으니까 신기했어요. 태어나서 그렇게 신기한 일은 처음이었어요."

나는 대꾸하지 않고, 그녀가 계속해서 말하기를 기다렸다.

"그때 아저씨하구 헤어진 다음에, 8개월 만에 40킬로그램을 뺐거든요. 그러곤 그 오빠한테 사랑한다구 그랬죠. 그때, 기적이 일어났어요. 오빠가 그러더라구요.

나도 너한테 호감이 간다. 한번 만나보자.

기적은 계속해서 일어났어요. 오빠뿐 아니라 다른 남자들도 나한테 관심을 보이기 시작한 거예요. 알다시피 살쪘을 땐, 아저씨 말고는 나를 좋아한 남자는 한 사람도 없었거든요.

세상이 달라져 있었어요. 모든 사람, 심지어 대전의 엄마까지 날 보는 눈이 달라졌으니까. 난 다른 사람이 돼 있었구, 그런 나를 모두 전혀 다르게 대우해줬죠. 점점 욕심이 생기기 시작했어요. 그 다음 6개월 동안 10킬로그램을 더 뺐죠. 하루 한 끼만 밥을 먹구,

방학 땐 단식원에도 들어갔어요.

단식원에 갔다 온 지 얼마 안 됐을 때 약간 요요가 일어나더라구요. 오빠랑 냉면을 먹으러 갔었는데, 내가 물었어요.

다시 살찌면 어쩌지. 허리가 좀 굵어진 것 같아.

그랬더니 오빠가 거침없이 그러는 거예요.

나 뚱뚱한 여자 안 좋아해. 관리 잘해. 용서 안 한다.

대뜸 내 뱃살을 움켜쥐면서 오빠는 킬킬 웃었어요.

너 요새 너무 많이 먹어. 이거 봐라. 한 주먹, 두 주먹, 이야, 세 주먹 잡힌다.

나는 따라서 웃었어요. 그리고 조금 있다가 얌전히 일어나서, 화장실에 가서 토했어요.

그렇게 시작하게 된 거예요. 참을성을 다해 굶다가, 무서운 식욕이 덮쳐오면 먹구 토했죠. 위액이 나올 때까지 완전하게 토하니까 살이 빠졌어요. 43킬로까지 빠졌죠. 많이 먹는데두 살이 안 찌니까 O도 날 부러워했어요. 그런데 오래가니까 그게 생각처럼 안 되더라구요. 최선을 다해서 토하구, 그래두 안심이 안 돼서 변비약까지 먹어도 자꾸만 살이 붙었어요. 다른 덴 그런대로 봐줄 만한데 뱃살이 점점 더 붙어서, 옷을 벗고 거울을 보면 꼭 사진에 나오는 난민 아이들 같았어요.

몸은 점점 통통해지는데 기력은 없구, 신경이 날카로워지구, 온통 먹을 것 생각뿐이었어요. 정작 처먹을 땐 뇌가 날아가버린 것 같았구…… 유일하게 정신이 돌아오는 땐, 토한 다음에 이 닦으면서 거울 볼 때였어요. 미쳤구나, 미쳤어. 이번이 마지막이야. 그때마다 다짐했었죠.

하지만 생각처럼 안 됐어요. 어떨 땐 하루에 세 번두 그 미친 짓을 했으니까. 오빠한테도 갈수록 짜증을 내고, 오빠도 나한테 좀 부담을 느끼는 것 같았어요.

그렇게 서로 조금씩 뜨악해지던 어느 날, 오빠에게 물은 적이 있어요.

만약, 내가 화상을 입어서 얼굴이 빨갛게 일그러졌다고 해도 날 계속 사랑할 거야?

응, 하고 오빠는 대답했죠. 그런데 그 얼굴이 좀 복잡했어요. 계속해서 나는 지어낸 얘길 했죠.

O한테 들은 얘긴데, 글쎄 고향 선배 하나가 얼굴 전체에 화상을 입었대. 그런데 그 남자 친구가 똑같이 사랑하구, 더 잘해줘서 얼마 전엔 결혼했대. 집안에 반대두 많았다는데.

오빠는 침울하게 대답했죠. 내 눈을 피하면서.

……둘이 정말 사랑했나 보구나.

그 얼굴은 이렇게 말하구 있었어요. 거짓말쟁이거나 위선자거나, 타고나길 신부나 스님이 됐으면 좋았을 사람이겠지. 평범한 사람들에게 죄책감을 느끼게 하는 사람이란 가끔가다 있는 법이니까. 그런데 대체 앤 이런 얘길 나한테 왜 하는 거야?

그 표정이 진실하게 불쾌해 보여서 난 갑자기 마음이 편해졌어요. 나 자신한테 말했죠. 뭘 기대했던 거니. 기대할 필요 없는 걸 기대하는 것만큼 어리석은 일은 없어.

그런데 난 왜 그랬을까요? 난 만약 똑같은 질문을 받는다면, 별로 망설이지 않구 '계속 사랑할 거야'라고 대답할 수 있을 것 같았어요.

오빠는 잘생겼지만…… 얼굴이나 몸, 같이 잘 때 느낌 같은 거, 다 좋았지만, 그게 다는 아니었거든. 우리끼리만 통하는 농담, 아침과 밤에 수화기 저편에서 들려오는 다정한 목소리, 나만 아는 오빠의 허술한 결점들, 함께 있을 때 내 맘을 채우는 편안함 같은 거…… 다른 사람이 아니라 꼭 오빠여야만 되는 그거 말예요. 그 존재 없이 산다는 건 너무 끔찍해서, 죽을 때까지, 가능하면 죽은 뒤까지 헤어지고 싶지 않았거든. 집착이래두 좋구, 맹목이라고 해두 좋구, 우둔함이래두 좋으니까, 난 그러고 싶었거든.

초조해하면서 짐작했던 대로, 얼마 지나지 않아 오빠가 다른 여잘 만나고 있는 걸 알았어요. 주변 사람들은 모두 미리 알고 있었구, 내가 제일 나중에 알았었나 봐.

마지막으로 만나서, 내가 어디가 싫어졌냐고 물었더니, 내가 피곤하대요. 웃는 낯을 볼 수 없다구. 하지만 실제로 그때 나는 굉장히 잘 웃었는데, 열심히 웃었었는데. 나는 점점 더 살이 쪘구 미워졌으니까, 그래서 내가 싫어졌다는 편이 더 본심이었을지도 몰라. 오빠가 새로 사귄 여자애는 케이트 모스같이 깡마른, 발육 중인 소녀 같은 애였으니까.

……다시 휴학하구 살을 빼기로 했어요. 지옥 같은 하루하루가 계속됐죠. 1년이 지났지만 아무것도 나아지지 않았어요. 딱 10킬로그램만 빼고 복학해서, 보통 사람같이 살아보려구 했는데. 등록금도 못 모았고, O한테 빚만 졌죠. 이제 O는 내 꼴두 보기 싫대요. 처음에 알구선 자기 일처럼 걱정해주더니, 이젠 지쳤대. 다신 눈앞에 나타나지 말래. 그 애 잘못이 아니죠. 나 같았으면 훨씬 미리 포기했을 텐데…… 걘 오래 버틴 셈이죠."

L은 문득 내 얼굴을 똑바로 마주 보았다.
"그때 아저씨가 그랬죠."

그녀는 절망하지도, 고독하지도, 지치지도 않은 얼굴로 거기 앉아 있었다. 그녀의 얼굴은 다만 무미(無味)해 보였다.

"나보구, 다시 시작하라구. 시작이라니. 시작이란 말이 난 무서웠어. 차라리 끝이란 말이 더 가깝고 편했어요, 나한텐."

그녀는 백치 같은 미소를 머금었다.

"알아요. 다시 다이어트하면 안 된다는 거. 누구보다 잘 알구 있어요."

그녀의 시선은 분명히 나를 향하고 있었으나, 그 검은 동공에는 아무런 감정도 담겨 있지 않았다. 마치 내 몸을 투시하여 뒤쪽의 벽을 건너다보고 있는 것 같았다.

"요즘은 종종, 다신 그때루 돌아갈 수 없을 거란 생각을 해요. 사실이 그러니까. 다신 그때처럼 행복해질 수 없을 테니까. 날마다 일어나는 기적 따윈 없을 테니까."

행복이란 말에 나는 분명한 이물감을 느꼈다. 마치 이 세상에 존재하지 않는 것에 대해 말하듯 그녀는 그 말을 발음했다. 회상에 잠긴 그녀의 얼굴에 어린 백치스런 미소는, 행복보다는 어떤 마비를 드러내고 있는 것처럼 보였다.

사랑

밤마다 L은 내 품으로 간절히 안겨 들어왔다. 오랜 다이어트로 인해 그녀의 몸은 혈액 순환이 되지 않았다. 외출할 때면 내복 두 겹에 장갑 두 겹, 그리고 가슴에 품을 주머니난로가 필요했다. 밤이면 아무리 스팀을 강하게 틀어도 콘크리트 바닥에서 올라오는 냉기를 견디지 못했다.

"아저씨, 나 좀 안아줘."

그녀는 선득한 몸뚱이로 내 몸에 감기며, 차가운 입술을 내 가슴에 문지르곤 했다. 그다지 섹스하고 싶지 않으면서, 단지 따스함을 느끼고 싶어서 그런 것을 알았지만 나는 이따금 그녀와 섹스를 했다. 그편이 그녀를 모욕하지 않는 것 같아서였다.

그녀의 몸은 이제 평범했으며, 리드미컬하게 출렁거리던 살의 향연 따위는 없었다. 다만 그녀의 손을 만지는 것을 나는 좋아했다. 그녀의 차갑고 통통한 손이 따뜻해질 때까지 나는 열 개의 손가락을 차례로 입에 넣고 빨았다. 뜻 없이 오른손의 상처를 끈질기게 핥고 있자면 어느새 그녀의 숨이 가빠져 있곤 했다.

L이 버거킹 아르바이트를 쉬는 토요일 오전이면 나는 그녀의 몸을 떴다. 예전처럼 전체적으로 뜨지 않고, 젖가슴과 배, 골반과 엉덩이, 장딴지를 부분부분 짧은 시간에 떠냈다. 정확히 이유를 설명할 수는 없으나, 그편이 오히려 그녀의 몸을 제대로 담아내는 방법이라고 느꼈다. 틀 안쪽에 석고를 부어 껍데기를 벗겨내는 과정을 지켜보며 그녀는 소파에 몸을 파묻고 있곤 했다.

"이상하네."

작업중인 나에게 그녀는 푸념하듯 뇌까린 적이 있다.

"꼭 거울을 보는 기분이야. 전신 거울을 오래 들여다보구 있으면, 꼭 내 몸이 저렇게 찢어지는 것 같거든요. 젖가슴, 배, 엉덩이, 얼굴, 목이 죄다 따로따로. 어떡하면 요기가 더 들어가구, 조기는 더 패일 수 있을까, 어쩌면 부분부분이 저리 혐오스러울까, 칼이라도 들이대서 오려내버리고 싶다구."

"살 빼기 전엔 그런 걸 몰랐어요. 그때 내 몸은 진짜 끔찍한 살덩어리였는데두, 이상하지, 저렇게 갈기갈기 찢어져 있지 않았어요. 얼마나 무뎠으면, 무뎌빠졌으면 그랬을까?"
작업을 멈추지 않은 채 나는 지나가듯 물었다.
"그때가 더 좋았다는 생각 할 때 있니?"
그녀는 깔깔 웃음을 터뜨렸다.
"돼지 같은 행복이었죠. 모두들 날 혐오하는데, 나 혼자 그러려니 포기하구 있었던 거죠. 지금 생각하면 한심하기 짝이 없어."
"그렇구나."
나는 고개를 들고, 웃음을 지으며 말했다.
"너한테는 타인이 그렇게 중요하구나."
"그럼요, 당연하죠. 다른 사람들 없이 내가 살 수 있어요? 순전히 나만의 생각이란 게 무슨 소용이 있어요?"
문득 나는 다소 장난스러운 마음이 되어 손을 털고 일어섰다.
"그래, 네 말이 맞다. 하지만 봐. 네가 태어나면서 이 세상이 있다는 걸 알았잖니. 네가 죽으면, 다 끝나는 거지."
그녀는 볼멘 목소리를 높여 투덜거렸다.
"말도 안 되는 소리 말아요. 내가 죽어두, 이 세상은 잘만 돌아갈 거잖아요."
"그러니까, 너 없이 돌아갈 그 세상이라는 게 너한테 무슨 의미라는 거지?"
"내 참!"
그녀는 입꼬리를 말아올리며 나를 비웃었다.
"아저씨같이 이상한 사람하구 심각하게 얘기한 내가 잘못이지."
작업이 끝나면 우리는 L이 좋아하는 패밀리 레스토랑으로 점심을 먹으러 갔다. 오랜 시간 동안 그녀는 기름지고 단 음식에 대한 갈망과 거부감, 죄의식을 함께 가지고 있었고, 그 때문에 폭식 충동이 몰아닥칠 때면 오히려 그런 음식들만을 찾게 되는 것 같았다. 일주일에 하루는 그런 음식들을 마음껏, 즐겁게, 천천히 먹어준다면 폭식을 예방하는 데 도움이 되지 않겠냐는 것이 그녀 자신의 아이디어였다—그때쯤 그녀의 증세는 그만큼 이성적이었다—.

그해의 마지막 날이 마침 토요일이었으므로 우리는 편의점에서 포도주 한 병을 샀다. 산뜻한 조명에, 창문 가득 눈송이와 반짝이는 은박 장식이 붙은 단골 레스토랑에 갔다.

크림 수프와 참치 샐러드, 감자를 반으로 갈라 다시 그 반을 긁어낸 뒤 쇠고기와 양송이버섯볶음을 얹은 스킨 요리를 시켰다. 베이컨을 뿌린 생크림을 얹어 먹으면 적당히 달콤하고 담백한 음식이었다. 그녀는 천천히, 오랫동안 씹어서 접시를 비웠다.

후식으로 생과일 아이스크림을 주문해놓고 그녀는 탁자를 밀치며 일어섰다.

"아저씨, 나 어때요?"

그녀는 장난스럽게 허리에 손을 짚고 있었다.

"아저씨, 미술하는 사람 맞아? 눈썰미도 되게 없어. 먼저 알 때까지 기다리려구 했더니. 이거, 어제 새로 산 청바지잖아요."

나는 미소를 지었다. 허리에서 골반까지는 연한 하늘빛이고, 밑단으로 내려갈수록 짙어지는 남색으로 염색된 진 바지였다.

"밑단에 빨간 장미 수놓인 청바지, 내가 정말 좋아했던 건데, 치수가 안 맞아서 인젠 더 못 입어요. 이거 봐요, 이건 32인친데 별루 넉넉하지두 않아."

"예쁘구나."

성스러운 손　**165**

칫, 하고 그녀는 웃음을 터뜨렸다.
"물은 내가 바보예요. 아저씬, 내가 98킬로 나갈 때두 예쁘댔던 사람이잖아."

활짝 웃음을 머금은 채 그녀는 화장실 쪽으로 걸어갔다. 그러나 5분쯤 뒤 돌아온 그녀의 얼굴에는 핏기가 가셔 있었다.
"무슨 일이지?"
나는 커피 잔을 테이블에 내려놓았다.
"안색이 안 좋은데."
L은 홀린 듯한 얼굴로 비스듬히 자리에 앉았다. 그녀의 넋 잃은 시선이 가닿은 곳으로 나는 고개를 돌렸다. 우리 자리와 대각선으로 놓인 창가의 테이블이었다.

밝은 색 금발의 젊은 외국 여자가 의자를 끌어당겨 앉고 있었다. 아마도 북유럽 출신인 것 같았다. 키가 크고 말랐으며, 얼굴이 몹시 창백했다. 영어 회화 클럽인지 아까부터 영어가 들려오던 테이블이었다. 직장인으로 보이는 차림의 남녀들은 스파게티를 먹고 있었다. 누군가 금발 여자에게 농담을 건넸고, 여자는 흰 이를 드러내며 웃었다. 감색 수트 때문에 더욱 창백하게 두드러진 여자의 얼굴을 L은 뚫어지게 바라다보고 있었다.
"……손."
L이 중얼거렸다.
"손?"
"저 여자, 손."
냅킨을 만지작거리는 금발 여자의 오른손등을 나는 보았다. 찢긴 듯한 붉은 흉터가 거기 새겨져 있었다. 의자를 당겨 앉은 나조차도 간신히 알아들을 수 있을 만큼 작은 소리로 L은 더듬더듬 속삭였다.

"……화장실에서 봤어요. 토하고 나오는 거. 난 그냥…… 속이 안 좋아서 토한 줄 알았어. 그런데, 나란히 손을 씻는데…… 이빨에 찢긴 상처가 있었어. 거울에 비친 눈이, 토끼같이 빨갰어요."

건너편 테이블에서는 연신 쾌활한 웃음 소리들이 터져나왔다. 나는 고개를 돌려, 그 테이블 가득 세팅된 화려한 색깔의 음식과 접시의 무늬를 보았다. 드레싱이 끼얹어진 샐러드를, 거기 못박혀 있는 북구 여자의 멍한 시선을 보았다. 그 순간 여자는 거기 없는 사람 같았다.

레스토랑을 나오자 금방이라도 눈이 쏟아질 듯 하늘이 어두워져 있었다. 코트 주머니에서 장갑 두 개를 꺼내 끼기 전에 L은 말했다.

"이 상처……"

그녀의 눈은 이상스럽게 반짝이고 있었다.

"시간이 지나면, 아물까요?"

마치 내 대답이 모든 것을 결정해주기라도 한다는 듯 그녀의 얼굴은 심각했다. 나는 고개를 끄덕이지 않았다. 그 상처는 영원히 아물 수 없을 것이다. 이미 진피 깊은 곳까지 찢겨, 위산에 부식돼 버렸다. 그녀는 내 침묵을 이해했다. 말없이 손가락장갑을 끼고 그 위로 벙어리장갑을 낀 뒤, 나와 함께 침묵에 잠겨 집까지 걸었다.

며칠 전에 내린 눈이 아직 녹지 않은 골목에 들어섰을 때 나는 말했다.

"처음에 네 손을 봤을 때."

그녀는 잠자코 고개를 수그리고 있었다. 헝클어진 머리칼이 흘러내린 데다 두툼한 모직 머플러에 친친 감겨, 그녀의 얼굴 표정은 보이지 않았다.

"네 손이 성스럽다고 생각했어."

그녀는 대꾸하지 않았다.

"왜 그랬는지는 모르겠어."

작업실로 내려가는 계단 앞에 우리는 잠시 멈춰서 있었다.

"그런데, 지금도 그렇게 생각돼."

그녀는 여전히 고개를 수그리고 있었다.

"그게 어디가 됐건, 자기 몸에 성스러운 것을 가졌다는 건, 수호신을 가진 것과 같은 거 아닐까."

그날 밤 잠들기 전에 L은 뜻밖의 고백을 했다.

"사랑해요."

나는 대답하지 않았다. 잠든 것처럼 눈을 감고 있자, 얼마 지나지 않아 L의 규칙적인 숨소리가 들려왔다.

그녀의 말대로라면, 그녀는 나를 사랑한, 혹은 사랑한다고 믿은 최초의 여자였다. 그러나 나는 알고 있었다. 오래전부터 이 아이는 따뜻함과 사랑을 혼동해왔다. 지금도 달라진 것은 없었다. 나는 희미한 쓸쓸함을 느꼈고, 그보다 희미한, 까닭을 알 수 없는 구역질을 느꼈다.

웃음 소리

해가 바뀌고 L은 스물네 살이 되었다. 그녀는 여전히 체중계의 은빛 저울추가 까닥거릴 때마다 한숨을 내쉬었고, 새벽마다 한 시간씩 러닝 머신을 달렸다——"아침 식전에 유산소 운동을 해야 지방이 분해된대요." 일을 마친 밤이면 피곤한 얼굴로 돌아왔고, 월말이면 적금에 이자가 붙고 그 숫자 옆에 은행 도장이 찍힌 통장을 나에게 자랑 삼아 보여주곤 했다.

그날 밤 L의 휴대폰이 울리기 전까지, 모든 것이 자연스럽게 회복되어갔다. 그녀의 손톱과 머리칼에 윤기가 돌아왔으며, 수면제 없이는 잠들 수 없던 수면 장애도 좋아졌다. "배가 고프다는 게 이렇게 기분좋은 건지 몰랐어요." 대략 석 달쯤이, 기형적인 대사 작용이 정상화되는 데 필요한 시간인 모양이었다.

언제나처럼 고적한 밤이었다. 나는 그즈음 흥미를 끌기 시작한 새로운 아이디어를 스케치하고 있었고, 그녀는 침대 위에 책상다리를 하고 앉아 다음날 입고 갈 겨자색 셔츠를 다리고 있었다. 그녀의 휴대폰 벨 소리는 에델바이스였다. 에델바이스, 에델바이스…… 다리미를 침대 옆 러닝 머신 위에 세워놓은 뒤, 기계음에 맞춰 콧노래를 흥얼거리며 그녀는 털 슬리퍼를 신었다. 벽에 걸린 코트 주머니를 뒤져 휴대폰을 꺼내 들었다.

"여보세요."

"……"

"여보세요?"

그녀의 낯빛이 변했다.

"네, 오래간만이에요."

"네."

"네."

"……아니요."

성스러운 손 169

"네."
그녀는 고개를 들어 내 얼굴을 살폈다.
"지금, 좀 전화 받기 힘든데……"
그녀는 소리내어 침을 삼켰다.
"누가 와 있어서요. 저, 엄마가 올라오셔서."
내 눈을 피하는 그녀의 얼굴은 이마까지 새빨개져 있었다.
"나 인제 O하고 안 살아요. 이사했어요."
"네."
"네."
"아니요."
"오빠 번호 알고 있어요."
"어, 바뀌었어요?"
그녀는 허둥지둥 코트를 더듬었다. 필기구는 빨리 찾아지지 않았다. 나는 일어서서 그녀에게 다가갔다. 들고 있던 연필을 그녀에게 건넸다. 코트 호주머니에서 나온 영수증의 뒷면에 그녀는 전화번호를 적었다.
"네."
"……오빠도 잘 자요."
통화가 끝났다. 휴대폰을 접어서 움켜쥔 그녀의 손이 미세하게 떨고 있었다. 침대에 나동그라진 내 연필을 나는 주워들었다.
"너, 너무 갑작스러워서요, 아저씨, 저기……"
그녀의 눈이 불안정하게 흔들리는 것을 나는 보았다.
"괜찮다."
나는 말했다.
"설명 안 해도 돼."

"……미안해요."

미안하다. 나는 그 말의 의미를 잠시 생각해보았다. 그리고 대답했다.

"괜찮다고 했잖니."

그녀는 여전히 상기된 얼굴로, 휴대폰을 움켜쥔 채, 아마도 그것을 움켜쥐고 있다는 사실을 잊은 채 세면장으로 들어갔다. 세면장 안에서는 아무런 소리도 들리지 않았다. 물소리도, 변기에 물 내리는 소리도 없었다. 그녀는 이 집에 있는 유일한 거울을 보러 거기 간 것이다.

잠시 후 불을 끄고 나온 그녀의 얼굴은 더 이상 상기되어 있지 않았다. 핏기 없는 얼굴이 가면처럼 딱딱했다. 그녀는 침대 밑의 저울을 끄집어내 거기 올라섰다. 저울추가 까닥거리는 몇 초 동안, 마치 누군가의 심판을 기다리듯 그녀의 허리는 가련하게 구부러져 있었다.

다시 밤 시간에 L의 휴대폰이 울리는 일 따위는 없었다. 그녀가 나갔다 들어오는 시간은 언제나처럼 일정했고, 차림새도 화장도 똑같았다. 그러나, 분명한 무엇인가가 그녀의 내부에서 변해 있었다.

그녀의 걸음걸이는 초조한 듯 빨라졌으며, 얼굴은 이따금 알 수 없는 생기에 반짝였고, 그 반짝임이 지나가고 나면 그전보다도 훨씬 지쳐 보였다. 밤이면 나에게 시시콜콜하게 하루 일과를 털어놓곤 하던 대화 시간이 급격히 준 것도 그즈음부터였다. 대신, 새벽에 러닝 머신을 달리는 시간이 길어졌다. 눈으로 흘러들어가는 땀이 따가워 연신 눈꺼풀을 껌벅이면서도 그녀는 거기서 내려오려 하지 않았다. 입을 벌리고 세차게 숨을 몰아쉬며 그녀는 달렸다.

성스러운 손 171

벨트의 속력을 이기지 못해 휘청거리곤 했으며, 한번은 기어이 옆으로 넘어져 윗입술이 깨어졌다.
"이가 안 부러진 게 다행이구나."
소독약을 발라주며 나는 말했다.
"어차피, 서른도 안 돼서 틀니를 낄지도 모르는걸요."
터진 윗입술을 말아올리며, 그녀는 특유의 비웃는 듯한 미소를 지었다.

그날 아침, 회복기에 들어선 뒤 처음으로, L은 입술이 아프다며 아침을 걸렀다.

다음날도, 그 다음날도 그녀는 아침을 먹지 않았다.
"엊저녁에 돌솥비빔밥 먹다가 입술 다친 델 또 데었어요."
"⋯⋯이상하게 속이 안 좋아요."
"이젠 한 끼쯤 걸러도 괜찮아요. 내 또래 애들 중에 아침밥 챙겨 먹는 애들은 10퍼센트도 안 될 텐데, 뭘. 난 지극히 정상이라구요."
"아저씬 걱정두 팔자야. 점심하고 저녁은 잘 먹는다니깐요."

그렇게 일주일이 지나갔다. 토요일 아침을 치운 뒤 나는 언제나처럼 석고 반죽을 시작했다.
"나, 요번 주는 쉬면 안 돼요?"
"왜?"
"피곤해요."

반죽이 묻은 손으로 나는 일어섰다. 그 시간까지 잠옷 바람으로 침대에 모로 누운 L의 얼굴은 과연 지쳐 보였다. 눈두덩과 광대뼈 아래에 푸르스름한 그늘이 어려 있었다. 그녀의 뺨은 일주일 전보다 확연히 갸름해 보였다.
"오늘 아르바이트 끝나고."

나는 미소를 지으며 말했다.

"나랑 얘기 좀 하자."

"무슨 얘기?"

그녀의 목소리가 용수철처럼 튀어올랐다. 미간에 짜증스런 천(川)자가 새겨졌다.

"우리 같이 술 마신 지 오래됐지. 왜, 옛날에 갔던 포장마차나 가볼까."

그녀는 무슨 말인가를 불만스럽게 토해낼 참이었으나, 마음을 바꾸었는지 미소를 지었다. 내면을 들여다볼 수 없는 메마른 미소였다.

"좋아요."

그녀는 작은 소리로 웃었다. 음산히 콘크리트 바닥으로 굴러 떨어진 그 웃음 소리에도 감정은 담겨 있지 않았다.

침묵

"언젠가 이런 적이 있었는데, 옛날에. 아닌가, 꿈이었나? 꼭 아주 옛날에 꿨던 꿈인 것 같아요."

캄캄한 작업실 가운데 불을 켜지 않고 우리는 앉아 있었다. 새벽 1시가 지났고, 건너편 연립 주택의 불빛이 들창으로 음음히 새어 들어왔다. 일인용 소파에 앉은 L의 몸은 취기에 흐트러져 있었다. 겨자색 셔츠는 윗단추가 두 개 풀어졌고, 오전에 드라이했던 숱 적은 머리칼은 그녀가 취중에 두어 번 쥐어뜯는 바람에 엉망으로 헝클어졌다. 세 시간 동안 안주를 거의 먹지 않고 소주잔만 연달아

비운 그녀였다. 왜 안 먹는 거야, 라고 물을 때마다 '짜서요' '입맛이 없어서요'라고 그녀는 짤막하게 대꾸했었다.
"말해봐."
간이 의자에 책상다리를 하고 앉아 나는 말했다.
"무슨 말?"
"하고 싶은 말이 있는 것 같은데."
그녀는 피식 웃으며 뇌까렸다.
"……진짜 웃겨, 이 아저씨."
잠시 기다리다가 나는 말했다.
"며칠 사이에, 얼굴이 많이 갸름해졌구나."
그녀의 늘어졌던 몸에 파동 같은 긴장이 일었다. 자세를 고쳐 앉은 그녀의 눈이 이상스런 생기를 뿜었다.
"정말요?"
열기 어린 음성이었다.
"그래, 무척 말라 보여."
어둠 속에서 치켜뜬 그녀의 눈이 번쩍이고 있었다. 나는 말없이 그녀의 눈을 들여다보았다. 어떤 지옥이, 혼돈이, 열띤 반목이 그 안에서 흔들리고 있었다.
"미안해요, 아저씨."
"요즘 그 말을 자주 하는구나."
"……내가요, 그랬어요?"
"괜찮아."
나는 짤막하게, 감정을 담지 않은 어조로 말했다.
"미안해할 거 없어."
L은 자신의 손가락을 만지작거리며 우울한 시선으로 나를 건너

다보았다. 익숙한 침묵이 흘렀다. 애벌레처럼 꼼틀거리던 그녀의 열 손가락들이 멈추었을 때, 그녀의 입술에서 낮은 목소리가 새어 나왔다.

"오빠가…… 오빠가 요즘 날마다 비디오 숍으로 전화해요."

나는 잠자코 귀를 기울였다.

"자기가 잘못했다구요. 늘 내 생각을 했다구."

마치 자신이 뱉은 말을 뭉개어버리고 싶다는 듯, 그녀는 손바닥으로 세차게 입술을 문질렀다.

"어떡해요? 나, 이렇게는 오빠 못 만나요. 다시 사귀겠다는 건 아니야. 나도 자존심 있어요. 그냥, 딱 한 번만 만나서, 너 없이두 잘살고 있다고 보여주고 싶어요. 시원스럽게, 당당하게, 멋지게. 그런데, 이런 꼴로는 그럴 수 없잖아.

나, 살 빼고 나서 잘난 척 많이 했었어요. 몇 달 사이에 나한테 비굴해진 남자들, 그제야 상대해주고 끼워주는 여자애들…… 속으루 죄다 비웃어줬어. 백이면 백, 모두 구역질나는 이중인격자들이더라구. 그러면서 나도 함께 살찐 애들을 무시하고 싫어했어요. 왜 그런지 쳐다보기두 싫더라구요.

그러니까 분명히 알고 있어요. 오빠두 별수없이 마찬가지란 거. 내가 이렇게 살쪄 있는 줄 알면 전화한 거 후회할 게 뻔해요. 아예 똥 밟았다 생각하겠지."

취기가 갑자기 달아난 듯 그녀는 흐트러진 머리를 쓸어올렸다. 풀어졌던 셔츠의 단추를 황급히 채웠다.

"나 아직 안 취했어요. 조금만 더 마실래."

나는 몸을 일으켜 냉장고 문을 열었다. 하나 남은 맥주 캔을 꺼내자 그녀는 고개를 저었다.

"맥주 싫어. 배 나오잖아. 더 독한 걸 줘요."

"더 독한 술은 없는데."

"싱크대 맨 위칸에 있잖아요. 혼자서 조금씩 마시는 거 알구 있어요."

나는 절반쯤 남은 술병을 꺼냈다. 2년쯤 전 골반을 뗬던 단란주점의 여급으로부터 받은 17년 된 카뮈였다.

"얼음 타줄까?"

"아니요."

그녀는 스트레이트 한 잔을 단숨에 들이켰다. 식도가 자극됐는지 입을 막으며 콜록콜록 기침을 했다.

"모르겠어요, 아저씨. 난…… 아무것두, 도무지 아무것두 아는 게 없는 것 같아."

무엇엔가 쫓기듯 그녀의 말은 차츰 빨라졌다.

"……난 왜 이렇게 됐어요? 모든 게 이렇게 엉망진창이에요? 어디서부터 잘못됐던 거죠? 그냥 난, 처음부터 계속 이렇게 엉망이었던 것 같아. 인젠 정말 어떻게 해야 할지두 모르겠어요."

그녀는 울기 시작했다. 뺨과 턱을 흉하게 일그러뜨리며, 갓난아이가 울듯이 이마까지 주름이 져서, 립스틱이 번진 일그러진 입술을 더욱 추하게 달싹이며 그녀는 울었다.

나는 그녀의 어깨를 안아주지 않았다. '울지 마'라고도 하지 않았다. 나 역시 취기가 올라오고 있었다. 마치 결박되어 움직일 수 없는 사람처럼 팔짱을 끼고 앉은 채, 잠자코 그녀의 울음이 그치기를 기다렸다.

"……그 새끼 말예요."

가까스로 진정을 되찾자, 손으로 눈을 가린 채 그녀는 말했다.

가라앉은, 젖은 음성이었다. 그녀의 머리칼은 다시 헝클어졌고, 흐트러진 몸은 비스듬히 소파에 파묻혔다.
"그런 생각 할 때면…… 어디서부터 잘못됐나, 생각할 때면 꼭 그 새끼 생각이 나요. 그러면…… 정말 미칠 것 같아. 아저씨, 나 미칠지두 몰라. 미치는 게 얼마나 간단한 건지 사람들은 몰라."
그녀의 포동포동한 손등으로 가려진 눈에서 새로운 눈물 줄기가 흘러내렸다.
"내가 진짜 참을 수 없는 건, 그 새끼가 아니야. 지금까지두 그 새낄 못 잊고 있는 엄마도 아니야. 내가 정말로 증오하는 건, 내 병신 같은 모습…… 그렇게 병신같이 당하구 있었던, 나중엔 반항도 안 하구, 다 포기하구, 어디 신고할 생각도 못 하구, 비겁하게 가출도 못 하구…… 그래요, 내가 진짜 용서할 수 없는 건, 바로 나야…… 그렇게 몇백 번을 당해도 쌌던…… 나."
숨을 고르며 그녀는 손바닥으로 거칠게 눈물을 닦았다. 다시 울음을 터뜨리지 않기 위해 입술을 악문 채였다.
"젠장, 추워. 옛날에도 그랬죠. 창피해. 모든 게 창피해. 제기랄, 추워서 견딜 수가 없어."
악물린 그녀의 입술이 덜덜 떨렸고, 어깨는 눈에 보이게 흔들리고 있었다. 나는 손을 뻗어 그 어깨를 잡으려 했으나, 그녀는 송충이를 털어내듯 내 손을 털어내버렸다. 나는 천천히 그녀에게서 물러나 앉았다. 그렇지 않아. 넌 단지 어렸을 뿐이다. 비겁해서가 아니라, 너무 어렸을 뿐이다.
"난 다 극복한 줄 알았어. 아저씨가 내 몸을 처음 떴을 때 처음 그랬구…… 정말 그렇게 느낀 건, 오빠와 처음 잤을 때. 오빠가 나한테 사랑한다구 말했을 때. 서로 옷을 하나씩 벗길 때마다 웃으면

성스러운 손 177

서 입맞췄을 때…… 난 완전히 새롭게 태어난 것 같았어. 갓난애같이 새 몸이 된 것 같았어…… 그런데 아냐. 착각이었어. 평생 못 달아나. 죽을 때까지 난, 내 속에서 살아야 하니까…… 내 몸을 빠져나갈 수 없는 거니까."

그녀는 갑자기 웃음을 터뜨렸다. 여전히 입술과 어깨를 떨면서였다.

"이것 봐, 병신, 그 생각만 해두 추워지잖아…… 아무것두 달라지지 않았어."

그날 밤 침대에서 L은 간절히 내 몸에 파고들었고, 막상 내가 그녀의 가슴을 만지려 하자 뿌리쳤다. 그녀는 잠시 후 다시 내 가슴에 파고들었고, 이어 내 손을 뿌리쳤다. 그제야 나는 이해했다. 그녀의 몸을 한 팔로 끌어안은 채 나는 잠자코 누워 있었다.

어두운 천장을 올려다보며 L과 나는 눈을 뜨고 침묵했다. 그녀의 몸이 내 팔을 무겁게 눌러왔다. 그날 밤에 그녀가 지껄인 어떤 말보다도 격렬한 침묵 속에서 나는 그녀의 불규칙한 숨소리를 듣고 있었다. 어느 때보다도 무거운, 쓴 약 같은 그녀의 존재감을 나는 느꼈다.

그녀가 먼저 잠들고, 간신히 내 팔을 그녀의 어깨 아래에서 끄집어냈을 때 나는 전화 벨 소리를 들었다. 그녀의 휴대폰이 아니라, 탁자 위에 놓인 내 전화였다.

내가 일어나자, 그녀도 부스스 몸을 일으켰다. 벽시계의 야광 바늘은 3시를 넘어가고 있었다. 장난 전화가 아니라면, 좋은 소식일 리 없는 시간이었다.

"여보세요."

또렷한 음성으로 나는 전화를 받았다. 어둠 속에서, L은 고양이 같은 인광을 내쏘며 침대에 웅크리고 앉아 있었다.

오빠, 안 자고 있었네.

전화선 저쪽에서 막내누이의 목소리가 적요하게 울려왔다. 급한 일이 있으면 오히려 목소리가 침착해지는 누이였다. 나에게는 짚이는 데가 있었다.

오빠, 아버지가 돌아가셨어.

"그렇구나."

나는 잠시 침묵했다.

"언제였지?"

오늘 새벽, 1시 반쯤이었대.

나는 어두운 탁자를 더듬어 연필과 스케치북을 찾았다. 적을 것을 적은 뒤 연필을 쥔 채 서 있었다.

오빠, 난 아이들이랑 내려가니까, 아무리 서둘러도 좀 늦을 거야.

"그래. 천천히 내려와라. 거기서 만나자."

나는 수화기를 내려놓았다.

L은 물었다.

"무슨 일이에요?"

나는 형광등을 켰다. 갑작스런 빛이 눈부신 듯 그녀는 이마에 손 차양을 만들었다. 밝은 조명에 노출된 그녀의 뺨은 눈물 자국으로 불긋불긋했고, 눈두덩과 눈꺼풀이 허옇게 부풀어 있었다.

"아버지가 돌아가셨다는군."

나는 천천히 몸을 움직이기 시작했다. 장례식장의 위치를 메모해놓은 스케치북과 두 벌의 속옷, 양말, 약간의 돈과 현금 카드를 가방에 챙겨넣었다. 내 일거수일투족을 쏘아보며, 그녀는 꼼짝않고 무릎을 모은 채 앉아 있었다.
"설마, 지금 가는 건 아니죠?"
"지금 가야 해."
그녀의 핏기 없는 뺨에 도드라진 붉은 눈물 자국을 나는 내려다보았다.
"나…… 여기 놔두고 간다고요? 얼마나 오래?"
"사흘에서 나흘쯤."
나는 대충 꾸린 가방을 어깨에 메고 그녀 앞에 섰다. 길을 나서기에 좋은 시각은 아니었다. 겨울 새벽 바람은 몹시 차가울 것이다. 그녀의 상태도 얼마쯤 마음에 걸렸다. 그러나 달래듯 나는 덧붙였다.
"더 늦지는 않을 거야."
뚫어지게 내 눈을 올려다보다가, 그녀는 멍한 음성으로 중얼거렸다.
"이런 법이 어디 있어요…… 나두 데려가요."
창백한 형광 불빛이 그녀의 갸름해진 뺨을 타고 촛농처럼 흘러내렸다.
"아저씨 아는 척 안 할게. 그냥 모르는 사람처럼 따라다닐게. 잠은 근처 여관에서 잘게. 날, 여기 버려두지만 말아요…… 여긴 너무 막막하고 무서운 곳이야."
"괜찮아."
나는 미소를 지었다.
"고작 사나흘이야. 더 오래 끌진 않을 거야."
그녀는 나를 따라 웃었다. 그리고 나와 함께 미소를 거두었다. 그 순간 우리를 에워싼 무거운 침묵을, 마치 얼어붙은 듯 모든 움직임을, 숨소리조차 멈춘 그녀의 얼굴을, 나는 그후 오랫동안 잊을 수 없었다.

연극

 수의를 입은 아버지의 숱 많은 머리털은 가지런히 빗겨져, 마치 흰 새의 부드러운 깃털 같았다. 소복 차림을 한 계모의 머리털은 푸른빛이 도는 검은색으로 염색돼 있었다. 계모는 쉰을 갓 넘겼으나, 팽팽한 피부와 군살 없는 몸매가 마치 40대 초반처럼 보였다. 스물세 살과 스물두 살인 의붓동생들은 판박이로 찍은 듯 아버지를 닮은 얼굴이었다.
 아버지가 마음을 다해 사랑했던 세 모자였다. 일찍이 어머니에게 보여준 적 없었던 그의 살가운 미소, 다정한 눈길이 아름다운 계모에게 머물러 있곤 했다. 나와 누이들이 그에게서 받아본 적 없는 자잘한 선물, 편지, 잦은 외식과 주말 여행 속에서 의붓동생들은 자랐다.
 사랑하고 사랑받았던 만큼 세 모자의 얼굴은 상심에 차 있었다. 계모의 얼굴은 안쓰럽도록 초췌했고, 두 형제의 눈에는 여차하면 흘러넘칠 만큼의 눈물이 처량히 찰랑거리고 있었다. 한 아이는 업고 한 아이는 걸려서 저녁에야 도착한 막내누이나, 얼마 전 이혼 서류에 도장을 찍었다는 큰누이의 눈도 물론 젖어 있었으나, 그것은 무정했던 아버지에 대한 원망이라든가, 아직 젊은 나이에 세상을 떠났던 어머니의 기억, 외롭게 남겨졌던 자신들의 사춘기에 대한 회오와 같은 불순물들이 섞인 눈물이었다.

1년 전 위암 수술을 받기 전에 아버지는 이미 유언장을 작성해두고 있었다. 자신이 사랑했던 세 모자에게 재산의 노른자위라 할 수 있는 땅과 건물, 집 등을 물려주었고—아직 의붓동생들이 결혼하지 않았고, 그 중 큰아이는 유학을 준비하고 있다는 이유였다—나머지 재산을 나와 누이들에게 배당해놓았다. 이미 짐작했던 대로였다. 누이들은 입술을 깨물었고, 막내 매제는 눈에 보이게 불편한 심기를 드러냈다. 말은 안 했지만, 미리 대처하지 못한 나를 경멸하는 기색이었다.

나와 누이들이 할 수 있는 일은 아버지의 시신을 어머니와 합장시키는 것뿐이었다. 20년 전부터 아버지와 합장하기 위해 반쪽을 비워놓은 어머니의 커다란 무덤을, 아버지는 그 동안 한 번도 찾은 적 없었다고 했다.

아버지는 거길 싫어했어요.

절대로 거기 묻히시게 할 수 없습니다.

계모는 입을 막고 울었고, 혈기왕성한 나이의 의붓동생들은 차라리 자신들도 아버지를 따라 죽겠다며 볼멘 목소리를 높였다.

……너흰 아버지가 너희들 거라고 생각하니? 돌아가셔서까지 어떻게 이럴 수 있어?

막내누이가 울부짖었다. 큰누이의 핏발 선 눈이 계모를 쏘아보고 있었다. 뒷짐을 지고 선 매제의 얼굴도 덩달아 침통했다.

그러나, 정작 내 마음은 담담했다. 아버지를 따라 죽을 이유도 없었고, 울부짖을 까닭도 없었다. 아버지가 어머니를 사랑한 적 없다는 것을 나는 알고 있었다. 죽은 어머니의 혼이 아직 거기 있다 한들, 무정한 시신이 옆에 묻힌다 한들, 달라질 것은 없었다. 이 모든 소란이 다만 부산스러울 뿐이었다.

그 담담한 마음으로 나는 합장 문제를 유산 문제와 협상했다. 아버지의 시신을 후에 계모와 합장하기로 양보하는 대신, 계모에게 할당된 재산의 일부를 누이들에게 양도하는 조건을 붙였다. 말없이 눈물을 흘리고 있던 계모의 아름다운 얼굴은 극적으로 변했다. 울고 있던 누이들도 갑자기 침묵했다. 금방이라도 혀를 깨물 것 같던 의붓동생들도 곧 사태를 이해했다. 그 순간까지의 비장한 소란은 언제 그랬냐는 듯 멎었다. 그후, 장지로 가는 절차는 조금의 삐거덕거림 없이 순조롭게 진행되었다.

어머니의 커다란 무덤은 잡풀 무성하게 버려져 있었다. 나는 오래전 그곳에서 아버지의 뺨에 번쩍이던 눈물을 기억했고, 그 눈물을 건너다보던 내 오래된, 바랜 얼굴을 기억했다. 계모와 의붓동생들의 흐느낌, 누이들의 쓴 침묵 속에 아버지는 어머니 곁에 누웠다.

다시 그가 아름다운 계모와 다정히 눈인사를 나누는 일은 없을 것이다. 설날 아침 마고자를 입은 아들들에게 세배를 받을 수 없을 것이며, 내일의 날씨가 궁금해 일기 예보에 귀를 기울이지도 않을 것이다. 그러나 나에게 오히려 낯설게 느껴진 것은, 이제 그가 죽었다는 것이 아니라, 그 동안 그가 이승의 어디쯤에서 그토록 오랜 일상을 살아왔다는 것이었다.

대학을 졸업할 무렵부터 연락을 끊고 — 누가 먼저랄 것 없이 — 지내왔던 나에게 아버지의 죽음이란, 마치 오래전에 죽은 사람이 잠시 그 혼령을 내 거울에 비춰 보여준 것과 같았다. 장례의 절차는 나에게 구태스런 연극처럼 느껴졌다. 20년 동안 썩지 않은 시신을 뒤늦게 땅에 묻듯이, 오래전에 공연했던 대사를 희미한 기억에 의지하여 되살려내듯이, 나는 담담하게 아버지를 묻었다.

기차를 타고 K시를 떠나며 나는 지난 며칠간의 부산한 연극을 곧 잊을 수 있었다. 철길 가에 누렇게 죽어 있는 겨울 풀들을 보며 그 도시에서 보낸 내 유년을 생각했고, 그 기간 동안 내 몸을 에워싸고 있던, 단단한 호두 껍데기 같은 우울을 기억했을 뿐이다. 지친 몸을 등받이에 기대었을 때 나는 그간 연락하지 못했던 L의 얼굴을 생각했고, 그녀의 갈라진 목소리, 무미(無味)한 미소를 생각했고, 규칙적으로 덜컹거리는 열차의 소리에 귀를 기울이다가 어느 사이 잠에 떨어져버렸다.

뭉개어진 얼굴

휑한 느낌에 잠에서 깨어보니 내가 탄 열차칸의 좌석이 모두 비어 있었다. 나는 서울역에 도착할 때까지 내리 잠들어 있었던 것이다. 가방을 둘러메고 플랫폼에 내리자, 푸르스름한 겨울 새벽의 공기가 잠에 취한 내 얼굴을 얼얼하게 때렸다.

나는 머리가 멍해져서 한동안 제자리에 서 있었다. 내가 왜 여기서 있는지, 이제 어디로 가야 하는지조차 생각나지 않았다. 가까운 벤치에 걸터앉아 잠시 생각을 가다듬었다. 별안간, 차가운 물을 정수리에 뒤집어쓴 듯 정신이 들었다. 나는 몸을 일으켜 계단을 뛰어내려갔다. 지하 보도를 달려 출구로 나왔다. 역 광장 앞에 길게 늘어선 택시 가운데 한 대를 잡았다.

택시 기사가 담배를 피우기 위해 열어놓은 앞 창문으로 날카로운 바람이 몰아쳐왔다. 내 가슴은 이상하게 뛰고 있었다. 예리한 송곳 같은 것으로 명치께가 관통된 것 같았고, 그 관통된 부분이 차츰 넓어지는 것 같았다. 가슴과 복부 전체가 거대한 구멍이 된 것 같았다. 얼음장 같은 바람이 그 구멍을 통해 온몸으로 물밀듯이 밀려 들어오는 것 같았다.

작업실로 들어가는 골목은 내가 며칠 전 새벽에 빠져나왔던 모습 그대로였다. 주차한 차들은 낯익은 것들이었으며, 연립 주택의 창들은 모두 불이 꺼져 있었다. 대문을 열쇠로 연 뒤 나는 계단을 밟아 내려갔다. 철제 현관문에 열쇠를 꽂아 돌렸을 때, 나는 문이 잠겨 있지 않은 것을 알았다.

지하의 작업실은 어두웠다. 나는 현관에 서서, 침대가 있는 쪽에서 들려올 L의 숨소리에 귀를 기울였다. 소리는 들리지 않았.

나는 벽을 더듬어 불을 켰다. 형광등이 껌벅거리는 동안 작업실은 진저리를 치며 믿기지 않는 광경을 드러냈다. 마침내 완전히 환해졌을 때 가장 먼저 내 눈에 들어온 것은 뒤집힌 러닝 머신이었다. 코드가 뽑힌 것은 물론, 얼마나 부수려고 안간힘을 썼는지 ─ 그 옆에 유리가 깨어진 채 나동그라진 저울로 미루어, 그것으로 내리친 것 같았다 ─ 코팅이 흉하게 벗겨졌고, 긴 뱀 같은 벨트가 꿈틀꿈틀 뽑혀 나와 있었다.

형광등이 껌벅거리는 동안 마치 작업실 여기저기 흰 물감을 쏟아부은 것처럼 보였던 것은, 그 동안 조각조각 떠냈던 L의 껍데기와 틀들이었다. 지난번과는 달리 시간을 두고 용의주도하게 부수어서, 성한 조각을 남기지 않고 완전한 가루 더미가 되어 있었다.

일인용 천 소파에서는 역하고 들척지근한 음식 냄새가 났고, 탁자와 걸상, 침대, 냉장고 앞과 싱크대에 이르기까지 엄청난 양의 쓰레기들이 흩어져 있었다. 셀 수 없는 비스킷과 스낵 봉지들, 제과점 비닐 봉투와 자잘한 은박지들, 조각 케이크를 넣는 작은 상자들, 빈 피자판, 카스텔라 가루가 붙은 기름종이들, 튀김 기름이 묻

성스러운 손 **185**

은 헌 달력 봉투, 뒹구는 페트 병들, 아이스콘 껍질들과 먹다 남은 원추형의 비스킷들, 구두에 밟히는 딱딱한 빵가루, 과자 부스러기, 바닥에 엉긴 갖가지 색깔의 크림과 초콜릿, 까맣게 변색된 바나나 껍질들, 산산조각난 뻥튀기 조각들.

그 아수라장 어디에도 L의 모습은 보이지 않았다. 나는 비닐 봉지 따위에 미끄러지지 않도록 주춤주춤 발을 움직여 세면장 문을 열었다. 최악의 상황을 상상하며 입술을 악물었다.

세면장에는 아무도 없었다. 여태까지 한 번도 맡아본 적 없는 지독한 냄새가 내 코와 위장을 자극했다. 막힌 변기 위로 넘친 토사물이 타일 바닥에서 썩어가고 있었다. 타일 벽에도, 세면대 거울에도, 흰 변기 뚜껑 위에도, 비누 거품과 노란 토사물이 한데 엉긴 그녀의 손자국들이 선명하게 찍혀 있었다.

모든 것을 정리하는 데 꼬박 이틀이 걸렸다. 일인용 소파와 러닝머신은 동사무소 청소과에 연락해 처분했고, 잔해가 된 껍데기들과 음식 쓰레기들은 100리터들이 봉투 세 장 속에 쓸어넣었다. L의 화장품과 자잘한 옷가지들은 그녀의 쇼핑백 세 개에 나눠 넣었다. L이 즐겨 입던 옷들이 거기 있지 않은 것으로 미루어, 그녀가 앞으로 오랫동안 돌아오지 않을 것임을 짐작할 수 있었다.

이제 나에게 남은 것은 마침 책장 높은 곳에 진열돼 그녀의 눈에 띄지 않은 10여 점의 손들과, 예전에 거대한 껍데기의 잔해에서 사리처럼 골라내 상자에 넣어둔 흰 석고 조각들뿐이었다.

이따금 나는 스스로에게 물었다. 만일, L의 부탁대로 그녀를 K시로 데려갔다면, 모든 것은 달라졌을까.

나는 그녀의 상처가 고스란히 떠져 나온 오른손의 껍데기를 탁자에 올려놓았다. 그녀의 손톱과 손가락 관절, 푸른 혈관들이 닿아 있었던 자리를 쓰다듬었다. 곰곰이 그녀의 얼굴을 떠올려보다가, 그 동안 그녀의 얼굴만은 뜬 적이 없었다는 사실을 깨달았다. 나는 그녀의 오종종한 이목구비를 기억 속에서 재생시켜보려 했고, 뜻밖에 그것이 잘되지 않는다는 것을 알았다.

일주일이 지나고, 보름이 지나고, 한 달이 더 지나고, 길었던 겨울이 갈 때까지 L은 돌아오지 않았다. 여전히 나는 그녀의 얼굴을 떠올려낼 수 없었다.

아버지가 남겨준 얼마간의 유산 덕분에, 나는 10여 년 동안 해왔던 입시지도 아르바이트를 그만둘 수 있었다. 나는 인사동에 나가지 않았다. 신문이나 잡지도 읽지 않았다. 약속도 만들지 않았다. 하루 세 끼 밥을 먹고 잠자는 시간 외에 다른 어떤 일도 하지 않았다. 단지 탁자에 놓인 L의 손을 묵묵히 들여다보며, 그 희부연 얼굴의 형상에 초점이 맞춰지기를 기다렸다.

저녁이 내릴 무렵이면 이따금 홍대 앞의 붐비는 거리를 목적 없이 걸었다. 이제는 더 이상 행인들의 나신을 사냥감처럼 상상하지 않았다. 쇼윈도에 비친 내 눈은 마치 어떤 생명의 불이 꺼진 것처럼 어두웠다. 일찍부터 머리가 세기 시작한 아버지처럼, 내 머리털에도 간혹 어슴푸레한 흰빛이 번쩍이고 있었다.

다시는 예전으로 돌아갈 수 없다는 것을 나는 알고 있었다. 그녀의 무엇인가가, 내 내부의 무엇인가를 영원히, 돌이킬 수 없이 변화시켰다. 그러나 그것들이 정확히 무엇인지 나는 결코 알아낼 수 없었다.

그해 늦가을 어느 오후, 나는 나프탈렌 냄새가 나는 작업복을 싱크대 서랍에서 꺼내 입었다.

　100호 캔버스 위에 진흙을 두껍게 깔았다. 얼굴과 손이 뭉개어진, 납작하게 엎드린 여자를 그 위로 부조한 뒤, 변색한 피의 빛깔로 그것을 칠했다. 나는 뿌연 먼지가 앉은 종이 상자를 열었다. 흰 사리 같은 석고 조각들을 꺼냈다. 엎드린 진흙 여자의 몸에 그 조각들을 붙였다. 흰 뼈 같은 그 껍데기들이 희끗희끗 드러나도록, 그 위로 성글고 거칠게 진흙을 짓이겼다. 수년 만에 처음으로, 직접 손으로 빚는 작업이었다.

　꼬박 밤을 새워 새벽이 밝았을 때 나는 차가운 콘크리트 바닥에 주저앉아 있었다. 형체 없이 뭉개어진 붉은 얼굴을, 손목부터 흔적도 남지 않은 손을 내려다보았다. 진흙 여자의 벗은 등을 향해 나는 손을 뻗었다. 지문을 날인하듯 내 열 손가락을 지그시 눌렀다. 가슴을 깊숙이 찌르는 낯선 고통을 나는 느꼈다.

　땀에 젖은 티셔츠를 갈아입지 않은 채, 이불을 당겨 덮지도 않은 채 나는 침대에 몸을 던졌다. 죽음과도 같은 막막한 잠이 나를 빨아들이도록 내버려두었다. L이 나에게서 떠난 뒤 처음으로 드는 단잠이었다.

3부

가장무도회

입술

거울 속의 여자

악몽

모형의 집

목소리

진짜와 가짜

더러움

천국

멀지 않은 눈

데드마스크

재회

따뜻한 손

막(膜)

당의정

피로

껍데기와 껍질

껍질 벗기

네가 원하는 것

가면 뒤의 얼굴

내 손가락

입술

"이게 좋겠는데요."

연회색 트렌치 코트에 두 손을 찔러넣은 E가 상반신을 돌렸다. 흡사 직업 모델처럼 군더더기 없는 동작이었다. E의 옆얼굴을 주시하고 있던 내 눈길이 그녀와 마주쳤다. 갈색 펄을 바른 눈두덩 아래로 그녀의 눈동자가 흔들리는 듯하더니 이내 사교적인 광채를 머금었다. 그녀는 약간 웃었다. 선명한 자줏빛 입술 가에 주름이 패었다.

"그건 좀, 성스럽잖아?"

간이 의자에 다리를 꼬고 앉아 있던 선배 P가 불쑥 물었다. E의 시선이 그쪽으로 옮겨졌다.

"좀더 재미있는 걸 골라보지 그래?"

P가 팔짱 낀 상체를 흔들 때마다 의자의 철제 다리가 달가닥거리는 소리를 냈다. 불량스레 구두를 까닥거리는 그의 발놀림은, 그녀와의 관계가 가구 디자이너와 실내 건축가의 단순한 친분 이상이리라는 인상을 주는 것이었다.

"글쎄…… 성스러운 건 재미없는 건가?"

그녀의 목소리는 그다지 아름답지 않았으나, 약간 허스키한 발성과 말끝을 끄는 듯한 어조로 독특한 여운을 남겼다. 그녀는 입술을 비틀며 웃었는데, 그것은 흡사 경험 많은 중년의 사업가처럼 노숙한 미소였다. P와 가끔씩 말을 놓는 것으로 미루어 서른예닐곱쯤 되었을까. 바닥에 코트 자락이 끌리는 대로 소탈하게 무릎을 접어 앉는 모습조차 기품 있게 다듬어진 느낌을 주었다. 그 자세로 그녀는 자신이 고른 것을 몰두하여 들여다보았다.

평균보다 아름다운 외모를 가진 여자였다.

그녀의 아름다움에 대조되어 내 작업실이 더욱 누추해 보인다는 것을 나는 알고 있었다. L과 함께였을 때부터 이미 낡아 있었던 싱크대는 이제 문짝마다 아귀가 어긋났고, 덧붙였던 컬러 시트들은 너덜너덜하게 귀를 드러냈다. 묵은 때가 엉긴 가스 레인지 위에는 흠집투성이의 냄비가 뚜껑이 반쯤 덮인 채 얹혀 있었다. 개수대와 수도꼭지에는 흰 석회가 밀반죽처럼 엉겨 있었다.

저마다 벌거벗거나 비닐을 뒤집어쓰고 있는 작품들을 나는 타인의 시선이 되어 둘러보았다. 이 공간은 오래전부터 포화 상태였다. 창고 역시 포화 상태였다. 작품들을 깨뜨리지 않기 위해서는 주의를 기울여 살금살금 걸어다녀야 했다.

"거실에…… 해가 드는 남쪽 창 앞에 놓으면 우아할 것 같아. 클라이언트가 우아한 걸 좋아해."

얼굴을 작품 위로 수그린 채 그녀가 중얼거렸다. 딱히 P에게 말하는 것 같지 않은, 자신에게 속삭이는 어조였다. 그러나 마치 무대에서 독백하는 배우처럼, 듣는 이들을 명확히 의식하고 있는 듯했다.

E가 들여다보고 있는 것은 두번째 개인전 때 전시했던, 석고로 뜬 L의 손들이었다. 한 벌은 나란히 아래에 놓고 다른 한 벌은 위에서 다른 한 벌을 내려다보도록 했는데, 마주 보는 네 개의 흰 손들은 각각의 손가락들을 가볍게 벌리고 있었다. 전시할 때는 손 안

쪽에 조명을 설치해, 그 손가락들 틈으로 빛이 새어나오도록 했었다. 환하게 서로의 존재 속으로 깃들어 있는 그 쓸쓸한 손가락들을 나는 좋아했다.

"이거, 좀 약해 보이는데……"

그녀는 바스락거리는 소리를 내며 일어섰다. 활짝 허리를 펴자, 하이힐을 신은 그녀의 늘씬한 키는 나와 엇비슷해졌다. 눈썹을 올려 뜨는 그녀의 표정이 서글서글했다.

"주물로 떠주실 수 있을까요?"

짐작했던 질문이었다. 석고 FRP는 잘 깨진다. 화랑에서 철수하면서도 두 점을 산산이 깨뜨린 일이 있었다.

"글쎄요, 그건……"

나는 미소를 지으며 대답했다.

"전 주물의 느낌이 싫습니다. 석고 쪽이 더 인체의 느낌이 납니다."

"그건 그래요, 저도 이 느낌이 좋아요. 하지만 너무 보관이 조심스러워도 일반인에게는 좀……"

"깨지기 쉽기로는 도자기나 크리스털도 마찬가지 아닙니까."

까다롭고 당당해 보이던 그녀는 뜻밖에 온순한 미소로 대답을 대신했다. 상대로 하여금 마치 갑작스런 유혹을 받은 것처럼 당혹감을 느끼게 하는 미소였다. 그러나 나를 더욱 놀라게 한 것은, 이어 그녀의 얼굴에 나타난 극적인 변화였다.

웃음이 얼굴에서 채 가시기 전에 그녀의 눈에서 빛이 꺼졌다. 그녀의 시선은 아무런 생기가 담겨 있지 않은, 흡사 인형의 얼굴에 박힌 유리알 같은 것이 되었다. 그녀는 고개를 떨구었는데, 그것은 마네킹의 목이 부러지는 것 같은 동작이었다. 자연스럽던 그녀의 몸놀림은 굳었다. 호흡까지 멎은 것 같았다. 어깨도 배도 석고상처럼 딱딱했다.

고작 1,2초 동안 일어난 일이었다. 만일 좀더 오래 지속됐다면, 어느 정도 관찰력이 날카로운 사람이라면 누구나 그 변화를 알아차릴 수 있었을 것이다. 그러나 그것은 너무 짧았고, 가까이 있는 P조차도 전혀 이상한 기미를 느끼지 못한 것 같았다.

"……이것들은 모두, 같은 사람의 손인가요?"

고개를 들며 물어오는 그녀의 음성은 또렷했다. 눈빛은 되살아나 다시 사교적인 호의를 담고 있었다. 마치 잠시 시간이 정지했던 것 같았다. 자신의 몸과 호흡이 짧은 순간 인형처럼 굳어 있었던 것을 그녀는 의식하지 못하는 것 같았다.

"그렇지요? 손등에 흉터 파인 것까지 똑같네요."

내 대답이 필요 없다는 듯, 그녀는 팔짱을 끼었던 손으로 턱을 고이며 두어 번 고개를 끄덕였다. 그녀가 내려다보는 네 개의 손들 옆에는 깍지를 끼고 있는 손이 있었고, 그 뒤쪽에는 기도하듯 앞으로 모은 손이 있었다.

그녀는 물었다.

"첫번째와 두번째 개인전의 주제가 모두 손이던데…… 특별한 이유가 있나요?"

나는 침묵한 채 그녀의 눈을 건너다보았다.

"예전에, 내가 그 이유를 물었을 때 이 친구가 수지침 얘길 하더군."

P가 끼어들었다.

"그뒤 서점에 들렀을 때 관련된 책을 들춰봤지. 손바닥을 실물 크기로 그려서 각 경락을 설명하는 그림이 있었는데, 가운뎃손가락 첫째 마디에다 눈 코 입을 그려놨더라구. 그후로, 가끔 내 두 손을 볼 때면 그것들이 두 개의 얼굴인 것 같은 생각이 들더군."

P는 사변적이었다. 조용한 작업실에 울리는 자신의 낭랑한 목소리와 억양을 즐기는 듯, 그는 나긋나긋하게 말을 이었다.

"인간의 몸에서 가장 독립적으로 살아 있는 기관이 바로 손 아닐까? 우리가 먹고 만지고 뭔가 만들어내고 섹스하는 모든 행위들이 이루어지는 기관이잖아. 즉 행위하는 존재로서의 인간의 상징일 수 있는 거지."

P는 만족스런 얼굴로, 넥타이 대신 두른 자신의 청자색 스카프를 만지작거렸다. 곱슬곱슬한 앞머리 아래 영민하게 튀어나온 이마, 그 아래 번쩍거리는 눈빛이 E의 균형 잡힌 가슴께에 머물고 있었다.

그렇군요, 하는 얼굴로 E는 무덤덤하게 고개를 끄덕였다. 그녀의 표정은 어느 사이 차가워져, '예의상 물어본 것뿐인데, 진부하기만 한 대답이 너무 길군요'라고 말하고 있는 듯했다.

천천히, 마치 개조를 위해 시안이라도 잡아보려는 듯 그녀는 작업실의 구석구석을 둘러보기 시작했다. 전문가답게 야무지고 사려 깊어 보이는 걸음걸이와 표정으로 그녀는 조심스럽게 걸어나갔다. 베니어판으로 짠 창고 문 앞에 발이 멎은 순간, 냉정하던 그녀의 얼굴이 동요했다.

그것은 두 달 전, 하룻밤 사이에 홀린 듯 제작한 뒤 창고 문에 기대 세워놓았던 진흙 여자의 부조였다. 납작하게 엎드린 등허리에는 흰 뼈 같은 석고 껍데기가 점점이 드러나 있었으며, 변색된 피의 빛깔이 온몸을 뒤덮고 있었다. 얼굴은 형체 없이 뭉개어졌고, 바닥을 짚은 두 손도 손목부터 뭉개어져 있었다.

"그게 마음에 드는 모양이지?"

예의 불량한 어조로 P가 물었다. "물론 재미는 더 있지만……" 하고 그는 킬킬 웃음을 터뜨렸다.

"저런 걸 집에 걸어두라면 그치들 반응이 어떨까. 아이들이 경기(驚氣)하겠다면서 두 손 들지 않을까?"

E는 P의 말을 듣지 못한 것 같았다. 이상하게 빛나는 눈으로 작품에서 눈을 떼지 못하고 있었다.

뭔가 있다.

나는 그녀의 눈에서 흔들림이 사라지는 것을 잠자코 지켜보았다.

뭔가 분명히 있다.

두 시간 전 신촌의 카페에서 그녀를 소개받았을 때 느꼈던 직감을 나는 재차 확인하고 있었다.

"좋아요, 이걸로 일단 결정하고."

그녀는 나와 P를 향해 돌아섰다. 마치 몸 안의 스위치를 켠 듯, 그녀의 얼굴이 밝아지며 말이 빨라졌다. 트렌치 코트 주머니에 두 손을 찌르고, 갸름한 턱으로 두 쌍의 손들을 가리켰다.

"가격이나 기타 문제들은……"

높은 톤으로 그녀는 말을 이었다. 두껍게 바른 파운데이션 때문에 언뜻 파리해 보이는 얼굴 위에서 자줏빛 입술이 생물체처럼 움직거렸다. 적당히 관능적일 만큼 도톰한 입술이었다.

"일단 클라이언트와 상의해본 뒤에 연락 드릴게요. 하한선은 P씨에게 들어서 알고 있어요."

"운형이 이 친구, 순 똥배짱이야. 하긴 그런 자존심이 없으면 내가 좋아하지도 않지."

P가 너털웃음을 터뜨리며 일어섰다.

"그게 더 좋아요. 클라이언트들의 심리가, 가격이 높을수록 신뢰감을 가지게 마련이니까요."

E는 옆구리에 끼고 있던 서류 봉투를 벌려 내 개인전 도록들이 들어 있는 것을 확인했다.

"전화 번호는 여기 약력 밑에 있으니까…… 그럼 다 된 거죠?"

그녀는 미소를 머금은 채 뒤돌아섰다. 경쾌한 하이힐 소리를 내며 출구 쪽 계단으로 걸어갔다. 계단에 한 발을 내딛기 전, 그녀가 무심을 가장해 창고 쪽을 돌아보는 것을 나는 알아보았다.

니스 칠이 벗겨진 베니어판 문 앞에 붉은 진흙 여자가 얼굴이 뭉개어진 채 몸을 엎디고 있었다. 연갈색 펄이 은은히 빛나는 눈두덩 아래, 기묘한 생기가 E의 눈에 머물렀다 사라졌다. 정교한 립 라인이 그려진 입술이 미묘히 떨리듯 움직거렸다.

거울 속의 여자

중소형 빌라들이 양쪽으로 늘어선 좁다란 골목에 주차했던 승용차를 E는 능숙하게 빼냈다. 흰색 신형 소나타였다. 운전석 옆에 오른 P가 선팅된 차창을 내리며 나에게 인사했다.

"이 담에 술이나 한잔하자구."

핸들을 잡은 E가 까닥 고개를 숙였다.

E의 차가 길모퉁이를 돌아나가기 전에 나는 돌아섰다. 계단을 천천히 밟아 작업실로 내려왔다. 커피 포트에 수돗물을 받아 가스 레인지에 올렸다. 물이 끓을 때까지 생각에 잠겨 있다가, 마른 자스민 잎을 약간 넣었다.

자스민 향이 우러나는 동안, 나는 바닥에 내려놓았던 L의 손들을 소나무 책장 맨 위칸에 차곡차곡 정리해 넣었다. E가 끝까지 응시했던 진흙 여자의 부조는 여전히 베니어판 문 앞에 세워져 있었다. 그 형체 없이 뭉개어진 얼굴을 내려다보며 간이 의자에 걸터앉아 차를 마셨다.

P는 전날 오전 나에게 전화로 말했었다.
"지난 겨울에 아버님 돌아가셨단 얘긴 들었다만…… 왜 연락 안 한 거냐? 나중에야 알았다."
나는 대답했다.
"서울도 아니고 K시라, 아무에게도 연락하지 않았습니다."
"K시 아니라 제주도라도 내가 가지, 멀다고 안 가겠어? 넌 그게 탈이야. 도무지 아무한테도 폐를 안 끼치려고 하니."
화제가 화제이니만큼, P는 다음 레퍼토리를 생략했다. 너무 맑은 물에도 고기가 안 논다는 거 몰라? 외로움을 자초하지 말라구. 흐느적흐느적 살기에도 끔찍이 외로운 세상이야.
"그러나저러나, 상심이 컸던 거야 이해한다만…… 이렇게까지 오래 두문불출이냐?"
"아닙니다."
나는 웃었다.
"요즘은 가끔 나가기도 합니다."
"그래, 그래야지. 그러잖아도 내가 오늘 전화한 건……"
즐거운 대화를 좋아하는 그는 유쾌하게 뜸을 들였다. 나는 물었다.
"무슨 일이 있습니까?"

"내가, 괜찮은 여성 하나 소개시켜줄까?"
나에게 거의 유일하게 가깝다고 할 만한 사람이 있다면 P 정도일 것이다. 그는 발이 넓었고 늘 웃는 눈이었으며 누구에게도 싫은 표정을 드러내지 않았다. 그 때문에 정치적이라는 인상을 주었는데, 그것은 어느 정도 사실이었다. 그런데도 사람들이 그를 미워하지 않는 것은 그의 행동에 일말의 정직함이 배어 있는 것처럼 느껴지기 때문이었다. 넌 이상한 놈이야. 언젠가 그는 내 어깨를 툭툭 치며 말했다. 넌, 이상하단 걸 스스로 느끼지도 못할 만큼 이상한 자식이야. 그리고는 뭔가 대단한 말을 했다는 듯 요란한 너털웃음을 터뜨렸었다.
"그러니까, 맞선은 아니고……"
자신의 농담이 객쩍다는 듯 P는 실없이 킬킬 웃었다.
"일 얘기야. 인테리어하는 사람인데, 예술 애호가가 돼보고 싶어하는 클라이언트를 만났대. 조각품을 거실에 놓고 싶긴 한데 콜렉팅을 해본 적도 없고 해서 아예 이 친구에게 일임한 모양이야."
P의 목소리는 제법 진지해져 있었다.
"왜, 너 두번째 개인전 때 손 연작 말이야. 좀 꺼내놔 봐. 아무래도 그 다음에 내놓은 미라 같은 것들보단 일반인한테 거부감 안 줄 거 아니냐."
그는 당부하듯 말했다.
"적극적으로 팔아봐. 너 예전에 그랬잖아, 작업실 좀 넓혀야겠다고."
"사실 저는."
나는 대답했다.
"손 라이프캐스팅 중에서는 팔고 싶은 작품이 없는데요."

사실이었다. L의 손들 중 어느 하나도 팔고 싶은 마음이 없었다.
"아직 정이 안 떨어졌습니다."
"한 점이야, 한 점. 한 점만 팔고 나머진 그럼 평생 끼고 살어."
나는 다시 웃었다.
"아니요. 한 점도 아직은 좀 이릅니다."
"고집도 대단하군. 작가가 작품에 정 떨어지기까지 다들 너같이 기다려야 한다면 어떻게 먹고 살겠어?"

실랑이 끝에 그는 이미 예스라는 대답을 그녀에게 해놓았으니 어떻게 하겠느냐는 부탁으로 돌아섰고, 한번 만나서 대화라도 해보라는 강권이 이어졌다.

그리하여 이날 아침 나는 P와, 그가 소개해줄 E를 만나기 위해 신촌의 카페로 나갔다.

싸락눈이 내리겠다던 예보와는 달리 부슬비가 떨어지고 있었다. 거리는 저녁 무렵처럼 음울한 회색조로 가라앉아 있었다. 그 카페의 산뜻한 연노랑색 간판은 그에 대조되어 어딘가 인공적으로 느껴졌다. 주변 간판들의 폭력적일 만큼 굵직한 상호들과는 달리, 주먹만한 크기로 세련된 서체의 '沼'와 '沼'가 나란히 찍혀 있었다. 유리문을 열자 밝은 원목으로 짠 층층계가 유연한 곡선을 이루며 현관과 반지하의 카페를 연결하고 있었다. 층층계의 벽면을 따라 일렬로 놓인 무릎 높이의 원주형 유리 그릇 속에는 마치 물처럼 보이는 투명한 파라핀이 3분의 1씩 담겨 있었다.

실내는 밝은 노랑색으로 통일돼 있었다. 장식장과 선반이 허리 높이로 짜여 있어 연노랑색 벽면이 그대로 드러난 바를 나는 보았다. 극도로 미니멀한, 그래서 사람 냄새가 느껴지지 않는 공간이었다.

P는 입구와 가까운 자리에 비스듬히 앉아 있었다.

"언제 왔습니까?"

대답 대신 그는 물었다.

"비가 많이 오나?"

"거의 그쳤던데요."

"12월에 부슬비라니, 올 겨울은 따뜻할 모양이지."

나는 레몬색 앞치마를 두른 종업원이 가리키는 흰 아크릴 통에 우산을 꽂았다.

"여기, 괜찮은데요."

"그 친구 작품이야. 지난해였나, 실내건축가협회상을 받았지."

탁자에 놓인 가죽 장정의 메뉴판을 집어들며 나는 다시 실내를 둘러보았다.

기묘하게 고요한 곳이었다.

요즈음 유행하는 비트 있는 발라드 음악이 흘러나오고 있었고, 썰렁할 만큼 손님이 없는 것도 아니었다. 한데 어쩐지 마치 이승이 아닌 것 같은 적막한 느낌을 자아냈다.

어째서일까.

천장은 높은 편이었다. 벽의 장식이라곤 물이 반쯤 담긴 투명한 시험관들이 좁다란 유리 선반에 일렬로 끼워져 있는 것이 전부였다. 그 시험관 안에는 가냘프고 키 작은 갈댓잎들이 꽂혀 있었다. 멀리서 보면 시험관도 유리 선반도 보이지 않고 갈댓잎만 보이도록 고안된 것 같았다. 그러나 가까이에서 올려다본 그 투명한 용기는 분명한 시험관이었고, 서정적인 갈댓잎들과 대조를 이뤄 묘하게 차가운 느낌을 주었다.

탁자의 상판들은 엷은 광택이 도는 연노란 MDF였고 소파들은 그보다 색이 옅은 미색이었다. 소파와 소파 사이로 놓인 칸막이들은 언뜻 유리판처럼 보였는데, 자세히 보니 얄따란 유리 상자들이었다. 거기에도 투명한 파라핀이 3분의 2쯤 담겨 있었다. 상호대소(沼)의 이미지를 살리자는 것이었으리라.

바 쪽을 건너다보자 P의 하이스툴들이 눈에 띄었다. 그의 취향대로 미니멀하면서도 인간적인 감각이 있는, 등받이에 나부(裸婦)를 단순화한 우아한 패턴이 뚫린 의자들이었다.

"이상한 기분이 들어, 저기 앉아 있는 여자나 남자들을 보면."

내가 자신의 작품을 보는 것을 눈치 챈 그가 빙긋 웃으며 말했다.

"마치 내 몸에 엉덩이를 맞대고 있는 것 같아. 말하자면 좀, 에로틱해."

E가 나타난 것은 약속 시간에서 꼭 5분이 지난 시각이었다.

실내의 색조에 맞추기라도 한 듯 베이지색 수트 차림의 그녀는 왼팔에 연회색 트렌치 코트를 두른 채 계단을 내려섰다. 삼단으로 접히는 같은 색 우산을 흰 플라스틱 통에 꽂으며 그녀는 40대 후반의 주인 남자와 인사를 나누었다. 그녀의 미소는 시원스러웠다. 허리와 어깨가 무용수처럼 반듯이 펴진 데다 얼굴에는 광채가 어려, 어딘가 상대를 반하게 하는 구석이 있었다.

내가 E에게서 받은 첫인상은 청결감이었다. 입은 옷이 흰색 계열이고 피부 또한 흰 편인 탓도 컸겠지만, 그보다 말끔하게 느껴진 것은 그 태도였다. 주인에게 인사를 마친 뒤 상체를 이편으로 돌리는 그녀의 몸짓은 마치 자로 잰 듯 정확했다. 그녀는 P를 향해 활짝 웃었는데, 그 웃음은 꼭 필요한 만큼 온화한, 헤프지도 인색하지도 않은 것이었다. 상대편의 긴장을 해제시키는 그 미소가 걷히자 E의 얼굴에는 호의를 표하는 밝은 기운이 맴돌았고, 정갈한 입꼬리는 약간 위쪽으로 끌어당겨졌다. 성큼성큼 탁자로 다가온 그녀는 나를 향해 오른손을 내밀었다.
"반갑습니다."
E의 손은 매끄러웠고 다소 축축했다. 목덜미께에서 은은한 난향이 날아왔다. 엷은 갈색으로 물들인 긴 머리는 자연스럽게, 그러나 공들여 손질되어 있었다. 그 아름다운 여자가 P의 옆에 반듯이 허리를 곧추세워 앉는 것을 지켜보는 동안 나는 느낄 수 있었다. 그 정갈함과 상냥함과 품위 속에, 누구든 지나치게 가까이 다가오는 것을 거부하는 듯한 냉기가, 거의 눈에 띄지 않을 만큼 어렴풋이, 그러나 단호하게 어려 있었다.
"P씨에게서 얘기 많이 들었어요."
부드러운 말씨로 그녀가 말했다.
"도록으로만 봐도 작품들이 인상 깊었어요. 전시회에 갔었다면 좋았을 텐데, 아쉬웠어요."
주인과 인사하면서 주문을 했는지 얼음을 뺀 레모네이드가 그녀 앞에 놓였다. 미소를 지은 뒤 그녀는 그것을 한 모금 마셨다. 반투명의 스트로에 입술을 댄 그녀의 모습은 마치 촬영을 위한 하나의 세트 같았다. E의 베이지색 정장과 레모네이드의 빛깔과 이 카페의 연노랑색이 조화를 이뤘고, 자주색 입술은 립글로스가 덧발라져 악센트처럼 반짝거렸다.
절반쯤 마신 레모네이드 잔을 테이블 한편으로 밀어놓은 뒤, 여자는 내가 이미 전날 저녁 P로부터 들었던 이야기를 차근차근, 직업적인 우아함이 깃든 태도로 설명해주었다.
"대충 P씨에게 얘기는 들으셨겠지만, 이번에 제 클라이언트가 조각 작품을 진열하고 싶어해요. 손 작품 중에 몇 개를 봤으면 좋겠어요. 실례가 되지 않는다면 오늘이라도 작업실에 들렀으면 하는데요."

 예상했던 바였으므로 나는 그러자고 했다. 각자의 음료를 비우는 동안 그녀와 P는 내가 알지 못하는 몇 가지 사업적인 이야기를 10여 분에 걸쳐 주고받았다.

 "미안해요."

 이야기가 끝나자 E는 나를 향해 활짝 웃었다.

 "괜찮습니다."

 P가 E에게 물었다.

 "차 갖고 왔지?"

 "P씨는, 두고 왔어?"

 "갖고 오긴 했지만, 어차피 저녁에 이쪽으로 나와야 하니까 그쪽 차로 이동하지 뭐."

 "그럼, 지금 나갈까요?"

 P가 먼저 일어섰다. 채 덜 마신 레모네이드를 남겨놓은 채 E는 코트를 들고 일어섰다. 그녀는 카드를 꺼내는 P 앞으로 뛰어나가 카운터에 계산서를 내밀었다. 주인 남자는 됐다고 했다.

 "자꾸 이러시면 제가 자주 올 수 없잖아요."

 계단 옆의 긴 거울에 비친 그녀의 얼굴을 나는 보았다.

 "제가 자주 오는 게 싫으세요?"

 E는 나직이 웃었다. 남자의 얼굴이 으쓱 밝아졌다. 그녀는 여전히 미소를 머금은 채, 마치 유혹자의 그것처럼 달콤한 시선으로 남자의 얼굴을 올려다보고 있었다.

 지갑에서 카드를 꺼내 건넨 뒤 전표가 나오기를 기다리는 동안 그녀는 흘긋 거울을 보았다. 그녀는 거울 속의 나를 보지 못했다. 다만 자신의 얼굴을 보았다. 그 눈길은 좀 전까지의 달콤하고 온화한 것이 아니라, 무엇인가를 확인하는 듯 사무적인 것이었다.

"마음에 들어?"

P가 내 옆구리를 질벅이며 속삭였다.

"조심해."

"뭘 말입니까?"

"좀 어려운 여자야."

"어렵다면?"

"글쎄…… 어느 선까지는 어렵지 않아 보이지만, 곧 힘들어져."

"어느 선까지라면, 어디까지?"

내가 무심한 어조로, 스무고개를 이어가듯 묻자 P는 장난기 어린 눈을 빛내며 웃었다. E가 주인 남자와 악수를 나눈 뒤 돌아선 것은 그때였다.

"가실까요?"

그녀의 몸짓과 어조가 마치 여배우처럼 화려하다고, 그녀의 눈이 검은 구슬 같다고 나는 생각했다. 반짝거렸고, 아름다웠으며, 그 안쪽을 들여다볼 수 없었다.

악몽

P의 예상과는 달리, 때늦은 겨울비가 그치고 나자 영하 20도의 한파가 일주일 가까이 서울에 머물렀다. 서너 군데의 송년회에 참석하라는 기별이 있었으나 나는 가지 않았다. 동파하지 않도록 몇 방울씩 떨어지게 해둔 수돗물 소리를 들으며, 외투에 담요까지 둘러쓰고 전기 난로 앞에 웅크려 앉아 있었다. 저녁이면 가까운 밥집

에 나가 설렁탕을 사먹는 것이 유일하게 정기적인 외출이었다.

그간의 방문객이라곤 방한모에 마스크까지 하고 찾아온 통장뿐이었다. 쌀집 주인인 그는 "얼마 되지도 않는 거 제발 좀 내슈, 사람 귀찮게 하지 말고" 하며 주민세 독촉장을 건넨 뒤 바삐 사라졌다.

다음날이라도 곧 전화할 것 같았던 E에게서는 연락이 없었다. 작품이 클라이언트의 마음에 들지 않았을 수도 있고, E와의 계약 자체가 파기됐을 수도 있다. 이런 일이란 늘 그런 법이다. 잘된 일이었다. 어차피 나에게는 L의 손을 팔고 싶은 마음이 없었다.

다만 한 가지 이상한 일은, 아무리 애를 써도 E의 얼굴을 정확히 기억해낼 수 없다는 것이었다. 펄이 발라진 눈두덩, 자주색 립스틱, 움직거리던 입술의 모양, 표정의 미묘한 변화 따위는 모두 생생했지만, 그것들이 합해진 정확한 얼굴을 떠올리려면 일종의 마비 상태에 빠지곤 했다.

꼭 한 번 E의 전체적인 얼굴을 기적적으로 떠올려낸 찰나가 있었는데, 그 얼굴은 눈빛도 표정도 살아 있지 않은, 마치 서양식 탈이나 데드마스크와 같이 딱딱한 형태로 나타났다가 이내 사라졌다.

E를 만난 지 일주일째 되던 밤 나는 꿈을 꾸었다. 내 곁에 L이 누워 있었고 나는 그녀의 가슴을 쓰다듬고 있었다. 목덜미를 거쳐 뺨을 어루만지려 했을 때 그녀의 얼굴이 석고상처럼 딱딱하다는 것을 알았다. 놀라 눈을 뜨자, 그것은 L의 얼굴이 아니라 데드마스크 같은 E의 얼굴이었다. 어떤 소리도 반응도 없이 그녀의 몸은—L인지 E인지 알 수 없는—시신처럼 늘어져 있었다. 섬뜩한 생각이 들어 그녀의 몸을 내팽개치자, 침대에 엎어진 그녀의 얼굴은 형체 없이 뭉개어져버렸다. 몸을 떨며 나는 그 머리맡에 앉아 있었다.

이 짓이겨진 얼굴을 뒤집어야 하나. 뒤집어서 확인해야 하나.

어둠 속에서 눈을 뜨자마자 나는 손을 더듬어 내 옆에 아무도 없는 것을 확인했다. 침대에서 내려서는 내 다리가 후들거렸다.

나도 나이를 먹는군.

불을 켜고 목덜미를 손바닥으로 닦으며 나는 중얼거렸다.

악몽을 꾸고 땀까지 흘리다니.

나는 차가운 벽을 짚고 비스듬히 서 있었다. 꿈속에서 잠시나마 완전하게 재생되었던 E의 딱딱한 얼굴을 떠올렸고, 그 얼굴의 무엇이 L을 연상시켰는가를 곰곰이 생각해보았다. E가 골랐던 L의 네 개의 손에 내 시선이 머물렀다. 문득, 이 작업실이 지나치게 고요하다고 나는 느꼈다. 이상한 막막함이 내 머리를 감쌌다.

기압골의 영향으로 날이 풀린 아침, 나는 E의 전화를 받았다. 나는 E의 목소리를 알아듣지 못했다. 그녀가 이름을 밝히고 P의 이름까지 들고 나온 뒤에야 그것이 그녀가 전화상으로 사용하는, 상냥하면서도 사무적인 음성이라는 것을 알았다.

"클라이언트와 얘기해봤는데 반응이 좋았어요. 도록을 보여드렸더니, 전번에 제가 말씀드렸던 것 말고 다른 것까지 함께 했으면 하던데요."

그 클라이언트가 골랐다는 것은 무엇인가를 애원하듯 앞으로 펼쳐 내민 두 개의 손이었다.

"혹시, 이미 팔린 건 아니겠죠?"

"아닙니다."

"잘됐네요. 아내가 가톨릭이라서 좋아할 것 같다던데요."

E는 말했다.

"이번 프로젝트는 한 달 정도 더 소요될 예정이에요. 마지막 날에 작품을 갖다 놓을 거예요. 저희 쪽 대금은 늦더라도 장선생님께는 바로 지불될 수 있도록 얘기해뒀어요."

E는 이어 신중한 어조로 그녀의 클라이언트가 두 개의 작품을 사는 대신 디스카운트를 원한다는 이야기를 했다.

"글쎄요."

나는 대답했다.

"솔직히 제 마음을 말씀드리면……"

갑자기 전화선 저쪽이 고요해졌다. 아무도 거기 있지 않은 것 같았다. 아무도 듣지 않는 이야기를 하고 있는 것 같은, 간밤의 이상한 막막함을 나는 다시 느꼈다.

"두 점 모두 팔고 싶지 않습니다. 차라리 잘됐군요."

"잠시만요. 뭔가 오해가 있으신 것 같은데요."

E의 목소리가 다급하게 들려왔다. 신기루가 아니었다. 그녀는 거기 있었다. 거기, 내가 알지 못하는 어떤 사무실, 어떤 책상 앞에 앉아 있었다.

"가격이 문제가 아닙니다. 아무래도 아직은 팔 시기가 아닙니다."

"작가로서 예민한 문제라는 거 이해해요. 마음을 상하게 해드리려는 게 아니었어요."

"아닙니다."

나는 웃었다.

"마음이 상하거나 한 게 아닙니다. 단지 저는……"

답답해졌다. 길게 설명한다는 것도, 변명하고 오해를 푼다는 것도 거추장스러웠다.

E가 제안했다.

"그럼, 만나서 얘기할까요?"

나는 대답을 망설였다. E의 화사한 목소리가 이어졌다.
"이번 주 언제 괜찮으세요? 저는 수요일, 목요일만 빼면 다 좋은데요."
P의 경고와 달리 E는 어려운 여자가 아니었다. 특별히 까다롭지도, 예민하지도, 방어적이지도 않았다. "잊지 마세요, 7시예요"라고 다짐하는 그녀의 말씨는 흔쾌했고 대범했다.

금요일 저녁 나는 E의 사무실이 있는 서초동의 증권사 빌딩 로비에서 기다렸다. 그녀는 약속 시간보다 10분 늦게 나왔다. 벽돌색 터틀넥 스웨터에 검은 재킷 차림이었다. 처음 만났을 때보다 캐주얼해 보였고, 그만큼 활기찬 전문직 여성의 분위기를 풍겼다.
"죄송해요. 중요한 전화를 받느라구요."
E는 거침없이 물었다.
"저녁 안 드셨죠? 제가 살게요."
나는 E가 안내하는 대로 그 근방에서 가장 깔끔하다는 카레 전문점에 갔다. 은식기에 담겨 나온 카레에 올리브 잎이 얹혀 있었다. 그녀는 바로 일 얘기로 들어갔다.
"……그렇군요."
내가 일의 전후를 설명하자, E는 사려 깊은 표정으로 고개를 끄덕였다.
"P씨가 많이 애를 써준 거였군요."
잠시 틈을 두었다가 그녀는 말했다.
"하지만 그 클라이언트는, 비록 깊은 안목은 없지만 순수한 분이에요. 장선생님의 작품을 끝까지 귀하게 다룰 겁니다. 보장할 수 있어요."

다음 말이 이어질 때 그녀의 목소리는 다소 차갑게 들렸다.

"그리고 어차피……"

그녀는 미소를 보였다.

"모든 건 사라지잖아요? 우리도 그렇고, 우리가 만든 작품도 그렇고…… 심지어 우리가 사는 이 세상도, 마찬가지 아닌가요?"

E의 말은 신랄하게 나의 어리석은 집착을 비난하고 있었으나, 상냥한 눈빛을 비롯해 얼굴 표정을 이루는 미세한 근육 하나하나가 평화롭고 순수한 호의를 드러내고 있었다. 그 부조화는 섬뜩했다.

"단지 저는."

나는 천천히 대답했다.

"제가 사라질 때까지 그것들과 함께하고 싶었던 것뿐입니다."

……단지 위안으로서 말입니다.

나는 그 말을 덧붙이지 않았다. 그녀는 넌지시 물었다.

"그 손의 주인과 관계된 일인가요?"

나는 대답하지 않았다. 냅킨 위에 놓인 은제 숟가락을 들며 그녀는 미소를 지었다.

"어서 드세요. 식겠어요."

일단 일 이야기는 그쯤에서 멈췄다. 다음의 화제들은 비교적 유쾌하게 이어졌다. E는 달변이었고, 분위기를 상승시키는 매력을 가지고 있었다. 제공되는 후식을 드는 대신, 우리는 일어서서 그 근처에서 가장 깔끔하다는 칵테일 바에 갔다.

처음 만났던 날과는 달리 E의 모습은 시종 자연스러웠다. 다만 내가 눈여겨보았던 것은 그녀의 웃음이었다. 그 웃음은 언제나 반 박자쯤 느리게 새어나왔다. 처음 입술이 벌어질 때 E의 미소는 완벽하게 아름다웠으나, 그 미소를 거둘 때면 다시 큐 사인을 기다리는 모델처럼 쓸쓸한 기운이 입가에 맴돌았다. 웃어야 할지 말아야 할지를 망설이는 것 같은, 웃고 나서 잘 웃었는가를 반성하는 것 같은 그 떨림을 나는 주시했다. 그 잠시의 떨림이 가신 뒤 그녀는 놀랄 만큼 우아한 예의 미소를 다시 지어 보이거나, 고요하고 야무진 인상으로 입술을 지그시 다물거나 했다.

또한 E가 나에게 다시 한 번 강하게 심어준 이미지는 청결감이었다. 복장부터 제스처, 표정과 화제까지 그녀의 모든 것은 정돈되어 있었다. 그녀와 함께 있는 것만으로, 나 역시 단정하게 다림질해 귀를 맞춰 접어놓은 고급 손수건이 된 것 같았다. 하다못해 그녀의 농담들도 분위기를 고려해 던져진 것 같았다. 마치 자신이 지나치게 깨끗하고 값진 존재라는 것이 부담스러워 그것을 숨기거나 중화시키려 하는 것처럼 느껴졌다.

이를테면, "그 농담을 곧이곧대로 믿고 사방에 퍼뜨리고 다녔으니, 제가 바보 같죠?"라고 말했을 때 그녀는 마치 자신의 바보스러움에 만족해하는 것처럼 보였다. 실은 자신의 가치가 그 바보스러움 따위로는 손상되지 않는다는 것을 잘 알기 때문에 관용스럽게 베풀어 보이는 겸손 같았다.

"글쎄요, 제 경우는…… 할 수 없는 일을 제가 알아서 꿈꾸지 않았는지는 모르지만, 하고 싶은데 할 수 없었던 일은 없었어요. 꼭 이만큼 사는 게 내가 살고 싶었던 만큼이에요."

그녀는 품위를 잃지 않을 만큼 겸손했고, 거부감을 주지 않을 만큼 당당했다. 또한 '미인이시군요'라는 평범한 찬사 따위에는 전혀 감동하지 않을 만큼 아름다웠다. 그녀는 수많은 여자들에게 좌절감을 안겨줄 수 있는 여자였다. 그러나 상냥하고 예의바른 성품까지 갖추었으니, 동성들 사이에서도 나름대로 인기 있는 동료이리라는 것을 짐작할 수 있었다.

칵테일 바를 나왔을 때는 10시가 조금 넘은 시각이었다. 나는 E에게 정중히 말했다.

"들어가보겠습니다."

나는 알고 있었다. E가 베푼 오늘의 환대가 무엇을 의미하는 것인지. 나에게는 이제 그녀가 원하는 답을 주는 일만이 남아 있다는 것을.

그때쯤 나는 좀 지쳐 있었다. 그녀와 함께 보냈던 시간은 이상하게도 까닭 모를 공허감을 내 몸 안에 불어넣었다. 아니, 오래전부터 내 안에 있었던 그것을 믿기지 않는 속력으로 증폭시켜놓고 있었다. 그녀가 줄곧 활기차게 분위기를 이끌어갔다는 것을 상기하면 이상한 일이었다.

"좋습니다."

나는 담담하게 말했다.

"두 점 다 팔겠습니다."

내 말을 듣고도 E의 눈에는 표정이 없었다. 무표정한 눈빛을 그대로 지닌 채 그녀의 입술은 활짝 벌어지며 웃음을 머금었다. 며칠 전의 악몽이 떠오른 것은 그 순간이었다. 딱딱한 얼굴, 흰 데드마스크.

칵테일 바의 대낮 같은 네온이 비춘 그녀의 눈을 나는 들여다보았다. 그 눈은 거울 같았다. 안에 있는 아무것도 비쳐 보이지 않았다. 다만 내 얼굴이 고스란히 담겨 있을 뿐이었다.

가장 무도회

모형의 집

왜 그녀를 다시 만나고 싶었던 것일까.

그녀의 외모, 영민함, 여성적인 매력 따위에 마음이 끌린 것은 아니었다. 다만 무엇인가가 강한 힘으로 나를 끌어당겼고, 동시에 자석의 같은 극처럼 나를 밀어냈다. 그녀를 떠올리는 순간마다 반사적으로 함께 일어나는 역겨움과 끌림에 대해, 그 기묘한 모순의 정체에 대해 나는 시간을 두고 곰곰이 생각해보곤 했다. 그때마다 내 결론은 같았다.

뭔가 있다.

분명히 있다.

그녀의 태연한 얼굴을 벗기고, 그 안의 진짜 얼굴을 보고 싶었다. 거울 같은 두 눈동자 안에 무엇이 있는지, 내 눈으로 직접 꿰뚫어보고 싶었다.

기이한 악몽의 단편들에 뒤척이다 깨어난 토요일 아침, 마침내 E의 사무실에 전화를 걸어 약속을 청했을 때 그녀는 약간 놀란 듯했다.

"일 때문인가요, 장선생님?"

"아닙니다."

나는 덧붙였다.

"선생님이라고 부르지 마십시오."

나직한 웃음 소리가 들려왔다. 잠시의 침묵 뒤 그녀는 좋다고 했다.

다음날, 지난번에 들어갔던 칵테일 바에서 만난 E는 주문을 마친 뒤 나에게 물었다.

"저에게 관심이 있으세요?"

말씨는 도발적이었지만, 얼굴에는 그 또래의 여자들이 가지고 있을 법한 신중한 의심이 깃들어 있었다. 나는 그렇다고 했다.

"내가 좋다는 말씀이세요?"

"글쎄요."

나는 대답했다.

"그런 것 같습니다."

"그런데, 나는 잘 모르겠어요."

그녀는 잘라 말했다.

"장운형씨가 나를 좋아한다는 느낌이 들지 않아요. 장운형씨 눈이……"

그녀는 잠시 말을 끊었다.

"좀 차가워요."

그녀는 마치, 내가 그녀의 눈을 들여다보려 할 때마다 느꼈던 당혹감을 재현하는 듯한 시선으로 물끄러미 나의 눈을 들여다보았다.

그때 다시 놀라운 일이 일어났다.

그녀의 얼굴에서 생기가 가셨고, 석고상처럼 온몸이 굳었으며, 호흡을 비롯한 모든 움직임이 완전하게 정지했다. 처음 만났던 날과 꼭 같이 그 상태는 1, 2초쯤 지속되었다. 마치 누군가가 시간을 정지시키고 그녀를 채집한 나비처럼 벽에 꽂아놓은 것 같았다. 마법이 풀리자 나비는 아무 일 없었다는 듯 팔랑팔랑 벽에서 날아올랐다.

유리잔에 따뜻한 물을 따르는 아르바이트생에게 눈짓으로 인사한 뒤, E는 진지하게 말을 이었다.

"아무 도덕 관념 없이, 그냥 들여다보는 것 같은 눈이잖아요. 그게 처음에는 마음에 들었어요, 하지만."

투피스의 색조에 맞추어 오렌지색으로 바른 그녀의 입술이 움직거리는 모양을 나는 바라보았다.

"그 눈으로 나를 찬찬히 뜯어보는 걸 보면, 좀 불편하게 느껴지기도 해요."

그녀의 어조는 솔직하고 신랄했으며, 동시에 사탕처럼 달콤했다. 누군가에게 인생 최대의 모욕과 욕설을 퍼붓는 순간에도 그녀는 저렇듯 친절할 것이다. 나는 그와 비슷한 성격의 사람들을 몇 알고 있었다. 그러나 그 완전함과 힘에 있어서, 바느질 자국이 없는 자연스러움에 있어서, 그녀를 다른 누구와 비교한다는 것은 불가능했다.

그날 밤 E와 나는 마치 연인처럼 다정한 모습으로 극장에 들어갔다. 개봉한 지 일주일이 채 안 된 영화는 멜로와 스펙터클이 두 바퀴처럼 잘 맞아 굴러갔고, 더러 잔혹한 장면이 있었으며, 결말에 이르자 주인공들 모두가 극적인 최후를 맞았다. 나름대로 절제된 엔딩 장면에서는 여기저기에서 훌쩍이는 소리가 들려왔다. 그녀는 울지 않았다. 간혹 다리를 바꿔 꼬았을 뿐 줄곧 단아한 자세로 허리를 곧추세운 채 앉아 있었다.

극장을 나오며 E는 말했다.

"비극적인 영화로군요."

그때 나는 그녀가 지금까지 '기뻐요' '슬퍼요'라는 식의 표현을 한 적이 없다는 것을 알았다. 기쁜 일이군요. 반가운 일이군요. 역설적인 상황이군요. 그래요, 힘든 경우였겠군요.

이어 우리가 들어간 곳은 호프집이었다. 나도, 그녀도 제법 많은 술을 마셨다. 그녀는 간혹 갈색의 머리카락을 호프 잔 위로 흘러내리게 두었고, 조금은 흐트러진 모습을 보였다.

밤이 늦었으므로, 나는 E의 오피스텔까지 바래다주겠다고 했다. 택시 뒷좌석에 나란히 앉아 있는 동안 그녀는 줄곧 침묵하고 있었다. 차창 밖으로 밤 불빛이 흘러갔다. 합승하기 위해 차도에 내려서 행선지를 외쳐대는 사람들이 보였다. E는 밖을 내다보고 있었으나, 그들을 보고 있는 것 같지 않았다. 언제나 무용수처럼 탄력 있던 어깨가 늘어진 것으로 미루어 그녀가 지쳤다는 것을 알 수 있었다.

E를 따라 택시에서 내렸을 때 그녀는 뜻밖의 제안을 했다.

"잠깐 들어갔다 갈래요?"

E의 오피스텔은 28층에 있었다. 아찔한 속력으로 엘리베이터가 오르는 동안 나는 취기로 발그레해진 그녀의 뺨을 보고 있었다. 그녀의 방은 복도 끝에 있었다. 복도의 벽은 정갈했고 바닥에는 반들반들한 대리석이 깔려 있었다. 그녀의 하이힐 소리가 낭랑하게 울렸다.

그녀를 뒤따르는 동안 나는 물었다.

"……이렇게 높은 곳에 사는 기분이 어떻습니까?"

"전 원래 높은 곳을 좋아해요."

그녀는 카드형 열쇠를 꽂아 현관문을 열었다. 그녀가 앞장서서 들어서자마자 센서 등이 켜졌다.

나는 구두를 벗기 전에 잠시 현관에 서 있었다.

"직접 꾸민 집입니까?"

"2년 전쯤에요. 그때만 해도 지금 내 취향과는 달랐어요. 나이를

가장 무도회 215

먹을수록 더 미니멀해지더군요. 그땐 그냥, 내 집이니까 살기 편하게 해봤죠, 어떻게 보이는가엔 신경 덜 쓰고."

그러나 그녀의 오피스텔은 분명 어떻게 보이는가에 중점을 두고 설계된 것처럼 보였다. 부엌과 거실 공간 사이에는 반투명 유리로 된 장식장이 파티션을 대신하고 있었고, 칸칸마다 책과 그릇들이 조화를 이루며 진열돼 있었다. 장식장 위로 떨어져내리게 한 조명이 산뜻했다.

"깨끗한 부엌이군요."

원추형 알루미늄 팬이 반짝거리는 청람색 싱크대는 얼룩 하나 없이 청결했다.

"요리를 별로 안 하니까요."

그녀는 외투를 벗어든 뒤 붙박이장을 열고 옷걸이에 세심히 걸었다.

"외투 주세요."

"아니요, 여기 소파에 놓겠습니다."

검은색 커버를 덮은 뒤 자잘한 원형의 청색 쿠션들을 배치한 큼직한 소파에 내 코트를 걸쳐놓았다.

E는 장식장 문을 열고 찻주전자를 꺼내 빌트인으로 설계된 가스레인지 위에 올렸다. 올이 굵은 주황색 카디건과 같은 색의 랩 스커트까지 벗어버리자 그녀는 가슴에 붙는 검은 폴라 티와 다리의 선이 드러나는 레깅스 차림이 되었다. 운동으로 관리한 듯한 균형 잡힌 몸매가 실내와 잘 어울렸다.

"이 집, 어때요?"

치켜든 손을 획 돌려 허공에 동그라미를 그리며 그녀가 물었다.

"샘플 같군요."

"네?"

"전시용으로 제작한 공간 같습니다."

그녀는 고개를 젖히며 시니컬하게 웃었다.

"……내가 설계한 공간은 여자들이 더 좋아해요. 모든 걸 감출 수 있게 해주니까요. 이를테면, 젖은 행주 같은 건 싱크대 바로 앞에 서야만 보일 수 있게 행주걸이를 개수통 아래쪽에 만들어주는 거예요. 진공 청소기와 함께 물걸레를 건조시킬 수 있는 공간을 만들어서 칸막이를 해주고, 다리미판과 다리미와 분무기가 한데 담길 수 있게 수납 공간을 만들어주는 거죠, 말하자면."

그녀는 허리를 살짝 구부렸다. 싱크대 아래 칸의 문을 열자, 레일을 타고 서랍 하나가 미끄러져 나왔다. 그녀는 뚜껑이 달린 큼직한 대바구니를 꺼낸 뒤 서랍을 닫았다.

"상상력을 동원하는 거예요. 모든 일상사를 상상하면서…… 가장 말끔하게 행위할 수 있도록 배려해주는 거죠. 사람들은 우아해지고 싶어하니까…… 똑같이 물건을 꺼내더라도 엉덩이를 쳐들고 땀을 흘리면서 꺼내는 게 아니라, 주르륵 레일을 타고 나온 것을 가볍게 들어올리고 싶어하니까."

밝은 원목으로 짠 직사각형의 식탁이 P의 작품인 것을 나는 알아보았다. 내가 그것을 눈여겨보자 E는 말했다.

"이쪽으로 이사한다고 하니까, P씨가 짜줬어요."

짐작대로 그들은 퍽 가까운 관계인 모양이었다. 나뭇결이 살아 있는 식탁 옆으로, 등받이가 관능적인 곡선을 이룬 P의 의자 두 개가 놓여 있었다.

"홍차, 카모마일, 둥굴레차, 여섯 가지 허브가 혼합된 차…… 으흠, 커피믹스까지 있어요."

그녀는 좀 전에 꺼낸 대바구니를 내 앞에 내밀었다. 뚜껑을 열어보니 수십 개의 티백들이 종류대로 정연하게 정리돼 있었다. 나는 카모마일을 골랐다.

"나도 카모마일을 좋아해요. 잠이 안 올 때 마시면 마음이 편안해지죠."

그녀가 선반에서 머그잔을 내려 차를 준비하는 동안 나는 여유 있게 전체 공간을 둘러볼 수 있었다. 전체적으로 소(沼)보다 짙은 앨더 원목과 청색이 배색돼 있었다. 그다지 넓은 공간이 아니고 소파와 식탁이 큼직한데도 집이 좁아 보이지 않는 것은, 파티션 역할을 하는 장식장 외에는 신장부터 옷장, 거실의 책장까지 모두 붙박이로 짜여져 있기 때문이었다. 그녀의 말대로 청소기나 다리미, 반짇고리 따위의 모든 생활 용품들은 붙박이장 속에 말끔히 들어가 있을 것이다.

다시 부엌으로 돌아오다가, 어깨 높이의 청색 헝겊 파티션으로 부엌과 분리된 공간을 발견했다. 건너다보니 제도판과 의자가 보였다. 파티션 뒤로 돌아나가자 작업 공간은 아늑했다. 작은 책상에는 전공 서적들과 컴퓨터가 놓여 있었고, 책상 앞의 코르크 판에 여러 개의 도면들이 붙어 있었다. 그 공간의 끝에 흰 시트를 씌운 침대가 있었고, 침대에 이르기까지 앙증맞은 실내 장식 모형들이 바닥에 널려 있었다. 지나치리만치 말끔하게 정리된 바깥, 설거짓감을 쌓아놓는다는 상상만으로도 불경스럽게 느껴질 만큼 정결한 싱크대와는 달리, 그 공간만은 무질서해 보였다.

E가 머그잔 두 개를 들고 파티션 위로 얼굴을 내밀었다.

"뭘 봐요?"

나는 내 잔을 받아 들었다. 김환기의 후기 그림 같은 푸른 사각의 점들이 한 줄로 박힌 흰 머그잔이었다. 그녀는 파티션을 돌아서 들어와 내 옆에 섰다. 차를 한 모금 마시더니 바닥에 널린 작은 모형들 가운데 책상다리를 하고 앉았다.

"이 소파, 마음에 들어요?"

그녀는 머그잔을 내려놓고, 엄지손가락만한 아이보리색 소파의 모형을 들어 보였다.

"점토로 빚은 거예요. 음, 이 방석도."

이어 그녀가 들어 보여주는 흰 방석은 새끼손톱만했는데, 폭신한 느낌을 주도록 표면의 주름까지 정교하게 빚어져 있었다.

"자, 이 등은 어때요?"

고풍스러운 베이지색 갓등의 손가락만한 모형을 손바닥 위에 올려놓으며 그녀는 웃었다.

"클라이언트에게 최종적으로 보일 땐, 평면도나 투시도보다 이게 효과적이죠. 지겨운 작업이라는 사람들도 있지만 난 이것들을 만들 때 가장 행복해요."

손톱만한 양변기와 세면대, 손가락 두 마디만한 책상과 장롱, 침대 따위가 E의 몸 옆으로 즐비하게 널려 있었다. 마치 소인국에 잘못 들어간 소녀처럼 그녀는 활짝 웃고 있었다.

피로와 취기 때문인지 그녀의 얼굴에 전에 보지 못했던 색다른 표정이 어려 있는 것을 나는 보았다. 그녀는 우아하지도, 성숙하지도, 관능적이지도 않았다. 다만 어린아이 같을 뿐이었다. 그것이 미처 예상 못했던 사랑스러운 느낌을 주었으므로 나는 놀랐다. 서른여섯 살 난 여자의 미소라고는 믿어지지 않는, 서너 살배기처럼 장난스러운 미소를 머금은 채, 그녀는 손톱만한 찰흙 덩이를 들어 내게 보여주었다.

"이것 봐요, 이게 뭔지 알아요?"

그것이 내가 뜬 L의 손들의 모형이라는 것을 나는 알아보았다.

"어때요? 정말 재미있지 않아요?"

까르륵, 숨 넘어가는 소리를 내며 그녀가 웃었다. 그 무방비한 웃음은 아찔했다. 내가 딛고 서 있는 바닥이 흔들린 것 같았다. 집 안의 모든 조명이 한 단계 환하게 밝혀진 것 같던 찰나, 별안간 그녀의 눈에서 생기가 꺼졌다. 이번에는 나는 놀라지 않았다. 나는 그 얼굴을 알고 있었다. 목이 부러진 새처럼 그녀의 얼굴이 떨궈졌다.

1초.

다시 1초.

"……나, 묻고 싶은 게 있었어요."

아무 일 없었다는 듯 E는 활달하게 말했다.

"어떻게 이 손들의 모델을 구했나요? 예쁘고 완벽한 손을 찾아다녔던 건가요?"

나는 담담하게 고개를 끄덕였다. 그녀는 집요했다.

"꼭 이런 손이어야 했나요? 뭉툭하거나 늙은 손은 싫었나요?"

나는 대답했다.

"잘생긴 손이 조형적이니까요."

그녀는 미간을 찌푸리더니 잠시 생각에 잠겼다.

"그래요…… 잘생긴 손은 P씨 말마따나 종교적으로 보이죠. 특히 빛 속에 있으면."

그녀는 손들의 모형을 자신의 눈 높이로 들어올렸다.

"바로 이 자리…… 여기, 햇빛이 들어오는 자리에 놓을 거예요."

그녀는 날씬한 목을 외틀어, 반쯤 완성된 작은 집의 거실에 그 손들을 조심스럽게 놓았다. 그것을 제자리에 놓기 위해 그녀의 긴 손가락들이 긴장하고 있는 것을 나는 느꼈다. 저렇듯 몰두한 얼굴로 손톱만한 찰흙 덩이들을 빚고 세필로 물감을 칠하고 있었을 그녀의 모습을 상상하자, 나는 뜻밖에도 그녀를 안고 싶은 욕망을 느꼈다.

아직 공사 중인 모형의 집의 마당에는 마른 나뭇가지 몇 개를 잇대어 만든 나무 세 그루가 심어져 있었다. 그것들을 쓰다듬으며, 그녀는 고개를 숙인 채 말했다.

"……실물이 다 완성되면, 장운형씨에게도 보여드릴게요."

무엇인가가 문득 생각난 듯, 그녀는 내 얼굴을 올려다보았다. 짙은 화장을 한 그녀의 얼굴은 어느 한 군데 나무랄 데 없이 아름다웠다. 또렷한 말씨로 그녀는 물었다.

"뭐 하나 물어봐도 돼요?"

나는 다시 고개를 끄덕였다.

"이 손의 주인…… 떠난 지 오래됐죠?"

나는 대답하지 않았다. 높은 톤으로 그녀는 깔깔 웃었다.

"대답해봐요."

어느 사이 그녀의 목소리는 진지해져 있었다.

"당신, 나랑 자고 싶어요?"

그녀는 기계 체조 선수처럼 손끝 하나 바닥을 짚지 않은 채 날렵하게 일어섰다. 까치발을 하고 내 코끝에 이마를 대며 그녀는 말했다.

"괜찮아요. 그 손의 주인도, 이렇게 추운 겨울밤에는 당신 생각만 하고 있진 않을 텐데."

일순 그녀의 말씨는 선술집의 여급처럼 천박하게 들렸다. 그녀의 손이 내 가슴을 쓰다듬었을 때, 나는 그녀의 허리를 끌어당겼다. L이 떠난 후 1년이 지나는 동안, 특정한 여자에게 강한 욕망을 느낀 것은 처음이었다. E는 가볍게 내 가슴을 밀쳤다.

"잠깐만요."

입가에 달콤한 미소를 머금은 채 그녀는 내 어깨를 스쳐지나갔다.

"씻고 올게요."

E의 샤워 소리가 들려오는 동안 나는 70퍼센트쯤 완성된 모형의 집을 혼자서 꼼꼼히 들여다보았다. 조그만 싱크대, 조그만 식탁, 조그만 커튼들, 조그만 액자들, 화병의 꽃들. 이 속에서 살아가는 사람들은 얼마나 작은 사람들일까.

나는 파티션을 돌아나와, 소파 옆으로 난 창을 향해 걸어갔다. 흰 로만쉐이드를 걷어올리자, 28층 아래로 펼쳐진 서울의 야경이 한눈에 들어왔다. 도심 쪽에서 헤드라이트를 켜고 달리는 차량들의 행렬은 먼 강물 같았고, 보도를 걷는 사람들의 모습은 검은 점처럼 보였다.

그것은 쓸쓸한 풍경이었다. 좀 전에 치밀어 올라왔던 뜨거움이 조용히 사그라지는 것을 나는 느꼈다. "나는 원래 높은 곳을 좋아해요"라고 E는 말했다. 그러나 나는, 이 높이가 그다지 마음에 들지 않았다.

욕실 문이 열리는 소리가 들려왔다. 내 쪽으로 걸어오는 E는 젖은 머리칼을 늘어뜨리고 있었다. 크림색 목욕 가운 아래 드러난 종아리가 흰 알처럼 매끈했다. 낮은 목소리로 그녀는 물었다.

"당신은, 안 씻을 거예요?"

욕실 역시 흰색과 청색으로 배색되어 있었다. 치약통과 칫솔과 변기솔, 스펀지와 샴푸 통, 비눗갑과 대야는 하늘색이었다. 타일 벽과 바닥, 변기와 욕조는 눈부시게 희었으며, 욕조 옆의 아크릴 선반도 흰색이었다. 선반 위에는 허브향의 종류대로 목욕용품들이 정돈되어 있었고, 엷은 하늘색으로 통일된 수건들이 귀를 맞춰 개켜져 있었다.

 나는 천천히, 아무런 욕망도 없이, 마치 의무를 실행하는 사람처럼 몸을 씻었다. 그 깔끔하고 완벽한 욕실에 아무렇게나 걸린 내 셔츠와 구겨진 바지는 마치 누더기처럼 보였다.

 그 누더기를 다시 주워 입고 욕실을 나오자 침대 옆의 갓등을 제외한 모든 불이 꺼져 있었다. 더듬더듬 침대 쪽으로 걸어가려 하자 그녀가 제지했다.

 "조심해요. 이것들, 밟으면 안 돼요. 벽 쪽으로 돌아서 와요."

 나는 모형들을 밟지 않기 위해 벽에 바싹 등을 붙여서 걸었다. 그렇게 불편한 걸음걸이로 침대까지 가는 길은 꽤 멀게 느껴졌다.

 그녀의 희끗한 맨어깨가 흰 리넨 시트 속에 웅크리고 있었다. 내가 다가서자 그녀는 팔을 뻗어 갓등을 껐다. 내가 다시 갓등의 줄을 당겨 불을 켜려 하자, 그녀는 내 손을 움켜쥐고 검지손가락을 빨기 시작했다. 나는 다른 손으로 갓등의 줄을 당기려 했다. 어둠 속에서 그녀는 내 손가락을 힘껏 깨물었다. 나도 모르게 외마디 소리를 쳤을 때, 내 벌린 입으로 향긋한 혀가 밀려 들어왔다.

목소리

해가 바뀌자 다시 한파가 찾아왔다. 캐럴이 그치고 색전등이 꺼진 영하의 거리는 살풍경했다. 골목에 쌓인 눈은 오랫동안 녹지 않아, 밤이면 창밖으로 낮은 비명과 함께 둔중하게 넘어지는 소리들이 들려오곤 했다.

E의 오피스텔에서 모형의 집을 본 지 거의 한 달이 되던 아침, 외투를 껴입고 목도리로 얼굴을 덮은 채 잠들었던 나는 마지못해 일어나 전화를 받았다.

"장운형씨? 저, E인데요."

E의 목소리는 직업적인 성실성을 드러내고 있었다. 앞뒤 안부 인사 없이 그녀는 말했다.

"지난번에 말씀드렸던 작업이 거의 완료됐어요. 작품들을 가지러 갔으면 하는데요."

나도 인사를 생략했다.

"……언제쯤 오시겠습니까?"

"저는 빠를수록 좋아요. 오늘 오후에 작업실에 계실 건가요?"

"네."

나는 대답했다.

"계속 작업실에 있습니다."

"그럼, 2시 반에서 3시 사이에 찾아뵐게요."

"좋습니다. 그때 뵙겠습니다."

그녀는 내가 먼저 끊기를 기다리는 듯했다. 나는 수화기를 내려놓았다.

나는 간이 의자를 당겨 탁자 아래 놓인 전기 난로 쪽으로 다가갔다. 스위치를 넣자 은색의 열판들이 붉은빛으로 달아오르며 열기를 발해왔다.

E와 하룻밤을 보낸 뒤 나는 그녀에게 한 번도 전화하지 않았다. 지금쯤 그녀는 나를, 하룻밤을 함께 지낸 것만으로 상대의 모든 것을 알았다고 생각하는 부류의 남자로 여기고 있으리라고 나는 짐작하고 있었다. 환멸이든 원망이든, 어쨌든 나에게 부정적인 감정을 품고 있으리란 생각이었다. 그러나 그녀의 목소리는 평온했다. 마치 아무 일도 없었던 듯, 변함없이 상냥하고 태연한 말씨로 일정한 거리감을 드러내고 있었다.

까마득히 높은 오피스텔의 어둠 속에서 내가 안았던 E의 매끈한 육체를 나는 생각했다. 한 달이 지난 지금 그것은 마치 공기 덩어리이거나 허깨비였던 것처럼 느껴졌다.

그녀의 입에서 간헐적으로 터져나오는 신음, 열띤 몸놀림은 가식이라기에는 너무도 치밀했고 정열적인 것이었다. 그러나, 뜻밖에도, 그녀의 음부는 흡사 강간당하는 여자처럼 메말라 있었다. 내가 당황하여 얼른 나의 몸을 빼내자, 그녀는 열에 들뜬 콧소리로 "어서요"라고 했다.

갓등을 켠 뒤 주섬주섬 옷을 주워 입으면서 보았던 E의 모습을, 나는 지난 한 달 동안 머릿속에서 지워낼 수 없었다. 긴 머리카락은 젖은 채 헝클어져 있었고, 푹신한 베개에 깊이 파묻은 얼굴은 보이지 않았다. 그녀의 발가벗은 뒷모습은, 만족스런 정사 뒤의 이완보다는 일상적인 피로를 드러내고 있는 것처럼 보였다.

내가 키스하기 위해 그녀의 머리카락을 어루만지자 그녀는 소스라쳤다. 그녀가 고개를 드는 짧은 동안, 그 얼굴이 뭉개어져 있을 것 같은 환각에 나는 몸을 떨었다. 화장이 지워진 그녀의 입술은 색이 옅은 보랏빛이었다. 약간 끌어올린 입꼬리, 마치 아쉬워하는 것처럼 보이지만 자세히 살피면 어떤 표정인지 알 수 없어지는 얼굴.

나는 그녀의 눈꺼풀에, 두 뺨에, 둥근 이마에 차례로 입을 맞추었다. 채 열이 식지 않은 내 입술에 닿은 그녀의 창백한 얼굴은 차가웠다.

잠기운이 완전히 사라지자 나는 추위 때문에 게을러진 몸을 억지로 일으켰다. 싱크대의 물을 받아 세수를 했다. 겨울 작업복으로 입는 낡은 스웨터와 코르덴 바지를 걸친 뒤, 어젯밤까지 주무르고 있던 찰흙 덩이 앞에 섰다.

흙덩이는 완전한 난형(卵形)이었다. 지난 한 달 동안 나는 그것으로 한 여자의 얼굴을 빚어내려 했다. 그것이 L일 때도 있었고 E일 때도 있었다. 그러나 결과는 언제나 민얼굴이었다. 어떤 융기와 굴곡도 존재하지 않는, 텅 빈 얼굴이 거기 놓여 있곤 했다.

나는 작업대 위에 놓인 여섯 개의 흙덩이들을 바라보았다. 민얼굴이 되어 있다는 것을 깨달을 때마다, 알 수 없는 충동에 이끌려 매끈매끈한 알의 형태로 다듬어놓은 것들이었다. 아침에 일어나 그 진열된 모습을 볼 때면 나는 불가사의한 매혹을 느꼈다. 그것들의 무엇이 내 마음을 그토록 끌어당기는지 나는 알 수 없었다.

만일 처음부터 난형을 의도했다면 그런 매혹을 느낄 수 없었을 것이다. 그 눈도 코도 입도 없는 알들 속에는 내 손의 온기, 압력과 악력, 시간, 기억과 몰입, 숱한 회의와 의문, 집요한 응시와 막막함들이 격렬하게 소용돌이치고 있었다. 그러나 출입구가 없었으므로, 출입구의 흔적조차 완전하게 지워졌으므로, 그것들은 견고하고 고요한 모습으로 거기, 영원한 시간 속에 둥글게 놓여 있었다.
　……장운형씨? 저 E인데요.
　좀 전에 전화기 저편에서 들려온 그녀의 첫 목소리는 생생했고 태연했다. 그 음성의 소름 끼치는 이물감을 나는 천천히 곱씹었다. 그것은 나에게 약간의 구역질을 느끼게 했으며, 동시에 무척 낯익은, 말하자면 정다운 느낌을 주었다. 그러나 과거의 언제, 어디쯤에서 그런 느낌을 가진 적이 있었는지는 기억해낼 수 없었다.
　나는 간밤에 빚어놓은 알을 어루만졌다. 마치 눈을 맞추듯 내 얼굴 높이로 들어올렸다. 잠시 응시하다가 제자리에 내려놓은 뒤, 새로 흙을 반죽하기 시작했다. E의 태연한 목소리를 상기할 때마다 손을 멈추었으며, 그 오싹한 이물감이 목덜미에서 가시기를 기다려 다시 작업을 계속했다.

진짜와 가짜

　"작업 중이셨군요. 미안해요. 제가 방해한 거 아닌가요?"
　E는 진심으로 미안해하는 것 같지는 않았다. 나는 담담하게 물었다.
　"커피 드시겠습니까?"
　"커피 말곤 없나요?"
　"자스민차가 있습니다."
　"그럼 자스민 한잔 주세요."
　나는 가스 레인지 위에 주전자를 올렸다.
　E는 중국식 칼라의 검은 모직 코트 차림에 와인색 립스틱을 바

르고 있었다. 그동안 살이 붙지도, 빠지지도 않았다. 긴장하지도, 특별히 격의 없이 굴지도 않았다. 그녀는 전혀 나와 함께 잤던 여자 같지 않았다. 아니, 손도 스쳐보지 않은 여자 같았다. 어떤 종류의 약이 있어 그것을 삼킨 뒤 우리 사이에 있었던 기억을 말끔히 지워버린 것 같았다.

주전자의 물이 끓기를 기다리는 동안, 그녀는 준비해온 박스에 L의 손 두 점을 포장하기 시작했다. 그녀의 손은 기민했고, 하나하나의 과정에 어떤 결연함이, 치밀한 정성이 어려 있었다. 마침내 포장이 끝나자, 그녀는 건조한 표정으로 박스 두 개를 테이블 위에 반듯이 포개어놓았다.

나는 뜨거운 차가 담긴 머그잔을 그녀에게 내밀었다.

"고마워요."

그녀는 활짝 미소를 지었다. 나는 따라서 미소 짓지 않았다.

누군가에게 '뭔가 있다'고 느낄 때면, 그 숨겨진 비밀이 손에 잡히지 않을수록 더더욱, 나는 그 사람을 향한 호감과 일종의 몰입을 경험하곤 했다. 그러나 그날 밤 E와의 일은 나에게 생경한 고통을 주었다. 성장(盛裝)을 한 여자의 옷을 벗겨놓고 보니 열세 살 난 여자 아이였던 것 같은, 불쾌하고 씁쓸한 자의식이었다.

내가 느끼기로, E는 나에게 특별한 감정을 품고 있지 않았다. 그렇다고 목마른 성욕이 있어 그것을 해소하려 한 것도 아니었다. 그렇다면 뭔가? 무엇 때문에 나를 상대로 그런 연극을 한 것인가. 그녀와 같은 여자가 정치적인 의도를 갖고 접근하기에는 나는 일개 조각장이에 불과했다.

나는 의문을 느꼈다. 기꺼운 호기심이 아니라, 불길하고 기이한 의문이었다. 소인국의 모형들에 둘러싸여 있던 그녀의 어린아이 같은 눈빛, 천진하게 갸웃거리던 고갯짓이 기억 속에서 겹쳐질 때마다 그 의문은 더욱 꺼림칙하게 내 의식을 짓눌러오곤 했다.
"……왜 모든 작품들 위로 천이나 두꺼운 비닐을 씌워놓으셨죠? 먼지 때문에?"
머그잔을 들고 일어난 E는 처음 이곳을 찾았을 때 그랬던 것처럼 한 손을 허리에 짚고 작업실 구석구석을 둘러보고 있었다.
"좀더 넓은 공간으로 옮기신다면, 창고를 크게 짜고, 좋은 작품 몇 개는 드러내놓으면 좋을 것 같은데요. 그땐 제가 좀 도와드려도 괜찮겠어요?"
"글쎄요."
나는 천천히, 긍정도 부정도 아닌 대답을 했다.
"언젠가는 옮겨야겠죠."
내 대답이 채 끝나기 전에 그녀는 활달하게 물었다.
"이 창고 안에는 뭐가 들어 있죠?"
"오래된 작품들…… 창고에 들어갈 만큼 크기가 작은 것들입니다."
"그렇군요."
그녀는 고개를 끄덕였다. 창고의 베니어판 문에 기대어 있었던 뭉개어진 얼굴의 진흙 여자는 창고 안에 들어가 있었다.
"보여드릴까요?"
"아니요."
그녀는 고개를 저었다.
"정리하기 힘드실 텐데, 그냥 두세요."
"괜찮습니다."
나는 간이 의자에서 일어섰다. 베니어판 문을 열고, 작품들을 하나씩 꺼내 그녀 앞에 부려놓기 시작했다. 세번째 개인전에서 전시했던 인체의 부분들이 대부분이었다.

"도록에서 보긴 했지만, 직접 보니까 느낌이 색다르네요."

E는 단정하게 턱에 손을 고인 채 형식적인 소감을 말했다. 마침내 나는 창고 벽에 기대어 세워져 있던 진흙 여자를 찾아 그녀의 앞에 놓았다. 숨을 돌리고 서서, 그녀의 눈이 흔들리는 것을 보았다.

"⋯⋯이 작품."

E가 중얼거렸다. 약간의 동요가 어린 목소리였다.

"전에, 이 문 앞에 놓여 있었죠."

"기억하시는군요."

"좀 특별해서, 기억이 나요."

"특별하다면⋯⋯"

"모르겠어요⋯⋯ 단지."

"단지?"

"⋯⋯진짜 같아서."

"진짜라니요?"

"이 공간에서 유일한 진짜 같은 물건이에요."

머리를 얻어맞은 것 같은 충격에 나는 그녀의 얼굴을 마주 보았다. 진지한 표정이었으며, 두 눈은 여전히 내부를 들여다볼 수 없는 한 쌍의 거울이었다.

"그런데 이게 뭐죠?"

문득 왼쪽 발 아래를 내려다본 그녀가 물었다.

이제는 이름도, 얼굴도 제대로 기억할 수 없게 된 여자의 골반의 틀이었다. 아랫배부터 두 허벅지의 윗부분까지 떠서, 오목한 그릇 형태의 석고 안에 검은 터럭들이 박혀 있었다.

"이건 진짠가요?"

그녀의 손은 그 한줌의 음모들을 가리키고 있었다.

"그것 역시,"

나는 낮게 웃었다.

"이 공간에서 몇 안 되는 진짜라고 할 수 있죠."

스스로를 비웃는 듯한 내 웃음 소리가 음울한 울림을 끌다가 사라지는 것을 나는 들었다.

E는 바닥에 어지럽게 널린 조각난 인체의 껍데기들 가운데 곤혹스러운 듯 서 있었다. 거의 중성적일 만큼 밋밋한 가슴, 아름다운 어깨의 선을 가진 상체의 뒷부분, 제왕절개한 자국이 드러난 아랫배, 납작하게 처진 엉덩이들이, 저마다 찢어지고 기워진 형태로 흩어져 있었다.

한때, 저것들이 내 삶을 이루던 시절이 있었다. 그러나 나는 더 이상 그 작업에 흥미를 느낄 수 없었다. L이 떠났다는 이유만은 아니었다. 말하자면, 한 시절이 지나간 것이다. 거기 불어넣을 수 있을 만큼의 내 에너지와 시간이 모두 소진되어버린 것이다. 그래서 이제는 거의 지긋지긋하게까지 느껴지는 것이다.

"피붓결, 근육, 척추뼈 하나하나까지 다 보여요."

뒤돌아선 E가 감탄하는 소리가 들려왔다.

"살아 있는 것 같군요…… 아니, 살았다가 죽은 것 같다고 해야 하나요?"

늑골이 앙상하게 드러난 여자의 한 팔이 없는 상반신 앞에서 E의 몸이 흠칫 떨렸다.

"괜찮습니다."

나는 말했다.

"그냥 껍데깁니다."

잠시 E의 옆얼굴에 황홀한 몰입이 어리는가 싶더니, 이내 까닭을 알 수 없는 두려움 같은 것이 드리워졌다. 무심결에 그녀는 뒷걸음질을 쳤다. 불균형하게 세워놓았던 골반의 틀을 하이힐의 뒷굽이 살짝 밀어냈다. 골반은 가볍게 옆으로 쓰러졌다. 파삭, 소리와 함께 세 조각이 났다.

"아악!"

순식간에 일어난 일이었으므로 나도 놀랐다. 그러나 깨진 골반보다 더 놀라웠던 것은 E의 비명이었다. 그 거칠고 새된 음색은 전혀 E의 목소리 같지 않았다. 처음 듣는 낯선 여자의 음성이었다.

"……이, 이렇게 쉽게 깨질 줄 몰랐어요."

빠르게 변명하는 그녀의 목소리는 정상으로 돌아와 있었으나, 말씨만은 여전히 평정을 잃고 있었다.

"조금 스쳤을 뿐인데요…… 아주 조금 건드렸을 뿐이에요."

나는 미소를 지으며 대답했다.

"괜찮습니다, 원래 잘 깨지는 물건입니다."

그렇게 말하고 보니 쓸쓸한 생각이 들었다. 여자들이 가장 뜨기를 꺼려하는 부분이 바로 골반이다. 저것은 언젠가 17년 된 양주를 선물한 적이 있는 단란주점 여급의 몸이었다. 얼굴도 이름도 이제는 잊었으나, 마침내 저것을 뜨기까지의 실랑이는 낱낱이 기억할 수 있었다. 그곳만은 뜨지 않겠다는 것을 진지하게, 오랫동안 설득하여 앞면을 뜨고, 어렵사리 약속을 다시 잡아 뒷면을 떠 이어 붙인 것이었다. 그렇게 망설였으면서도, 막상 열감과 함께 석고가 살과 둔부를 조여오자 그녀는 '이건 …… 말할 수 없는 느낌이네. 뭐랄까, 섹시해요'라고 중얼거렸었다.

그러나 어쨌든, E 자신이 말했듯이, 모든 것은 사라진다. 사라진다는 것을 받아들일 수 없다면 살아갈 수도 없는 것이다.

"전에도 몇 번 깨진 작품들이 있었습니다."

흰 가루가 되어 소복이 쌓여 있던 L의 껍데기가 눈앞에 어른거렸다.

"단 한 번 내리치기만 해도 산산조각나버리죠, 왜냐하면……"

나는 다시 웃었다.

"비어 있으니까요."

'잊어버려요, 이미 깨져버린 거니까'라고 나는 이어 말할 참이었다. 그러나 억지로 웃고 있는 그녀의 눈동자가 불안정하게 흔들리는 것을 본 순간, 나는 충동적으로 물었다.

"정 미안하면…… 대신 당신이 모델이 되어주면 어떻습니까?"

그때였다. 지난 한 달 동안 줄곧 은밀히 나를 사로잡고 있었던 욕망이 의식의 수면 위로 치밀어 오른 것은. 일곱 개의 매끈한 알 같은 민얼굴들이 일렬로 놓인 작업대를 나는 흘긋 내려다보았다.

그거였군.

나는 자신에게 중얼거렸다.

내가 원한 게, 그거였어.

초조한 어조로 E가 말했다.

"저, 얼마라도 좋아요. 당장이라도 보상해드리고 싶어요."

"보상은 필요 없습니다."

나는 겸손하게 웃었다. 내 미소가 소름 끼치게 차가워 보이리라는 것을 나는 알고 있었다.

"당신을 뜨고 싶습니다."

E가 웃음을 터뜨렸다. 뒤끝이 신경질적인, 톤이 높은 웃음이었다.

"농담도 지나치세요."

나는 정색을 하고 말했다.

"농담이 아닙니다. 여러 가지 이유로 한동안 뜨는 작업을 하지 않고 있었습니다. 하지만 당신이라면, 꼭 떠보고 싶군요."

그녀의 얼굴에서 웃음이 걷혔다.

"……언제나 그렇게 집요하신가요?"

"그런 편입니다."

나는 대답했다.

"마음에 드는 몸을 가진 여자에게는 석 달 동안 매일 밤 전화로 설득하기도 했죠."

"……저 여자도 그랬나요?"

E는 세 조각으로 깨어져 바닥에 뒹구는 골반을 가리켰다. 오목한 가운뎃부분에 박힌 한줌의 터럭이, 마치 딱딱한 콘크리트 바닥에서부터 흰 석고를 뚫고 돋아난 것처럼 보였다.

나는 대답 대신 그녀의 얼굴을 바라다보았다. 입가에 시니컬한 미소를 머금은 채, 두꺼운 파운데이션 아래로 미간에 깊은 주름이 파인 채, 그녀는 조금은 여유를 찾은 듯 느긋하게, 농담처럼 말했다.

"그러니까…… 제 골반을, 뜨고 싶으시다구요?"

그녀의 입에서 진한 자스민 차의 냄새가 배어나왔다.

"아닙니다."

미소 띤 얼굴로 그녀는 내 대답을 기다리고 있었다.

"보통은 사람을 보고, 뜨고 싶은 부위를 결정하죠."

"……그래요? 내 경우는 어떻죠?"

"내가 뜨고 싶은 것은…… 당신의 얼굴입니다."

그녀의 눈 속에 비친 내 진지한 얼굴을 나는 건너다보았다. 그러자 마치 말의 주술에 걸린 듯, 갈증과도 같은 집념이 나를 사로잡는 것을 느꼈다.

더러움

다음날 나는 P의 작업실이 있는 신도시를 찾았다. 혹독한 추위가 지나갔다고는 하나 아직 나무들은 앙상했다. 가로수에 푸른 잎이 돋지 않은 도시의 풍경은 사막 같았다. 하늘도, 보도 블록도, 틀에 박힌 건물들도 탁한 잿빛으로 메말라 있었다.

시의 외곽에 위치한 P의 집은 자그마한 단층 벽돌 건물이었다. 거의 자신이 만들다시피 한 작품이라는 말을 나에게 언젠가 한 적이 있었다. 과연 그의 집은 멀리서도 알아볼 수 있을 만큼 단출하고 감각 있는 모양새를 갖추고 있었다. '노란 대문을 찾아오라'는 P의 설명대로, 통나무로 엮은 대문에 엷은 레몬색 페인트가 칠해져 있었다.

대문은 열려 있었다. 자잘한 자갈들이 깔린 작은 마당을 건너 현관 문을 노크했으나, 안쪽에서 들려오는 톱질하는 소리에 묻혀버렸다. 열려 있는 현관 문을 밀치고 들어갔다.

밝은 색의 톱밥들이 바닥에 수북이 쌓였고, 사방에 조각난 나무들이 뒹굴고 있었다. 벽에 걸린 몇 점의 그림, 되다 만 가구들, 이미 완성돼 한쪽 벽면에 진열된 작품들을 나는 보았다. 등받이의 선이 유연한 의자들, 그의 트레이드마크가 되어버린 단순화한 나부(裸婦) 모양의 스탠드, 그다지 실용적으로 보이지는 않는 책상들, 더더욱 실용성이 느껴지지 않는 콘솔 세트 따위.

자신의 작업실에서 일하고 있는 사람의 모습은 평소보다 매력적으로 보이는 법이다. 빛이 들어오는 창 아래의 작업대 앞에서 P는 톱질에 열중해 있었다. 소매를 걷어올리고 더러운 면장갑을 낀 그의 팔뚝에는 푸른 핏줄이 불거져 나왔으며, 두 눈은 진지하게 번쩍였다. 저것이, 저 사람이 혼자 있을 때의 표정인 것이다. 농담과 사교적인 웃음, 정치적인 언사와 비꼬기, 자기 연민의 과장된 포즈 따위가 모두 생략된, 지극히 단순한 얼굴이 거기 있었다.

"아니, 이 사람이 웬일이야?"

무심코 허리를 편 P는 정말 놀란 듯 큰소리로 외쳤다.

"오후에 들르겠다고 하지 않았습니까?"

"아침에 전화해서 위치를 묻기에 그러려니 했지. 허 참, 너 같은 인물이 이렇게 기동력 있게 나타날 줄 누가 알았겠어?"

어느 사이 P의 얼굴은 평소의 재기 어린 표정으로 돌아가 있었다.

"살다 보니 이런 날도 다 있군. 즐거운데? 서 있지 말고 거기 앉지 그래."

나는 P가 가리킨 밤색 의자에 앉았다. 촘촘한 갈빗살 등받이가 탄력 있게 몸을 받쳐주는 의자였다.

"편안하군요."

"그렇지? 그냥 내가 편하게 앉으려고 만들어본 의자야. 그랬더니 같은 걸 만들어달란 사람들이 더러 있더라구. 잠깐만 기다려. 이거만 마저 끝내고."

나는 그 의자에 앉아, P가 방금 꺼내 썼던 얼굴을 벗는 것을, 지극히 단순한 얼굴로 돌아가는 것을, 그 벗어놓았던 얼굴을 잠시 후 다시 걸치는 것을 지켜보았다.

"오래 기다렸지?"

면장갑을 벗으며 P가 물었다.
"뭐 마실래?"
"전 됐습니다."
"누누이 내가 지적했던 거지만, 넌 그게 문제야. 도대체 폐 끼치는 즐거움을 모른다는 거…… 카푸치노 만들어주지. 어차피 나도 한잔 할 테니까."

P는 두 잔의 카푸치노를 만들며 콧노래를 흥얼거렸다. 잘 쉬어라 쉬어, 울지 말고 쉬어. 그가 술에 취하면 낭랑한 음성으로 부르곤 하는 켄터키 옛집이었다.

P는 긴 등받이가 유연하게 휘어진 의자를 내 맞은편에 끌어다 놓은 뒤, 두 개의 커피 잔 중 한 잔을 나에게 건넸다. 긴 등받이 의자에 다리를 꼬고 앉으며 자신의 커피 향을 맡았다.

"난 계피 가루를 좀 넣어봤어."

그는 만족스러운 미소를 지었다.

"커피뿐 아니라 다른 음식에도 날마다 조금씩 새로운 시도를 해보곤 하지. 어차피 요리도 상상력이니까. 안 그래?"

나는 미소를 지으며 고개를 끄덕였다.

"그렇군요. 제 잔에도 넣어주시지 그랬습니까?"

P가 큰소리로 웃음을 터뜨렸다.

"하하, 신기하군…… 정말 신기해. 네가 여기까지 와서, 농담을 하면서, 하하, 나와 커피를 마시고 있다니…… 오늘이 며칠인지 적어놔야겠는걸."

P의 과장된 웃음이 그치자, 잠시 침묵이 흘렀다.

"……참, 그 일은 잘됐나?"

나는 고개를 들어, 태연을 가장한 그의 눈에 일말의 긴장이 스쳐

지나가는 것을 보았다.
"무슨 일 말입니까?"
"그때, 네 손 라이프캐스팅 말이야. 나중에 들으니 그쪽에서 두 점을 사고 싶어했다는데."
"네, 두 점 다 팔았습니다."
P는 고개를 주억거렸다.
"그랬군. 잘된 일이야."
화제를 바꾸려는 듯 어조를 높여 그는 나에게 물었다.
"찾기 어렵진 않았나? 이 집 말이야. 한참 걸렸을 텐데."
"괜찮았습니다. 노란 대문이 바로 보이더군요."
그때 나는 P가 무엇인가를 말하려고 망설이는 것을 느꼈다. 그것은 그에게 좀처럼 없는 일이었다. 말을 더듬거린다거나, 어떤 행동을 하기 전에 주저한다거나, 고민하거나 노심초사하는 따위의 일은 그와 어울리지 않았다. 장소를 바꾸면 사람은 좀 달라진다. 특히 자신이 먹고 잠자는 집이나, 반대로 완벽하게 낯선 장소에서는 평소와 다른 모습, 다른 목소리가 나오는 법이다.
"……그 여자 말이야."
한참의 침묵 뒤에 그는 말을 꺼냈다.
나는 굳이 E씨 말입니까, 라고 되묻지 않았다. 그가 먼저 말을 꺼내지 않았다면 내가 물었을 것이다. 좀처럼 작업실을 떠나는 법이 없는 내가 먼 걸음을 한 유일한 이유도 그것이었다.
P는 대뜸 한숨을 내쉬었다. 쓸쓸한 것도 막막한 것도 아닌, 그렇다고 답답한 것도, 곤혹스러운 것도 아닌, 어쩌면 그 모든 것들이 합해진 것 같은 한숨이었다. 어쨌든 그 한숨 역시, '카르페 디엠'이 자신을 위한 경구라며 자랑 삼곤 하는 P에게 어울리는 것은 아니

었다.

"그 여자, 네가 만나보니 어떻든?"

탐색하는 듯한 그의 시선을 마주보며 나는 덤덤하게 대답했다.

"괜찮던데요."

"……그렇지."

갑자기 그의 얼굴이 노골적인 번민을 드러냈다. 그것은 마치 다른 사람의 얼굴 같았다. 그는 안경을 벗더니 클리넥스 한 장을 뽑아 안경알을 닦았다. 명민한 인상을 주었던 금테 안경을 벗은 그의 인상은 좀 유약해 보였다.

안경을 쓴 뒤, 마치 새로 안경을 맞출 때 그렇게 하듯 귀에 걸쳐진 금도금한 다리 부분을 세심히 만지작거리더니, 비스듬히 내 얼굴 옆으로 시선을 던져둔 채 P는 말했다.

"이건, 누구한테도 얘기 못 했던 건데…… 넌 입이 무거운 놈이니까."

그는 커피를 한 모금 머금었다가 삼켰다.

"……그 여자 말이야. 내가 좀 끌렸었거든."

P는 몸을 일으켰다. 작업대 앞을 서성거리다가 그 위에 엉덩이를 걸치고 앉아보았으나, 별로 편안하지 않은지 다시 내려와 섰으며, 자신이 만든 콘솔 쪽으로 걸어가 네모진 거울의 프레임을 뜻없이 쓰다듬었다.

"너도 느꼈겠지만 그 여잔, 함께 있으면 상대까지 깨끗해지는 느낌이 들게 하는 재능이 있지."

P는 잠시 말을 끊었다. 자신의 입술을 만지작거리는 그의 손을 주시하며, 나는 말없이 카푸치노의 흰 거품을 마셨다.

"……알다시피, 난 첩의 자식이잖아. 이젠 그 얘기를 내 멋대로

가장 무도회 239

떠들고 다니지만, 사춘기 땐 제법 심각한 상처였단 말이지. 하지만 말야. 못을 빼도 못 자국이 남는다는 말처럼 말야, 다 극복했다 해도 그 자린 여전히 남아 있게 마련이지."

P는 작업대로 돌아와 엉덩이를 걸치더니, 이번에는 그 위로 올라가 책상다리를 하고 앉았다.

"한데 그 여자와 함께 있으면 이상하게, 과거가 사라지는 것 같더란 말야. 이를테면…… 내가 언제나 추구해왔던 상태, 현재 속에서 충만한 상태가 되더란 얘기야. 과거의 힘이 완전히 정지된 느낌 속에서 그 우아한 여자와 대화를 나누고 있자면, 그 여자의 말할 수 없이 특별한 개성들이 내 못 자국을 가만히 덮어주는 걸 느낄 수 있었어.

그래 생각해봤지. 만약 이 여자와 함께 산다면 어떨까. 물론, 너도 알다시피, 나는 결혼 따위는 경멸해온 사람이지. 너무나 잘 알고 있지. 스스로 무덤 속에 자신을 처넣는 거나 똑같다는 거, 환멸만 남을 게 뻔하다는 거…… 하지만 말야. 이번에는 왠지 그 무덤 속으로 가만히 걸어 들어가고 싶어지더군.

물론 그 여자에게도 많은 단점들이 있을 거고, 허술한 면이 속속 드러나리라는 거야 당연지사지만, 그 기본적으로 투명하게 환한 느낌만은 변하지 않을 거란 생각이 들었어. 그 투명한 존재와 함께 살아갈 수 있다면, 속박과 환멸쯤은 견딜 수 있을 거라고."

P는 이제 커피 잔을 내려놓고, 두 손을 모아 입술 앞에서 깍지를 끼고 있었다.

욕망이 눈을 가린다.

그때, 그의 찌푸린 눈살을 보며 나는 생각했다.

그의 외로움이 E를 투명한 여자로 만든 것이다. 안을 전혀 들여다볼 수 없는, 매끈매끈한 거울의 눈을 가진 그녀를.
"……그러니까, 3주쯤 전의 일이야."
P는 말했다.
"까짓거, 레스토랑에서 만나 미친 척하고 용기를 냈지. 떨리더군. 10대 때 이후로 처음 고백이란 걸 해봤지."
그러니까, 내가 그녀의 오피스텔에서 하룻밤을 보낸 지 일주일쯤 뒤의 일인 셈이었다.
"뭐라고 대답하던가요?"
P는 미소를 지었고, 곧이어 그 미소를 참혹하게 일그러뜨렸다.
"대답…… 글쎄, 어떤 대답을 들었던 건 아니야. 그냥 웃더군. 왜, 그 미소 있잖아."
물론 나는 그 미소를 알고 있었다. 큐 사인을 기다리는 모델 같은, 화사하고 기품 있는 미소였다.
"대답 대신, 자기가 사는 오피스텔로 나를…… 처음으로 데려갔어."
나는 고개를 끄덕였다.
"그랬군요."
"날 비웃고 있겠지만 말야, 소년처럼 가슴이 설레더군. 어떤 대답이 그만한 웅변이 되겠느냐 말이야. 믿어지지 않겠지만, 난 그 여자한테만은 줄곧 예의를 지켰어. 만난 지 2년이 가깝도록 추근대거나 함부로 속맘을 흘리는 일 따위는 하지 않았지. 그 여자는 그 여자대로 어느 일정한 선 너머로는 곁을 주지 않았으니까, 진행이 안 되는 게 갑갑하다면 갑갑했고, 동시에 그런 관계가 왠지 깨끗하게 느껴지기도 했었어. 그런데, 그 여자 역시 그 동안 나에게 마음이 있었던 거라는 생각을 하니…… 견딜 수가 없더군."

긴 침묵이 그와 나 사이에 가로놓였다. 그 다음의 일은 어렴풋이 짐작할 만했다. 그의 미간에 깊게 팬 주름과 번민에 찬 시선, 가늘게 떨리는 입술이 거기서 있었던 일을 말해주고 있었다.

"이 얘기를 괜히 꺼낸 것 같군."

침묵을 깨고 나온 그의 목소리는 차갑고 쓸쓸하게 들렸다.

"괜찮습니다."

나는 모호하게, 어느 쪽으로도 해석될 수 있는 대답을 했다.

"어떻게 말해야 할지 모르겠어…… 나 자신에게도 설명이 안 돼."

탄식하듯 P는 허공을 향해 중얼거렸다. 나는 물었다.

"설명이 안 된다면…… 뭐가 말입니까?"

그는 두 손을 모으고는, 겹쳐진 엄지손가락들의 옆면으로 자신의 입술을 지그시 눌렀다.

"그래. 잤지…… 난 그 여자와 잤어."

참을성 있게 나는 기다렸다.

"……자기 전까지는 좋았지. 모든 것이…… 모든 것이 너무나 매혹적이어서, 나는 몹시 흥분되고, 동시에 긴장한 상태였어."

클클, 그는 문득 기침을 하듯 웃었다.

"오해하기 딱 좋은 얘기군. 자고 나니까 경험이 너무 많은 것 같았다든가, 테크닉이 실망스러웠다든가, 그런 따위 얘기가 아니야."

"알고 있습니다."

나는 대답했다. 그는 마치 내 대꾸를 듣지 못한 듯 매우 빠른 말씨로 말을 이었다.

"모르겠어, 잊고 있다가도 불현듯 떠오르곤 해. 그런 경험은 태어나서 처음이었어. 내가, 엄청난 죄를 지은 것 같은, 어떤 무서운 더러움을 경험한 것 같은…… 아니, 더러움이란 말은 어울리지 않는 건지도 몰라…… 하지만."

 P는 말을 끊었다. 일그러진 얼굴로 나를 마주 보았다.

 "도저히 설명할 수도 없는 얘기를, 너무 오래 지껄이고 있군."

 나는 짧게 대답했다.

 "아닙니다."

 "혹시, 그 여자에게 관심이 있었나?"

 "아닙니다."

 그는 고개를 끄덕이더니, 식은 커피를 한 모금 마시고는 작업대 끝으로 밀쳐버렸다.

 "……며칠 뒤에 그 여자의 사무실로 전화를 했지. 내 고백을 그만 취소하고 싶었던 거야. 그 여자가 내 전화를 기다릴 거란 생각을 하니 두렵더군. 솔직히 후회스러웠어. 그런 조력자를 다시 얻는다는 건 쉽지 않은 일이니까. 타격이 클 게 자명했으니까."

 그는 쓸쓸한 웃음을 지었다.

 "그런데 더 이상한 건."

 그의 목소리가 별안간 높아졌다.

 "그 여자가, 아무런 흔적도 없이 전화를 받았다는 거야. 내 고백도, 그날 밤의 일도, 아무것도 없었다는 듯이…… 마치 나 혼자 꿈을 꾼 것처럼 말야. 더 다정하지도 더 냉정하지도 않았지. 말하자면, 예전과 조금도 다르지 않았어. 다행스러웠지만, 한편 기묘한 느낌이 들더군."

 갑자기 술에서 깬 사람처럼 P의 얼굴은 냉담해져 있었다.

 "어쨌든 난 손뗐어."

 그는 잘라 말했다.

 "그 기분, 말로 할 수 없이 더러운 기분…… 다시는 그런 기분이 되고 싶지 않아."

천국

P의 집을 나서자 사위에 땅거미가 깔리고 있었다. 그는 술이라도 한잔 하기를 바랐지만, 나는 약속이 있다고 했다.
"언제 한번 또 이렇게 들이닥쳐주라구."
나는 P와 악수를 나누었다. 몇 발짝 걸어가다가 돌아보았을 때, 엷은 레몬색 대문에 기대어 선 그의 얼굴은 지치고 공허해 보였다.
버스와 지하철, 다시 버스를 갈아타서 내 작업실 앞에 도착하자 8시가 지나 있었다. 늘 가는 국밥집에서 간단한 저녁을 먹고 작업실로 향했다.
2월이니, 3월이 될 것이고, 3월 말쯤 되면 이 감쪽같이 죽어 있던 도시의 여기저기에서 거짓말 같은 꽃과 잎들이 돋아나기 시작할 것이다. 그러나 그것은 아직 오지 않은 일이었고, 모든 나무들이 얼어붙어 있는 서울의 밤공기는 탁하고 건조했다. 나를 기다리는 사람이 아무도 없다는 것이 어쩐지 두렵고 쓸쓸하게 느껴지는, 1년 중 며칠 안 되는 그런 날이었다.
씻지 않은 채, 불을 켜지도 않은 채 작업실의 탁자 앞에 앉아 나는 생각에 잠겨 있었다. 나도 모르는 사이 그렇게 자정 무렵이 되었던 모양이다. 날카롭게 침묵을 찢으며 전화 벨이 울렸다.
"여보세요."
"나, E예요."
나는 자세를 고쳐 앉았다. 전화선 저편에서 들려오는 그녀의 목소리는 희미하게 흐트러져 있는 것처럼 들렸다.

"혹시……"

나는 물었다.

"술 마셨습니까?"

"약간."

평소와 달리 E의 대답은 단순했고, 말씨는 전혀 예의를 갖추지 않고 있었다. 그래서인지 다소 서름서름하게 들렸다. 그녀는 물었다.

"지금 뭐 해요?"

"그냥 있습니다."

"그냥?"

"그냥 앉아 있었습니다."

깔깔깔, 수화기를 막고 웃는 소리가 들려왔다. 그것 역시 전혀 그녀의 것 같지 않은, 무례한 웃음 소리였다.

"어때요, 내 천국에 와볼래요?"

그녀가 물었다. 웃음을 가까스로 가라앉힌 듯, 가쁘게 몰아쉬는 숨소리가 들려왔다.

"내일이면 클라이언트한테 이 집 열쇠를 넘겨요. 왜, 그때 약속했었잖아. 기억 안 나요? 보여주기로 했던 거."

"기억합니다."

감정을 넣지 않은 채 나는 대답했다.

그녀는 또다시 웃음을 터뜨렸다. 중성적으로 느껴질 만큼 거친 웃음이었다.

"뭘 망설이는 거예요? 당신의 성스러운…… 졸렬하게 성스러운 작품을 보러 와요. 마지막이 될지도 모르잖아?"

E는 성북동 입구의 큰길 가에서 유일하게 불을 밝히고 있는 24시간 편의점 앞에서 만나자고 했다. 택시에서 내리자, 그녀의 흰 신형 소나타가 비상등을 앞뒤로 켜고 있는 것이 보였다. 내가 운전석 옆좌석의 차창을 두드렸을 때, 그녀는 눈을 감은 채 등받이에 몸을 파묻고 있었다. 나는 차 문을 당겼다. 잠겨 있지 않았다.

"운전할 수 있겠습니까?"

E는 눈을 떴다. 잠들어 있었던 것은 아닌지, 그녀의 눈은 또렷한 광채를 뿜고 있었다. 은은한 향수 냄새와 술냄새가 뒤섞여 날아왔다. 또박또박 한마디 한마디에 힘을 주어 그녀는 말했다.

"……걱정되면, 걸어서 따라와도 좋아요."

나는 옆좌석에 올라탔다. 그녀는 비상등을 끄고 기어를 넣었다.

높다란 담장이 성곽처럼 둘러쳐진 고급 주택들을 지나 꽤 지대가 높은 곳까지 올라갔다. 차가 멈춘 곳은 벽이 나지막한 단층집 앞이었다.

"내려요."

시동을 끄며 그녀는 말했다.

"……여기가 내 천국이야."

뒷좌석에 뒀던 짙은 여우색 캐멀코트를 집어들고 E는 차에서 내렸다. 코트를 한 팔에 걸친 그녀는 검은 실크 블라우스 한 장에 역시 검고 통이 넓은 바지 한 벌만을 걸치고 있었다. 제법 찬 밤바람이 불어오는데도 그녀의 어깨는 전혀 춥지 않은 듯 반듯하게 펴져 있었다.

E는 낭랑한 하이힐 소리를 울리며 대문 앞으로 걸어가, 능숙하게 열쇠를 꽂고 돌렸다. 마치 수십 년 동안 이 집에서 붙박이로 살아왔던 사람처럼 안정된 동작이었다.

현관에 감각적인 직육면체의 목등이 밝혀져 있었으므로—언뜻 보아 P의 작품 같았다—나는 여러 그루의 과실수가 심어진 정돈된 정원을 한눈에 둘러볼 수 있었다. 현관까지 8,9미터쯤 들어가는 길 위로 큼직한 맷돌들을 박은 징검다리가 놓여 있었다. 그녀는 현관 문을 열고 서서 나에게 먼저 들어가라고 했다.

현관에서 거실까지는 두 사람이 다정히 어깨를 맞대고 걸어갈 수 있을 만한 너비의 통로였다.

"신을 벗어야 합니까?"

연한 갈색의 야생화 문양이 프린트된 말끔한 흰 타일이 깔린 바닥을 보며 나는 물었다.

"아니요."

그녀는 조롱하듯 킥킥 웃었다.

거실에 이를 때까지, 희게 칠한 양쪽 벽을 따라 1호짜리 판화 수십 점이 가로 석 줄로 붙어 있었다. 콜렉터가 되고 싶어한다는 집 주인의 희망대로, 알 만한 작가들의 작품이 대부분이었다.

거실에 들어서자 맞은편으로 가장 먼저 보인 것은 벽난로였다. 장작들은 부드럽고 따뜻한 불꽃에 휩싸여 있었으며, 그 앞의 안락의자 위로는 어두운 갈색의 체크 무늬 무릎깔개가 개켜져 있었다. 연한 카키색 소파들은 통유리로 짠 창을 등지고 있었고, 천장과 바닥 역시 안정된 갈색 톤이었다. E의 집이나 카페 소(沼)와는 사뭇 다른 중후한 느낌이어서, 이 집 주인의 연배나 취향을 짐작하게 했다.

그녀는 마치 자신의 집인 것처럼 코트를 소파 위로 던져버리고, 검은색 옷 때문에 더욱 호리호리해 보이는 몸매로 성큼성큼 앞장서 걸어갔다. 나는 잠자코 그녀의 뒤를 따랐다. 그녀의 갈색 머리카락은 함부로 흐트러져 있었고, 거침없는 말씨와 동작들은 어딘가 야생적으로 느껴졌다. 그것이 평소의 모습보다 더 마음을 끌었다.
"자, 여기."
날렵한 허리에 두 손을 얹으며 그녀가 말했다. 그제야 나는 그녀가 이곳까지 전사처럼 빠른 걸음걸이로 앞장서온 까닭을 알았다.
두 점의 손 라이프캐스팅들은 E가 처음 말했던 것과는 달리, 거실의 햇빛 드는 창가가 아니라 거실과 안채를 잇는 복도에 놓여 있었다. 대지 자체가 긴 직사각형인 모양으로, 이 집은 대문에서 보았던 인상보다 훨씬 컸다. 10미터 남짓한 복도 양쪽에는 허리까지 내려오는 큼직한 유리창들이 뚫려 있었고, 벽면과 중앙으로 마치 화랑처럼 그림들과 조각들이 진열돼 있었다.
"가만히 앉아서 지루하게 들여다보는 것보다, 이렇게 걸어가다가 마주치는 게 더 인상적인 법이니까. 여길 찾은 사람들은, 이 작품들을 보려고 잠시 이 통로 가운데에서 멈춰서겠죠. 아침부터 늦은 오후까지 양쪽으로 햇빛이 드니까…… 이 손들의 그림자가 커다랗게 바닥과 벽면에 깔리곤 할 거야."
반말과 경어를 섞어 쓰는 그녀의 칼칼한 목소리는 또렷했으나, 말끝만은 취기에 흐트러져 있었다.
어두운 창밖으로 대나무들이 조경돼 있었다. 한겨울에도 푸른 그 예민한 잎새들을 나는 우두커니 내다보았다. 그 잎들 위로 이 통로의 은은한 조명이 창에 반사되어, 나의 모습과 그녀의 마른 몸매가 어른어른 비쳐 있었다. 창유리에 어둡게 비친 그녀의 얼굴은 음영 때문에 광대뼈가 두드러져 보였고, 내리깐 속눈썹의 그림자가 희고 갸름한 턱까지 드리워져 있었다.

"뭘 보십니까?"

유리창에 비친, 고개를 비스듬히 수그린 그녀를 향해 나는 물었다.

"……당신 손."

그녀의 나지막한 대답이 복도를 울렸다.

나는 말했다.

"그건 내 손이 아닙니다."

"……참, 그렇지. 그 여자의 손이지."

어두운 창유리 속에서, 대숲의 검푸른 그림자에 둘러싸인 채 E는 빙그레 웃었다. 나는 은밀히 놀랐다. L의 음산하고 무미(無味)한 미소가 그 웃음 위로 겹쳐졌기 때문이다.

"……생각해보셨습니까?"

망설이다가 나는 물었다.

"뭘?"

그녀가 눈을 동그랗게 떴다.

"얼굴을 뜨는 것 말입니다."

이어 나는 진지하게 제안했다.

"얼굴이 싫다면, 몸을 뜨는 것도 좋습니다. 어색하다면 손부터 시작하죠."

그녀의 어깨가 별안간 소스라친 것은 그때였다. 나는 황급히 유리창에서 고개를 돌려 그녀의 얼굴을 마주 보았다.

"……뭐라구요?"

자신도 의식하지 못하는 듯 체머리를 떨며 E는 물었다. 그녀의 커다란 두 눈은 마치 목을 졸리는 여자 같은 날것의 공포를 드러내고 있었다. 그녀의 얼굴에 쏜살같이 스쳐가는 동요를 나는 보았다. 원한, 증오, 분노, 두려움, 좌절, 아니, 그보다 무서운, 내가 알지

가장 무도회 **249**

못하는 어떤 것이 거기 있었다. 거기 한꺼번에 도사리고 있었다.

어느 순간 그녀의 눈에 살의가 어렸다고 느꼈을 때, 그녀의 동요는 극적으로 멎었다. 목이 부러진 새처럼 그녀의 고개가 떨궈졌다. 호흡이, 움직임이 멎었다. 나는 그녀의 어깨를 거머잡았다. 희끗하게 지질린 뺨을 쳤다.

"이것 봐요. 정신차려요."

그녀의 눈에 초점이 맞춰졌다. 숨소리가 들려왔다. 그녀의 눈은 여전히 희미한 공포를 드러내고 있었으나, 그 흰 얼굴은 어느새 가면처럼 무감각해져 있었다.

낮게 떨리는 목소리로 나는 물었다.

"……지금, 당신에게 무슨 일이 있었는지 알고 있습니까?"

"무슨 일이라뇨?"

어지럽다는 듯 한 손으로 머리를 감싸쥐며 E는 되물었다. 톤이 높은, 태연한 음성이었다.

"나, 취했나 봐요. 그런데 취기도 전염되나? 당신, 좀 흥분한 것 같은데. 왜 그래요?"

멀지 않은 눈

주방에는 둥근 원목 식탁이 놓여 있었다. 기교스럽게 휘어진 다리의 모양으로 미루어 P의 디자인은 아니었다. 그 원탁 위의 천장으로 지름이 좀더 큰 둥근 창이 나 있었다. 검은 하늘을 잘 살피자 가냘픈 별들이 흩어져 있었다.

E는 얼음만 남은 글라스에 술을 따랐다. 목이 깊이 파인 검은 블

라우스 단추의 컬러는 함부로 접혀 구겨졌고, 단아한 어깨는 힘이 풀려 곧 탁자 위로 엎어질 것 같았다.
"어때요, 별이 보이죠?"
나는 대답했다.
"공기가 좋은 동네로군요."
"장마가 들면 빗물이 저 위로 무섭게 떨어지고, 눈이 쌓이면 한동안은 아무것도 안 보이겠죠. 봄이 돼서 햇빛이 들면 눈부시게 환할 테고……"
손등으로 입술을 함부로 문지르는 바람에 그녀의 립스틱은 반쯤 지워져 있었다. 입술의 오른쪽은 자홍색이고 왼쪽은 핏기 없이 푸르스름해, 일부러 망쳐놓은 분장 같았다. 속눈썹을 붙여 더욱 깊고 커 보이는 그녀의 눈을 나는 들여다보았다.
아름답고 유능하며 풍족한, L과 같은 여자 아이들을 수백 번이라도 고뇌에 빠뜨릴 수 있는 이 여자의 몸에 배어 있는 이 그늘은 무엇일까. 나는 왜 이 여자를 바라볼 때마다 미미한 환멸과 공허, 구역질의 기미를 느끼게 되는 걸까.
"이 집에 살 사람들이, 내가 상상한 대로 살아주진 않을 거예요. 사람에 따라선 취향대로 개조해버리기도 하니까. 난 그래서, 내가 설계한 집엔 다시 안 가요. 갈 일도 없지만, 어차피 그 사람들 거잖아. 처음부터 내 게 아니지. 내가 주인이 돼보는 건 오늘 하룻밤뿐이야."
그녀는 탁자에 상체를 엎드린 채 얼굴을 옆으로 누이고 천장의 둥근 창을 올려다보았다. 언젠가 그녀의 오피스텔에서 보았던 천진함이 어린 얼굴이었다. 그렇게 엎드리고 있으니, 어깨가 마른 편인 그녀의 몸은 어린아이처럼 왜소해 보였다. 두툼한 브래지어를

가장 무도회 251

한 탓에, 어둠 속에서 발가벗고 나니 어깨만큼이나 왜소하던 그녀의 젖가슴이 떠올랐다. 그때 나는, 그녀의 호리호리한 체격에 오히려 조형적으로 어울리는 가슴이라는 생각을 했었다.
"지금 몇 시죠?"
"새벽 3십니다."
여전히 무례한 말씨로 그녀는 중얼거렸다.
"……이제 그만 가봐요, 혼자 있고 싶으니까."
나는 물었다.
"이런 날 밤에, 다른 사람들을 불렀던 적이 있습니까?"
그녀는 미소를 지었다.
"천만에, 나 혼자 있기에도 하룻밤은 짧은걸. 무엇 때문에 수고스러운 일을 하겠어요?"
"그럼, 왜 나를 여기 불렀습니까?"
그녀는 여전히 옆얼굴을 탁자에 엎디고 있었다. 그 얼굴은 몹시 앳되고, 그리고 피로해 보였다.
"글쎄, 나도 모르겠어요. 당신이 저 껍데기들한테 유난히 애착을 갖는 것 같아서, 마지막으로 한번 보여주고 싶었나 봐."
"고맙군요."
진심을 담아 나는 대답했다.
"고마워할 필요 따윈 없어요."
그녀의 음색이 어딘가 거칠다고, 며칠 전 내 작업실에서 골반의 틀을 깨뜨렸을 때 질렀던 새되고 생경한 비명과 흡사한 데가 있다고 나는 생각했다.
"대답을 듣고 가겠습니다."
나는 말했다.

"무슨 대답?"

그녀는 되물었다가, 이내 "아아, 그거" 하고 중얼거리고는 웃음을 터뜨렸다.

"이 사람, 무척 끈질기네."

자세를 똑바로하고 소가죽 등받이에 몸을 기대며, 그녀는 명료하게 가다듬은 발음으로 물었다.

"왜? 왜 그 작업을 하고 싶어요? 모델 구하기가 어려워서?"

"솔직히 말씀드리죠."

나는 말했다.

"듣던 중 반가운 말이네요."

그녀의 입술이 비틀려 올라갔다.

"얼마나 솔직한지 들어보고, 나도 그만큼 솔직해지는 걸 고려해보죠."

그녀는 신랄하게 말을 이었다.

"그리잖아도 궁금했거든. 왜 당신이 나에게 접근하는지. 당신은 날 그리 좋아하는 것 같진 않은데 말예요. 내가 경제적으로 유복해 보여서? 성적 매력이 있어서? 아니야. 당신은 그런 사람이 아니지. 당신은, 유령 같은 사람이에요. 어두운 밤에 당신 같은 사람과 단둘이 마주치면 꽤 무서울 거야. 그런 말 많이 듣지 않았어요?"

"아니요."

나는 고개를 저었다.

"처음 듣는 말입니다."

"하긴, 세상에는 눈먼 사람들이 꽤 많으니까. 그리고, 눈멀지 않은 사람들은 대체로 자신이 보는 것들을 얘기하지 않는 버릇이 있죠."

과장되게 느껴질 만큼 쾌활한 미소를 머금고 있는 그녀의 얼굴

가장 무도회 253

을 향해 나는 말했다.
 "당신에게, 뭔가 숨겨져 있다는 느낌을 받았습니다."
 으흠? 그녀는 영어권의 네이티브 스피커처럼 경쾌하게 끝을 올리며 대꾸했다.
 "……그래서요? 나를 뜨면 그걸 알 수 있을 것 같은가요?"
 나를 쏘아보는 그녀의 눈이 일순 날카로웠다고 나는 느꼈다.
 "나와 가끔 자고 싶은 거라면, 언제든 그렇게 얘기해요. 하지만 뜨겠다느니 어쩌니 하는 말은 말아요."
 그녀는 어느새 취기가 사라진, 냉정하고도 우아한 평소의 얼굴로 돌아가 있었다.
 "일단 작업을 같이 하고 나면, 더 이상 당신을 귀찮게 하지 않겠습니다."
 그녀의 커다란 두 눈에 비친 내 얼굴은 고요하고 침착했다.
 별안간 그녀가 웃음을 터뜨렸다. 도저히 웃음을 그칠 수 없다는 듯 온몸을 흔들어대며, 그만 눈물이 질금질금 비어져나온 눈시울을 훔쳤다. 나는 그녀의 흐트러진, 출렁대는 머리카락을 보았고, 그녀를 비추는 밤하늘의 자잘한 별들을 보았고, 이 낯설고 화려한 집의 정적 속에서 울려오는 벽시계의 초침 소리를 — 결코 멈추지 않는, 금속성의 음향을 들었다.

데드마스크

 "……이 스타킹을 왜 얼굴에 쓰라는 거죠?"
 침대에 걸터앉은 E가 물었다. 나는 대답했다.

"눈썹을 뽑히고 싶진 않을 테죠."

그녀는 미간을 살짝 찌푸리더니, 망설임 끝에 스타킹을 얼굴에 뒤집어썼다. 나는 준비하고 있던 가위를 들어, 그녀의 콧구멍을 덮은 부분만을 정밀히 잘라냈다. 반으로 자른 투명한 스트로를 조심스럽게 두 콧구멍에 끼워 넣었다. 그녀는 반듯이 허리와 다리를 펴고 침대 위에 누웠다.

돌아오는 토요일 오후에 내 작업실에서 만나기로 약속은 했지만, E가 정말 찾아올지는 반신반의하고 있었다. 약속 시간에 정확히 맞춰 활짝 웃는 얼굴로 작업실에 들어선 그녀는 뒤트임의 흰 블라우스에 검은 통바지를 입고 있었다. 한 팔에는 짙은 회색의 모직 재킷이 걸쳐졌고, 다른 손에는 네잎 클로버 문양의 열쇠고리에 매달린 원격 조종식 자동차 키가 짤랑거리고 있었다. 그 말쑥한 정장 차림의 여자가 스타킹을 얼굴에 쓰고 누워 있는 모습은 잔혹극의 한 장면을 연상하게 했다.

"처음엔 차가울 거고, 다음엔 발열감이 있을 겁니다. 마치 델 것 같은 느낌이라고 하더군요. 하지만 화상을 입을 정도는 아닙니다. 그리고 조이는 느낌이 뒤따를 겁니다."

개어놓은 석고액을 이마부터 바르기 시작하며 나는 설명했다.

"석고가 굳을 때까지 움직이지 못하고 기다리는 시간이 힘들 겁니다. 석고를 떼어낼 때도 아플 테고…… 하지만 맨얼굴이 아니니까, 조금은 나을지도 모르겠습니다."

그녀는 대답할 수 없었으므로 침묵하고 있었다. 섬세한 이목구비의 선을 따라 석고를 바르는 일은 긴장을 요했다. 조용히 그녀의 얼굴이 흰 석고에 묻혔다. 이마부터 턱까지. 오른쪽 뺨에서 왼쪽 뺨까지. 감은 두 눈과 코, 얇은 윗입술과 아랫입술까지.

이제 석고가 굳는 동안 기다리는 일이 남아 있었다. 그녀가 말할 수 없었으므로, 또한 나에게도 달리 할 말이 없었으므로, 무거운 침묵이 흘렀다.

그녀는 발가락 하나 까닥거리지 않은 채 고요히 누워 있었다. 문득 나는 스트로에 뺨을 가까이하고, 숨이 들락거리고 있는지 확인해보았다. 그녀가 마치 죽은 사람처럼 느껴져서였다. 데드마스크를 뜨는 것 같았다. 코와 귀가 솜으로 틀어막힌 시신의 얼굴들이 잠시 눈앞을 스쳐갔다.

물론 그녀는 살아 있었다. 얼굴에서 유일하게 바깥과 연결되는 콧구멍을 통해 더운 숨이 들락거리고 있었고, 더 자세히 살피자 보일 듯 말 듯 가슴이 오르내리고 있었다.

지금, 앞을 보지 못하는 그녀는 몹시 갑갑할 것이다. 무슨 말이든 들려주는 편이 나을 것이다.

"많이 갑갑합니까?"

나는 허공을 향해 물었다.

"모두 이 시간을 가장 괴로워하죠."

대체로 인체의 부분을 뜰 때면, 갑갑한 모델들은 뜨지 않는 부분들―얼굴이나 팔, 다리 따위―을 꼼지락거리게 마련이었다. 그러나 그녀는 미동조차 하지 않았다. 혹시, 잠든 것일까.

"참을성이 많으시군요."

다시 허공을 향해 나는 말했다. 무거운 침묵만이 내 말에 답해왔다.

그녀는 지금, 웃고 싶어도 웃을 수 없었다. 나를 조롱하거나 반격할 수도 없었다. 이상한 애처로움을, 그리고 이상한 두려움을 나는 느꼈다. 저 흰 마스크를 벗기고 나면, 형체 없이 뭉개어진, 오래

전에 부패해버린 죽은 얼굴이 드러날 것 같았다.

"이제 앉아보세요."

조각조각 파편화시켰던 몸과는 달리, 얼굴은 흠집을 내지 않고 한 조각으로 떠낼 생각이었다. 나는 그녀의 상체를 일으킨 뒤 주의 깊게 마스크를 잡아당겼다. 마스크는 단단히 스타킹에 달라붙어 있었으나, 뒤통수 쪽에서 스타킹을 약간 잡아당기자 신축성이 있어 곧 떨어졌다. 마스크를 신중히 탁자에 올려놓은 뒤, 스트로를 빼고 스타킹을 벗겨냈다.

"괜찮습니까?"

E의 얼굴은 핏기 없이 경직돼 있었다. 눈을 감은 그녀의 입술에서 긴 숨이 새어나왔다.

"눈을 떠보세요."

그녀는 눈을 가늘게 떴다. 마치 입 주위의 근육이 마비된 듯 천천히 입을 벌렸다. 아, 에, 이, 오, 우. 금붕어처럼 입술을 달싹거려 보았다.

"이제, 다 된 건가요?"

그제야 눈을 크게 뜬 그녀의 얼굴은 극도로 피로하고 창백해 보였다.

"다 됐습니다."

문득 그녀는 나와 같은 생각을 말했다.

"산 채로 데드마스크를 뜬 셈이군요."

그녀는 나를 향해 손을 내밀었다.

"별로 나쁘지 않은 기분인데요. 어디, 한번 줘봐요."

나는 석고 마스크를 그녀에게 건네주었다.

"이제 어떻게 하는 거죠?"

"이 안쪽에, 다시 석고를 붓고 떠냅니다."

"그렇군요."

그녀는 고개를 끄덕였다.

"완성되면 한번 보고 싶은데요."

형식적인 듯도 하고, 진심인 것 같기도 한 사교적인 어조로 E는 말했다. 그녀는 자신의 이목구비가 고스란히 도치돼 박혀 있는 석고 마스크의 안쪽을 세심히, 신기한 듯 들여다보았다. 잠시 후 나에게 돌려주며 물었다.

"자, 이제 가도 되나요?"

그때 왜 불현듯 그녀의 입술에 내 입술을 짓누르고 싶은 충동을 느꼈는지 나는 모른다. 그녀가 살아 있다는 당연한 사실이, 입술을 움직이고 말하고 미소 짓는다는 것이 기이한 기적처럼 느껴졌다. 마치 내가 죽였던 애인이 살아서 돌아온 것처럼 나는 놀랍고 두려웠다.

"왜 그렇게 보는 거죠?"

그녀는 특유의 시니컬한 웃음을 머금으며 일어섰다. 흰 블라우스 때문에 더욱 정갈해 보이는 쥐색 재킷을 걸친 뒤, 흐트러진 머리카락을 손빗으로 빗어 귀 뒤로 넘겼다.

탁자에 올려놓았던 자동차 키를 집기 위해 내 앞을 스쳐지나가는 그녀의 어깨를 붙들고 나는 입을 맞추었다. 그녀의 자줏빛 입술은 부드럽고 차가웠다. 아무런 반응도 없는 무감각한 그 입술 위에서, 나는 어떤 애절함이, 내가 미처 알지 못했던 통렬한 감정이 내 몸 어디에서부턴가 치밀어 오르는 것을 경험했다.

"……가봐야겠어요."

그녀는 조용히 자신의 몸을 뒤로 빼냈다. 그녀의 미소는 티없이 환하고 너그러웠다. 그 내부를 나는 들여다볼 수 없었다. 그녀가 구두 굽을 울리며 계단을 올라가는 소리가 사라질 때까지, 꼿꼿이 서서 귀를 기울이고 있었을 뿐이다.

재회

그 석고 마스크의 안쪽에 석고를 부어 처음 그녀의 얼굴을 떴을 때, 나는 정수리에서부터 소름이 끼쳐오는 것을 느꼈다. 눈을 감고 입술을 다문 그녀의 얼굴은 실물과 똑같이 아름답고 균형 잡힌 것이었다. 딱딱하고 얄팍한, 흰 석고 껍데기라는 것이 다를 뿐이었다. 그 얼굴이 왜 그토록 오싹한 이물감을 불러일으키는지 나는 알 수 없었다. 잠시라도 작업실에 두고 싶지 않을 만큼 그 물건은 섬뜩했다.

나는 차분히 작업대 앞에 앉아 그 얼굴에 물감을 칠해보았다. 입술과, 감긴 눈꺼풀과, 갸름한 뺨과 이마를 되도록 실물에 가까운 색깔로 칠했다. 결과는 구역질나는 것이었다. 죽은 사람의 얼굴에 분과 연지를 발라놓은 것 같은 부조화였다.

나는 다시 석고 마스크의 안쪽에 석고를 부었다. 두번째로 그녀의 얼굴을 떠낸 뒤, 이번에는 청색 계열의 물감만을 사용해 칠해보았다. 푸르게 지질린 그녀의 얼굴은 싸늘하고 음울했다. 구역질이 치밀지는 않았다. 그러나 무엇인가 충분하지 않았다.

그렇게 해서 모두 일곱 개의 얼굴을 뜨고 나자 꼬박 사흘 밤이 지나가 있었다. 처음에는 물감의 색조만을 변형시켰던 것을, 오리털

침낭을 뜯고 깃털들을 꺼내 화려한 색으로 물들인 뒤 장식하기도 했고, 철 지난 잡지들의 컬러 광고 페이지들을 오려 뺨과 이마에 겹쳐 붙이기도 했다. 그리하여 여섯 번째 얼굴은, 그녀의 얼굴이라는 것을 도저히 식별할 수 없을 만큼 변형된 형태가 되어 있었다.

하나의 얼굴이 완성될 때마다, 나는 작업대에 진열돼 있던 민얼굴들 위에 차례로 씌운 뒤 가는 철사를 돌려 뒤통수에서 묶었다. 오직 하나, 마지막으로 뜬 얼굴만은 아무것도 칠하거나 장식하지 않았고, 민얼굴에 씌우지도 않은 채 탁자에 올려놓았다. 그 희고 정교한 가면은 내 것이 아니었다. 그것은 독자적인 생명력을 지닌 채, 무섭도록 완벽한 고요 속에 잠겨 침묵하고 있었다.

수요일 아침 나는 E의 사무실로 전화를 걸었다.

"다 됐습니다."

"무슨 말씀이죠?"

"당신의 데드마스크 말입니다."

"아, 그래요."

그녀의 어조는 언제나처럼 거침없었다.

"오늘이라도 보여드릴 수 있습니다."

"어떻게 하죠? 오늘은 선약이 있는데요."

"그럼, 내일은 어떻습니까? 회사 앞으로 가겠습니다."

"아니요, 집이 좋겠어요."

"그럼, 내가 오피스텔까지 가겠습니다. 정확한 시간은……"

"내일 제가 전화하기로 하죠."

그녀가 먼저 전화를 끊었다. 나는 수화기를 내려놓았다.

사흘 동안의 홀린 듯한 작업 끝에 나는 좀 예민하고 피로한 상태였다. 빛이 스며드는 들창을 커튼으로 가리고 침대에 누웠다. 알람

시계가 똑딱거리는 소리가 귀에 거슬려, 건전지를 꺼내버리고 잠을 청했다.

얼마나 잠들어 있었는지 모른다. 커튼으로 창을 가린 탓에 몇 시쯤인지도 확실치 않았다. 문을 두드리는 소리가 내 혼곤한 잠에 균열을 일으키는 것에 저항하며, 나는 힘겹게 몸을 뒤척였다.
마침내 나는 비틀거리며 침대에서 내려섰다. 머리맡에 두었던 안경을 끼고, 간이 의자의 철제 다리에 정강이를 부딪히며 문을 향해 걸어나갔다. 도대체 몇 신가. 우편 배달부인가? 아니면 E인가? 그녀가 찾아온 것인가?
나는 주먹으로 두 눈을 문질렀고, 머리와 옷매무새를 대강 다듬었다. 자물쇠를 돌려 문을 연 순간, 나는 감전된 듯 동작을 멈췄다.
문 앞에 서 있는 사람은, L이었다.

따뜻한 손

"들어가두 돼요?"
L은 두 손을 뒷짐진 채 물었다. 나는 뒷걸음질을 쳐서 그녀가 들어올 공간을 만들어주었다.
"어서 들어와."
그녀는 마치 이곳을 처음 찾은 사람처럼 쭈뼛거리며 들어왔다. 헐렁한 청재킷에 청바지 차림이었고, 몸무게는 56,7킬로쯤 되어 보였다. 숱이 적은 머리를 짧게 치켜 깎아, 젖가슴이 아니었다면 중성적으로 보였을 것이다.

그녀가 서름서름한 눈길로 작업실의 이곳저곳을 살피는 것을 지켜보며 나는 서 있었다. 잠은 깨끗이 달아나버렸다. 무슨 말을 꺼내야 할지, 무엇부터 물어야 할지 나는 알 수 없었다. 그때 어디로 갔었던 거냐, 지금은 어떤 상태인 거냐. 난 네가 죽었을지도 모른다고 생각했었다.

"얼마 만이지? 1년쯤 됐나. 1년이 좀 지난 것 같군."

나는 말했다.

"아저씬, 여전하네요."

나를 돌아보며 L이 말했다.

"화도 안 내구…… 꼭 어제두 그저께두 만났던 사람 같아요."

결국, 어쨌든, 그녀는 지난 1년 동안 살아남았다. 그 증거로서 명백히 내 눈앞에 존재하고 있었다. 예의 느리막한 어조로 나에게 말을 건네고 있었다. 그녀의 얼굴은 어느 때보다 안정돼 보였고, 말씨에도 비아냥거림과 짜증이 사라져 있었다.

"화를 내다니?"

"내가, 그때 여길 그렇게…… 엉망으루 만들어놨잖아요."

L은 여전히 두 손을 뒷짐지고 있었다.

"화날 겨를이 어디 있었나."

나는 문득 그녀에게 다정해지고 싶은, 애틋한 마음을 느꼈다.

"무척 걱정했었어."

"정말?"

그녀는 얼굴을 붉히며 피식 웃었다.

"아저씨, 그런 말두 다 할 줄 아네."

수줍은 듯 고개를 수그렸던 그녀는 화들짝 놀라며 탄성을 질렀다.

"어머, 이거 누구예요?"

그녀가 가리킨 것은 탁자에 놓인 E의 희고 얄팍한 얼굴이었다.
"……진짜 이쁘네."
그녀의 눈에 선망과 황홀, 경탄이 어렸다.
"아저씨, 요샌 얼굴두 뜨나 봐요?"
L이 그 얼굴에 어린 오싹한 이물감을 전혀 느끼지 못한다는 것이 나에게는 놀랍게 느껴졌다. 어쩌면 E를 실제로 만난다 해도 아무런 이상한 점을 알아채지 못할지도 모른다. P가 그랬던 것처럼. E를, 지상에서 가장 고결하고 투명한 여자로 만들었던 것처럼.
"이번에 처음 해본 작업이야."
"……그렇구나."
그녀는 건성으로 고개를 끄덕였다.
그때 나는 그녀가 뭔가 구체적인 용건을 가지고 이곳을 찾았다는 느낌을 받았다.
"요즘은 어떻게 지내지?"
L은 밝은, 그러나 어딘가 쓸쓸한 웃음을 지었다.
"나, 요즘 치료받아요."
"치료?"
"약도 먹구, 상담도 해요. ……O가 도와줬어요, 고맙게두."
"그러잖아도, 안색이 좀 좋아진 것 같다고 느꼈다."
"……그렇죠?"
나는 그녀에게 의자를 권했다.
"앉아서 얘기하자. 뭐 마실래?"
"아녜요. 지금 가봐야 돼요."
우리는 엉거주춤한 자세로 탁자 앞에 서 있었다. 타인처럼, 아니, 타인이므로, 어색한 침묵을 매만지며 서로를 마주 보고 있었다.

"사실은…… 부탁이 있어서 왔는데."

L은 여전히 귀밑을 붉히고 있었다.

"말해봐."

나는 대답했다.

"예전에 아저씨가 뜬 내 손…… 나, 하나만 가지면 안 될까요?"

죄스러움과 부끄러움, 그러나 그것들을 이겨낼 만큼의 결백한 용기가 어린 얼굴로 그녀는 나를 올려다보았다.

"오른손에 상처 생긴 다음에 뜬 거 말구…… 처음 만나서 떴던 거. 지금, 남아 있어요?"

나는 대답했다.

"물론."

L이 부숴버린 몇 점과 E를 통해 판 두 점 외에는 빠짐없이 보관돼 있었다.

나는 그 자리에서 간이의자를 끌어다 소나무 책장 앞에 놓고 거기 올라섰다. 책장 위로 덮어놓았던 휘장을 걷고, 조심스럽게 L의 손들을 꺼내 나르기 시작했다. 오른손에 상처가 생기기 전과 후가 뒤섞인, 여남은 점의 손들이 차례로 작업대 위에 세워졌다. L은 시간을 들여, 신중하게 그 중 하나를 골라 들었다. 고개를 든 그녀의 눈은 뜻밖에도 조금 젖어 있었다.

"기억나요? 아저씨가…… 이게 내 수호신이라고 했잖아."

무심코 그녀는 오른손으로 눈자위를 문질러 닦았다. 흉터는 여전했으나, 더 이상 붉지도, 생생하게 터져 있지도 않았다. 내 시선을 의식하고 뒤로 감추려는 그녀의 손을 나는 가만히 끌어다 잡았다.

"손이, 많이 따뜻해졌구나."

그녀는 얼른 손을 뺐다. 고개를 수그린 채 자신의 두 손을 펼쳐서 내려다보았다. 포동포동한 손등 위로 작은 눈물 방울이 툭 떨어졌다.

"……아저씨."

고개를 숙인 채 눈언저리를 닦으며, 그녀는 가라앉은 음성으로 나를 불렀다.

"아저씨가 옛날에 나한테 물은 적 있죠. …… 남의 눈이 나한텐 그렇게 중요하냐구."

고개를 든 그녀의 눈은 젖어 있었으나, 표정은 침착했다.

"가끔 그 얘기가, 생각날 때 있었어요. 아저씨가 무슨 말을 하려구 했는지 인젠 알 것 같거든요."

그녀는 아랫입술을 지그시 깨물었다.

"난…… 남의 눈에 비친 나 말구는 내가 없는 것처럼 살았어요. 만일 내가 아니라 다른 사람이 날 그렇게 학대했다면 진작 감옥 갔을 거야. 그렇게 굶기구, 한꺼번에 먹이구, 손을 집어넣어서 토하게 하구…… 감옥에 갇힌 죄인이래두 그렇게 다를 순 없는 거잖아."

그녀는 천천히, 한마디씩 숙고해가며 말을 이었다.

"있죠, 나 요즘…… 거울 잘 안 봐요. 저울에두 안 올라가요. 그냥, 그러구 싶지가 않아요. 그러니까 편해요. 이렇게 편한 걸, 전엔 몰랐어요. 저울에 나타나는 쬐그만 숫자 두 개, 거울에 비친 내 모습이 내 전부라구만 생각했죠."

그녀의 조그맣고 앳된 얼굴이 나이보다 훨씬 늙어버린 것을 나는 그때 알았다. 그 어린 얼굴 안쪽에서 먹 자국처럼 배어나오는 늙은 여자의 얼굴을 나는 묵묵히 들여다보았다.

나지막한, 그러나 분명한 음성으로 그녀는 말했다.

"우리, 인제 다시 못 만나겠죠?"

그녀의 번쩍이는 눈길이 순간 내 얼굴을 꿰뚫는 듯했다.

"우리 인제는요, 혹시 우연히 만나더라도 모른 척해요."

어쩐지 얼굴을 돌려 시선을 피하고 싶을 만큼 그녀의 눈빛은 강하고 당돌했다.

끝이구나, 하고 나는 입 속으로 중얼거렸다. 이번에는 정말 끝이었다. 그것을 나는 직감으로 알았다. 기이하고 강렬한 고독감을 나는 느꼈다.

"나…… 과거는 생각 안 해요. 미래두 생각 안 해요. 상담 선생님도 그게 좋대요. 내 이빨, 내 몸이 이렇게 된 거, 내 청춘이 흙탕물처럼 떠내려가버린 거, 앞으로 어떻게 살아가야 할지…… 아무것두 생각 안 해요. 생각하려다가두 얼른 잊어버려요. 그냥, 순간순간 살아요. 그러니까 얼마나 편한지 몰라요."

그녀는 문득 미소 지었다. 수수께끼 같은 평화가 그녀의 입가에 어려 있었다.

"……천국이 따로 없어요."

박스에 넣어주겠다는 것을, 굳이 L은 자신의 합장한 손 라이프캐스팅을 귀중한 보물처럼 가슴에 끌어안고 갔다. 대문 앞까지만이라도 배웅하겠다고 했으나 그녀는 만류했다. "고마워요"라든가 "미안해요"라는 인사를 했던 것 같은데 어느 쪽이었는지는 확실치 않았다. 그때부터 내 몸은 조금씩 오한을 시작하고 있었다.

L의 손이 내 손에 남겨준 희미한 온기를 반추하며, 나는 주먹을 쥔 채 FM 라디오를 틀어놓고 있었다. 오한은 점점 심해져, 나는 어느새 식은땀을 흘리고 있었다. 몇 곡의 올드 팝스와 광고가 지나가고 6시를 알리는 시보가 지나갔을 때에야 정신이 들었다.

나는 비척비척 몸을 일으켰다. 알람 시계에 건전지를 끼우고 시간을 맞췄다. E의 퇴근 후 오피스텔을 찾기로 했었다. 내가 전화하기로 했던가, 아니면 그녀였던가? 나는 E의 휴대폰 번호를 눌렀다.

"여보세요?"

작업 현장인지, 드릴 소리와 무엇인가를 갈아내는 소리가 요란하게 울려왔다. 나는 고함을 질러야 했다.

"전화 받을 수 있습니까?"

"잠깐만요."

E도 함께 고함을 질렀다. 잠시 후, 자리를 옮겼는지 소음이 조금 진정되었다. 그러나 여전히 시끄러워 큰소리로 말해야만 했다.

"무슨 일이죠?"

"당신의 데드마스크가 다 됐습니다."

"알고 있어요."

"오늘 저녁 내가 오피스텔로 찾아가기로 했지요."

"그런데요?"

"몸이 그다지 좋지 않습니다."

나는 목쉰 음성으로 소리쳤다.

"혹시, 여기 들를 수 있겠습니까?"

"그건 안 되겠는데요."

더 이상 냉정할 수 없을 건조한 어조로 그녀는 대답했다.

"이만 끊죠."

곧 전화가 끊겼다. 수화기를 움켜쥔 채 나는 침대에 몸을 던졌다. L의 흰 손들이 널려 있는 작업대를 본 순간, 어떤 격정이 기어이 내 평정을 무너뜨렸다. 담요를 끌어안은 채 나는 떨었고, 진저리쳤고, 열에 끓었다.

막(膜)

 봄이 온 것을, 성미 급한 꽃들은 이미 피어 있었던 것을 나는 쌀을 사러 나갔을 때에야 알았다. 내가 걸친 두툼한 외투가 우스꽝스러울 만큼 공기는 밝고 부드러웠다. 냉장고에 들어 있던 통조림과 밑반찬, 마지막 계란과 쌀알 하나마저 바닥날 때까지 나는 작업실에 틀어박혀 지냈다.
 그 동안 내가 한 일이라곤 침대나 소파에 몸을 파묻고 멍하게 시간을 보내는 일, 이따금씩 E에게 주려고 탁자에 올려놓은 흰 얼굴의 껍데기를 어루만지다가 내 얼굴 위로 겹쳐보는 일 정도였다. 작업도, 스케치도, 구상도 하지 않았다. 어떤 책이나 잡지를 뒤적이지도 않았다. 나는 일종의 마비 상태, 시간의 정지 상태를 경험했던 것 같다.
 쌀을 사가지고 들어오자마자 후배 J의 전화를 받았다. 졸업한 뒤 바로 무대 미술 쪽으로 뛰어들었던 그는 급하게 내 작품이 필요하다고 했다.
 "그때 그거, 완성했었나요?"
 그는 예전에 내 인체 뜨기 작업에 공감한다며, 동생처럼 지낸다는 여배우를 소개해주었었다. 그러나 그 여배우는 너무 훌륭한 몸을 갖고 있어서 내 취향에는 맞지 않았다. 그녀는 자청해서 전신을 뜨기를 원했으므로, 나는 후배 B를 불러 함께 틀집을 제작했었다. 그러나 왠지 내키지 않아, 다시 석고를 부어 껍데기를 떠내거나 하지 않고, 앞뒤로 이등분한 틀집 그대로 보관해두고 있었다.
 "아직 틀집 상태로 보관돼 있는데."

J는 그거라도 당장 보고 싶다고 했다. 나는 전화를 끊은 뒤 창고 문을 열었다. 김장용 비닐로 틀집을 둘둘 말아서 창고의 가장 안쪽에 세워놓았었는데, 다행히 상태가 좋았다.

그는 부리나케 달려왔다. 소형 트럭의 짐칸에 틀집을 실은 뒤 운전석에 올라타기 전에 초대권 두 장을 나에게 건넸다.

"오늘이 초연인데, 운반 중에 그만 소품이 깨져버렸어요. 등신대 조각을 오늘 안에 구하려니 기가 막히더라구요. 사례는 다음에 정식으로 하죠."

"이만한 일에 사례는 무슨……"

나는 미소를 지었다.

"그나저나 형, 수염이 그게 뭡니까? 그러고 나가면 노숙자라고 하겠어요."

J가 가고 난 뒤 나는 작업실로 돌아와, 천천히 얼굴을 씻고 면도를 했다. 아직 기온이 차긴 했으나 물을 받아 몸을 씻었다.

봄가을에 입는 면바지와 셔츠, 가벼운 점퍼를 꺼내 입은 뒤 나는 E의 전화 번호를 눌렀다. 신호음이 두 번 울리기 전에, 그녀의 목소리는 마치 대기하고 있었던 듯 신속하게 응답해왔다.

"오랜만이군요."

"그런가요?"

"오늘, 바쁘지 않으면 연극 한 편을 보겠습니까?"

"선약이 있는데요."

"그럼, 다음 주에는 어떻겠습니까?"

"제가 전화 드리죠."

예상했던 대로였다.

수화기를 내려놓은 뒤, 나는 턱과 입술을 감싸쥐고 잠시 생각에 잠겼다.

나는 그녀의 얼굴을 떴고, 이제 그녀는 나를 노골적으로 피하고 있었다. 이대로 간다면, 나에게 남는 것은 저 얼굴의 껍데기뿐일 것이다.

왜 나는 그녀의 얼굴을 뜨고 싶었던가? L의 몸을 떠냈을 때 그랬던 것처럼, 미처 예기치 못했던 진실이 드러나리라 믿었던가? 그것을 내 손으로 거머쥘 수 있으리라 여겼던가? 오산이었다. 아무 것도 드러나지 않았다. 오싹하고 꺼림칙한 탈 한 조각이 남았을 뿐이었다.

나는 몸을 일으켜, 저녁이 내리기 시작하는 골목으로 걸어나갔다. 오래 버스를 기다려 대학로로 향했다. 두 팔을 활짝 벌린 여배우의 틀집이 무대에 걸려 있는 진부한 연극을 보고, 뒤풀이에서 소설을 쓴다는 H를 만나고, "왜죠?"라는 날것의 질문을 들은 것이 바로 그날 밤의 일이다.

그 평범하고 서투른 질문이 그토록 완고하게 내 머릿속에 자리 잡은 까닭을 나는 알 수 없다. 다만, 내가 그때까지 살아오면서 해온 모든 행위의 이유들이 뿌옇게 번지며 테두리와 형상이 지워지는 것을 나는 지켜보았다. 익히 알고 있다고 생각했던 모든 것들이 조용히 뒷모습을 보이는 순간이었다.

나는 약 한 달에 걸쳐 이 기록을 써내려왔다. 이것을 쓰는 동안 나는 무엇인가를 찾고자 했던가? 단지 일어난 모든 일들을 재현하려고 했던가?

인상적인 일은, 이 스케치북을 펼치고 만년필이 종이를 미끄러져 나갈 때마다 마치 어떤 막(膜)을 더듬거리고 있는 듯한 기분이 되곤 했다는 것이다. 찐 계란의 껍질을 벗길 때 드러나는 얇고 흰 막 같은 것. 그랬던가. 내 삶의 기억이란, 그 연약한 막 위를 더듬어 나아가고 있었던가.

이따금 나는 만년필을 내려놓고 생각했다. '왜?'라는 단말마의 물음을 들이댔을 때 꺼내 보여줄 수 있는, 진짜 이유라는 것을 가지고 있는 사람이 과연 있을까. 진짜를 보고 싶다면 결국, 심연 앞에 서는 일만이 남는 것 아닐까. 그 텅 빈 심연 속에서 대체 어떤 대답을 건져낼 수 있다는 것일까. 언젠가 H를 다시 만난다면 그녀의 생각을 들어보고 싶었다.

또 한 가지 이상한 일은, 마치 그 의문을 동반하듯, L의 입가에 어렸던 불가해한 미소가 이따금 떠올라 좀처럼 사라지지 않곤 했다는 것이다. 그 수수께끼 같은 미소에 담긴 것이 무엇이었는지, 나는 끝끝내 이해할 수 없었다.

봄꽃들은 퇴색한 채 떨어지거나, 떨어진 뒤에 퇴색했다. 천천히 나는 세상으로부터 유리되고 있었다. 나는 철저히 내 과거 안에 있었고, 시간은 오래전에 멈춰 있었다. 기록이라는 습관은 은밀히 매력적이어서, 앞으로 내가 살아 있는 동안은 끊이지 않고 병행되리라는 예감이 들었다. 실제의 삶과 이 기록 사이에 가로놓인 쓸쓸하고 단호한 침묵을 나는 느꼈고, 아마도 글 쓰는 사람들의 우울이나 염세는 그 지점에서 기인하는 게 아닐까 하는 생각을 했다.

해는 날마다 떠올랐고, 하루가 지나기 전에 저물었다. 달라질 것은 없었다. 마흔이 가까워지고 있었고, 내 머리털은 조금씩 새치가 늘었다. 이 속력으로 나는 병풍 뒤에 누워 있게 될 것이다. 흰 새의 깃털 같은 머리털을 늘어뜨린 채 오래된 연극을, 내 인간관계로 미루어 흥행과는 거리가 먼 연극을 치르게 될 것이다.

그사이 막내누이가 한 번 전화를 걸어왔다. "뭐 좀 해먹고 살아?" 하고 물었고, "내 걱정은 하지 마라"고 내가 대답하자 "오빠, 조카들 보고 싶지 않아? 놀러 좀 와"라고 했다. 전화를 끊기 전에 그녀는 진지하게 말했다. "난 정말 오빠를 이해할 수 없어. 한 번도 이해한 적이 없었던 것 같아. 우리 애들은 절대로 미술 같은 건 안 시킬 거야."

나는 대답 대신 막연히 웃었다.

당의정

한 점의 집기도 놓이지 않은 100여 평의 사무실은 황량했다. 작업복과 얼굴에 흰 칠이 묻은 남자들이 알루미늄 사닥다리며 연장들을 들고 그 널따란 공간을 바삐 오가고 있었다. 뚝딱거리는 소리, 서로 부르는 소리, 귀에 거슬리는 마찰음들이 뒤섞여 들려왔다. 덜 마른 칠 냄새가 후각을 자극했다.

E는 그 사무실의 출입문 앞에 서 있었다. 그녀는 긴 머리칼을 요즘 유행하는 초생달 모양의 핀으로 틀어올렸고, 엷은 회색 셔츠의 소매를 둘둘 말아올리고 있었다. 날렵한 허리선을 드러낸 검은 진 바지에 캐주얼한 단화를 신었다.

"블라인드 색깔이 왜 이렇죠? 제가 드렸던 칼라 견본, 분명히 대조하셨나요?"

그녀보다 열 살쯤 나이가 많아 보이는 중년 남자를 향해 E는 카랑카랑한 목소리로 물었다.

"거의 비슷하지 않습니까?"

"비슷한 건 필요 없다는 거 아시잖아요. 저하고 한두 번 일하셨어요?"

남자는 억지스러운 미소를 지으며 뒤통수를 긁적였다.

"내일 아침이면 당장 사무실이 옮겨오는 거 아시죠? 이젠 이대로 진행하는 수밖에 없겠어요."

남자의 긴장한 눈이 안도하며 밝아졌다. E의 얼굴은 여전히 싸늘했다.

"죄송합니다."

"이렇게 착오가 생기면 서로 불편하고 힘들어요. 어떻게 다음을 믿겠어요?"

"다음에는 착오 없을 겁니다."

그제야, 너그러운 판정관 같은 미소가 E의 얼굴에 어렸다. 중년 남자는 예의 억지스러운 웃음을 머금은 채 E와 인사를 나눴다.

"안녕히 가세요."

"그럼, 수고하십시오."

내 곁을 스쳐지나가는 그의 얼굴은 뻣뻣하게 굳어 있었다.

"부장님, 여기 좀 봐주세요."

E의 호칭이 여기서는 부장인 모양이었다. 그녀는 잰걸음으로 바닥을 울리며 사무실을 가로질러갔다. 중앙에 위치한, 오너가 사용할 법한 커다란 방 앞에 서서 그녀는 외쳤다.

"조도가 왜 이래?"

"글쎄, 좀 어둡네요."

대답하는 남자의 모습은 보이지 않았으나, 목소리로 미루어 20대 중후반 정도인 것 같았다.

"이렇게는 안 돼. 당장 바꿔와요."

"조명점은 문 닫았을 텐데요."

"내가 휴대폰 번호를 알아."

E는 바지 주머니에서 휴대폰을 꺼내 빠르게 버튼들을 눌렀다.

"여보세요? 문사장님? 저 E예요. 퇴근하는 길이세요?"

못 박는 소리가 방해되는 듯 한쪽 귀를 막으며 현관 쪽으로 걸어 나오던 그녀는 처음으로 나를 발견했다. 그녀의 눈에 한순간 당혹감이 스쳐갔다. 그녀는 몸을 돌려 내게 뒷모습을 보이며 창 쪽으로 걸어갔다. 헤드라이트를 밝힌 차량들이 한산하게 지나가는 도로를 내려다보며 그녀는 통화를 마쳤다.

"된대요?"

야구 모자를 쓴 청년이 오너의 방에서 나오며 물었다.

"한 시간 후에 사람을 보낼 거래. 전구를 교체해봤자 한계가 있을 테니까, 점잖은 펜던트도 함께 보내라고 했어. 그리고, 저녁 늦었으니까 중국집에 뭐 좀 시켜봐요. 전화 번호 알지?"

청년의 미심쩍은 눈길이 나를 머리 끝부터 발끝까지 살피고 있는 동안, E는 성큼성큼 내 쪽으로 걸어왔다. 엘리베이터를 지나 비상 계단 근처까지 그녀는 앞장서서 걸어갔다. 나는 잠자코 그녀를 뒤따라갔다. 멈춰서서 고개를 돌리며 그녀가 물었다.

"여기는 어떻게 알고 왔죠?"

"사무실에 물었습니다."

"보다시피 난 지금 몹시 바빠요."

"방해할 생각은 없습니다."

E의 얼굴은 상기되어, 처음으로 평정을 잃은 모습을 보이고 있었다. 아마도 화가 난 것 같았다.

"내가 도울 일은 없겠습니까? 나도 손재주는 좀 있는 사람입니다."

그녀는 히스테리컬한 웃음을 터뜨렸다. 뜻밖에도 그 웃음이 그녀를 이완시킨 것 같았다.

"……이번 작업은 시간이 너무 없었어요. 마지막 날 밤까지 이렇게 쫓기는 건 처음이에요. 이런, 저기 페인트가……"

E는 셔츠 앞 주머니에 꽂혀 있던 문구용 칼로 유리창에 묻은 흰 페인트를 긁어내기 시작했다.

"부장님은 뭐 드실 거죠?"

야구 모자를 쓴 청년이 유리문을 빠끔히 열고 E에게 소리쳤다. 고개를 들지 않은 채 그녀는 대답했다.

"난, 볶음밥."

"저기……"

청년은 머리를 긁적였다.

"뭐지?"

그녀는 고개를 들었다.

"같이 계신 분은……"

"저는 먹었습니다."

내가 대답하자, 청년은 의미심장한 의문을 품은 시선을 E에게 보냈다. 그때 그녀는 참으로 인상 깊은, 긍정도 부정도 아닌, 싸늘하지도 다정하지도 않은, 교묘하게 중립적인 미소를 그에게 지어 보였다.

의구심이 가시지 않은 얼굴의 청년이 유리문 뒤로 사라지자, E는 다시 유리창 위로 칼질을 시작했다. 반쯤 굽히고 있던 허리를 잠시 펴며 그녀는 말했다.

"작업실에 가 있으세요."

그녀의 이마에는 송골송골한 땀이 맺혀 있었고, 목소리는 당의

정을 입힌 듯 달콤했다.

"이따가 들를 테니까."

그 말이 진심이 아니라는 것을 나는 알았다.

허리를 수그린 채 유리창에 칼질을 계속하는 E를 뒤로하고 나는 엘리베이터에 올랐다. 늙수그레한 경비원이 억양이 강한 사투리로 누군가와 통화하고 있는 로비를 지나, 밤바람이 쌀쌀한 거리로 걸어나갔다. 푸른 불이 깜박거리는 횡단 보도를 건너서 맞은편의 불 꺼진 은행 건물 계단에 걸터앉았다.

얼마쯤 뒤 중국집 사내가 오토바이를 몰고 달려와 은빛 배달 가방을 들고 E가 있는 건물로 들어갔다. 한 시간쯤 더 지났을 때 두 남자가 조명 기구라고 여겨지는 큼직한 박스 두 개를 등에 지고 올라갔으며, 얼마 후 빈 손으로 내려왔다. 더 시간이 흘러 11시가 지났을 때 중국집 사내가 그릇을 찾으러 돌아왔다. 마침내 예의 야구모자를 쓴 청년이 큼직한 륙색을 어깨에 둘러멘 채 로비를 걸어나온 것은 새벽 1시경이었다. 칠 묻은 작업복 대신 말끔한 옷으로 갈아입은 인부들이 뒤를 따랐다. 인사들을 나누며 주차장으로, 택시 승강장 쪽으로 흩어지는 무리 속에 E의 모습은 보이지 않았다.

나는 7층의 사무실에 불이 꺼지기를 기다렸다. 10여 분이 흐르도록 창들은 여전히 휘황하게 밝혀져 있었다. 나는 횡단 보도를 건너 건물의 로비로 들어갔다. 경비원은 내가 인테리어 팀의 일원이라고 생각했는지, 제지하는 대신 오히려 꾸벅 목인사를 했다.

피로

　이제 10시간쯤 뒤면 책상들과 의자, 캐비닛과 서류 뭉치들, 탁자와 정수기, 자판기 따위가 이 공간으로 쏟아져 들어올 것이다. 늦어도 30시간쯤 뒤면 사람들도 쏟아져 들어올 것이다. 전화 벨이 울려댈 것이다. 서로 다른 남녀의 목소리들이 여기저기서 울려나올 것이다. 슬리퍼 끄는 소리, 키보드 두드리는 소리, 프린터들이 끽끽대며 문서를 뱉어내는 소리, 복사기 돌아가는 소리 따위가 뒤섞일 것이다.
　그러나 새벽 1시 현재, 100여 평의 사무실은 텅 비어 있었다. 천장과 벽과 유리문, 엷은 하늘색 블라인드가 내려진 창들은 흠잡을 데 없이 말끔했다. 물밑 같은 고요가 불빛 아래 숨죽인 채 누워 있었다.
　나는 먼저 오너의 방문을 열어보았다. E는 거기 없었다. 조도는 분명히 개선된 것 같았다. 모서리가 둥근 직사각형의 은빛 펜던트와 실링 라이트는 급속히 맞춘 것 치고는 조화가 잘되는 것이었다. 문을 열면 바로 마주 보이는 벽에는 정사각형의 깊숙한 홈이 패어 있었고, 거기 부분 조명이 설치돼 있었다. 크리스털로 특별히 제작한 듯한 커다란 지구의가 불빛을 반사하며 그 자리를 차지하고 있었다. 오너의 취미가 얼마간 경박하다고 나는 생각했다.
　그 방을 나와, 반쯤 문이 열려 있는 회의실로 들어갔다. E는 거기 있었다. 텅 빈 흰 스크린을 마주하고 앉아, 눈을 감고 지압하듯 관자놀이를 한 손으로 누르고 있었다. 마치 지루한 브리핑을 듣는 사람 같았다.

긴 직사각형의 월넛 탁자를 사이에 두고 나는 그녀의 맞은편에 놓인 의자를 끌어당겨 앉았다.
"이제 다 끝난 겁니까?"
내가 올 것을 알고 있었던 듯, 그녀는 눈을 뜨지 않은 채 대답했다.
"완전히."
"지쳐 보이는군요."
E는 눈을 떴다. 눈두덩이 움푹 꺼져 있었고, 눈 아래는 파르스름했다.
"며칠 밤샘을 했거든요."
그녀는 약간 목이 쉬어 있었다.
"……사실은, 운전할 자신이 없군요. 잠이 쏟아져서. 그래서 여기 잠깐 앉아 있었어요."
성마른 미소가 그녀의 입술에 물려 있었다.
"그런데, 당신도 피곤해 보이는데요? 오랫동안 아프기라도 했던 사람 같군요."
"그냥 좀, 틀어박혀서 쉬었습니다."
나는 대답했다.
"생각할 것들이 좀 있었습니다. 외출은 오늘 밤이 처음이군요."
그다지 관심이 없는 듯한 태도로 그녀는 고개를 끄덕였다.
"첫 외출인데, 왜 하필 날 찾아온 거죠?"
"그 동안 보고 싶었습니다."
그녀는 냉랭한 미소를 지었다.
"믿기 어려운 말인데요."
"정말입니다."
나는 진지하게 말했다.

"괜찮다면, 내가 집까지 운전해드리죠."

"면허가 있으신가요? 뜻밖인데요."

"1종 면허가 있습니다. 군대에서 탱크를 몰았죠."

그녀는 재미있다는 듯 활짝 웃었으나, 그 얼굴은 몹시 허약해 보였다. 지금 내 캄캄한 작업실의 탁자에 놓여 있을, 부서지기 쉬운 흰 석고 가면 같았다.

E의 오피스텔은 몇 달 전의 모습 그대로였다. 공들여 연출한 잡지 사진처럼 모든 붙박이 가구와 소품들이 말끔하게 정돈돼 있었다. 어수선한 공간은 파티션 뒤의 작업실뿐이었다. 지난번에 보았던 단독 주택의 모형 대신 카페로 보이는 공간의 내부가 예의 손톱만한 크기의 모형들로 채워져 있었다.

E는 내가 운전할 때부터 줄곧 한마디 말도 건네지 않았다. 앉으라느니 하는 인사치레 없이 그녀는 샤워를 했고, 예의 크림색 가운을 걸치고 나와서는 불을 끈 뒤 가운을 벗어 침대 옆 협탁에 개켜놓았다. 어둠 속에서 그녀는 발가벗은 채 침대 속으로 파고들어갔다.

나는 마치 오랜 연인의 집에 들른 것처럼 냉장고 문을 열고 마실 것을 찾았다. 냉장고는 거의 비어 있었다. 문 안쪽에 1리터들이 우유팩 하나가 있었고 야채 칸에는 버드와이저가 상자째 들어 있었다. 몇 개의 오래된 통조림들이 신선실에 있었고, 버터와 과일 잼은 있었으나 빵 같은 것은 보이지 않았다.

나는 얼마 남지 않은 우유를 팩째 들이켰고, 야채 칸의 상자를 열어 찬 맥주를 마셨다. 새벽이 올 때까지 어둠 속에 웅크리고 앉아 그녀의 엎드린 모습을 바라보았다.

그녀의 수면은 깊었고, 아주 이따금 앓는 듯한 소리를 잠결에 뱉어내곤 했다. 어째서였을까. 그때마다 나는 그녀의 곁에 눕고 싶다는, 그녀의 헝클어진 머리칼을 쓸어넘기고, 질식할 듯 깊숙이 솜베개에 파묻은 얼굴을 내 쪽으로 돌려놓고 싶은 충동을 느꼈다.

내가 E에게 보고 싶었다고 한 말은 사실이었다. L이 마지막으로 나에게 불가해한 미소를 지어 보였을 때 내 마음에 자리 잡은 의문은, 숨막히게 적요하며 동시에 어딘가 무서운 것이었다. 그 의문을 알처럼 품고 있는 동안, 이상하게도 점점 생생해진 것은 E의 존재감이었다.

E를 만나고 싶었다. 그녀의 몸 어디에선가 미미하게 새어나오곤 하던 구역질과 공허의 감각을 다시 느끼고 싶었다. 자석의 같은 극처럼 나를 밀어내곤 하던 환멸의 냄새를 맡고 싶었다. 그것은 애정이라 할 수도 있고 오히려 반대의 것이랄 수도 있는, 극도로 양가적인 감정이었다.

가장 이해하기 어려운 일은, 그 강렬한 양가적 감정의 끝에 쓰라리게 배어 있는 어떤 것이 연민과 흡사한 데가 있다는 것이었다. 가슴 안쪽을 은근히 베어내는 듯한 그 감정을 나는 당혹감과 함께 느꼈다. 그것은 마치 조용한 갈구처럼, 욕망보다 집요하여 뿌리치기 어려운, 쓸쓸한 이끌림이었다. 이상한 일이었다. 그녀와 같은 여자에게 그런 감정을 느껴야 할 하등의 이유가 없었다.

새벽녘이 가까웠을 때 나는 그녀 곁의 리넨 시트 위로 비스듬히 몸을 눕혔다. 마침 알람 시계가 울었다. 나는 손을 뻗어 협탁에 놓인 알람을 껐다.

그녀가 거짓말처럼 또렷한 눈으로 고개를 든 것은 그때였다.

"……더 자요."

나는 목소리를 내지 않고 속삭였다. 음, 하고 그녀는 말했다. 까칠한 입술에서 어렴풋한 단내가 났다.
"오늘은 출근 안 해도 돼요. 자유야."
그녀는 차가운 손을 뻗어 내 앞섶으로 파고들어왔다.

마침내, 오전이 다 가고 오후 2시가 가까워왔을 때에야 E는 몸을 일으켰다.
"뭘 마실 거죠?"
파티션 위로 얼굴을 내민 채 나는 물었다. 아침부터 황도와 파인애플이 담긴 통조림 두 개를 비우고, 커피 믹스에 이어 두 잔째의 허브차를 마시던 참이었다.
"홍차."
그녀는 짧게 대답했다. 나는 립톤 티백을 찻잔에 담고 뜨거운 물을 부었다. 눈부신 햇빛이 그녀의 흰 침대로 쏟아져 들어오고 있었다. 해를 등진 그녀의 갈색 머리칼은 엉망으로 헝클어졌고, 얼굴은 희부옇게 부어 있었다. 눈을 비비며 그녀는 협탁 끝에 놓인 알람시계를 끌어다가 시간을 확인했다.
"……배, 안 고파요?"
마치 시계를 향해 묻듯, 그녀는 나를 보지 않고 물었다.

껍데기와 껍질

저녁이 되자 바람이 일기 시작했다. 피부를 감미롭게 자극하는 물기를 품은, 제법 강한 바람이었다. 오늘 밤이나 내일쯤 비가 쏟아질 것 같았다. 이즈음 봄은 무르익을 만큼 무르익은 과일 같았다. 세찬 비를 맞고 나면 떨어지고, 으깨어지고, 끈적끈적한 과육이 흘러나올 것이다. 그리고 천천히 썩어가기 시작할 것이다.

내 작업실의 작은 들창으로 그 심상치 않은 봄밤의 들큼한 바람이 밀려 들어오고 있었다.

"어때요?"

청색으로 칠한 자신의 석고 마스크를 쓴 E의 갈색 머리칼이 가볍게 바람에 날렸다.

"잘 어울리는군요."

마스크를 벗으며 그녀는 웃었다. 그녀는 연한 청색 수트에 푸른빛이 도는 진주 귀고리를 하고 있었으므로, 실제로 그 마스크와 곧잘 어울렸다.

"사실은, 이게 마음에 들어."

두번째로 E가 고른 것은 잡지에서 오린 천연색의 사진들을 붙인 마스크였다. 얼굴 없는 모델의 미끈한 다리가, 코의 윤곽을 비껴 왼쪽 턱까지 사선으로 그어져 있었다.

"이건 좀, 무속적인데요?"

선홍빛 물을 들인 깃털들이 이마를 둘러 꽂힌 마스크를 얼굴에 대보며 그녀가 말했다.

"우리나라는 아니고…… 라틴 아메리카 어디쯤의 주술사 같지 않아요?"

자신의 생각이 마음에 드는 듯 쾌활한 어조로 그녀는 덧붙였다.

마지막으로 그녀는 탁자에 놓여 있던 얼굴을 발견했다. 흰, 아무 것도 칠하지 않은 얄팍한 껍데기였다. 그녀는 그것을 집어들고는, 눈을 내리깔고 수초 간 몰두하여 들여다보았다.

나는 숨죽여 말했다.

"그게 당신 겁니다."

"……이상한 기분이군요."

그것만은 얼굴에 써보지 않은 채 탁자에 다시 올려놓으며 그녀가 중얼거렸다.

"무엇이 이상합니까?"

재빨리 나는 물었다.

"글쎄요?"

명랑하게 끝을 올리며 그녀는 대답을 피했다. 일어서서 들창 쪽으로 성큼성큼 걸어갔다.

"비가 올 것 같죠?"

뒤트임의 긴 스커트 앞으로 두 손을 깍지낀 그녀의 뒷모습은 틈없이 단단해 보였다.

"이건, 뭐죠?"

돌아서며 E가 가리킨 것은, J가 무대 소품으로 쓴 뒤 며칠 전에 다시 갖다 놓은 여배우의 틀집이었다.

"……좀 으스스한데요."

그녀는 짐짓 춥다는 듯 어깨를 떠는 시늉을 했다. 나는 그것이 몇 년 만에 유용하게 쓰이게 된 과정을 간략하게 설명해주었다.

"그렇군요."

그녀는 고개를 주억거렸다.

"이게 틀집이라는 거군요."

문득 목소리를 높여 그녀는 말했다.

"지난번에 당신이 창고에서 끄집어냈던 것들이, 가끔 생각날 때가 있더군요. 그 찢어진 껍데기들……"

그녀는 불쑥 말을 끊으며 "미안해요"라고 했다.

"아닙니다."
나는 웃으며 대답했다.
"나도 그것들을 그렇게 부릅니다."
"그 작업을 모두 여기서 했나요?"
나는 고개를 끄덕였다.
"나는 얼굴만을 떠보았을 뿐이지만, 다른 여자들은 옷을 모두 벗어야 했겠군요."
"그렇습니다."
"나는 얼굴이 화끈거렸을 뿐이지만, 그 여자들은 온몸이 견딜 수 없이 뜨거웠겠군요."
여배우의 틀집을 가만히 쓰다듬으며 그녀는 혼잣말처럼 중얼거렸다.
"……어떤 기분일까?"
그 말의 끝을 놓치지 않고 나는 대답했다.
"어떤 사람은 이렇게 설명하더군요."
그녀의 눈이 내 말하는 입술을 뚫어지게 응시하고 있는 것을 나는 보았다.
"껍질이 벗겨지는 기분이었다고."
그때 나는 불과 몇 시간 전에 E의 오피스텔에서 보았던 그녀의 다리를 떠올렸다. 지금 저 뒤트임의 청색 스커트 사이로 드러난 알 같은 흰 다리, 그 다리 속으로 처음처럼 메말라 있던 음부를 떠올렸다. 나는 조용히 그녀의 몸으로부터 떨어져나와, 그녀의 소인국에서 꺼내 머리맡에 두었던 손톱만한 점토 의자를 만지작거렸었다.
왜 그래요, 할딱이며 그녀는 물었다. 나는 그녀의 창백한 얼굴을, 좀 전까지 열에 들뜬 신음을 발하고 있었던 연보랏빛 입술을 응시했다. ……배가 고파서. 그녀는 허탈하다는 듯 소리내어 웃었다. 웃음 끝에 그녀는 말했다. 이 근처에 잘하는 수타우동집이 있어요.

그녀와 나는 옷을 입고 수타우동을 먹으러 갔다. 은은한 광택이 나는 고동색 테이블마다 같은 색의 칸막이가 돼 있었고, 제복을 입은 종업원들은 지나치리만큼 친절했다. 마침 두 사람이 나란히 앉아야 하는 테이블만 남아 있었다. 우동 정식을 먹는 동안, 나는 설명할 수 없는 충동으로 연이어 그녀의 입술을 탐했다. 그녀가 국물을 마시는 소리, 우동을 씹는 소리, 단무지를 아삭아삭 베어무는 소리들이 견딜 수 없이 내 마음을 끌었다. 견딜 수 없이, 그것들은 진짜였다.

우동을 입 안에 넣고 키스하는 건 처음인데요. 그녀가 말했다. 반들반들한 국물을 립글로스처럼 묻힌 채 우물거리고 있는 그녀의 입술을 나는 다시 한 번 빨았다. 달착지근하고 간간한 맛이 혀끝에 남았다. 그녀는 말없이 내 얼굴을 응시했다. 바닥을 알 수 없는, 텅 빈 시선이었다.

"껍질?"

E가 하이 톤으로 되물었다. 미소를 지으며 그녀는 나에게 물었다.

"껍데기와 껍질이 어떻게 다른지, 예전에 국어 시간에 배웠던 것 혹시 생각나요?"

"……글쎄요."

나는 고개를 저었다.

"어감은 분명히 다르게 들리는군요."

"껍데기는 조개나 게, 거북이처럼 단단한 걸 말해요. 하지만 껍질은 내용물에 완전히 엉겨 있죠. 사과나 배, 고양이와 개, 그리고 사람처럼."

그녀의 은밀한 시선이 탁자에 놓인 흰 석고 얼굴에 머물러 있었다. 그때 나는 어렴풋이 깨달았다. 저 딱딱한 물건은 껍데기였으며, 껍질은 그녀의 얼굴에 고스란히 남아 있다는 것을.

"문을 닫을까요?"

습기찬 바람이 세차게 밀려 들어오는 것을 느끼며 내가 물었다.

"아뇨. 좋은데요."

그녀의 갈색 머리칼이 고요히 팔락거렸다.

껍질 벗기

내가 석고액을 다 갤 때까지 E는 수트를 벗지 않고 있었다.

"어서요."

나는 낮은 목소리로 말했다.

"굳기 전에 어서."

그녀가 한 겹씩 옷을 벗는 모습을 나는 조용히 지켜보았다. 그녀의 베이지색 슬립은 레이스 따위는 달리지 않은 심플한 것이었고, 슬립을 벗자 짙은 브라운의 브래지어와 팬티 세트 차림이 되었다. 군살 없는 아랫배와 동그란 둔부를 나는 보았다. 마침내 브래지어와 팬티까지 벗자 나지막한 젖가슴과 둔덕진 음부가 드러났다.

"시작해도 될까요?"

으흠, E가 말끝을 올려 대답했다.

나는 발부터 시작했다. 보조 없이 혼자였으므로, 하반신만 일단 떠서 떼어낸 뒤 상반신을 뜰 작정이었다.

　E의 통통하고 부드러운 발등에 석고액을 바르는 동안, 얼굴을 뜰 때 그랬던 것처럼 그녀는 미동도 하지 않은 채 조용히 앉아 있었다. 흰 알 같은 장딴지와 볼록한 무릎, 폭신한 허벅지를 거슬러 올라갔다. 그녀는 내가 지금까지 작업했던 이들 가운데 가장 침착한 모델이었다. 놀랍도록 담담했으며, 조금의 수치심이나 저항감도 느끼지 않는 것 같았다. 그녀는 유일하게, 음부에 석고를 바를 때 "내가 하겠어요"라는 말을 하지 않은 여자이기도 했다. 배꼽 위 허리까지 석고액을 바른 뒤 나는 그녀의 얼굴을 보았다. 뺨이 불그레하게 상기되었을 뿐, 표정의 큰 변화는 없었다.

　"어떻습니까?"
　"뜨겁군요."
　"견딜 만합니까?"
　그녀가 대답했다.
　"아니요."
　그녀와 나는 마주 보고 미소지었다.
　하반신을 미리 떼어낼 필요는 없을 것 같았다. 전체적으로 야윈 몸인 데다, 놀랄 만큼 협조적인 덕분에 조금도 시간을 지체하지 않은 것이다. 나는 허리 위로 계속해서 석고액을 발라갔다. 말랑말랑한 젖가슴과 쇄골을 지나, 겨드랑이와 가냘픈 팔뚝이 석고액에 덮일 때까지 그녀는 시종 평온해 보였다. 오른쪽 손목에 이르렀을 때 나는 말했다.
　"주먹을 펴봐요."
　그녀는 내 말을 듣지 못한 듯 주먹을 움켜쥐고 있었다. 나는 다시 말했다.

"손가락을 펴요."

여전히 주먹을 쥔 채 그녀는 대꾸했다.

"그냥, 이대로 하죠."

나는 주먹 위로 석고액을 발랐다. 손등에 드러난 다섯 개 뼈들의 윤곽이 불끈 일어설 만큼 그녀는 힘껏 주먹을 쥐고 있었다. 그 악력 때문에 가벼운 떨림조차 일어 있었다.

"단단한 주먹이군요."

나는 말했다.

"여자 복서 같은데요."

"그래요? 재미있네요."

E가 말했다. 이상하게도, 그녀의 목소리는 약간 떨리는 것 같았다.

"내 어릴 때 꿈이 복서였거든요."

농담이 아녜요, 하고 그녀는 웃으며 덧붙였다.

나는 그녀의 왼쪽 겨드랑이와 팔에 석고액을 바르기 시작했다. 손목에 이르렀을 때 다시 한 번 그녀의 단단한 주먹을 보았다. 손등에 도드라진 푸른 혈관들. 가느다란 다섯 개의 손가락뼈들. 구슬처럼 둥글게 돌출된 손목뼈. 예의 필사적인 악력. 가볍게 일어 있는 떨림.

"이 손은 펴보죠. 두 주먹을 쥔 것보다 나을 것 같은데."

"상관없지 않아요?"

그녀의 목소리는 왠지 날카롭게 곤두서 있는 것처럼 들렸다. 몸을 뜰 때면 모델들이 드러내곤 하는 민감함이 이제야 발동이 걸리는 모양이었다. 그녀의 기분을 누그러뜨리기 위해 나는 웃으며 농담을 건넸다.

"이 안에 뭘 감춘 거죠? 엄청난 운명이 담긴 손금이라도?"

그녀는 웃지 않았다. 안간힘을 다해 움켜쥔 그녀의 왼주먹을 나는 엄지손가락부터 펴려 했다.

"이게 무슨 짓이에요?"

그녀가 외쳤다.

"주먹을 펴려는 겁니다."

"이대로 하라니까요?"

그녀의 눈이 일순 섬뜩한 광채를 발했다. 억지로 펴낸 엄지손가락에 석고액을 발랐을 때, 그녀는 눈에 보이게 손을 움찔거렸다. 검지손가락을 펴려 하자 그녀는 거칠게 상반신을 움직이려 했다.

"아직 안 말랐습니다. 움직이면 안 돼요."

"가만 놔두라고 했잖아!"

비명을 지르듯 그녀가 외쳤다. 불현듯 그녀는 고개를 숙여 흰 석고액에 갇힌 자신의 몸을 내려다보았다.

"나, 여기서 나가겠어!"

"조금만 참아요."

"미쳤군. 내가 잠깐 미쳤었어…… 나갈 거야. 꺼내줘!"

나는 얼마간 당황하여 그대로 서 있었다.

그녀는 반쯤 석고가 굳은 상반신을 세차게 흔들어댔다. 몸부림칠 때마다 흰 표면에 무작위의 균열이 새겨졌다.

"참아요. 잠깐이면 됩니다."

"미친 새끼, 누굴 위해 참으라는 거야!"

낯선 여자 같은 거친 비명이 밤의 정적을 찢었다. 처음 보는 일그러진 얼굴로 그녀는 욕설을 퍼부었다.

"날 꺼내…… 나쁜 새끼, 나가게 해달란 말야! 내 말 안 들려?"

그녀는 사지를 버둥대려 했으나, 이미 굳어버린 하반신의 틀집은 꼼짝도 하지 않았다. 조금만 더, 하고 말리려던 내 말이 되삼켜졌다. 그녀의 비틀린 입술에 거품이 물렸다. 눈이 허옇게 뒤집혔다.
"지, 진정해."
나도 모르게 말을 더듬고 있었다.
"정신 차려!"
나는 그녀의 뺨을 세차게 쳤다. 그녀의 눈에 검은자위가 돌아왔다.
"가만있어봐, 꺼내줄게…… 가만히 있어."
나는 떨리는 손을 다잡아 끌질을 시작했다.
"움직이면 상처가 난다구, 가만있으란 말이야!"
이마에서 땀방울이 굴러 떨어졌다. 처음에 발랐던 순서대로, 절개선을 따라 석고를 떼어내기 시작했다. 발, 장딴지, 무릎, 허벅지.
"엉덩이가 조여와…… 뜨거워 미치겠어!"
음부에 붙은 조각을 떼어냈을 때 그녀는 찢어지는 비명을 질렀다.
"개새끼, 나쁜 새끼, 더러운 자식!"
내가 조심스럽게 들어올린, 곱슬곱슬한 터럭이 한움큼 붙어 있는 석고 조각을 그녀는 거칠게 왼손으로 빼앗아 던져버렸다. 산산이 조각나버린 석고 조각에서 흰 가루가 피어올랐다.

배와 가슴을 거슬러 올라가 쇄골을 지났다. 솜털들이 붙은 껍데기를 떼어낼 때마다, 얼마나 힘을 썼는지 땀에 번들거리는 피부가 드러났다. 오른팔을 길게 절개해 뜯어내자, 섬세한 작업을 요하는 오른주먹이 남아 있었다. 그때쯤 내 작업복은 완전히 땀으로 젖어 있었다. 연신 흘러드는 땀으로 눈이 매웠다. 그녀는 여전히 미친 여자처럼 입에 담을 수 없는 욕설을 뱉어대고 있었다.

주먹을 떼어낸 순간, 선홍색 피가 함께 흘러내렸다. 나름대로 신중을 기했다곤 하나, 서두른 탓에 절개할 때 피부가 찢긴 것이다.

피를 본 그녀는 지체 없이 그 주먹을 날려 내 얼굴을 올려쳤다.
　여자의 주먹이라곤 하나, 온 힘을 다한 데다 워낙 기습적이었다. 엉겁결에 나는 뒤로 미끄러져 바닥에 주저앉고 말았다. 아직 왼쪽 겨드랑이와 팔뚝에 석고 껍데기를 붙인 채, 그녀는 번들거리는 나신으로 일어서서 씨근덕거리고 있었다. 그녀는 무자비하게 명령했다.
　"일어서. 어서."
　나는 일어섰다. 아랫입술의 감각이 먹먹했다. 곧 부풀어 오를 것 같았다.
　"이거, 마저 떼어내."
　그녀가 내민 왼팔의 석고를 나는 여덟 조각으로 절개했다. 계속해서 허공에 휘둘렀기 때문에 이미 수없는 균열이 가 있는 상태였다. 덕분에 작업은 더뎠고, 극도의 긴장을 요구하는 것이었다. 마지막으로 엄지손가락의 껍데기를 떼어냈을 때, 별안간 그녀는 기진한 듯 머리를 두 팔에 파묻은 채 바닥에 엎드려버렸다. 태아처럼 구부린 그녀의 흰 어깨와 등 위로 긴 갈색 머리칼이 흩어졌다.
　나는 녹초가 되어, 아직 떨림이 남아 있는 손으로 부푼 아랫입술을 어루만졌다. 고개를 돌려 난장판이 된 작업실을 둘러보았다. 산산이 깨어진 석고 조각들과 더러 온전한 파편들이 눈에 들어왔다. 발, 정강이, 아랫배, 젖가슴 따위의 껍데기들이 어지럽게 흩어져 있었다.
　나는 천천히 숨을 골랐다. 발가벗은 그녀의 몸이 엎드린 콘크리트 바닥은 몹시 차가울 것이다. 그러나 그녀를 일으킬 엄두가 나지 않았다. 무시무시한 침묵이 그녀의 알몸 위에 내려앉아 있었다. 격렬한 피로를 나는 느꼈다.

나는 한쪽 무릎을 꿇고 그녀의 옆에 쭈그려 앉았다.
"……왜 그랬지?"
나는 물었다.
"왜 그런 거야?"

나는 떨리는 손을 뻗어 그녀의 머리카락을 쓰다듬었다. 그녀의 몸을 안아 올렸다. 늘어진 몸이라 생각보다 훨씬 무거웠다. 그녀를 침대에 눕힌 뒤, 석고 가루가 희끗희끗하게 묻은 그녀의 입술에 입을 맞추었다. 번들거리는 목덜미를 천천히 핥아보았다. 더욱 격렬하게 밀려오는 피로를 느끼며, 그녀의 옆에 몸을 뉘었다.

언제부터 비가 내리고 있었을까? 밤의 검은 침묵 위로 빗소리는 거세게 수직의 금들을 그어대고 있었다. 금방이라도 주인집 마당에서부터 범람해 계단을 타고 콸콸 흘러들어올 것 같은, 때아닌 봄날의 폭우였다. 아니, 저것은 폭우가 아닌지도 몰랐다. 그저 이 밤의 기이한 침묵 때문에 내 귓속에서 과장되어 들리는 것인지도 몰랐다.

기이한 빗소리, 기이한 여자, 기이한 밤. 문득, 아주 오래전부터 이 여자의 곁에 이렇게 누워 있었던 것 같았다. 태어났을 때부터. 아니, 태어나기 전부터. 영원히, 언제까지나. 달아날 길 없이.

"……내 소원이 뭔지 알아?"
그녀의 답을 전혀 기대하지 않은 채, 가늘게 떨리는 형광등의 불빛을 향해 내 손등을 비추어보며 나는 물었다.
"뭐지?"
뜻밖에 그녀는 의식을 잃지도, 잠들어 있지도 않았다. 그렇다고 평소처럼 또렷한 미성도 아니었다. 음울하게 잦아드는, 처음 듣는 낮은 목소리였다. 나는 대답했다.
"나보다 더 큰 몸을 가진 여자를 떠서, 그 틀집 속으로 들어가 죽는 것. 그렇게 영원히 함께 있는 거야."
"……좀 어려운 일이겠군. 하지만 불가능한 일은 아니지."
거센 빗소리에 겹쳐서일까. 그녀의 목소리, 어조, 억양, 모든 것이 전혀 다른 타인의 것 같다고 나는 느꼈다.
"지금 생각해본 건데……"
나는 나직이 속삭였다.
"네 몸으로 내 관을 만들 거야."
"어떻게? 난 너보다 크지 않잖아."
"……몸을 좀 웅크리면 돼."
나는 그녀의 냉정한 입술에 입을 맞추었다. 내가 입술을 뗄 때까지 그녀는 눈을 뜬 채 가만히 입을 다물고 있었다. 그녀의 몸에 뒤섞여 있는 석고와 땀, 아련한 바디로션과 피의 냄새를 나는 들이마셨다. 그녀의 갸름한 턱을 묵묵히, 그리고 씁쓸히 어루만졌다. 너, 미끈미끈한 물고기처럼 내 손아귀에서 퍼덕이는. 거센 몸짓으로 허공에 떠올라, 밑 모를 물 속으로 달아나버리는.
그녀가 별안간 웃음을 터뜨린 것은 그때였다. 기묘하리만큼 낮고 우울한, 늙은 작부 같은 웃음 소리였다.
"넌 정말 가련하구나…… 처음부터 알았어. 네가 가련한 아이라는 걸."
키득키득, 그녀는 허공을 향해 웃었다.
"네 눈이 맘에 들었었지."
나는 그 말을 기억하고 있었다.
"도덕 관념이 없어 보여서?"

가장 무도회 293

"아니, 그것만 없는 게 아니지. 아예 비어 있지. 텅 비어 있어."

키득키득, 너무 우스워서 눈물이 난다는 듯 그녀는 자신의 눈언저리를 닦아냈다.

"네가 원하는 게 뭔지 알아."

그녀의 늙은 목소리에 어린아이처럼 천진한 광채가—언젠가 느낀 적 있는—어려 있었다. 오싹한 부조화였다.

"열아홉 살 이후론 누구에게도 보여준 적 없어…… 하지만, 넌 가련한 아이니까."

그녀는 몸을 일으켜, 두 손을 길게 뻗어 내 얼굴 앞에 활짝 폈다.

"자, 봐."

순간 그녀의 얼굴은 뜻밖에 진지했다. 웃음도 걷혀 있었다.

"이제 네가 원하는 걸 가져."

내가 누운 채로 그녀의 두 손을 받아들듯 잡자 그녀는 다시 킬킬, 넋 나간 여자처럼 웃었다.

그제야 나는, 그녀의 손을 만지거나 가까이서 본 것이 악수 외에는 처음이라는 것을 깨달았다. 내가 손에 오랜 관심을 갖고 있다는 것을, 사람을 만나면 손의 표정을 먼저 살피는 버릇이 있다는 것을 고려한다면 그야말로 기묘한 일이었다.

처음 받은 느낌은 그녀의 손이 몹시 차갑다는 것이었다. 그리고 무엇보다, 그녀의 손은 예쁘지 않았다. 그녀의 얼굴과는 전혀 어울리지 않았다. 나는 비척비척 몸을 일으켜, 미간을 모은 채 그녀의 두 손을 뚫어지게 응시했다. 그녀의 차가운 손…… 내가 처음 보는 이 손들은 대체 무엇을 말하고 있는가?

네가 원하는 것

"쉽게 보이지는 않을 거야. 잘 봐. 안 보여? 아무것도 없다구? 그럼 그렇지…… 잘 보면 안 보일 리 없는데. 집어치워. 경악할 것도 동정할 것도 없어. 이걸 보여주는 게 네가 처음은 아니니까, 네 기분이 지금 얼마나 더러울지는 짐작할 수 있어.

열다섯 살 때부터 나는 남자 친구가 있었어. 몇 달이 멀다 하고 갈아치우곤 했지만…… 그래도 사귀는 동안은 제법 진지했지. 웃기는 일이지. 그 남자애들은, 이걸 보여주고 나면 미묘하게, 또는 노골적으로 태도를 바꾸곤 했어. 전혀 안 그럴 줄 알았던 녀석들도 어느 순간엔가선 생경한 모습을 드러내더군.

'자의식이라구? 내 자의식 때문에 피곤하다구?' 'E, 네 입으로 말했잖아. 유년 시절부터 손가락에 대한 자의식 때문에 괴로웠다고 했잖아.' '하지만 내가 말하기 전엔 넌 몰랐잖아? 내가 말해줬기 때문에 알아놓고선, 이젠 나에게 자의식이 있어서 피곤하다는 거야?' '이것 봐, 네 민감한 반응을 봐. 이게 바로 네가 자의식을 갖고 있단 증거 아냐?' …… 이를테면 이런 건, 녀석들의 반응 가운데 개중 점잖은 변주에 속하지.

열일곱 살에 알았던 친구 오빠…… 처음으로 몸을 나눠봤던 대학생은 말야, 내가 그 집에서 카레라이스를 만드느라고 도마에 칼질을 하면서 이걸 보여줬는데, 이제는 있지도 않은 내 여섯번째 손가락이 살코기 속에 썰려 들어가지나 않나 초조하게 살피는 기색이더라구.

천천히 알게 됐어. 진실이니, 고백이니 하는 따위는 웃기는 거라는 걸. 그걸 들은 사람은 반드시 이용하게 돼 있어. 아무리 착한 사람이라도 별수없어. 언젠가 한 번은 반드시 이용해. 아주 화가 나거나, 모욕을 주고 싶어지거나 할 때…… 제목이 뭐더라, 다리가 불구인 남자가 나오는 서머셋 몸의 소설과 비슷한 얘기지. 내가 견디다 못해 헤어지자고 하면 언쟁 끝에 반드시 튀어나오지. 육손이 기집애. 네가 그러지 않아도 내가 끝냈을 거야. 네 손을 만질 때마다 징그러웠어.

……다들 내 고향이 서울인 줄로 짐작하지. 나도 그게 편하니까 그렇게 얘기해버리지. 하지만 난 지방 출신이야. 지명을 댄대도 웬만해선 아무도 어딘지 알 수 없을 소읍에서 태어났지. 덕분에 난 열한 살이 될 때까지 그 여섯번째 손가락을 달고 있었어. 그곳에서 나한테 이름 같은 건 필요 없었어. 아무개라고 하면 몰라도 육손이, 하면 다 알았지.

그래, 난 시골 출신이야. 연분홍색 여아 팬티 같은 건 입어보지도 못했어. 꾸덕꾸덕 머리칼에는 기름이 흘렀고 열한 개 손톱 끝엔 새카맣게 때가 꼈지. 그때 내 꿈은 두 가지였어. 내 여벌의 손가락을 잘라내는 것과 권투 선수가 되는 것. 나를 놀리고 때렸던 아이들, 잔인한 어른들, 시선으로 내 가슴에 칼을 꽂았던 나름대로 착한 사람들…… 그들의 얼굴에 주먹을 날리고 싶었지. 폭신하고 커다란 빨간 권투 장갑으로 손가락들을 가리고, 입에는 피와 함께 퉤! 뱉어낼 마우스피스를 악물고 말야. 아무도 없는 불 꺼진 방에서 베개를 매달아놓고 숨차게 주먹을 날리는 연습을 했지.

우리집은 읍내에서 정육점을 했어. 우시장이 서고 나면 시뻘겋고 거대한 고깃덩어리들이 실려왔지. 아버지는 온종일 피에 젖은 옷으로 고기를 잘랐어. 집 안의 모든 물건들에 조금씩 변색된 피가 묻어 있었지. 문고리에도, 텔레비전에도, 이불에도, 학용품을 사라고 엄마가 쥐어주는 꼬깃꼬깃한 지폐에도.

그렇게 돈을 모아서, 우리 식구들은 내가 5학년에 올라가던 해에 인천으로 올라왔지. 그 겨울 방학에 엄마는 내 손가락 수술을 해줬어. 끔찍한 수술이었지. 두 달 동안 붕대를 감고 다녔어. 풀고 나서도 상처가 오래 남았지.

하지만, 3월이 되어 전학 수속을 밟았을 때, 믿어지지 않게도, 나는 완벽한 다섯 손가락의 아이가 돼 있었어. 아주 세심한 어른이라면 모를까, 아이들이 그 흉터를 본다 한들 어떻게 여섯번째 손가락을 상상하겠어? 그저 찢어진 흉터인 줄만 알았겠지.

그 동안 나는 왼손을 감추는 데 익숙해 있었어. 아주 어릴 때부터 길들여온 습관이었지. 여섯번째 손가락이 있었을 때에도 초면의 사람들은 감쪽같이 속여낼 수 있었으니—물론, 도처에 숨어 있던 잔인한 아이들과 어른들이 곧 귀띔을 해주긴 했지만—흉터만 남아 있는 이제는 그야말로 땅 짚고 헤엄치기였지.

하지만 난 집요한 두려움에 시달렸어. 사춘기에 접어들면서는, 고향 쪽으로 조금이라도 가까운 곳에 연고가 있다는 사람을 만나면 가슴이 내려앉았지. 차라리 모두가 나를 알고 있던 그 저주받은 소읍에서 나는 편안했는지도 모르겠어. 이제 인천에서 완벽한 시작을 했으니, 나에게는 조금의 실수도 용납되지 않는 거였지.

난 오랫동안 노력했어. 사람들을 유심히 관찰했어. 얼굴과 복장이 사람을 사로잡아버리면 다른 것은 잘 안 보인다는 걸 알게 됐지. 심지어 어떤 사람은 그 키나 몸집이 어땠는지조차 기억이 안 날 수도 있다는 걸.

내 원칙은 이랬어. 얼굴에 빛을 가질 것, 미적미적 뭔가를 감추고 있다는 느낌을 주지 않도록 당당하고 명쾌할 것. 물론, 가장 중요한 것은 언제나 밝은 얼굴을 하는 거지. 설득력 있는 얼굴. 호감을 주는 얼굴. 마음을 끄는 얼굴.

그렇게 해서 만들어간 내 얼굴은 예전의 내 얼굴과는 전혀 다른 것이었던 것 같아. 나는 갑자기 친구들이 많아졌으니까. 중학교에 갓 들어가 가슴이 채 발육되기도 전에 연애 편지를 받기 시작했으니까. 새로운 생활에 익숙해지면서, 나는 예전의 주눅들고 초조한 얼굴을 지으려야 지을 수 없게 됐어. 사실, 그 얼굴 역시 내 진짜 얼굴이었다고 할 수는 없을 거야. 갓 태어났을 때부터 그런 표정을 짓고 있는 아기는 없을 테니까⋯⋯ 결국 진짜의 내가 누군지 나는 잘 알 수 없어졌지.

이미 사라진 손가락에 대해서 설령 알려지면 어떠냐구? 당당하면 될 거 아니냐구? 이봐, 그 소읍에서 내 이름은 육손이였어. 성도 이름도 필요 없었어. 인천의 아이들이 그걸 알았다면, 내가 없는 자리에서 큰소리로 말했겠지. "걔 몰라? 왜 있잖아, 그 육손이였다는 애 말야⋯⋯" 뻔한 얘기지.

하지만, 그때만 해도 난 아직 어리석었어. 그것⋯⋯ 잘라내버린 그 손가락이 내 존재의 처음이자 끝이란 생각을 했으니까. 그게 바로 내 얼굴 뒤에 감춰진 진짜 나란 생각 말이야. 사랑을 한다면, 그걸 말하지 않고 관계를 유지한다면, 그건 가짜에 불과하다고 생각했지. 유치하고 우스꽝스럽기 짝이 없었지.

결국 그 어리석음 때문에 조금씩, 무덤까지 비밀을 지키기로 했던 남자애들로부터 소문이 새어나갔지. 고등학교를 졸업할 때쯤 되자 하나둘 소문의 진위를 나에게 물어오는 이들이 생겨났고—

개중엔 담임 선생도 끼어 있었지─그때마다 나는 펄쩍 뛰며 부인했어. 누가 그래? 별 이상한 소릴 다 듣겠네. 어머, 선생님도 그 말을 믿으셨어요? 이거요? 세 살 때 문 사이에 손이 꼈었대요. 여러 바늘 꿰맸다던데.

그렇게 인천을 떠나 서울에 있는 대학으로 진학하면서 난 결심했지. 이제 두 번 다시 실수 따윈 없을 거라고. 왜 이쪽 전공을 택했던 거냐구? ……모르겠어. 손가락을 자르고 나니 복서가 될 필요는 없어졌고, 될 수도 없다는 걸 알게 됐지. 글쎄, 난 깨끗한 공간을 갈망했었어. 인천의 아파트 상가에 크게 차렸던 정육점집에도 피냄새는 역력히 배어 있었고, 그건 언제나 그 저주받은 소읍을 생각나게 했지. 밤낮으로 축축한 이불과 문고리의 핏자국, 분쇄기 돌아가는 소리, 분홍빛 형광등의 침울한 그늘 들을 난 증오했어. 그러면서 꿈꿨지. 아늑하고 향기로운 방과 거실…… 내가 한 번도 살아본 적 없는 공간들을.

하지만 대학에 다니는 동안 줄곧 나를 사로잡고 있었던 고민은 이 전공을 계속하느냐 마느냐였어. 어떻게든 손가락이 노출되기 쉬운 직업이니까. 하지만 역으로, 내가 잘할 수 있는 일을 해야만 그것이 가려진다는 걸 난 알고 있었지.

다행히 나에겐 재능이 있었어. 조롱하는 아이들을 피해 정육점집 뒷방에서 혼자 뒹굴며 키웠던 상상력, 뻘뻘 땀 흘리며 베개를 향해 주먹을 날렸던 오기…… 뜻하지 않게, 그런 것들이 내 힘이 돼주더군.

지금까지도 나한텐 밤새워 상상하는 버릇이 있어. 설계 중인 집에 내가 살고 있는 상상이지. 진짜의 내가 아니라─어차피 그게 누군지는 영원히 모르게 됐으니─클라이언트들의 몸과 마음, 직업과 취향을 가진 내가 일상을 살고 있는 거야. 그 상상을 완벽하게 현실화시켜주는 건, 틈을 보이지 않는 내 오랜 근성이지. 일을 150퍼센트까지 마무리해야만 직성이 풀리는 습관…… 내 직업에 꼭 들어맞는 기질들이지.

그렇게 이 분야에서 조금씩 경력을 쌓아가는 사이 인천의 부모님은 세상을 떠났어. 정육점을 물려받은, 어릴 때부터 그다지 정이 없었던 하나뿐인 남동생은 오래전에 연락이 끊겼지. 중고등학교 동기 동창 따윈 없고, 아예 인천엔 걸음도 하지 않지. 어쩌다 길에서 만난들—만난 경우도 한 손으로나 꼽을 정도지만—모른 척해버리지. 누구요? 죄송하지만, 사람을 잘못 보신 모양인데요.

그러니 이제, 내가 떠벌리지 않는 한, 내 과거를 나에게 되살려줄 만한 사람들은 내 일상에서 완전히 사라져버린 셈이지. 그 소읍의 꾸덕꾸덕한 머리칼을 한 여자애가 나라는 걸 알아볼 사람은 없을 테니까. 그 여자애의 이름을 기억하는 사람은 더더욱 없을 테니까.

……모르겠어. 언제부터 이 모든 것들이 끔찍하게 비어 있기 시작했는지. 언제부터, 아침에 눈을 떠서 거울을 볼 때마다 내가 들여다보고 있는 게 무엇인지 알 수 없어졌는지.

나는 사람들의 돈을 받아서 그들이 사는 곳을 새것으로 만들어주지. 새것이란 얼마나 좋은 것인지. 중고품들과 벼룩시장, 재활용품 따위를 난 증오해. 그 물건들에 덕지덕지 끼어 있는 시간, 기억, 때와 먼지와 홈, 흉터, 낡아간 흔적들…… 지긋지긋해. 새것은 달라. 깨끗하고 아름답지. 아직 제 쓰임대로 쓰여본 적 없는 물건들을 나는 좋아해. 커버를 뜯지 않은 침대와 소파, 상표를 뜯지 않은 옷들, 아직 물에 헹궈본 적 없는 접시들…… 거기 배어 있는 약품

냄새, 반들반들한 광택을 사랑해. 내가 하나의 프로젝트를 완성해놓고 거기서 하룻밤을 보내는 가장 큰 이유가 그거야. 내가 가진 거의 유일한 행복이지.

내 클라이언트들은 이따금 내 이미지를 기억할 거야. 그리고 자신들이 나와 비슷한 삶을 살고 있다고 생각하겠지. 청결하게, 우아하게, 당당하게…… 그리고 만족하겠지. 어쨌건 그들의 생활은 좀더 깨끗한 것, 좀더 쾌적한 것, 좀더 고급스러운 것이 되었을 테니까. 최대한 그들의 취향에 맞춰주었으니, 거울을 볼 때마다 놀라는 공주처럼 자신의 취향에 하루하루 반하곤 하겠지.

내 취향? 웃기지 말아. 사람들은 내 취향이 미니멀이라고 말하지. 하지만 솔직히 말해볼까. 난 다만 그게 오래 지속될 영향력 있는 스타일이라는 걸 알 뿐이야.

그래, 솔직히 말하지. 어느 순간에는, 가끔은, 길을 잃은 기분이 들 때도 있어. 내가 극도로 냉정하게 느껴질 때. 또는 내가 극도로 동물적으로 느껴질 때. 오래전부터 나는 내 말과 행동을 믿지 않았지. 내 웃음을, 눈물을, 내 혀를 나는 믿지 않아.

물론 난 타인 역시 믿지 않아. 누군가 나를 좋아한다 해도 거기엔 조건이 있는 거지. 내 예절과 호의, 외모와 지위, 흔히 인간성이나 마음씀씀이라고 부르는 것…… 그것들을 다 제하고 난 뒤에도 그들이 날 좋아할까? 천만에. 꿈꾸지 않기 때문에 난 실망하지 않아. 특별히 가까운 사람도 없지만, 특별히 나에게 고통을 주는 사람도 없어.

다만 내가 가장 경계하는 사람들은 두 부류야. 호기심과 의심에 사로잡힌 인간들 — 처음엔 너도 그 부류 중의 하나라고 생각했지─그리고 날 시기하고 선망하는 사람들. 그런 치들은 적당히 견제하는 동시에 지치지 않는 호의를 퍼부어서, 나를 이용하거나 해를 끼치지 않도록 내 편으로 만들어두지. 만일 남자라면 하룻밤쯤 자줘. 그게 뒤탈이 없으니까.

처음 널 봤을 때, 날 보는 눈이 끔찍하다고 느꼈어. 뼈까지 투시되는 듯한 악몽이었지. 한데, 동시에 네가 싫지 않았어. 왜 그랬을까? 어쩌면, 내가 살아 있는 동안 한번쯤, 이런 이야기를 미친 듯이 지껄여줄 수 있는 유일한 사람일 거란 느낌을 받았는지도 모르겠어.

네가 원하는 건 뭘까, 하고 곰곰이 생각해본 적이 있어. 네가 나에게서 뭔가를 집요하게 찾아내려 한다고 느꼈으니까. 내 사라진 손가락의 희미한 흔적…… 그것이 전부인가? 생각할수록 어려워지더군. 내가 감추려고 했던 것이 무엇이었던가? 처음에는 손가락을 감추려고 했지. 그 다음엔 손가락을 감추기 위해 모든 것을 만들어냈다는 것을 감춰야 했지. 그것을 감춘다는 것을 또다시 은폐해야 했고……

네가 날 뜨고 싶다고 했을 때, 마치 내 가죽을 벗겨내고 싶다는 말처럼 들렸지. 네가 만든 껍데기들…… 지루하고 야비하더군. 그런데도 내가 허락한 건 왜였을까? 아마도 난 증명하고 싶었던 모양이야. 내 껍데기가 더할 나위 없이 아름답다는 걸. 그 자체로, 더할 나위 없이 훌륭한 껍데기라면, 그게 껍데기인들 무슨 상관이겠어?

그래, 어쩌면…… 어쩌면 말이야. 이 양파 껍질들이 전부인지도 모르겠어. 끝까지 벗겨낸다 해도 아무것도 남지 않는 건지도 모르겠어. 네가 혼란을 느꼈다면, 진짜 나를 알고 싶었다면, 이제 알아둬. 내 화장, 내 몸놀림, 내 표정…… 그래, 네가 뜨고 싶어했던 내 얼굴, 그게 나야. 가끔 나는 발가벗은 채 전신 거울 앞에 우두커니 서 있을 때가 있어. 최고급 향수를 바르고, 속옷부터 한 겹 한 겹 최고의 옷을 입지. 가장 훌륭한 화장을 하고, 가장 훌륭한 웃음을 짓지. 내 학력과 경력, 내가 설계한 공간들, 썩 괜찮은 은행 잔고, 그 동안 읽은 책과 잡지, 신문들, 지식과 교양, 나를 좋아하는 사람들의 인정과 찬사…… 그외의 것은 없어. 그래, 찬사가 아니라면 나는 존재할 수도 없겠지.

듣고 있는 건가? 어째서 한마디 대꾸도 하지 않는 거지? 설마, 잠든 건 아니겠지. 그래, 잠들었다면 차라리 다행이군.
……네가 괴로워한다고 느꼈을 때, 통제할 수 없는 충동에 떠밀려 나를 거머쥐려 한다고 느꼈을 때, 문득 생각했지. 너 역시 가련한 아이였는지도 모르겠다고.
어쩌면 난 분홍신을 신고 춤추는 학예회의 무희였던 것 같아. 가장 아름답게, 가장 생동감 있게 춤추는 아이. 그러나 죽도록 지쳐 헐떡이는 아이. 정작 갖고 싶었던 건 발을 조이는 토슈즈가 아니라, 커다랗고 붉은 권투 장갑 한 켤레였던 계집애.
생각나는군. 아홉 살이었을 거야. 식구들이 아직 잠 깨지 않은 새벽이었지. 뜬눈으로 밤을 지샌 나는 가게 뒷방에서 슬리퍼를 신고 걸어나왔지. 네모진 정육점 칼로 내 손가락을 자를 생각이었어. 거무스레한 핏자국이 밴 커다란 도마에 왼손을 올려놓고 힘차게 칼을 내리쳤지. 마지막에 마음이 약해져 빗나가고 말았어. 피가 철철 흐르고 살이 덜렁거렸지만 뼈는 잘리지 않았지.
시험관에 들어 있던 내 손가락을 기억해. 간밤에 손톱을 깎고 줄로 다듬었던 내 손가락이 투명한 시험관에 담겨 있었지. 친절한 건지 짓궂은 건지 알 수 없는 간호사가 웃으며 그것을 내 얼굴 앞에서 흔들더군. 그뒤 1년 가까이 그건 내 악몽의 레퍼토리였어. 1년 가까이, 그 손가락을 움직이려 하다가 문득 그게 없어졌다는 걸 깨닫곤 했지. 그 손가락이 아프기도 했고 못 견디게 간지럽기도 했어. 그 잘려나간 손가락이, 오싹하도록 생생하게 존재하고 있다는 느낌⋯⋯ 이상한 일이지. 이제는 이렇게, 그것이⋯⋯ 그리운 마음이 들다니."

가면 뒤의 얼굴

 마치 무엇엔가 사로잡힌 듯 격렬하고 숨가쁘게 말들을 쏟아낸 E는 기진해서 침대에 엎드러버렸다. 이내 잠들었는지 규칙적인 숨소리가 들려왔다. 담요로 그녀의 알몸을 감싸주자 그녀는 잠결에 소리내어 웃었다. 야생의 짐승 같기도 하고 거친 사내아이 같기도 한 웃음이었다. 나는 일어서서 냉장고로 걸어갔다. 생수 한 컵을 따라 마시고 불을 껐다. 땀에 젖어 선득하게 몸에 엉기는 작업복을 벗어 내던져버리고, 알몸이 되어 그녀의 곁에 누웠다.
 폭우는 밤새 퍼부었다. 이따금씩 급한 비명 같은 벼락이 쪽창을 밝혔고, 가깝고 먼 북소리 같은 천둥이 뒤를 잇곤 했다. 괴롭도록 짧게 토막나는 선잠에 들었다 깨었다 했는데, 그러던 어느 순간 깊숙이 잠들었던 모양이었다. 내가 눈을 뜬 것은, 소스라치게 차가운 가슴의 감각 때문이었다.
 나는 낮은 비명을 삼켰다. 작업실은 어두웠고, 침대 옆의 스탠드만 고요히 밝혀져 있었다. 음음한 어둠 속에서 E는 자신의 석고 마스크를 쓴 채 내 머리맡에 서 있었다. 마스크를 뜰 때는 그녀의 감긴 눈꺼풀 위로 석고를 발랐었는데, 어느 사이 그 자리에 두 개의 구멍이 뚫려 있었다. 그 안으로 검은 눈동자가 번쩍였다. 그녀가 맨발의 흰 다리 위로 헐렁하게 걸친 것은 내가 벗어 던졌던 작업복이었다. 머리맡으로 끌어다 놓은 탁자에는 새로 갠 석고액이 담긴 고무 대야가 놓여 있었다. 그녀가 내 가슴 위로 쳐들고 있는 나이프에서 걸쭉한 석고액이 천천히 흘러내렸다.

"움직이지 마."

가면 뒤에서 그녀의 목소리는 갇힌 듯 모호하게 뭉개어져서 울려나왔다. 내가 일어서려 하자 그녀는 내 이마를 손끝으로 눌러 제지했다.

"그대로 누워 있어."

나는 누운 채로 너털웃음을 터뜨렸다.

"이봐, 이건 아무나 할 수 있는 작업이 아니야. 숙달돼 있지 않으면……"

그녀가 내 목 가운데에 나이프를 겨눈 것은 그때였다. 나이프는 예리하게 갈아져 있지는 않았다. 그러나 워낙 가까이 겨누고 있었다. 내가 침을 삼키자, 흔들리는 목젖 위로 선득한 날이 긁혔다.

나는 공포에 사로잡혔다. 이유는 단 하나, 상대의 얼굴을 볼 수 없다는 것이었다. 그녀의 행동이 유쾌한 장난인지, 과한 농담인지, 진심인지, 단순한 폭력인지, 제어할 수 없는 광기인지 나는 알아낼 수 없었다. 그것을 알 수 없는 한 어떤 행동도 불가능했다. 만일 그녀가 광기에 사로잡혀 있다면, 좀 전에 내 입술을 향해 주먹을 날렸던 힘으로 나이프를 꽂는다면, 살아남는 것은 불가능할 것이다.

머리 끝에서부터 소름이 일어섰다.

그녀의 흰 석고 가면은 입꼬리를 살짝 들어올린 채 미소 짓고 있었다. 균형 잡힌 이목구비에 침착하고 사교적인 표정. 그 아름다운 껍데기 뒤의 얼굴을 나는 볼 수 없었다. 나는 곁눈질로 그녀의 손을 보았다. 좀 전에 끌에 찢겼다가 검붉은 피딱지가 엉긴 오른손과, 20여 년 전 외과 수술의 흔적이 희미하게 남아 있는 왼손을 나는 확인했다. 다만 그뿐, 다른 어떤 식별할 수 있는 표정도 그 손들에는 드러나 있지 않았다.

냉정한 집도의에게 복종하는 수술 환자처럼, 나는 사지의 힘을 풀고 차라리 눈을 감았다. 석고액은 천천히 내 가슴을 덮고, 어깨와 팔을 타고 내려왔다. 활활 달아오르는 뜨거운 감각이 시차를 두고 가슴에서부터 번져왔다.

"처음이지, 그렇지?"

그녀의 낮은 목소리가 가면을 건너 울려왔다.

"……그런 셈이야."

눈을 감은 채 나는 대답했다. 낯선 공포와 긴장으로 내 목소리는 미세하게 떨려나왔다.

"재미있군. 정작 네 몸은 처음이라니."

나는 눈을 뜨고 그녀를 올려다보았다. 그녀의 표정이 보이지 않으니, 그 말이 무엇을 의미하는지 알 수 없었다. 단순히 재미있다는 것인지, 조롱인지, 진지한 악의인지.

델 듯이 뜨겁게 가슴을 조여오는 석고의 힘에 나는 입술을 악물었다. 몇 년 전, 처음 L의 손을 뜨기 전에 시험 삼아 내 발을 떠본 적은 있었다. 그러나 이렇게 넓은 체면적을 석고로 덮어보는 것은 처음이었다. 상반신만 발랐는데 이 정도라면, 발끝까지 덮었을 때의 고통을 나는 상상할 수 없었다. 그것을 참아냈던 여자들의 인내력을 믿을 수 없었다. L과, 이름을 잊은 여배우와, 숱한 여자들의 얼굴이 숨가쁘게 눈앞을 스쳐갔다.

그녀는 서서히 아랫배 쪽으로 석고액을 발라갔다. 석고액은 위축된 성기를 덮고, 고관절을 타고 허벅지를 덮어갔다. 차가운 땀방울이 관자놀이를 타고 귓바퀴로 떨어졌다. 나는 전율했다.

"지금, 꺼내줄까?"

입술을 악문 채, 나는 침착을 가장해 대답했다.

"아직 마르지 않았어. 조금 있다가 끌로 선을 내야 하고……떼내는 건 그 다음이야."

나는 그녀의 웃음 소리를 들은 것 같았다. 급한 벼락이 그녀의 흰 얼굴을 밝혔다. 캄캄한 대기를 찢는 천둥 소리가 지척에서 울렸다. 침묵 속에서 나는 거친 숨을 몰아쉬며 그녀를 올려다보았다. 그녀 역시 고요히 서서 나를 내려다보고 있었다. 한 손에는 나이프를, 한 손에는 끌을 거머쥔 채, 그녀가 무엇을 보고 있는지 나는 알 수 없었다. 그녀의 검은 눈동자를 읽을 수 없었다.

"이제, 시작해볼까?"

간신히 알아들을 수 있을 만큼 그녀의 목소리는 낮고 불분명했다. 진실로 잔인한 것은 흥분이나 격노가 아니라는 것을 나는 이미 알고 있었으나, 이 순간만큼 그것을 실감한 적은 없었다.

"……할 수, 있겠어?"

턱까지 차오른 숨을 헐떡이며 나는 물었다.

"해본 적은 없지만…… 노력해보지."

마른 혀와 목구멍이 바짝바짝 타들어왔다. 그녀는 여전히 천천히, 억양 없는 어조로 말했다.

"자, 말해. 꺼내달라고. 어서. 애원해봐."

가장 무도회

조여오는 석고가 살갗을 비틀어 짜는 것 같았다. 온몸이 살코기처럼 익어가고 있었다. 숨이 가빴다. 가면 위로 드러난 그녀의 검은 눈을 나는 안간힘을 다해 응시했다. 진저리나게 생생한 공포 위로, 격렬한 노여움이 정수리를 향해 끓어올랐다.

"시간이, 다, 됐어⋯⋯ 지금, 바로 절개하지 않으면, 떼어낼 때, 살, 살갗이 벗겨질 거야."

"그러니까, 나가고 싶다는 건가?"

나는 마침내 얼굴을 일그러뜨리며 목청껏 고함을 질렀다.

"이건 장난이 아니야, 지금 당장 시작해, 아니면⋯⋯!"

그녀의 차가운 목소리가 내 말을 토막 잘랐다.

"시작하지 않으면?"

견고한 침묵이 그녀의 희고 얄팍한 가면을 덮고 있었다. 조용히 그녀는 덧붙였다.

"⋯⋯날, 죽이기라도 할 셈인가? 움직이지도 못하는 팔과 다리로?"

가면 속에서 뭉개어진 그녀의 낮은 웃음 소리가 밤의 빗소리 위로 울렸다. 습기찬 지하의 공기가 스펀지처럼 그 울림을 빨아들였다.

"긴장할 필요는 없어."

목소리를 낮춰 그녀가 속삭였다.

"이제부터⋯⋯"

더는 견딜 수 없었다. 나는 옴짝달싹할 수 없는 온몸을 굳은 석고 안에서 몸부림치려 했다. 꼼짝도 하지 않았다. 여기서, 여기서 나가기만 하면. 귓바퀴로 흘러내린 차가운 땀이 귓속으로 파고들었다. 널 목 졸라 죽이고 말겠어.

"이제부터 네 껍질을 벗겨줄게."

치 떨리게 그녀를 증오하며, 이 상자 속 같은 지하 작업실의 정적을 증오하며, 이 모든 상황을 스스로 불러들인 자신을 증오하며 나는 그녀의 집도(執刀)를 기다렸다. 음음한 불빛 아래 그녀가 끌을 들었을 때, 그만 시간이 멈추었다고 나는 느꼈다.

가슴을 절개하는 동안 나는 숨을 멈추고 있었다. 끌이 스쳐간 자리가 화끈거렸으나 상처가 난 것 같지는 않았다. 명치를 지나 아랫배까지 일직선이 그어졌고, 양쪽 어깨에서 겨드랑이를 지나 옆구리까지 평행선 한 쌍이 더 그어졌다. 마침내 두 조각의 껍데기를 떼어냈을 때, 살갗까지 떨어져나가는 듯한 통증에 나는 이를 악물었다. 그러나 일단 맨살이 드러나자 살 것 같았다. 불붙는 듯하던 체면적이 줄자 호흡이 편해진 것이다. 거기까진 괜찮았다.

"아악!"

참을 수 없는 비명이 목구멍을 비집고 뛰쳐나왔다.

"가만있어!"

그녀의 거친 목소리가 내 비명을 덮었다. 내 오른팔 위로 그녀는 너무 깊이 끌을 넣었다. 찢긴 상처로부터 흘러나온 피가, 아직 붙어 있는 석고 껍데기를 붉게 물들였다. 다음 순서로 그것을 떼어냈을 때, 나는 내 피부가 갈가리 찢겨 벗겨졌다고 느꼈다.

"그만, 그만!"

"엄살하지 마."

마침내 드러난 오른팔을 내려다보았다. 끌에 찢긴 상처에서 계속 피가 흐르고 있었으나, 생각만큼 심한 상태는 아니었다. 벗겨져 나간 줄 알았던 피부는 새빨갛게 달아올라 있을 뿐이었다.

"……계속하지."

그녀가 말했다.

그녀가 내 오른손을 잡고 하나하나의 손가락을 떼어내는 동안 나는 질끈 눈을 감은 채 입술을 떨고 있었다. 처음으로, 내가 얼마나 내 손을 사랑하고 있었는지 깨달았다. 나를 이 세상과 이어주는 유일한 것. 내 얼굴보다 더 나에 가까운 것. 그것이 없다면 이미 나는 없는 것이나 같은 것.

손가락과 손가락들의 사이, 갈퀴와 갈퀴마다 방울방울 피가 흘렀다. 마침내 너덜너덜한 껍데기를 떼어내자 엄지와 검지 사이에 파인 상처에서 많은 출혈이 있었다. 그녀는 재빨리 나이프로 작업복을 찢어 그 자리를 동여맸다. 그녀의 손놀림은 정확하고 기민했다. 흰 얼굴 뒤에서 그녀가 당혹해하고 있는지, 외과 의사처럼 사무적인지,. 혹은 조롱 섞인 웃음을 머금고 있는지 나는 알 수 없었다.

"계속하겠어."

그녀의 음성이 조금 떨리는 듯도 했다. 그러나 확실치 않았다.

나는 이를 부딪치며, 내 전율로 인해 더 큰 상처를 입지 않기 위해 온몸에 힘을 준 채 왼팔을 그녀에게 맡기고 있었다. 마침내 왼손의 새끼손가락까지 벗겨져나갔다. 나는 두 손을 짚고 상체를 일으켰다. 하반신이 석고에 갇힌 채 탄환처럼 튀어나갔다. 그녀의 멱살을 움켜잡고 바닥에 엎어졌다. 간밤에 떴던 그녀의 젖가슴이 그녀의 머리에 부딪혀 부서졌다. 그녀의 반항하는 목을 왼손으로 눌렀다. 상처를 처맨 오른손으로 그녀의 가면을 벗겨 내던졌다. 흰 석고 껍데기가 산산조각났다.

불빛 아래 드러난 그녀의 얼굴은 미라처럼 창백했다. 나는 소스라치며 왼손을 떼내 바닥을 짚었다. 내가 짓눌렀던 그녀의 목 가운데 붉은 손자국이 찍혀 있었다. 쿨룩쿨룩, 누운 채로 그녀는 그 자리를 감싸쥐며 기침을 했다. 그녀가 오랫동안 울고 있었던 것을 나는 알아보았다. 땀과 눈물이 얼룩진 뺨 위로, 내 것인지 그녀의 것인지 알 수 없는 핏자국이 지문처럼 박혀 있었다.

"⋯⋯끝났어."

그녀의 핏기 없는 입술이 떨며 그 말을 뱉어냈다.

"이제 다 끝났어."

쿨룩쿨룩, 그녀는 두 손으로 자신의 얼굴을 덮었다. 피와 석고 가루로 뒤범벅이 된 그녀의 깡마른 손등을, 나는 바닥을 짚고 엎드린 채 내려다보았다.

내 손가락

내 손으로 하반신의 껍데기를 완전히 벗겨낸 뒤, 그녀와 나는 나란히 오른손에 붕대를 처맨 채 침대에 걸터앉아 있었다. 그녀가 땀에 젖은 내 작업복을 벗었으므로 두 사람 모두 알몸이었다. 늙은 오누이처럼, 그녀와 나는 어깨를 맞대지도, 손을 잡지도, 서로를 마주 보지도 않은 채 허공에 시선을 던져두고 있었다. 먹먹한 침묵을 네 개의 무릎 위에 올려놓은 채 우리는 밤의 정적에 귀를 기울였다. 격렬하게 세상을 채웠던 빗소리가 차츰 잦아들고 있었다.

"⋯⋯이걸 보니, 무슨 생각이 들어?"

침묵을 깨며 그녀가 물었다.

그녀가 바닥에서 들어올린 것은, 거의 형체가 해체되다시피 한 내 오른손의 껍데기였다. 팔뚝에서 흘러내린 피가 손목께를 엷은 갈색으로 물들였고, 곧 부러져나갈 듯한 손가락들의 뿌리마다 검은 피가 굳어 있었다.

"이건 마치……"

나는 대답했다.

"죽은 사람의 것 같군."

내 목소리는 타인의 것처럼 갈라져 있었다.

"……나도 같은 생각을 했어. 아마, 이틀 전쯤부터 부패되기 시작한 손 같다고."

그녀가 중얼거렸다.

좀 전의 소란으로 내 안경의 왼쪽 렌즈에는 총탄 자국 같은 금이 가 있었다. 나는 고개를 들어, 금이 간 사물들을 천천히 둘러보았다. 작업실 바닥에는 이제 그녀의 것인지 내 것인지 알 수 없는 육체의 자잘한 파편들이 피와 땀, 바닥의 먼지로 얼룩진 채 흩어져 있었다.

"……이걸 보니, 생각나는 사람이 있군."

나는 말했다.

"누구?"

그녀가 물었다.

"친척이야, 그러니까……"

나는 대답했다.

"외삼촌이었지."

그녀가 들고 있는 내 부패된 손의 껍데기 위로 조용히 그 손의 형상이 겹쳐졌다. 엄지와 검지가 동강난 채 고스란히 펼쳐진, 그의 죽은 손이었다.

나는 문득 그녀의 왼손이 자신의 허리 뒤로 숨겨져 있는 것을 알았다. 내가 손을 뻗어 그녀의 왼손을 잡자 그녀는 소스라쳤다. 저항하는 그녀의 손을 끌어다 내 무릎 위에 놓았다. 그 왼주먹은 몇 시간 전에 석고를 바르려 할 때 그랬던 것처럼 안간힘을 다해 쥐어져 있었다. 나는 구역질을 느꼈다. 내 인생을 관통해온 그 쓸쓸한 미식거림을, 시큼한 침이 고여오는 혀뿌리 아래로 눌렀다. 삶의 껍데기 위에서, 심연의 껍데기 위에서 우리들은 곡예하듯 탈을 쓰고 살아간다. 때로 증오하고 분노하며 사랑하고 울부짖는다. 이 모든 것이 곡예이며, 우리는 다만 병들어가고 죽어가고 있다는 것을 잊은 채.

그녀는 내 손에서 왼주먹을 빼내 침대에서 내려섰다. 가슴 위로 두 주먹을 움켜쥔 채 나를 건너다보았다.

"······나, 이것들, 마저 깨버릴까?"

그녀는 더듬더듬 침대 밑에서 구두를 찾아내 벗은 발에 꿰어 신었다. 그녀는 겹겹이 흩어진 파편들을 밟기 시작했다. 사방치기를 하는 계집애처럼 외발로 뛰기도 했고, 아마추어 복서처럼 두 주먹으로 석고 조각들을 내리치기도 했다. 종내는 무녀처럼 두 발로 경중경중 뛰며 비명 같은 고함을 질렀다. 깔깔대는 웃음 소리가 낮은 천장을, 낡은 벽을, 먼지 낀 비닐에 싸인 조각들을 때렸다.

"이리 와, 같이 해."

나는 침대에 걸터앉아, 치밀어 오르는 구역질을 달래려 애쓰며, 발가벗은 그녀가 고무공처럼 허공으로 튀어오르는 것을 지켜보고 있었다.

모든 것이 남김없이 부서졌을 때, 그녀의 얼굴은 흰 석고 가루와 땀이 뒤엉겨 마치 분장한 듯 희었다. 마치 새로운 가면을 쓴 것 같았다. 순간 그녀의 몸이 석고상처럼 굳었다. 호흡이 정지했다. 목이 부러진 인형처럼 고개가 떨궈졌다.

1초.

다시 1초.

이윽고 그녀가 주술에서 풀려나는 것을, 날개에 핀이 꽂힌 나비처럼 비틀거리며 표본판에서 날아오르는 것을 나는 보았다.

"……뭐지."

나는 물었다.

"지금 너에게 일어난 일은?"

나를 응시하는 그녀의 검은 눈이 알 수 없는 광채로 술렁거리고 있었다.

"……떠올랐어."

"뭐가?"

"내 손가락, 마지막으로 손톱을 깎아줬던…… 그날 밤 잠들기 전에, 불빛을 향해 펼쳐봤던."

"가끔 그 생각을 하는가 보군."

"생각하는 게 아니야. 그냥, 불현듯 눈앞에 떠오르곤 해. 그리곤 사라져."

그녀는 갑자기 추운 듯 두 팔로 자신의 가슴을 껴안았다.

"아마 그게…… 내 통로인 것 같아."

들릴 듯 말 듯한 음성으로 그녀가 중얼거렸다.

"……무엇으로 이어지는?"

"내 존재 뒤에 있는 것…… 죽음도 삶도 아닌 것. 심연 같은 것, 까마득히 깊은."

그녀의 얼굴은 망연했고, 목소리는 희미했다.

"모르겠어."

"뭘?"

나는 물었다.

"네가 아까 날 꺼냈을 때."

그녀는 구두 두 짝을 벗고 맨발이 되었다. 두 팔로 젖가슴을 싸안은 채 나에게로 자박자박 다가왔다.

"정말 꺼내진 것 같은 기분이었어."

나는 혀뿌리 아래 고인 시큼한 침을 삼켰다. 나이프에 긁혔던 목울대가 쓰라렸다.

"넌 어땠지?"

"……글쎄."

나는 대답했다.

"무슨 얘긴지 모르겠어."

"네가 날 꺼냈고…… 또 난 널 꺼낸 건가?"

그녀는 웃었다. 무미하지도, 음산하지도, 히스테리컬하지도 않은, 그저 몹시 지친 웃음이었다.

"만일 우리가 꺼내졌다면, 이제 어떻게 하면 되지?…… 다시 들어갈 수 없다면…… 저 부서진 석고 껍데기 속으로."

시야를 교란하는 금간 안경을 벗어서 탁자에 올려놓은 뒤, 나는 천천히 침대에 등을 눕혔다. 조금만 움직여도 온몸의 장기들이 출렁이며 토악질이 나올 것 같았다.

"피곤해, 자야겠어."

그때, 믿어지지 않을 만큼 상냥한 손길로 그녀가 내 오른팔의 상처를 쓰다듬었다.

"많이 아파?"

선 채로 그녀가 물었다.

"견딜 만해."

"나도, 견딜 만해."

그녀는 내 한쪽 다리에 자신의 다리를 포개어 반듯이 내 곁에 누였다. 나는 왼팔을 얼굴로 뻗어 불빛으로부터 눈을 가렸다. 천천히 숨을 골랐다. 고요히, 울렁거리던 속이 가라앉기 시작했다.

잠들기 전에 나는 물었다.

"······생일이 언제지?"

"응?"

그녀는 내 쪽으로 돌아누웠다.

"네 생일."

"······3월."

흥얼거리듯, 졸음에 겨운 목소리로 그녀가 대답했다. 나는 그녀의 젖은 귀밑머리를 가다듬어 귀 뒤로 넘겼다. 35년 전의 3월에 한 계집아이가 촌부(村婦)의 가랑이를 찢으며 태어났다. 저주받은 손가락을 달고, 어미를 까무러치게 하고 산파를 경악하게 했다.

나는 그녀의 알몸을, 거기 반쯤 포개어진 나의 벌거벗은 몸을 말없이 내려다보았다. 그때 왜 내 눈이 뜨거워졌는지 나는 알지 못한다. 다만, 집요하게 내 몸을 감싸고 있었던 일생의 긴장이 조용히 흩어지는 것을 느꼈다. 나는 그녀의 움켜쥔 왼손을 끌어다 잡았다. 뿌리치려 하는 손가락들을 하나씩 폈다. 손톱 끝부터 뿌리까지 손가락들을 빨았다. 여섯번째 손가락이 잘린 자리를 오랫동안, 마침내 손의 저항이 누그러질 때까지 핥았다. 그리고, 내가 석고를 발랐던 순서대로 천천히 그녀의 몸을 핥기 시작했다. 마침내 그녀의 자궁에 내 손가락을 넣었을 때, 그녀의 텅 빈 통로는 따스하게 젖어 있었다.

"들어가도 돼?"

그녀는 대답 대신 고개를 외틀었다.

조심스럽게 나는 그녀의 몸으로 들어갔다. 내 갓난 누이의 이마를 물들였던 붉은 피 같은 즙이 통로 가득 적시어져 있었다. 내가 움직임을 마치기 전에, 탄성도 신음도 아닌 가느다란 소리가 그녀의 입술에서 흘러나왔다.

그 더운 입술에 내 입술을 문질렀다. 최초의 사물을 만져보듯, 그녀의 얼굴을 두 손으로 쓰다듬었다. 그때마다 상처난 손가락의 갈퀴들이 아팠다. 불현듯 그녀는 내 손을 끌어다 자신의 고동치는 가슴 위에 얹었다.

"따뜻해."

그녀는 숨차게 속삭였다.

"따뜻한 손이야."

나는 그녀의 얼굴에 내 얼굴을 문질렀다. 내 끈적이는 땀이, 언젠가부터 흘러내린 찝찔한 눈물이, 흰 석고 가루로 얼룩진 그녀의 뺨에 엉겼다. 그녀의 입술에 웃음이 물렸다. 마치 처음 웃는 아기처럼 그 웃음은 불가사의했다.

에필로그

1

그의 기록은 거기서 끝나 있었다. 마지막 페이지의 여백에 거무스레하게 묻은 것이 단순한 얼룩인지, 변색된 피의 흔적인지는 확실치 않았다.

책상을 짚고 일어나 고개를 들자, 파르스름한 새벽빛이 창을 물들이고 있었다. 밤새 열이 내리지 않은 이마를 차가운 유리창에 문질러본 뒤 벽시계를 확인했다.

6시 30분.

나는 장혜숙이 소포의 겉봉에 적어놓은 전화 번호를 골똘히 들여다보았다. 그녀가 전화를 걸어오면 어떻게 말해야 할까. 차라리 내가 먼저 전화를 걸어, 소포를 돌려주겠다고 하는 편이 나을까.

어쨌든, 아직은 어떤 행동을 하기에도 적합하지 않은 시간이었다. 일단은 눈을 붙여두는 게 건강에 좋을 듯했다. 몸을 지나치게 혹사하는 것은 좋지 않은 버릇이라고 후배 선영은 버릇처럼 잔소리하곤 했다.

스웨터를 벗고, 불을 끄고, 겉옷을 입은 채 이불 속으로 미끄러져 들어가 잠을 청했다. 원고 마감도 끝났으니 당분간은 일하고 싶지 않다고, 사람들도 만나고 싶지 않다고, 전화 통화조차 하고 싶지 않다고, 이렇게 혼곤한 잠 속으로 끝없이 곤두박질치고 싶다고 나는 잠결에 생각했던 것 같다.

공교롭게도 그 생각이 사실이 되지 않았다면, 나는 어떤 방법으로든 장혜숙을 만나거나 통화를 했을 것이고, 그의 기록을 좀더 일찍 돌려줄 수 있었을 것이다.

2

한 사람을 사회로부터 격리시키는 방법 중에 가장 효과적인 것은 무엇일까. 가난, 실업, 우울증, 탈속. 그 중 무엇이라도 좋겠으나, 내 경험으로 비춰볼 때 그 답은 질병이다. 그후 지나간 2년이 나에게 그것을 가르쳐주었다.

예기치 못했던 병을 오랫동안 앓다가 거리에 나오면, 이 사회라는 것이 건강한 사람들의 집단이었다는 것을 알게 된다. 선영의 소형 승용차 뒷좌석에 실려 병원과 병원을 옮겨다니는 동안 내가 차창 밖으로 본 것은 다른 행성의 삶이었다. 짧은 치마를 입고 화장을 한 여자들, 청바지 차림의 대학생들, 햇빛, 상점들, 횡단 보도, 버스들과 전철역, 그 모든 것들이 외계의 것이다.

병동에서 보낸 한 달은 차라리 나았고 — 그곳에는 의사와 간호사들이 있었으므로 — 정작 견디기 어려웠던 것은 집에서 보낸 긴 회복기였다. 과연 회복기인지 아닌지조차 불분명할 만큼 악화와 호전이 엇비슷하게, 눈에 보이지 않을 만큼 완만한 곡선으로 교차

된다면, 누구라도 녹초가 되고 말 것이다.

 마침내 옷을 차려입고 집을 나선 것은 초여름의 어느 날이었다. 어쩔 수 없이 가까운 상점에 출입했던 것 외에는 첫 외출이었다. 그 동안 살이 빠진 덕택에 하늘색 골반 바지는 혁대를 맸음에도 자꾸만 흘러내렸고, 2년 전에 유행했던 옅은 보라색 후드 점퍼는 햇빛에 색이 바랜 것처럼 보였다.

 외출이래야 횡단 보도를 건너 전철역까지 걸어갔다 오겠다는 생각이었다. 신호등에 녹색 불이 들어오기를 기다리며 서 있다가, 같은 아파트에 사는 동문 선배를 우연히 만났다. 그녀는 가까운 버스 정류장에 내려 아파트 쪽으로 걸어 올라가던 참이었다. 마 소재의 아이보리색 재킷에서 향기가 날아왔다. 라벤더인가, 아니면 로즈마리?

 "어머, 못 알아봤어. 얼굴이 반쪽 됐네? 요즘은 뭐 하니? 글은 통 안 쓰는 것 같더라."

 나는 덤덤하게, 병이니 회복기 따위는 애초에 없었다는 듯 웃으며 대답했다.

 "그냥 좀, 노느라구요."

 마침 신호가 들어왔으므로 우리는 인사를 나누고 헤어졌다. 횡단 보도를 건너가서 돌아보니, 선배는 양손에 쇼핑백을 들고 걸어가며 미심쩍은 듯 내 모습을 바라다보고 있었다. 나와 눈이 마주치자 어색하게 고갯짓을 하곤 종종걸음을 쳤다.

 나는 멈춰서서 자동차 대리점의 쇼윈도에 비친 내 행색을 보았다. 쇼윈도 안에는 새로 출시된 은청색 중형차의 보닛 위로 노란 장미꽃 바구니가 놓여 있었고, 그 위에 어른어른 비친 내 모습은 타인처럼 낯설었다. 이미 나에게 외모에 대한 관심은 없어진 지 오래였다. 관리하기 귀찮아 짧게 자른 머리가 더벅더벅 길어도 상관하지 않았고, 머리를 감고 나서는 빗어넘기지도 않았다. 향수 같은 걸 뿌린다는 것은 상상할 수 없는 일이었다.

아름다움도 추함도 더러움도 깨끗함도 없이, 나는 그저 병과 함께 살았다. 애초에 대인 관계가 넓은 편은 아니었으니 특별히 외로울 것도 없었다. 사촌언니가 몇 번 K시에서부터 먼 걸음을 해 김치와 밑반찬을 만들어주고 갔고, 잊을 만하면 선영도 신간 서적을 사 들고 들러주었다. 생일이면 생크림 케이크를 들고 오기도 했다. 그러나 이따금 이른 새벽이면, 그들이 다녀간 뒤면 더더욱, 건강할 때는 미처 알지 못했던 불안과 좌절감이 엄습해올 때가 있었다. 고백하건대 나는 그다지 강하지 못한 인간인 것이다.

하지만 어쨌든, 그 쇼윈도에서 눈을 돌려 고개를 들었을 때 내 얼굴에 쏟아진 햇살은 눈부신 것이었다. 아름드리 플라타너스마다 우거진 초여름의 푸른 잎사귀들을 올려다보며 나는 걸었다. 그 동안 새로 생긴 생과일 아이스크림점과 점포를 확장한 식당들, 아예 없어져버린 서점 자리를 서성이다가, 천천히, 그 정도의 산책만으로 무거워진 다리를 끌며 아파트로 되돌아왔다. 나는 좀 행복했던 것 같다. 오랜만에 콧노래를 흥얼거리며 현관 문을 열쇠로 열었고, 벨이 울리는 전화기를 향해 운동화를 벗고 걸어갔다.

전화를 건 사람은 그의 누이, 장혜숙이었다.

3

내가 건강이 그다지 좋지 않다고 하자 그녀는 집까지 찾아오겠다고 했다. 소포를 부치기 위해 가깝지도 않은 우체국까지 나갈 일이 엄두 나지 않았고, 사실 사람이 그립기도 했으므로 나는 고맙다고 했다.

 약속한 토요일 오후, 나는 오래전 서랍 안쪽에 넣어뒀던 장운형의 스케치북을 꺼내놓고 기다렸다. 낯선 사람들 속에서 단 몇 시간 동안 동석했을 뿐인 그의 얼굴을 찬찬히 기억 속에서 되살려보았다. 정확하진 않았지만 윤곽과 인상을 기억해낼 수 있었다.

 그녀는 약속했던 시간보다 30분 일찍 왔다. 덕분에 나는 치약 거품을 잔뜩 입에 문 채 현관 문을 열어줘야 했다.

 "제가 너무 일찍 왔나 봐요."

 그녀는 단발머리를 굵게 퍼머했고, 흰 물방울 무늬가 있는 검은 원피스를 입고 있었다. 화장을 엷게 한 통통한 얼굴이 수수하고 유순했다. 골목 어귀에서 마주치면 기분좋게 스쳐갈 수 있을 것 같은 30대 여자였다.

 나는 커피를 주겠다고 했고, 그녀는 커피를 마시지 않는다고 했다. 나는 사촌언니가 보내준 오미자 원액을 찬물에 타서 내놓았다.

 "색깔이 예쁘네요."

 그녀는 홀짝홀짝 오미자차를 마시며 그간의 일을 말해주었다. 2년 전, TV에도 몇 번 출연한 적 있다는 미모의 인테리어 디자이너와 함께 오빠는 실종됐다. 나에게 소포로 부친 스케치북의 기록에 의지해 사람들을 찾아다녔다. 오빠가 P라는 이니셜로 썼던 박모라는 가구 디자이너에게서 가장 많은 정보를 얻었다. 헤어지기 전에 그는 말했다.

 뜻밖이군요. 그 친구 미인을 좋아하는 타입이 아니었는데. 둘 다 독신이니 도주해야 할 까닭도 없구요. 동반 자살…… 글쎄요, 죄

에필로그 323

송합니다. 작업실에 핏자국이 있었다니, 왠지 불길한 예감이 드는군요. 그 여자 느낌이 지금 생각하면 좀, 꺼림칙했거든요.

경찰에도 의뢰했으나, 전국에 사진을 뿌리는 것 외에는 더 취할 방법이 없었다. 살아 있다면 돌아오리라는 것 외에는 다른 희망이 없었다. 2년이 흘렀고, 그들은 돌아오지 않았다. 이제 그들의 이야기는 꼬리를 무는 추측 속에 묻혔고, 그들이 아직 살아 있으리라고 믿는 사람은 없었다. 결국 박모를 비롯한 지기들이 장운형의 유고전을 기획했다. 박모는 열띤 목소리로 그녀에게 말했다.

……창고에 들어 있는 미공개 작품들 중에도 좋은 게 많을 겁니다. 어찌 됐든 당대의 작품은 당대에 의미있는 거 아닙니까? 그 친구도 이걸 원할 겁니다.

"그땐, 입원하신 줄도 모르고 계속 전화했었어요. 선생님 책이 나온 출판사마다 문의해도 행방을 모르고…… 이게 무슨 일인가 싶었죠. 이제 선생님까지 실종돼버렸나, 하구요. 여태 보관하고 계셨다니 정말 다행이에요."

그녀는 찻잔의 손잡이를 만지작거리며 웃었다. 매력적으로 눈가에 잡히는 잔주름이 오빠와 닮았다고 나는 생각했다.

"퇴원하고 바로 돌려드렸어야 했는데, 제 잘못이 컸어요."

나는 정식으로 사과했다. 그녀는 손사래를 쳤다.

"아녜요, 몸이 그렇게 안 좋은 줄도 모르고 그런 부탁을 했던 게 잘못이죠. 그리고 사실은, 오래 생각해봤는데……"

그녀는 고개를 돌려, 창이 열린 뒷베란다 쪽으로 잠시 시선을 두었다.

"이거…… 혹시 몰라 가져가긴 하지만, 전시는 안 할지도 몰라요."

어색한 듯 그녀의 손이 앞머리를 쓸어넘겼다.

"왠지 사람들에게 보여선 안 될 물건 같아서요. 차라리 선생님이 갖고 있었던 게 다행스러워요."

그녀는 다시 눈가에 잔주름을 만들며 미소를 지었다.

"전시회는 8월인데, 오실 거죠?"

나도 미소로 답례했다.

"물론이죠."

4

2년 여 만에 찾은 인사동은 변해 있었다. 자잘한 옛 기와집들이 헐리고 모던한 사각의 건물들이 들어섰다. 바닥도 완전히 뜯고 새로 깔아 걷는 느낌이 전혀 달랐다. 아쉽다거나 하는 느낌 이전에, 그 생경함에 길을 잘못 든 기분이었다. 어차피 되돌릴 수 없는 일이었다. 차라리 나는 고의로 길을 잃은 미아처럼 뙤약볕이 내리쬐는 골목들을 헤매다니기로 했다. 녹차가 들었다는 푸르스름한 양갱을 노점에서 사 한입에 털어넣기도 했고, 마음에 든 포스터 한 장은 천연스럽게 벽에서 떼어 가방에 넣었다.

거의 모든 주요 신문에 리뷰가 실린 덕택에, 그의 유고전이 열리는 갤러리는 입구에서부터 제법 많은 사람들이 눈에 띄었다. 나는 계절에 맞지 않는 긴 셔츠의 소매를 둘둘 걷어올린 채 서늘하게 냉방된 실내로 들어갔다. 방명록을 펼쳐놓은 테이블 앞에는 금테 안경을 끼고 볼펜 목걸이를 한 남자가 앉아 있었고—아마도 P가 아닐까 싶었다—장혜숙은 사뭇 엄숙한 검은 스커트 정장 차림으로 탁자 옆에 서 있었다. 그녀의 옆에 서 있는 키 큰 여자는 닮은꼴의 얼굴로 미루어 언니쯤 되는 것 같았다.

그녀가 다른 사람과 인사를 나누는 동안 나는 그 옆을 스쳐지나갔다. 천천히 전시실을 둘러보았다. 한쪽 벽의 절반을 할애해 여덟 점의 손 라이프캐스팅들이 걸렸고, 그 옆으로 그의 커다란 흑백 사진이 붙어 있었다. 20대 후반에 찍은 듯, 젊은 얼굴에 특유의 침착한 미소가 어려 있었다. 그 옆으로, 기념비적이라 할 만한 거대한 여체의 껍데기가 담긴 슬라이드 사진이 흰 벽에 투사돼 있었다.

인사동 야외 전시에서 본 적 있는 거대한 브론즈 주먹을 비롯해, 내가 예전에 보았던 작품 석 점을 모두 다시 볼 수 있었다. 나는 조용히 심금이 울려오는 것을 느꼈는데, 그것은 장운형의 삶이나 작품 세계와는 무관하게, 내 지난 5년을 반추할 수 있었기 때문이었다. 찢어지고 조각난 인체의 껍데기와 틀집들이 음음한 조명 아래 희번득이는 전시실의 한편에서, 나는 잠시 숙연히 서 있었다.

장혜숙에게 잠시 눈인사라도 하고 가리라 생각하며 나는 돌아섰다. 방학을 맞아 숙제하러 나온 중학생들의 한 떼가 우르르 출입구 쪽으로 몰려나가는 사이, 문득 나는 한 쌍의 키 큰 남녀를 발견했다. 그들은 그다지 전시에 관심이 없는 듯, 실내의 중앙을 유영하듯 어슬렁거리며 사위를 둘러보고는 어깨를 나란히하고 걸어나갔다. 유리문을 열기 전에 여자가 뒤를 돌아보더니 팔을 들어 무엇인가를 가리켰고, 남자는 우렁우렁 낮은 목소리로 말을 건넸다.

장혜숙도, 금테 안경에 볼펜 목걸이를 한 남자도, 테이블 주변에 늘어서 있던 장운형의 지기들도 그들의 모습을 지켜보았으나, 놀랍게도 그 남자를 알아보지 못했다.

나는 황급히 유리문을 밀고 뒤따라 뛰어나갔다. 두 사람은 여전히 무슨 말인가를 귀엣말로 주고받으며 성큼성큼 안국동 쪽으로 걸어가고 있었다. 카메라를 어깨에 멘 일본인 관광객들과 반바지에 샌들 차림의 대학생들, 양복 상의를 팔에 걸친 한 떼의 남자들이 연이어 그들의 뒷모습을 가렸다.

"죄송합니다."

"잠깐만요."

사람들의 어깨를 헤치며 나는 내처 달렸다. 이내 숨이 차오르고 등이 땀에 젖었다. 언제, 어느 골목으로 사라진 것인가? 헐떡이며 나는 사방을 두리번거렸다. 작열하는 오후의 햇살을 이마에 받으며, 어지럼치는 거리 가운데 나는 우뚝 서 있었다.

작가의 말

 새벽녘에 꾸었던 꿈, 낯선 사람이 던지고 간 말 한마디, 무심코 펼쳐든 신문에서 발견한 글귀, 불쑥 튀어나온 먼 기억의 한 조각들까지 모두 계시처럼 느껴지는 때가 있다. 바로 그런 순간들이, 내가 소설을 쓸 때 가장 사랑하는 순간들이다. 여느 때와 같은 일상이지만 전혀 새로운 감각으로 부딪쳐오는 숱한 의문들, 짧고 강렬한 각성, 깊숙이 찌르는 느낌 속에서 나는 일종의 자유를 느낀다.
 이 소설은 3년 전에 초를 잡아놓고 서랍 속에 넣어뒀다가, 지난해 2월에 꺼내 쓰기 시작했다. 소설과 함께 열두 달을 순회하는 동안 나에게 시간은 다른 속력으로 흘렀다. 언제나 그랬듯이, 내 몸에 머물렀던 소설은 가장 먼저 내 존재를 변화시킨다. 눈과 귀를 바꾸고, 당신을 사랑하는 방법을 바꾸고, 아직 걸어보지 못했던 곳으로 내 영혼을 말없이 옮겨다 놓는다.

 직접 이름을 밝히기보다는 마음으로 인사드려야 할, 많은 영감과 도움을 주었던 분들에게 감사한다. 책을 만드느라 애써주신 문학과지성사의 여러분께도 감사드린다. 이렇게 쓸 수 있다는 것, 그리고 살아 있다는 것에 나는 감사한다.

2002년 1월
韓江